KB265688

한국 여성문학 자료집 ❹
한국여성수필선집 1945-1953

한국 여성문학 자료집 ❹

한국여성수필선집 1945-1953

구명숙 · 김종회 · 이덕화 · 이재복 · 김진희 · 송경란 편

역락

◀ 임옥인, 「풍진세상」
≪여성신문≫ 1947.4.30.

노천명, 「최정희론」 ▶
『주간서울』 1949.12.

⬆ 김말봉 :「여성과 문예(상)」
≪서울신문≫ 1949.8.6.

↥ 김향안, 「물싸움(상)」
　　≪경향신문≫ 1951.6.3.

모윤숙, 「부서진 '타임'의 연결」 ▶
　　≪경향신문≫ 1953.12.23.

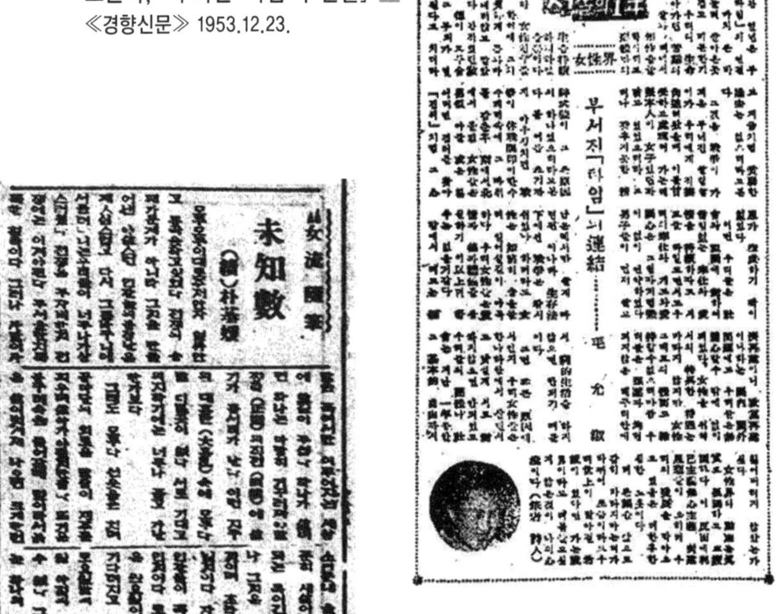

◀ 박기원, 「미지수」
　　≪연합신문≫ 1953.1.29.

서문

『한국여성수필선집 1945-1953』은 한국연구재단의 지원을 받아 숙명여자대학교 한국어문화연구소 기초과제연구팀의 수행과제인 '해방이후부터 1960년대까지 한국 여성문학 자료 수집·정리'의 연구결과물로 출간되는 자료집이다. 이 자료집에는 1945년 해방 이후부터 1953년 전쟁기까지의 여성 수필가 중에서 1953년 이후에도 작품 활동을 지속적으로 한 18인의 수필 89편을 게재하였다. 작품이 게재된 여성 수필가 18명은 강신재, 김말봉, 김일순, 김향안, 노천명, 모윤숙, 박기원, 박화성, 손소희, 윤금숙, 이명온, 임옥인, 장덕조, 전숙희, 정충량, 조경희, 최정희, 한무숙 등이다.

　『한국여성수필선집 1945-1953』은 해방기와 전쟁기의 여성 수필작품들을 통해, 한국 여성 수필문학의 가치를 온전히 알리고자 하는 뜻에서 발간하게 되었다. 1945년 이후부터 1953년까지의 한국 현실에서 '해방'과 '전쟁'은 화두가 되었으며, 그와 관련된 이데올로기의 대립, 정치적 권력과 욕망 등은 문학작품에서도 주요한 배경이었다. 남성의 목소리가 드높은 사회적 분위기에서 여성의 존재감은 미약할 수밖에 없었다. 본 연구팀은 여성문학을 검토하는 과정에서, 당시의 여성이 개인적·사회적 정체성을 찾기 위해 노력하였으며, 그러한 주체적 인식을 문학 작품에 적극적으로 드러내었음을 확인하였다. 특히 직접적이고 고백적이면서 특정한 문학 형식에 구애 받지 않았던 수필의 양식은 여성작가들이 글쓰기와의 거리를 좁히면서 자유롭게 그들의 담론을 형성할 수 있는 토대가 되었다. 이런 측면에서 한국 여성 수필은 주목할 필요가 있다. 그러나 그 가치와는 무관하게 지금까지 한국 문학사에서 여성수필은 주변적 장르로 인식되었다.

『한국여성수필선집 1945-1953』의 한국 여성수필 작품들은 주변적 문학이 아님을 보여주는 동시에, 해방기와 전쟁기라는 지난한 시간 속에서 한국 여성들이 어떤 태도로써 자아를 정립하고 현실을 이겨냈는지 여실히 입증해 보여줄 자료들이다.

현대에 이르면서 여성 작가의 수와 그들의 작품은 양적으로나 내용적으로 변화를 거듭하고 있다. 그러나 여성문학이 변화에 걸맞은 정체성을 갖고 있으며 객관적으로 인정되고 있는가에 대해서는 별도의 문제로 숙고해볼 필요가 있다. 『한국여성수필선집 1945-1953』은 여성 작가 18명의 수필 작품들을 통해 특정 시기를 조명하는 선집 형태의 자료집으로, 정체성을 찾는 현대 한국 여성 수필 나아가 한국 여성 문학의 소급된 자료로 자리매김할 것이다.

전술한 사항들을 보여주기 위해 『한국여성수필선집 1945-1953』은 시대적·문학적 특징을 보여주는 작품들을 선정하였다. 구체적으로는 '문학, 여성, 시사(時事)'라는 주제를 작품선별의 기준으로 삼았다. 이러한 선별기준은 수필을 '붓 가는대로 쓴 신변잡기의 글'로 정리하는 기존의 개념에서 탈피하는 것이며, 그 범주를 확대하려는 의도와 상응한다.

문학과 여성, 시사의 각 주제들은 작품 선별을 위한 거시주제라고 할 수

있으며, 『한국여성수필선집 1945-1953』에는 보다 구체적인 주제의 유형을 명시한다.

각 주제의 구체적인 내용은 다음과 같다.

첫째 '문학'이라는 주제는 '문학작품에 대한 감상', '동료 작가와의 관계나 우정', '문단 생활 회고', '자신의 문학적 소신' 등을 포함한다.

둘째 '여성'이라는 주제는 '여성의 사회적 정체성', '여성적 내면화의 발현', '여성작가의 현실', '변화하는 여성상' 등의 내용을 포함한다.

셋째 '시사(時事)'라는 주제는 '해방과 그 이후의 갈등', '사회혼란과 생활고', '사회제도와 관습 등에 대한 변화 제안', '이념 갈등의 문제들', '전후 사회의 혼란과 인간존재의 가치 회복' 등의 내용을 포함한다.

위의 기준에 의거하여 18명의 여성수필을 선별한 결과 이 시기 여성의 내면적이고 외면적인 다양한 모습을 볼 수 있었다. 또한 해방기에서 전쟁기까지 여성 수필은 작가마다의 주요 담론이 있음을 확인할 수 있었다. 김말봉은 '공창폐지'나 '남녀의 정조' 등을 통해 여성해방을 담론화 하였으며, 모윤숙은 정치적인 입지에서 여성의 역할을 말하고 있었다. 이와 달리 강신재, 박기원, 손소희, 임옥인 등은 감상적 여성성을 보여주었고, 김일순이나 최정희는 몇몇 여성작가들의 인상이나 작품세계, 소회 등을 글로 나타냄으로써 문단과 여성 작가들에 대한 간접적인 자료를 제공하였다. 이러한 여성 수필의 분류는 당시 여성들의 사유체계를 유형화하는데 중요한 근거가 된다.

1945년에서 1953년까지의 한국 여성 수필 작품에서 또 하나의 중요한 화두가 있다면 '전쟁'이다. 전쟁과 관련된 여성 수필 작품들은 본 연구팀에서 출간하는 또 다른 자료집인『한국전쟁기 여성문학 자료집』에 게재하였다. 다만 전쟁을 직접적으로 서술하고 있지는 않으나 전후의 혼란 상황을 서술하면서 인간존재의 가치회복을 주제로 하는 수필은『한국여성수필선집 1945-1953』의 '시사' 부분에 포함시켰다.

『한국여성수필선집 1945-1953』은 단행본에 게재된 수필작품에 비해 찾기 힘들고 판독이 어려운 신문과 잡지의 여성수필들을 선별대상으로 하였으며, 원문 그대로 입력하는 것을 원칙으로 하였다. 이는 자료를 원문 그대로 게재함으로써 연구자에게 텍스트의 원래 모습을 제공하자는 본 연구팀의 논의 결과에 따른 것이다. 그러나 단행본 자료에 비해 보존 상태가 부실한 신문과 잡지의 자료들은 분실 및 낙장, 훼손 등이 심해서 완성된 원문을 입력하는 데 어려움이 많았다. 특히 신문의 경우에는 조판 기술이 좋지 않아 명백한 오자나 탈자의 빈도가 잦았는데, 본 자료집에서는 잘못된 글자나 띄어쓰기까지도 원문의 일부로 읽으면서 있는 그대로 입력하였다.

이 시기의 신문과 잡지에 실린 여성 수필작품을 찾아서 검증하고 자료집으로 출간하는 데는 많은 분들의 수고와 도움이 있었다. 먼저 한국 여성문학의 가치를 인정하고 지원해준 한국연구재단에 감사드린다. 그리고『한국여성문학자료집』1-3 출판 때에 이어 이번에도 흔쾌히 작품의 게재를 허락

해주신 작가와 유족들께 진심으로 감사의 인사를 드린다. 또 적지 않은 작품들을 읽고 해설을 써주신 공동연구원 이재복 교수(한양대)와 수차례의 회의를 통해 아낌없는 격려와 조언을 주신 공동연구원 김종회 교수(경희대), 이덕화 교수(평택대)께 감사의 말씀을 드리고 싶다. 또한 자료집 기획과 작품 선별 및 입력과 교정까지의 작업을 성실하게 수행한 책임 연구원 김진희, 송경란의 노고에 고마움을 표하면서, 전국각지의 도서관과 문학관 등을 다니며 신문과 잡지에 실린 여성 작가들의 수필을 찾아낸 박사과정 이현정, 김지혜와 석사과정 김은정, 박윤영, 권미나, 지하연 등에게 감사의 마음을 전하는 바이다. 어려운 상황에서도 자료집 출간에 도움을 준 역락 출판사 이대현 사장님과 전희성 편집자께도 감사드린다.

2012년 2월
연구책임자 구명숙

차례

일러두기

1. 이 자료집에 수록된 작품들은 해방(1945년 8월 15일) 이후부터 한국전쟁까지 신문과 잡지에 발표된 여성작가의 수필이다. 본고에서 한국전쟁은 1953년까지를 의미한다.

2. 이 자료집에 수록된 작가는 총 18명이며, 수록작품은 총 89편이다. 수록 작가의 기준은 해방 이후부터 1953년까지 신문과 잡지에 수필을 발표한 여성 작가로서, 1953년 이후에도 지속적으로 문학 활동을 한 경우이다.

3. 이 자료집에 수록된 수필들은 최초 발표지를 저본으로 하되, 최초 발표지의 원본이 상실된 경우에는 원본과 가장 근접한 시기의 출간본을 참조하였다. 여기에 수록된 작품들은 24종의 잡지와 10종의 신문에 발표된 것으로, 그 출처는 작품 끝에 표기하였다.

4. 수록 작품에 코너명이 있는 경우, 그 코너명은 출처 옆에 [ ]로 표시하였다.

5. 작품의 권호 정보와 발간일은 발표지의 표지에 표기된 사항을 기준으로 하였다.

6. 목차는 인명별(가나다 순), 신문이나 잡지에 발표된 작품별(발표 시기 순)로 정렬하였다.

7. 이 자료집의 모든 수록 작품은 최초 발표지의 원문을 그대로 입력하는 것을 원칙으로 하였다. 이 과정에서 발견되는 오자나 탈자, 잘못된 띄어쓰기까지도 그대로 입력하였다. 다만 가독성을 높이기 위해 한글과 한자를 병기하였다.

8. 판독이 불가능한 경우와 인쇄 자체에서 글자가 누락된 경우에는 모두 ‘□’로 표시하였다.

9. 대화를 나타내는 「」혹은 『』은 모두 “ ”로, 혼잣말이나 강조를 나타내는 경우에는 ‘ ’로 변경하였다.

10. 말줄임표는 ‘……’로 통일하였고, 숫자 표기는 부분적으로 아라비아 숫자를 사용하였다. 그러나 숫자보다 의미가 우선하는 단어의 경우(예 : 삼팔선, 삼천만)에는 아라비아 숫자로 표기하지 않았다.

11. 작품에 대한 부연 설명이 필요한 경우 각주를 사용하였다.

12. 이 자료집에 수록 작품들은 작가와 유족에게 작품 게재 동의를 받은 것임을 밝힌다. 단, 김일순, 윤금숙, 이명온, 임옥인, 정충량 등의 작가는 유족을 찾지 못해 우선 게재하고, 이후 유족을 찾게 되면 저작권법에 의거하여 관례대로 해결할 것이다.

강신재 ●●●

강신재(康信哉, 1924–2001)

- 1924년 서울 출생
- 1944년 이화여전 가사과 중퇴
- 1949년 「얼굴」(『문예』 11월호)로 등단
- 주요 경력—1966년 『한국문학』의 동인, 1982년 한국여류문학인회 회장, 1983년 한국소설가협회 대표위원회 위원장 역임
  1959년 한국문인협회상, 1967년 여류문학상, 1988년 대한민국예술원상, 1997년 3·1문화상 수상
- 대표작—단편 「여정」(1954), 「포말」(1955), 「젊은 느티나무」(1960), 장편 『임진강의 민들레』(1962), 『이 찬란한 슬픔을』(1965), 『명성황후』(1987) 등 다수

• 수록 작품

어린날의 감동(感動) ‖ '거울'처럼 ‖ 들국화초(菊花抄)

●●●

어린날의 감동(感動)

내가 문학(文學)이라고 하는 것에 처음으로 경이(驚異)의 눈을 뜬 것은 북(北)쪽 지방(地方) 어느 신개지(新開地)에서 자라면서였읍니다. 학교(學校)가 헤여지면 바다 옆에 느러저있는 음식점(飮食店)이랑 화장품상점(化粧品商店) 집들 사이에 끼어 있는 간판(看板)도 없는 헌 책가개에 달려가서 이책(冊) 저책(冊) 서양(西洋)의 공주(公主)님 이름도 모르는 동물(動物)들을 그린 표지(表紙)를 들처 보는 것이 어째 그렇게도 재미가 있던지…… 깨어진 제방(堤防)에 와 부딪는 파도(波濤)소리는 열살난 나에게는 언제나 신비(神秘)롭고 무서운 것이었읍니다만 그래도 나는 주위(周圍)가 캄캄해 지도록 책가개에 서있다가 늦어지면 시커먼 바다를 옆눈으로 보면서 집으로 막 달려가곤 하였읍니다. 후에는 5전짜리 백동(白銅)을 하나 책방 영감에게 매끼고 빌려다가 보았읍니다. 란드셀을 멘채 누구넨가 의 돌담에 기대서서 읽기도 하였고 아무데고 한무데미씩 쌓여 올려저 있는 모래 위에 앉어서도 읽었읍니다 지금 생각하니 그 때 내가 그렇게도 열심(熱心)히 탐독(耽讀)하던 것들은아마도 안데르센이나 그림의 동화집(童話集)같은 책들이 있으리라고 짐작 됩니다만 하얗든 그 책들은 나에게 무한(無限)한 꿈과 공상(空想)의 세계(世界)를 그려보여 주었던 것입니다.

그후(後) 지금까지 내가 읽은 책(冊)들의 범위(範圍)나 수준(水準)은 여러 가지로 변천(變遷)의 길을더듬어 왔읍니다만 내가 문학(文學)의 세계(世界)에 대(對)하여 한결같이 가지는 애착(愛着)이나 동경(憧憬)은 대부분(大部分)이 그시절(時節)에 가슴에 삭여진 그대로가 아닌가 생각 됩니다. 그리고 결(決)코 파란곡절(波瀾曲折)이 많았다고는 할 수 없겠지만 또 그런대로 단조(單調)롭지 만도 않았던 나의 생애(生涯)에 있어 삶이라는 것에 대(對)한 나의 감정(感情)도 따라서 여러가지로 달러지지 않을 수 없었읍니다만 그런 어떤 때에 있어서도 문학(文學)에 대(對)한 나의 애착(愛着)에는변(變)함이 없었고 때로는 그것이 큰 힘이 되어 주기도 하였읍니다.

여러가지의 문학작품(文學作品)을 읽으며 그것을 통(通)해 느끼고 깨닫고 하는 사이에 나는 나자신(自身)의 눈에 비치는 인생(人生)을 나대로 표현(表現)하여 보았으면 하는 충동(衝動)을 느끼는 때도 있어 마음이 내키는 때면은 서투른 대로 적어 보군 하였읍니다. 그것이 나혼자를위한위안(慰安)에만 끄칠 때에는 아무 일이 없었읍니다만 이제 이렇게발표(發表)가 되고 보니 그저 두려운 것만 같고 또 그 지나간 날 비린내 나는 헌책들 속에서 내가 받은 그런 감동(感動)의 몇 백분지일(百分之一)의 감흥(感興)을 다른 사람에게 줄수있을가 생각하니 새삼스레 주춤해 지기도 합니다.

이후(以後)로도 생활(生活)과 양립(兩立)시킬수만 있으면 되도록 열심(熱心)히 작품(作品)을 써볼 작정(作定)입니다.   (一九四九.十.二八)

『문예』 1권1호, 1949.11, 124면. [당선소감(當選所感)]

'거울'처럼

'델피―'의 신화(神話)에 '너 자신(自身)을 알라'는 어구(語句)가 있다. '소 크라테스'는 자기자신(自己自身)을 안다고 해서 희랍(希臘) 제일(第一)의 현 인(賢人)이라고 고(告)해졌다.

곁꼴 안품이라는 말이 있거니와 얼굴이 그 사람의 성품(性品)을 가장 잘 나타내고 있는 것이라면 인간(人間)의 거울을 드려다보는 습성(習性)도 역시 (亦是) 자기자신(自己自身)을 알려고 하는 노력(努力)의 하나라고 할까.

그렇다면 안침저녁 경대앞에서 '파푸'를 처야 하는 부인네들은 그현명(賢 明)하고저 하는의욕(意欲)에 있어서 남성(男性)들보다 훨씬 강렬(强烈)하다고 나 할지!

우리들의 자기(自己)의 얼굴에 대(對)한 개념(概念)은 대부분(大部分)이 이 거울을 통(通)해서 얻어진 것이다. 그러나 거울을 자꾸 드려다보고 있으면 같은 자기 얼굴이 이렇게도 보이고 저렇게도 보이는 것이 묘(妙)하다. 더욱 이나 이상스런 것은 남의 얼굴이 거울에 비치게 되면 그 실물과는 아주 딴 판으로 보인다는 일이다. 거울에 비친 실물이란 실물그것은 아닌 것이다. 내머리에 있는 나의 얼굴은 그러니까 남의 눈에 띄인 내 얼굴과는 딴판일 게다. 비단옷 입고 밤길 걷는 것이 저윽이 안타까운 일이라지만 자기도 모 르는 자기의 얼굴을 남앞에 처들고 다니는것 역시 마음 뒤숭숭한 일이 아 닐 수 없다. 나는 거울 앞에서 화장(化粧)을 할 때마다 이와 같은 불안(不安) 을 금(禁)치 못하겠다.

최근(最近)에 와서 소설(小說)이라고 써서 남앞에 발표를 하고 보니 이와 비슷한 일종(一種)의 불안감(不安感)이 마음을 무겁게 한다.

창작품(創作品)은 작자(作者)에서 독립(獨立)한 것이라고 하지만 자기(自己)가 특(特)히 표현(表現)하려고 한 점(點)이 남의 눈에도 그대로 반영(反映)될지 그것이 문제(問題). 자기(自己)가 의도(意圖)한 바와 남의 눈에 뜨인 그것과는 같은 것이 아니다. 뜻도 하지 않았던 점(點)이 의외(意外)로 칭찬(稱讚)을 받는 수가 있고 밎어생각지 못했던 곳이 비난(非難)의 대상(對象)이 되기도 한다. 같은 대목이라도 평자(評者)를 달리 함에 따라서 평(評)이 구구(區區)하고 독자(讀者)가 동일인(同一人)인 경우(境遇)에도 읽는 시기(時期)를 달리함으로써 그것에 대(對)한 감흥(感興)과 평가(評價)가 달려지는것은 흔히 볼수 있는 현상(現象)이다. 그러한 변화(變化)가 없으면 도리어 감상력(鑑賞力)의 발전(發展)이 없다고 하여서 비난(非難) 받는 수도 없지않다. 또 재미있는 것은 어떤 이는 소설(小說)의 주인공(主人公)을 작자(作者)와 동일시(同一視)해서 주인공(主人公)의 일거일동(一擧一動)을 들어서 작자(作者)의 품성(品性)을 공격(攻擊)하기도 한다. 때로는 주인공(主人公) 뿐만 아니라 그 작품중(作品中)의 가장 하질(下質)의 인물(人物)이 목적(目的)을 위(爲)해서 동원(動員)된다. 실(實)로 자기(自己)의 작품(作品)을 자기(自己)의 의도(意圖)대로 남에게 이해(理解)시킨다는것은 어려운 일이다.

물론(勿論) 여기서 이와같이 말함은 결(決)코 만사(萬事)가 상대적(相對的)인 것이라고 주장(主張)하려는것은 아니다. 우리는 누구나 수긍(首肯)하지 않을수없는 탁월(卓越)한 문학(文學)과 평론(評論)을 많이 보았고 또 문학적(文學的)인 교양(敎養)이 일반적(一般的)으로향상(向上)됨에 따라서 모든 사람이 꼭 같이 공감(共感)은 못할망정 적어도 서로 이해(理解)하고 같은입장(立場)에 서서 문학(文學)을 감상비평(鑑賞批評) 할수 있게 되리라는것을 의심(疑心)하지 않는다. 이 점(点)이 우리들의 문학의식(文學意識)의 기원(起源)이기도 하고 문학(文學)에대(對)한 정열(情熱)의 원천(源泉)이기도 하다.

"그대 거대(巨大)한 별이어 그대로 말미아마 광명(光明)받은 자(者)가 없을 진데 무슨 행복(幸福)이 그대에게있으리." '차라투스트라'의 독백(獨白)은 곳 문학(文學)하는 자(者)들에게주어진 말이라고도 하겠다. 인간(人間)에게 공통적(共通的)인 문학감각(文學感覺)이 없다면 한줄인의 금인들 쓰여저 무엇하리. 이렇게 생각(生覺)은 해보나 그러나 여전(如前)히 거울을 드려다 보는듯한 불안감(不安感)은 마음에서 사라지지가 않는다. "하물(何物)도 존재(存在)하지 않는다. 설령(設令) 존재(存在)한다 해도 그것을 알 도리(道理)가 없다. 알수 있다 하드라도 그것을 남에게 전(傳)할 수 없다." 그렇게 말하는 '고르기아스'의 회의(懷疑)는 그러고 보면 과연(果然) 영원(永遠)한인간(人間)의 숙명(宿命)인가?   (一九五〇.一.一六)

『부인경향』 1권3호, 1950.3, 44–45면.

들국화초(菊花抄)

　―오늘은 조용하게 흐린 날씨였읍니다. 이런 날에도 산림(山林) 속은, 뜻하지 않은 아름다움을 보여주는 것이었읍니다.

　이 들국화는 구석진 동산의 무덤 옆에 피어 있었읍니다.

　오늘은 저의 아버지의 명일(命日)이애요

　이런 편지를 쓴 것은 벌써 오래된, 근 십년이나 되어가는 일이지 만은, 지금 실로 오랜만에 무료한 시간을―무료 할수 있는 병상의 시간을 얻어 조용히 누었자니 그런 일도 머리에 떠오른다.

　오늘의 하늘도 밤새 내린 비가 그친 후에 은회색으로 흐려서, 열매를 다한 포도 넝쿨 사이로 진주 같이 부드러운 광선이 새어 들고 있다. 바람이 일기 시작하였는가 투명한 잎새들이 수선스레 오들오들 떨며 있다.

　그러나 나에게는 별로 그 아름다움을 추궁하자는 심사도 생기지 않는다. 거미줄에 조롱조롱 구슬처럼 매친 비ㅅ방울이 못견디게 고와서, 또 한여름의 구름같이 새하이얗게 피어 오른 넝쿨장미의 모양을 전하고 싶어서, 몇장이나 몇장이나 편지를 쓰던, 그런 시절은 인제 영영 가버린 모양이다. 들국화를 봉입(封入)한 편지같은 것은 상상하기도 좀 곤란(困難)하다.

그 지난 날에 있어서는 하늘이나, 산, 바다, 그리고 꽃, 눈닢, 그런 것들이 나의 기쁨과 슬픔을 함께 하는 요소(要素) 이었다. 「주택(住宅)」같은것이 그 지음의 나의 머리에 있었을까! 집이란 보기 싫게 생기지만 않으면 그만이었다. 방의 유리문이 두겹으로 되어 있거나 부엌의 도구가 충분하거나, 그런 것이 대체 무슨 가치를 가질 수 있었을까! 지금은 그 집안을 쓸고 닦고 하는 것이 나의 가장 큰 일의 하나가 되어있다. 찬바람이 새어 드는 창이 있지나 않은가, 자꾸만 불을 때도 더워지지 않는 방은 어째야 하나, 이런 것이 구름의 빛갈보다 자못 관심사인 것이다. 집안 식구가 우선 몸 편히 지내야 한다! 진리(眞理)이다. 그런데 이런 고마운 교훈을 두말 없이 납득시켜 준 것은 말할것도 없이 6·25 사변이다. 9·28로 일단락을 지었고, 추위가 다가 오는 두달 동안, 우리는 어느 일본가옥 이층에 들어 있었다. 거기서는 폐허화한 황금정 일대, 우리 집터 자리도 멀리 바라다 보였다. 그 방에서, 생전 처음, 그렇게도 맹렬히 비가 새는 것을 보았다.

웃기만 할수도 없는 노릇이어서 온 취사도구, 세면도구를 동원하여 받아내기 힘썼으나 곤란(困難)한 작업이었다. 자다가도 이부자리를 이동시켜야 한다. 콧등, 이마 위로 수직(垂直)으로 선뜻한 물이 떨어지는 것은 실로 진기한 감촉이었다.

부산(釜山)에서도 방 때문에는 애를 먹었다. 집이란 꽃보다 별보다 소중한 물건이었다.

하지만 이 '집'을 위시한 무릇 생활(生活)의 위력(威力)에 충분한 외포(畏怖)를 표명한 그 다음에는 나는 다시 또 구름과 꽃의 세계로 돌아갈 수 있도록, 그 자격을 남기고 있도록, 원한다. 설사 용무 이외의 편지는 단 한줄도 쓰지 않고 말드라도 설사 마음을 전할 아무 동무도 있지 않드라도—.

지난 일에 관해서는, 그것이 아무리 훌륭하고 멋드러진 추억이라 할지라도 한번 더 그랬으면, 지금이 그때라면, 하는 생각은 어쩐 셈인지 안가지는 나의 성미지만, 외따른 무덤 가에 앉아 흐린 하늘을 아름답다고 생각한 그 심정만은 아끼고 싶고, 그리웁다. (一九五二.十.十五)

『신태양』1권5호, 1952.12, 31면. [여류수필(女流隨筆)]

김말봉 ●●●

김말봉(金末峰, 1901–1961)

- 필명은 김보옥(金步玉) 또는 김말봉. 아호는 끝뫼, 노초, 노엽
- 1901년 경상남도 밀양 출생
- 1918년 서울 정신여학교 졸업
- 1927년 일본 도지샤대학 영문과 졸업
- 1932년 「망명녀」가 ≪중앙일보≫ 신춘문예에 당선되어 등단
- 주요 경력—1929년 ≪중외일보≫ 기자, 1947년 공창폐지연맹 위원장, 한국독립노동당 부녀부장, 1957년 대한민국 예술원 회원 역임
- 대표작—장편소설 『찔레꽃』(1937), 『화려한 지옥』(1947), 『별들의 고향』(1953), 『푸른 날개』(1954), 『생명』(1956) 등 다수

• 수록 작품

희망원(希望園)의 사명(使命) ‖ 새 시대(時代)의 남녀(男女) 정조관(貞操觀) ‖ 공창폐지(公娼廢止)와 그 후 일개년(一個年) ‖ 여성(女性)과 문예(文藝) ‖ 공창폐지(公娼廢止)와 그후(後)의 대책(對策) ‖ 새술은 새부대에 ‖ 나의 여학생 시절 ‖ 신남녀동등론(新男女同等論) ‖ 무슨 별(別)말 있으리까 ‖ 자유예술인(自由藝術人)의 전결(傳結) ‖ 나의 소설의 모델이 된 사나이

●●●

희망원(希望園)의 사명(使命)

라듸오에서 나오는 놀라운 소식!

반가운소식! 인식매매의 철폐포고령이였다. 유곽에서 주점에서 갖인천대와 착추를받는 '팔리운여인(女人)'들에게 진실로 복(福音)이였다.

모든 부채(負債)는 연멸되고 청천백일하에 훨훨 날러가버릴만큼 가벼운 몸이되여 버렸다. 그것은 꿈이 □□□□□ □□□□였다. 그러나 현실은 언제나 현실이었다. 자유의꿈을 가슴벅차게 않고 거리로나온 여인들은 방향을일헛다.

그들에게 밥을주는 이없고 하로밤 도새일 곧을 마련하는이 없었다. 이에 고마운 단체에서 투럭을갖이고와서 그들의얼마를 데려가서 리재민수용소에두고 하로시간의 로동법을 실시하였으나 이고마운게획은결국 실패로 도라가고 말었으니 원인은 그들이 지금까지 지내든환경과 새로당면한 조건이 너무나 그거리가멀다는것이다. 그들은 이틀만에 사흘만에 뿔뿔히 저갈데로 가버리고말었다.

그리하여 배워온직업? 으로서 다시빵을얻게되였으니 그것은곧 사창(私娼)으로 전락하게된것이다.

장충단으로 남산으로 야음을타서 그들은 내외국인을 물론하고 육(肉)에 주린이성(異性)에게 정조를 제공하였든것이다.

'□□□□□□□□면 일주일에한번 식금사를 받는것인데저렇게 함부로……참 위험한일이다.'

이것이 도위생과(道衛生課)에서 걱정한 일이었고 그래서 맛참내다시 형식을 좀 다르게 즉 자유계약이란 조건아래 려관의하녀란 명목으로접객을 허락하고 신체는 종전대로 일주일에 한번식 금사를하게하고…… 맛치 호렬자환자를 멀리하듯 유곽이란 우리속으로 다시 집어너흔것이다.

이리하여 일단 폐지되였든 유곽은 용모가 약간달라진채 다시부활하여졌고 자유계약이란 그럴듯한조건아래 유곽으로 드려오는여인은 그수가 날로 증가하게된것이다.

이렇게되고보면 인신매매령이 갓다준 감격이 컷다니만큼 거기대한 실망과분노를 크게늣기게된것은 당사자들보다도 사회에 뜯있는 식자계급(識者階級)이다.

일단 폐지되였든유곽이란 괴물이 우리 사회에서 적당한 채비가못되여 또다시 무저항과같은 아가리를 벌리게되였으니…… 이것은 어데로보든지 우리사회일반이 그책임을저야하겠고 또한 군정당국에서도 미리 그러한 골란을 생각하여주지않었든것많은 섭섭하기도하나 그보다도 우리일은 우리가하는것이 순서이니만큼 유곽재존속에대하야 우리는 뼈앞으게 책임감을 늣기지 않을수없는것이다.

더욱이 돈얼마만 갖이면 몇시간 혹은 반밤 왼밤을 자기맘대로 여자를 히롱할수있는 이악풍은 인권을 유린하고 신선한 여성을 모독하는것으로륜리적으로나 민족보근상으로나 결단코 용납지못할일이다.

일본본토에서도 없어진 이악풍 삼십팔(三十八)도 이북에서도 싹도없이 사라진이악제도가 무슨까닭으로 남조선일원에만 종속하지않으면안되느냐 리론은 고만두자. 우리는 유곽이성병을 예방하거나 적게하는역활은커녕성병의재배소요병(病)균의배양소라는것을확실히안다.

일주일에한번식 신체금사를받는여인이 가령 월요일(月曜日)에 근강한몸으로 있었으나 화요일(火曜日)에 성병을갖인 남성과 접촉하면 벌서 그는 화류병을 소유한 여인이된다.

수요일목요일 금요일 토·일요일동안 그는 접촉하는모든 남자에게 무서운 화류병을 전염식히고있는것이다.

그런고로 유곽이없는스이스(瑞西)나 덴마ー크(丁抹)같은곧에서는 인구 10만인의 6인혹은 7인의 화류병환자가있고ー사창으로유명한 불란서와 ×국같은곧에서도 10만인구에 20인내지 30인에불과하나 유곽이존재 하여있는 일본에는10만인에 100명이라는 엄청난 수치를 보히는 □□오로도 유곽은 성병을 예방하지못할뿐더러 더욱 전파하는 역할밖에 아무것도아니라는 것이 훌융히 립증되는것이다.

우리는 공공연하게 허락되여있는 이악제 □□ □□□□□□□된다. 혹은 유곽이없어지면사창이 더번식하리라하나 이것은 경찰의강력한 활동에 기대함과동시에 사회적으로 여자의취업(就業) 할수있는 직장이만하지고 임금(賃金)이 적당하면 넉넉히 해소될문제라고본다.

그런고로 첫재 우리는 공창제가 철폐되면 유곽에서나오는 여인들을 히망원(希望園)에 데려오기로한다.

그들에게 먼저 정신의위안 교양과 근강의회복을 그리하고 생활의인전을 주는동시에 로동은 유쾌한것이라는 인식이생길동안 알마즌시간으로 그들에게 로동을가라치고 문맹을퇴치하고 직업을 교습식히고 어니시간에 적당하다고 인정될때에 배우자를 택하여 결혼을 식힐예정이다.

100만원기부금으로사회의간(癌)을제거할수있다면 우리는 있는 성력(誠力)을 다하여 히망원(希望園) 설치에 정신하여야할 것이다. 국제채면문제로보아도, 이것은결코 등안시할수없는일의□□□.

『부인』 1권3호, 1946.10, 60면.

새 시대(時代)의 남녀(男女) 정조관(貞操觀)

내가아는 청년의한사람인 Y는 집에놀러오기만하면 자기의 약혼한처녀 S 의자랑이 야단이다 첫재교양이있고 건강하고 신앙이 두텁고 게다가 미인이 라는것이다. 백퍼—센트의 신부감이다.

그뒤Y는 색씨부모의반대로 S와의 약혼을 파기하였다는것이다 그때부터 군의 S양에대한 평(評)은 일은바 백팔십도의전향이다.

교만하고 거츨고 고집쟁인데다가 그얼굴의아름다움이라는것도 결국앉어 서 볼때뿐이오 서서것는것을보면 다리가굽고 억개가약간빗두러진때문에 현대미인의 자격은 완전히상실(喪失)되였다한다.

교양은 때로는 교만을 상상케할수도있고 건강한사람은 그거동이 활발한 때문에 보는이에따라서 거츨게빗칠수도 있는것이다 신앙심이 두텁다는것 은 고집이강하단말과 일맥통하지않을가.

다리가굽느니 억개가비뚜러졌느니 하는것도 좋게볼때는 미인이아니었든 가 지금약혼이 파기되고보니 현대미인의 자격이없다는것이다 나는 Y군의 얘기를듯고 적지않게 흥미를느끼면서 동시에속으로 그Y군을 진정딱하게생 각하였다.

자기가한때 그렇게도 사랑하든 처녀를 그렇게도 사랑하든 존재(存在)를 이제약혼이파기되였다고 진흙처럼 짓밟아버리지않으면 않될 이유가어데있 을까.

결국 자기사람이된다면 일체(一切)이 아름답고 자기와아무런관계가 없어진다면 일체(一切)이 추악하게되여진다면 Y군의 인생관(人生觀)처럼 불상하고 딱한것은 없을것이다.

두사람이 합의(合意)하여 약혼이성립된이상 더욱이 Y군처럼 입에침이없게 그 사랑하는 처녀를 칭찬하였다면 혼인의약속이 깨여진뒤에라도 그에게 대한기억은 아름다워야할것이다 하물며 약혼의파기된원인이 S양의부모의 반대에있다면 자기자신이 그부모를 설복(說服)식히지못한무능(無能)을 스사로 부끄러워하여야만될것이아닌가.

이것은 가장천박한 한가지예(例)에 지나지않을것이지만 내가맛나는 청년들가운데 몇々사람을제하고는 총각이라는 문자는 결혼식을 지내지못한남자는 다총각이라는 그릇된 생각을 가지고있다.

"아니 내가말하는것은 생리적(生理的)으로 순결성을잃지아니한 동정남(童貞男)을 말하는것이라"

고하면

"와하하 아하하 선생님은 소설가운데서나 그러한 총각이있는줄아십시요 실제에는 없읍니다 없읍니다"

얼굴도붉히지않고 받아넹기는것이다 나도 이능글능글하고 주제넘은 젊은남자에게

"그러면 순결성을가진 처녀도 소설가운데만 있는걸가?"

하고 대답을할랏치면

"그럴리야 없겠지요"

처녀는 의례히 순결성을가지고있는것이 철측으로 되어있는것처럼 말하는것이다.

물론처녀의 순결성은 철측으로되여야한다 순결성을잃어버린것은 처녀가아니다.

문제는 처녀가순결을 생명같이생각하고 또 사회에서도 처녀의순결성을 절대로요구하는 것같이 총각도 그순결성을 생명과같이 중히넉이고 일반사

회에서도 총각의순결성을 요구하여야만되는데 있을것이다.

처녀가 생명같이귀히녁히는정조(貞操)를 무슨까닭에총각은 헌신짝같이 정조를함부로 생각할수있느냐 묻고싶은것이다.

무슨권리로 누가허락한일이냐 사나이들자신이 만드러놓은 법과 전통(傳統)인지라 자기들이 살기쉽게 자기들이 편리하도록 만들어진 법과전통을 녀자만에게 둘러씨우려는 비양심적(非良心的)인것을 적어도 현대의진보적 젊은남자들이 그대로 답습하여야만 될까닭이 어데있을지 —.

나는 때々로분노를느끼는것은 처녀의순결을 요구하는 사나이들이 자신의정조(貞操)는 도모지문제외(問題外)로 생각하는 그능글능글하고 주제넘은 태도다.

실컷 사창(私娼)이나공창(公娼)에게짓밟힌 몸을가지고 순결한처녀의 남편이될수있는것이 하늘에서 주어진 특권인것처럼생각하는 딱한청년들이있는 동안에는 이땅에참된 가정도 또한 참된 애정도 없을것이다.

이땅에유능한 지도자의한사람으로 자타(自他)가공인하는 R씨가 40이넘어 상처를하고 재혼을하여야될형편인데 어떤동지가 24세(歲)의 젊은여성(女性)을 추천하였다 얼굴이나 교양이나 품성으로보아 드물게보는 얌전한여성(女性)인것을 보증하다싶이 말하였다.

"그래 처녀의부모는 다생존(生存)한가요?"

하고 묻는말에

"사실인즉 처녀가아니고 한번 결혼의경험이있는 여자입니다"

하고 솔직히말을하는 R씨는 언하(言下)에

"이유여하를 불문하고 결혼했든여자와는 혼인할수업소이다"

하고 딱잘라말을하였다한다 R씨의설명이 더욱이기묘한것은

"남자는 재혼삼혼(再婚三婚)하여도 이사회(社會)에서 알아주지만 (무엇을 알아주는것인지?) 여자는 재혼(再婚)하면 그렇지못해……내가 지도자(指導者)로써 재혼(再婚)한여자를 내부인이라고 누구앞에소개를하겠오?"

"웨 못하겠오?"

"남이부끄러워서……"

"그러고도 당신이 이땅의지도자로 나선단말요? 더욱이 혁명가(革命歌)인 당신……."

이동지라는사람은 R씨의 결혼관(結婚觀)을듯고 이땅의남자들의머리속이 빈 부리끼통같이뵈이고 허무하다는것을 새삼스럽게 느꼈다는것이다.

순결성은 물론 처녀에게있을것이다 그러나 재혼(再婚)하는여자(女子)에게도 그정신(精神)으로 얼마던지순결(純潔)을 가지고있다.

과거(過去)에 그가 과부였든 기생(妓生)이었든 한남자에게 완전한사랑을 밧치면 그여인은 그남자에게있어 정부(貞婦)인것이다.

과부의재혼(再婚)을막어온 시대(時代)의비극(悲劇)을 일일이예(例)를들시간 이없것니와 오늘에있어 아즉도재혼(再婚)하는여인(女人)을 정처(正妻)로맞는 것을 부끄러워하는 사람이있다는것은 이땅의 묵은인습(因習)이 얼마나뿌리 깊게백혀있다는 증거일것이다. 한심하기짝이없다.

요컨데 정조(貞操)는직혀야될것이다 순결(純潔)한처녀는 순결한총각만이 취 할 권리가있고 홀애비는 과부에게 장가드는것이 부끄러운일이 아닌것이다.

끝으로 상애(相愛)의청년남녀(靑年男女)가 공연(公然)하게 거식(擧式)하기전 에 소위(所謂)실제결혼(實際結婚)이란 미명(美名)에서 도색유희(桃色遊戱)를 감 행(敢行)하는것은 어떤점(點)으로보아도 위험(危險)이9할(割)이요 행복(幸福) 은 거의없다고 단언(斷言)하고 싶다 이것은 허다(許多)한선례(先例)가 증명하 는바이다.

식(式)을거행(擧行)하기전에 사랑하는처녀(處女)를 희롱하는것은 그것은 애 정(愛情)의발로(發露)가아니요 야비(野卑)한정욕(情慾)의폭발(爆發)이다. 혼인초 야(婚姻初夜)의 경건(敬虔)하고 황홀한행복을 미리깨트리는것은 인생일대(人生 一代)에있어 가장큰 손실(損失)이라는것을 명념(銘念)하여야 될것이다.

결혼(結婚)은 남자(男子)가한처녀(處女)를 정복(征服)하고 소유(所有)하는것

이아니라 한남성(男性)과 한여성(女性)이결합(結合)한다는 것을 생각하면 정
조(貞操)도 순결(純潔)도 상대적(相對的)이야만 되는것이다. 총각이절대(絶對)
로 처녀(處女)를요구(要求)하는동시(同時)에 처녀(處女)도 절대(絶對)로정남(貞
男)인총각을 요구(要求)하게될것이요 과부는 호라비에게맘놓고 재혼(再婚)하
는시대(時代)가 완전(完全)히오는 그때만이 이땅에 참된여인(女人)의해방(解
放)이 있는때이다.   (글쓴분 女流小說家)

  * 좌우명(座右銘) : 정조(貞操)는 다만하나의 무가(無價)의 재보(財寶)이어서 이
   것을 얻으려고하면 황후(皇后)도 시민(市民)의처(妻)와 경쟁(競爭)하지않을수없
   는것이다 (실렙)

『부인』 3권5호, 1948.12, 10-11면.

공창폐지(公娼廢止)와 그 후 일개년(一個年)

1

사람은갈대더라 그러나생각하는갈대더라 파스칼의 이말은너무나 유명한말이며 그의 쇼펜하워 또는 그의수많은 선철(先哲) 선현(先賢)들이 인간은영혼을가진동물 또는신적(神的) 동물임을 증거하고조강하였다. 그러면 인간의 신성(神性)을가장표증(表證)하여주는것은무엇인가. 그것은두말할것 없이 정조(貞操)의대한 고귀한관념(觀念)인 것이다. 정신문명이 고도하게발달된 민족이나 나랄수록 이정조에대한관염은 더욱강하고견고한것이다. 우리대한민족은 五천년이라는역사를가진 문화민족임에도 불구하고 외세(外勢)의 야만적치정(陡政)에의하여 작년2월14일까지 공창(公娼)이란공々연한인육시장(人肉市場)이었어 지상지옥(地上地獄)을이루고있다가 역사적인 혁명의기운은 이지옥의문(門)을열어 천국(天國)과 그통로(通路)를뚫어는 놓았다 그러나 당국(當局)과 우리사회(社會)에 이혁명에대한 미온성(微溫性)은 또하나 다른지옥(地獄) 혹은 연옥(煉獄)을연출시키고있으며 거기에서 빠져나온 깃을더립힌 천사(天使)들은 날곳을 못정하고 방황하고있다. 여기에 한일을 보면 열일을안다고 이러한 당국의 미온적인처사는 긴급한시정과 과감한요망이 요청되고있으며 여기에본문화부는 우리문단(文壇)에 여류대가(女流大家)이며 여성해방운동의 선구자며 공창페지연맹처원장인 김말봉 여사의 「공창폐지와그후 一개년」이라는 준엄한 글말을실어 사회에 경종

(警鐘)을울리고저한다.

내무슨

전생 공창의 곡관을 파먹었기로 공창폐지를부르짖고 미친듯이떠들 이3년간이동안진실로 동지들의피와 눈물로뭉친투쟁을 통하여유곽이란 지옥의 천문을깨트렸다 군정3년동안입법의원의 모든법제요문(法制要文)이한개의 공문(空文)으로 몬지를뒤집어쓰고있는동안오직 공창폐지법안만이만남을불과하고 법의발동(發動)을 보기까지여성운동사상(女性運動史上)에 일대개가를울렸든것이다그러나1년의시일이지나는동안나는보이지않는눈무댁이를뒤집어쓰고긴바닥에밟히는시체(屍體)같이사람들의짜증과원성(怨聲)과내지조롱(嘲弄)의채찍을 맞고있는자신(自身)을발견하였다 3년동안(달로서는 18개월)발바닥에어지간히 □□같은못이생기고내사체가 작으만치20여만원이소모되고 식모(食母)보따리를 리레식(式)으로싸내고 상대(商代)를 빼앗긴내아이들은 영양불양(營養不良)에빠지고……내자신고한보행과트럭으로 인한무서운

출혈과그로말미암아받은 극도의신경쇠약으로(동지의한사람 최순철(崔順哲)여사는 드디어늑막염을범하여 아직까지병상에누어있다) 5개월간(間)의주사(注射)와약(藥)과씀으로받는고난(苦難)(그러면서도나는 사투(死鬪)를계속하였다) 이러한가시길을것고거러서 얻은 공창폐지가도리혀 나로하여금사회인사들의 백안시(白眼視)의 대상을만들게할줄이야!더욱이 애국애족(愛國愛族)의 법이특히두터우신 신사(紳士)께옵서왈

"음 공창폐지는 경거(輕擧)야 군정에서돌연히철없이해놓고 쩔쩔맨단말야"

이런꾸중을종종□는때 더욱이 우리나라최고의 교양인(敎養人)의한사람으로자타(自他)가공인하는 모(某) 시인(詩人)께서는 하수도(下水道)가막혔다고 장탄(長嘆)하시니 내어데로 도망가서 이원망을 피할길은없는가? 말이여기까지이르고보면바로내가무슨 대역죄(大逆罪)나저즈른듯 딱하고답답을기분으

로 가슴에 울화가뭉쿨하고 치미러오른다 울화는언제나울화에그칠뿐변명이
나 리론(理論)을 따지는수법(手法)은못된다 그래내오늘도 목구멍까지솟구 처
오르는울화를내스스로 달래놓고 나는이제감연(敢然)히나라를걱정하는 모든
애국인과문화인제씨를 상대(相對)로붓을든다

  똑바로말하자면 작년2월

14일은 우리여성진영(陣營)에일대혁명(一大革命)이 개시된것이었다 혁명
은 필연으로□는시기가 지난동안 홀난을 도래하는것은 허다(許多)한역사와
동일하다 그러나 그홀난을 단시일에수습하고못하는데서 그위정자(爲政者)의
능력과 그민족의역량이측도(測度)되는것이다 그렇게왈(曰) 가(可)왈부(否)실
로 1년반이나되는 전시일동안 공창의존폐문제(存廢問題)로 입법의원으부터
우리집식모까지 이일에대하여 관심(關心)을 가졌든것이다 공창이없어저야
하는데있어서 실질(實質)을조사(調査)하는데 허다한 선진국(先進國)의예를 먼
저검토하여보았다 가장세밀한숫자적(數字的)비교가 입법의원에서 몇번이나
되푸리되고 국내의창녀실태(창女實態)가 보건후생국 수도청 보안과 또유곽
(遊廓)의 의료기관(醫療機關)및 그담당(擔當) 의사의 수□와 시간의제공……
나와나의동지들은 이상열거한모든기관을 상대로 어떤때는 원고(原告)도되
어 뭇고대답하기무려(無慮) 2천번을 넘었다 그렇게 캐고 파고 집샛고 깨물
고 675일만에 드디어공창을 폐지하는것이 민족의복리로나 국가의 체면으
로보아 가장타당(妥當)하다는것이 인정되었다

  그리하여 입법의원서 7인(人)의 반대자(反對者)를 제하고 절대다수의 가
결로서 폐지의 단안(斷案)이나렸든것이다

  공창폐지의 법안은진실로좁은문(門)을통과하여 역전고투(力戰苦鬪) 끝에
얻은 선물이다 소위 지식여성들의 한때기분(氣分)으로 — 시작했던작난은
아니었든것이니 '철없이 시작할일이니 무모(無謀)한짓이니'하고 꾸중을 내
리는것은 이해가 없다는것보담도 자기의 무식(無識)을 그처럼 대담이도폭로
하는데는 일경(一 □)을 움키지 아니할수없다 그러나 일경을 움키는것은 내

자신의 주견이요 그들은또 그들의 주견이 있는것을어찌하랴!

공창이 폐지되면 서울거리는 가장엄숙하고 청교도적(淸敎徒的)인 동리(洞里)는못될망정 그래도 어지간히음부 탕싸의 노골적행사(露骨的行事)는마감이 될줄알았드니……웬걸유곽속에서 나온 여인들은배우고 딱근 버릇대로 큰 거리작은

골목에서 싸구려행상(行商)을 시작하였으니 일이여기까지이르고보면 구각은추악(□惡)에대하여 자진하여 함구령(緘口令)을 내릴수밖에

"공연히…… 철없이……운々"

은 오히려 지당한 말이다

"얘이 경거(輕擧)야……"

하는원성도 지々당々(至至當當)하다

그러면! 그렇다면!과연 우리공창폐지연맹은 아무런 대책도없었는가? 그들이사창(私娼)으로밀창(密娼)으로 전환(轉換)할줄을몰랐든가?아니다 단연코 아니다 — 우리는눈이부시게 똑똑한 성안(成案)을가졌든것이다 누가보아도 그랬다 군정당국입법의원이나 보건후생국 부녀국서울시청에제출된 우리의 대책은 진실로오묘하고 타당한방침이라는 절찬(絶讚)을 받았다 그렇다면 그 오묘한방침은어데로가고 오늘의이꼴이되었느냐? 반문하는분에게낱는솔직히대답한다

첫째, 우리공창폐지연맹에서 우리가방침을세운대로 진행시킬만한재정이 없었던것이다

둘째, 그재정을짜내기위하여 가장합리적인 몇가지조건을 시방□에서 협력해주지않은때문이다 또일일히말을다하려면 시간도없으려니와 모처럼재워두었던 내울화가 또다시목덜미에벅차오를것이무서워서 위선숨을한번돌려놓고…… 가자

변명도 아니요 또누구에게 책임을전가(轉嫁)시키려는 비겁한 의도(意圖)는 물론아닌채 그책임은 서울시당국이 저야만할것을 언명한다 당시의시장

(市長)은 김형민(金炯敏)씨였다 김시장도 성의는있었으나 사위(四圍)의 정세
가 허락(許諾)치 아니하였음인지 시장의 태도는 항시(恒時) 유유부단(優柔不
斷)이었다 우리 연맹의 대책성안이 시부녀과를 통하여시장에게로가면 시장
은 늘완곡히거부하였다

예를들면 공창을 수용할

유곽 접수문제□였어 관재처(管財處)가 접수하는 형식을취한뒤에 그것을
히망(希望園)에서 사용할수있는것을 지지하였으나 시에서는 하등의적극적협
력이없었다 또그뿐만아니었다 공창의구호자금(救護資金)을 영출할방침에있
어가장타당하다고생각하는 몇가지 안(案)을제출하였다 이것은당시시에서
소집한 소위 공창폐지대책위원회에서도 절대지지하였던 안(案)이다 예를들
면 극장을 이용하는것이었다 나는 당시 시부녀과 창을통하여 모서양인에게
서 영화(映畫) 2편을 빌리기로약속이되었다 그러나시공관(市公館)을사용한
편의를시에서는 완곡히거절하였다 우리연맹에서 최후로만들어낸 안은 1주
일동안을 서울시 극장입장자에게10원식의 부가금을 내도록하는것이다 이
것도 시의반대로 수포(水泡)로 도라가고말았다   (계속)

* 그들 동향(動向)

공창폐지후 창녀들의 흐른경향률은 대략 다음과같다하며 여관접대원 또
는 주점 카페등으로흐른 창녀들은 역시 이름을 달리한 창녀라한다

여관 접대원으로   15%

주점급 카페업태부로 75%

가정급 식모침모로 3%

공창급 타직장으로 2%

간호부급 악극단으로 5%

≪연합신문≫ 1949.2.22. [여성 : 공창폐지1년특집]

2

공창페지일로정한 이틀전인 2월12일에 우리연맹의대표 23인이 시 회의실에모여 최후로

시장의 면회를 요청하였다. 시장은 여러사람과만날수없으니 대표로한사람만 들어오라하여 최예순(崔禮順)여사가 시장실로들어갔다. 수분후에도라온 동여사의말은 이러하였다.

"공창의대책은 그전책임을 시당국이질것이니 여러분은 안심하시고도라가시요. 공창페지연맹의 대책기관인 히망원의 이름이아니라도 사실상 시가 그책무를 이행하면 그만아니겟오?"

이것이 시장의대답아니 약속이었다.

우리는 이이상추구할 아무런 이유도 발견치못한체 우리는시청문을나왔다. 그러나 일말(一抹)의 불안이 우리들의가슴에 어두운구름같이 덮여있었던것마는 부정할수없는 사실이었다.

그러나 최후의한방울의힘까지 다 소모한 우리는이이상 더어찌할 도리가 없고 또시일도없었다. 이틀이지나 2월14일 드디어공창을페지하는법(法)의 발동은나타났다. 그러나 그뒤시당국의 공창수습(收拾)의 위대하고찬란한 공적은 여러분이 다같이 찬향하는바가아닌가. 사람은 밥안먹고사는것이아니라 때로는 곳잘말을먹고도 산다는것을 똑々히배웠다. 서울시 당국으로부터 일이 이쯤되고보면

잘된일이면 내가하였오하고 장담하고 나설사람도 많겟지만 공창페지의 수습이실패된오늘 나의목소리는 자연이 가느러질수밖에! 그러나 진정그러나 공공연(公公然)하게 인육(人肉)을 홍정하는 제도(制度)가 없어진것만이라도 장쾌(壯快)하지않은가. 이한가지사실로서 나와나의 동지들의 위로(慰勞)는 크다. 내동지가 아니라도 후안무치(厚顔無恥)의 망종(亡種)이 아닌이상 공창페지 그자체는 나무렴할 사람은 단한사람도 없을것이다. 그러나 문제는 대술

(大術)에서흘러나는 농한(濃汗)과같은 사창(私娼)이다. 나날이부려가는사창 나날이 썩어가는풍기(風紀) 헛것을 과연 수습할방침은 없는것인지 하는것이다.

월전(月前)에 부녀국여자경찰서 및 시부녀과에서 직업여성옹호연맹(職業女性擁護聯盟)이란 간판을세우고 주로 사창문제를가지고 선두에나서 싸워보자고 나를부른일이있었다

나는 그연맹자체의 목적과 이념(理念)에대하여는

눈물이 나도록 고마웠다 그러나 그운영방침법(運營方針法) 『돈』에있어 자신이 서지않어 결국 사양하고말았다 어떻는지 무슨방법이 있어야하겠다

≪연합신문≫ 1949.2.23. [여성 : 공창폐지1년특집]

3

적절하고효과적(效果的)인 사창의 구호(救護) 내지(乃至) 교화(敎化)시킬 안(案)이 급속히 생겨나야되겠다. 이제는 우리나라도 독립되었고 정부도 서지않었는가? 민족의 풍기(風紀) 내지(乃至) 보건(保健) 문제를 어찌등한시(等閑視) 할수있는가 사창의범람(汎濫)은 공창폐지가비저낸 불의(不意)의 결과인 것처럼 그릇된 생각을하는 자들이 있으나 이것은 자기의 무식(無識)의 광고밖에아무것도아니다.

진실(眞實)된 의미에서 사창의 격증(激增)을 막으려거던 방법은 딱하나밖에없다. 여자들이 마음놓고 들어갈수있는 직장(職場)의문을 활짝 열어달라는것이다. 빈곤(貧困)과 병고(病苦)에 시달리는 가족五인을 가진자로서 그가 여자가아니고 사나이라할지라도 그의 노동력(勞動力)을사주는데가 없다며는 그래서 그가 도적질할 기력도없고

자살할 용기도없고 또 미쳐지지도않는다면 그리고 돈을가지고 그의 정조(貞操)를 요구하는 사람이있다하며는 그 유혹(誘惑)에서 감연(敢然)히 싸워

이길자가 몇이나될까?

여자를위하여 무슨직장이있느냐? 빈약한 전기(電氣)의 배급을받어 도라가는 몇대의공장(工場)은여자를 흡수(吸收)하기에는너무도적다. 여자의 직장뿐아니라 남자에게도 직장이있어야한다. 남한일대(南韓一帶)에 실업장정(失業壯丁)의수가 2백만을 돌파하지않느냐?

이들이 빵을얻는방도(方途)가없다면 그의딸 그의누이 그의안해가 빵을찾어거리에 나오게된다. 어디로 갈고 그들앞에 열린 단한개의직장…… 첨에 식당여급(食堂女給) 다음에 술집여급 땐서— 이러한 사창의 앞자리의 직업이 가장 자연스럽게 험도티도없는부녀자는 윤락(淪落)

구렁텅이로 떠러지고 마는것이다. 이러한의미에서 사회부장관각하(社會部長官閣下)께 감히 고언(苦言)을진정(陳情) 한다. 좀더 적극적으로 좀더 단시일내에실업자의 대책(對策)이 있기를바라고 그와동시에 사창이 되기싫은대도 빵을위하여 정조를 제공(提供)하는 모든 불행한 여성에게 직장을주기를 요망하는바이다. 그중에는 천성(天性)이 음탕(淫蕩)하여사창으로 전락(轉落)한자들도있지마는 대개가 그책임(責任)은 국가(國家)가저야하고 사회(社會)가 저야만한다.

우국(憂國)하는 국회의원(國會議員) 제위(諸位)여! 진정한 애국의 지도자여 —

사창문제를 여자경찰에게만 미루기에는 그리고 공창을 폐지한 몇몇 여인(女人)들에게만 책임을 따지기에는 당신들의 자존심(自尊心)이 이를 허락지않을줄로 믿는바이다.

국가는 이제 허트러진삼오래기를 한가닥식 추려가는 중이다. 머지않어 쏟아놓은 배설물(排泄物)같은 사창문제도 본격적 궤도(軌道)에 오를날이 오고야말것이다! 반다시올것이다!   (完)

≪연합신문≫ 1949.2.24. [여성 : 공창폐지1년특집]

여성(女性)과 문예(文藝)

(上)

나살이나 먹어그런지 걸핏하면 잔소리비슷한 말이 나오려고만 한다. 이하(以下) 내가쓰는말은 내딸내아들에게 주는 말을 그대로 여기에 써보는 것이니 그쯤 짐작하고 읽어주심을……

요즘 문학열(文學熱)이 버썩 팽창 하여진것같다. 무슨 문학연구(文學研究)니 문학강좌(文學講座)니 하는 모음이 벌써 7월달에 있어서 나알기만도 서너차례 지나갔다. 젊은이들이 특히 젊은여인들이 문학(文學)이니 예술(藝術)이니하는 향기로운 분위기(雰圍氣)를 사모(思慕)하여 모이는것을 볼 때 일변 대견 스럽기도 하고 일변 애처러운 심정(心情)도 느껴졌다.

문학(文學)의길이 결단코 꿈과 같이 화려한것만 아닌것인데…… 굳이즐기어 좁은문(門)으로 들어가려는 딸들이딱하게보인 때문이다

그러나 생각하여보면 한창시절인 이젊은여자(女子)들이시집갈준비로 방석에 수를놓고귀주머니나접고 골무나만들시간(時間)에 또는 어머니의가난한 주머니를 짜내가지고유행하는 치마감이나 마련하는대신 그를듯한 서적을(部籍)사서 시간(時間)을더듬어읽고 외우고 모르는대목은선생과 선배에게 묻고…… 그러한일은 확실히 믿음직스럽고 행결마음 놓이는일이라고 생각지 않을수없다

악착한 현실에서 잠간눈을돌려 마음의창문을 열어도좋을것이다. 창밖에

는 가없는창공(蒼空)이있고 꿈이있고 환상(幻想)이있고…… 그러나 우리가마
땅히기억하여야할것은 꿈과현실을 구별하여야한다는것이다. 꿈은 어디까지
나꿈이오 엄숙한현실은 언제나 멋없는꿈과는 타협하지 않는것이다. 사지가
쪽쪽곧고 코날이서고 이마전이 두드러지게생긴…… 주먹힘께도 있어보이
는젊은남자(男子大學生)들이 무슨 시집(詩集)같은것을 끼고있는것을볼때 나
는약간 우울하여진다는것을 고백하여둔다

깃고대에 붙인L□마크의 홍수가 너무도 범람(凡濫)한때는 나도실증이 났
기때문이다. 고향 시골 XX에를 갔던길에 일가되는청년 몇몇에게 장래상급
학교(上級學校)의 목적(目的)을 물어볼 기회가 있었다. 그들은 하나같이 문학
(文學)이라한다. 그리고 남은몇사람은 법학이라한다. 의과(醫科)나 농과(農科)
나 공과(工科)는 어떠냐고 물었더니 제왈(諸曰) □□□□구멍을 뜰을작만 하
신일에 나는 새삼스럽게 감사를느꼈다

누가 저위대한 꾀─떼나 쉑스피아의존재(存在)를 거부(拒否)하며 화려현
란(絢爛)한 빠이론이나 쉴레를 사랑하않을자(者)있으려요 트르게네푸가어떻
고 뜨스터엡스키─가 얼마나 고마운작가(作家)인것을 잊어서는 물론(勿論)안
될일이다

그러나잔정그러나이다 의식족이지예절(衣食足而知禮節)이란말은 동양(東
洋)의 진부(陳腐)한 유교(儒敎)□□만은 아니다. 존경(尊敬)하는 꾀─테도 "예
술(藝術)은 실용(實用)에양보(讓步)한다"한말을 생각해본다면 정녕까닭은 있
는일이다

람프등한개 똑똑한것을만들어내지못하고 주사기계하나 올바르게 만들재
간이없는주재에 그래 쉑스피아가 어떻고 꾀─테가 어떻단말이냐

이말은 내가새삼스럽게하는말은아니지만 아버지는소를대리고 비지땀을
흘리며 밭을가는데 아들은 서늘한 평상에누어 시집(詩集)이나 논문(論文)을
들고 우울을지나쳐 심각(深刻)한 얼굴을하고 있는것을 우리는 너무도 자주
본다 아주 이상스럽게대하□고 아무도 그일에 놀라거나 걱정하는이는없다

더구나 어머니는 방아를 찧고 빨래을하는데 우리갸륵한 여자대학생(女子大學生)은 고급(高級)노ー트를 펼쳐놓고 호박꽃이 어떻고 수수대가 이러하니 봉선화가 저러하고…… 쓰다가짓고 지우다가쓰고 그러다가는 커다란 하품한번에 아무데나 서늘한바람을동무□아 고스라니누어 잠이들고…… 말이여기까지 오고보면 바로내가 무슨문학(文學)이나 예술(藝術)을 사랑하는 젊은남녀(男女)와 해보사고 덤벼드는것처럼 보일염려도 없지않다

그러나 그만한 오해(誤解)쯤은 사도좋다 평소(平素)에 느낀바이요 하고싶은말이니 기어히 해보고말작정이다

추악(惡)한 현실(現實)을 잠간만이라도 잊어버리고 좀더높고좀더순수(純粹)한 감정(感情)의세계(世界)에사려고 노력(勞力)하는것을 내가배척하는것은 결단(決斷)코아니다

내가하고싶은말은 현실(現實)은 어디까지나 현실(現實)로 파악(把握)하고서 □□□무서운현실(現實)과 피나는 □□전(展)을하자는 말이다 민족적(民族的)으로 일대전환기(一大轉換期)에 있는 우리라는것을 기억하여□□□ (계속)

≪서울신문≫ 1949.8.6.

(中)

형제(兄弟)들이 어떻게주리고있고 부모(父母)들의노고(勞苦)가 어떻게큰것쯤은 알아보아도 괜찮을때라고 생각하는때문이다 어떻게해서라도살림살이를제자리에 바로세워야겠다 주린배를 채우려면 먼저솥에다쌀을넣고불을때어야하겠다

8할(割)이 농민(農民)인 우리나라살림이라면 농사(農事)지을 학문(學問)을 무엇보다도 많이하여야 할것이요 바늘한개라도 타인(他人)의 손에 의뢰(依賴)하지만말고 내살림은 내가살아야겠다면 시집(詩集)을들고있는 손(手)에반

드시 함마*를 들어야할것이요 소설(小說)을읽는시간(時間)에 농사법(農事法)을 읽어야되겠다

여성제군(女性諸君)이여 나의딸들이여 나는 그대애게앞서 잠간말한 좁은문(門)이란운운(云云)을기억하기를바란다

여인(女人)에 게있어 문학(文學)이나 예술(藝術)을 한개의 취미정도(趣味程度)로 읽고 쓰고 하는것은 정말로 좋은 일이다 가사(家事)의여가(餘暇)에 아기를 끼고누어 젖먹이는동안 간혹 깊은잠을 잃어버린 밤같은때 좋은책은 가장 친절한벗이요 가장가치있는 지도자인때문이다

그러나 소설가(小說家)가된다 시인(詩人)이된다 화가(畵家)가된다하여 적어도 한사람몫의 창작가(創作家)가 된다면 또되려면 거기에따르는 무한(無限)한수고(受苦)와 실생활(實生活)과의모순(矛盾)과 또고민(苦悶)을 잊어서는아니 되는것이다

한정(限定)있는지면(紙面)에 일일이 다쓸수는 없겠지마는 첫째알아듣기쉬운말로 소위(所謂)여류문화인(女流文化人)치고 그일생(一生)이 잔잔하고 평화(平和)스러운운명(運命)을 가진이가 몇사람이냐 그렇지않고(아주썩 훌륭하게 살고간사람 살고있는사람도 혹령있지만) 하필현금(何必現今) 우리문단(文壇)을가지고 하는말뿐이아니다 또우리나라 여류문인(女流文人)만시가리켜 말함도아니다 가 황진이(黃眞伊)가 기생(妓生)이 아니되었더면 그아름다운 재조(材調)를 어찌 남겼겠느냐고 그런고로 황진이(黃眞伊)의 예술(藝術)의가치(價值)를 생각할때 그가 기생(妓生)이 되었다는불행(不幸)은 제(除)하고도 남음이있다 운운(云云)하는이가있다면 나는 단언(斷言)한다

황진이(黃眞伊)의예술(藝術)이 얼마나높은지모르되 높으면 높을수록 그가 기생(妓生)이 되었다는불행(不幸)은 좀더심각(深刻)한 불행(不幸)으로 우리를 슬프게 한다고

----

* 일본어로 '망치', '큰 망치', '해머'를 뜻함.

아무리 고귀(高貴)한예술(藝術)이라할지라도 '사람'과는 바꿀수없다는것을 나의 사랑하는딸들은 깊이기억하여주기를 부탁하는바이다

요사이 흔히들 여류문인(女流文人)하면 윤리적(倫理的)으로 어느정도(程度) 해방(解放)을당(當)할권리(權利)나 있는드시 사람들이 말을하고 무슨여류문인(女流文人)이 □혼(□婚)을했느니 이혼(離婚)을했느니 하는말이 여류문인(女流文人)?의 일생(一生)을 꾸며주는듯한 착각을가진 젊은문필인(文筆人)들이 있는것을보면 한심할노릇이 아닐수없다

딸들이여 다시말하노니 확호(確乎)한인격(人格)을 파악(把握)하고서 그러고 문학(文學)을할것이요 문학(文學)험네하고 시집(詩集)이나끼고 젊은대학생(大學生)이나 찾아다니고 젊은□□□서 듣는것이 문학여성(文學女性)이라면 나는 이러한문학여성(文學女性)을□□하고싶다 (계속)

≪서울신문≫ 1949.8.7.

(下)

꿈도좋다 아름다운무지개 찬란한별 화려한꽃덜기 누가싫어하리 딸들이여 그대들이 시(詩)를쓰는것도좋고 소설(小說)을엮는것도 좋다 환상(幻想)도 좋고 꿈도아름답다 꿈을기지려거든 크고높은꿈을 가져라 그래서 그꿈이 시(詩)가되거던 사루지니·나이두여사(女史)같이 되는것이좋다 꿈을 그리되 펄벅여사(女史)같이 노벨상(賞)을 가져오도록 커다란여류소설가(女流小說家)가 되어라

그러나 우리는 범인(凡人)이다 저마다 펄벅이되고 저마다 나이두여사(女史)는 못될것이다

아니시(詩)보다 소설(小說)보다 더 큰사명(使命)이 그대들을 기다리고 있는것을 생각하여야한다 그것은 여러분은 여인(女人)이라는것이요 여인(女人)

이면 사랑의아내요 또 어머니라는 것이다

어머니의천직(天職)은 나면서부터 가지고나온 성(聖)스러운사명(使命)이다 총명(聰明)한어머니 착한어머니 건강(健康)한어머니 믿어운어머니 존경(尊敬)을받을수있는 어머니가 되어야겠다

사랑하는딸들이여 내가문학(文學)하는여인(女人)의 한사람이되었다면 그것은 운명(運命)이커다란운명(運命)의수레바퀴가 그렇게 만들었다는것을 생각하여주기를바란다 내가또우리가그대들같이 젊었을시간(時間)에는우리에게는 조국(祖國)이 없었나니라 그래서우리가

"임이여 나는 당신을위하여살고 당신을위하여죽겠나이다"

하고 일기(日記)에쓴말은 곧조국(祖國)이여 나는 당신을위하여살다가 당신을위하여죽겠나이다 고등계(高等係)형사들에게 일기장을빼앗겨도 그들은우리가 풋사랑에 녹아떠러진줄만알았을것이다 그때우리들의슬프고 서러운사정을 어찌지금다기록할수있으랴 우리는 배워도가르칠길이없고 재조를가지되 이를부릴 직장(職場)이없었다

차라리 을종상업학교출신(乙種商業學校出身)은 무슨견습(見習)이니 무슨사무원(事務員)이니하고 취직(就職)이쉬었겠지만 우리들 소위(所謂) 전문이상(專門以上)을나온 더구나 문학계통(文學系統)을 밟은 우리에게는 □□의오계(悟戒)가따르고 손 발 입 눈 전부를 꽁꽁묶어 산송장을 만들려고하였다 참으로 그러하였던것이다

그때문에 우리들은 오직 붓을들었더니라 달을보고설음을말하고 별을향하여 가슴을속삭이고 낙엽에다 슬픔을 하소연하고…… 그리그러하다보니 사람들은 나를 소설쓰는 사람이라 하더라니……

사랑하는 딸들아

불행(不幸)의역사(歷史)는 막(幕)이걷히었다

이제 우리손으로 우리나라가 잘될수도있고 못될수도있는 이크나큰 전환기(轉換期)에 있어 왜하필(何必) 시(詩)만읊고 소설(小說)만쓰고있으리 앞가슴

쑥내밀고 하고싶은 말을하고 걸어갈길은 똑바로 걷고 아까 한 참된의미의
좋은 어머니가되어 씩씩한자손(子孫)을 낳아 기르는것이 우리젊은 여인(女
人)에게 주어진 가장큰 과제(課題)라고 생각한다
　문학(文學)과 그림과 음악(音樂)을사랑하는 그대들이 참된인격(人格)을기
초(基礎)로 인생(人生)을출발(出發)한다면 그야말로 진선미(眞善美)를갖춘 영
원(永遠)의 어머니가 아니되고어쩌리 　(끝)

≪서울신문≫ 1949.8.9.

공창폐지(公娼廢止)와 그후(後)의 대책(對策)

공창폐지(公娼廢止)도 문자(文字) 그 자체(自體)가 벌서 한 개(個)의 골동품(骨董品)같이 우리 시야(視野)를 시처갈 뿐 아무런 흥분(興奮)이나 호기심(好奇心)을 느끼지 못하는 것이 인간(人間)의 건망증(健忘症)의 비애(悲哀)라면 비애(悲哀)랄까

입법의원(立法議院)에서 그렇게들 갑론(甲論) 을박(乙駁)으로 치고 패고 하든 기력(氣力)은 어디로 갔는지 사람이 바꼬아 져서 그러는지 시대(時代)의 유행(流行)이 뒤떨어져서 그러는지 요사이 국회(國會)에서는 공창(公娼)이라던가 사창(私娼)이라던가에 대(對)하여서는 일언(一言) 반사(半辭)의 말슴이 계시지 않다.

신성(神聖) 불가침(不可侵)의 유염남자(有髥男子)의 갸륵한 입으로 어찌 공창(公娼)이며 사창(私娼)이며 그런 추악(醜惡)한 말은 감(敢)히 기대(期待)할 수 있으리오 그러나 군정시대(軍政時代)의 입법기관(立法機關)인 입법의원(立法議院)이 그 시대(時代)에 법(法)을 제정(制定)하고 발동(發動)시키는 능력(能力)이 있었다면 오늘의 국회의원(國會議員)들은 대한민국(大韓民國)의 헌법제정(憲法制定)과 그 발동(發動)에 있어서 가장 큰 발언권(發言權)을 가질 것이다.

이미 그러할진대 모든 행정(行政)과 모든 기관(機關)이 이 나라 이 민족(民族)의 행복(幸福)을 무시(無視)하고는 존재(存在)치 못할 것이매 지극히 추악한 공사창(公私娼)의 문제(問題) 또한 본의(本意)는 아니면서도 이 민족(民族)과 연대관련(連帶關聯)이 있는 이상(以上) 결단코 이를 불문(不問)에 붙일수

는 없는 것이다.

　공창폐지연맹(公娼廢止聯盟)이 끓는가슴을 안은 동지(同志)들과 함께 어떻게 피나는 투쟁(鬪爭)을 거듭하여 공창폐지(公娼廢止)가 실시(實施)된 것은 이 민족(民族)의 도덕적(道德的) 수준(水準)이 어떻게 높다는 것을 천하(天下)에 증명(證明)함이니 이에서 더 큰 기쁨은 없을 것이다.

　그런데 여인(女人)들의 손으로 그 무서운 악(惡)의 법(法)을 깨첫거늘 오늘 국회의원(國會議員)의 높은 의자(椅子)에 앉은 거의 전능(全能)의 존재(存在)인 대한남자(大韓男子) 제위(諸位)는 그 대책(對策)에 대(對)하여 어떠한 관심(關心)을 가졌는지 진실로 궁금하기 짝이 없는 일이다.

　골목마다 사창(私娼)의 소굴(巢窟)이오 거리마다 매춘부(賣春婦)의 행렬(行列)인 것을 알고도 모르는체 하는지 보고도 못본체 하는지 이 또한 궁금하기 짝이 없는 일이다. 사창(私娼)이 늘어가는 사실(事實)을 공창폐지(公娼廢止)에서 있다는 원성(怨聲)을 백만(百萬)번 거듭하여도 어찌할 수 없는 일이다. 가령 만보(萬步)를 사양하여 공창폐지(公娼廢止)가 사창(私娼)을 제조(製造)하는 원인(原因)이 되었다 하더라도 공창(公娼) 폐지(廢止)만 한탄(恨嘆)하고 있는 시기(時期)는 아니다. 모름지기이나라 이 민족(民族)의 행복(幸福)과 절대(絶對)한 관련성(關聯性)을 가진 이 문제(問題)는 어떻게서든 건설적(建設的)으로 그방도(方途)를 타개(打開)하여야만 될 것이다. 어느나라 어느민족(民族)과 비교(比較)하더라도 이 나라 여인(女人)들 같이 정조관념(貞操觀念)이 두터운 족속(族屬)은 없다한다.

　이것은 내가 구구히 들고 나서기전에 식자(識者) 여러 분이 이미 긍정(肯定)하고 있는 사실(事實)이 아닌가. 정조(貞操)와 생명(生命)을 바꾼 허다한 역사(歷史)를 가진 한민족(韓民族)의 여인(女人)들이 어찌하여 오늘과 같은 음부(淫婦) 탕녀(蕩女)가 이다지도 많아졌는지 우리는 한번 머리를 기우러 보아야만 되겠다. 거리에서 우슴을 파는 여인(女人)이 백명(百名)이면 나는 단언(斷言)한다 진정 기뻐서 정조(貞操)를 상품화(商品化)하는 여자(女子)는 그 중(中)에 한 둘 밖에 없으리라고……. 그것도 천성(天性)이 변태(變態) 성욕자(性慾者)에 한(限)해서만 그러한 것이다. 가령 그들 백명(百名)이 울지 않고 기뻐서 기뻐서 그런 행상(行商)을 한다 하더라도 나라의 지도자(指導者)들은 마땅이 이를 제지(制止)하여야 할 것인데 하믈며 그들이 죽지 못해서 그리고 감옥(監獄)이 무서워서 도적질도 못하고 멀정한 머리가 갑작이 미치지도 못하고 오직 뚫어진 외길 가시길 돌짝밭 사창(私娼)의 굴(窟)로 모진 채찍에 쫓기는 양떼와 같이 밀려들어가고 있는 그들이라면 인도상(人道上)으로라도 수수방관(袖手傍觀)만 할 수는 없는 것이다.

인도적(人道的)이니 도의적(道義的)이니 하는 거룩한 문구(文句)를 빼고서라도 위선(爲先) 가까히 이해문제(利害問題)로서도 그냥 버려둘 수는 없는 것이다.

날마다 자라고 있는 내아들 언제 어느 때 그들의 교소(嬌笑)에 무서운 유혹(誘惑)을 느끼게 될런지 그들의 홍순(紅脣)에 부듸치는 순간(瞬間) 멸망(滅亡)을 내포(內包)한 화근(禍根)은 자자손손(子子孫孫)이 따르는 것이다.

임질(淋疾), 매독(梅毒), 연성하감(軟性下疳)에 마귀(魔鬼)보다 무서운 미균은 마참내 우리 딸들로 하여금 불임증(不姙症)에 걸리게하고 우리 손자(孫子)들을 천치(天痴)와 저능아(低能兒) 혹은 소경으로 만들어 버리는 진실(眞實)로 처참한 산 지옥(地獄)의 만연(蔓延)을 일시(一時)라도 그냥 둘 수는 없는 것이다.

그러면 여기에 대책(對策)은 무엇인가 마땅히 국가(國家)가 이 문제(問題)를 조상(俎上)에 올려놓고 토의(討議)할 때는 왔다고 생각한다.

어떤 독지가(篤志家)의 기부(寄附)나 어떤 유지(有志)의 발분(發奮)을 만연(漫然)히 기다리고 있기에는 사태(事態)가 너무도 급(急)하다. 무장(武裝)하여처 들어오는 적(敵)도 무섭지만 그들은 물러갈 때가 있다. 그러나 민족(民族)의 살을 먹고 피를 마시는 망국(亡國) 망족(亡族)의 성병균(性病菌)은 보다 더 무서운 우리의 적(敵)이라는 것을잊어서는 안되는 것이다.

국가(國家)가 강력(强力)한 힘을 발동(發動)하여 일체(一切)의 사창(私娼)을 검진(檢診)하고 보균자(保菌者)면 국립병원(國立病院)에 입원가료(入院加療)할 것이오 치료(治療)하는 중(中)에 되도록 교화(敎化) 선도(善導)하여 사창(私娼)의 직(職)을 버리고 그들의 힘에 알맞은 또 그리고 그들이 살아갈 수 있는 임금(賃金)을 지불(支拂)할 수 있는 직장(職場)으로 그들을 인도(引導)할 것이다.

여기에 따르는 비용(費用)은 일체(一切) 국가(國家)가 부담(負擔)할 것이니 교육문제(敎育問題)나 국방문제(國防問題)와 똑 같은 중요성(重要性)을 띠고 있는 까닭이다.

건강(健康)한 사창(私娼)은 하로바삐 그들이 감내(勘耐)할 수 있는 또 의식(衣食)을 얻을 수 있는 직장(職場)으로 인도(引導)할 것이오 만약(萬若) 이에 불응(不應)하면 감화원(感化院)이나 기타적당(其他適當)한 수용소(收容所)로 보내어야만 할 것이다. 이것을 인권유린(人權蹂躪)이니 자유속박(自由束縛)이니 말하는 사람이 있다면 그런 사람에게는 정신(精神)병자 수용소(收容所)도 또는 법정전염병수용소(法定感染病收容所)도 부정(否定)하여야만 할 것이다.

현하(現下)의 국가상태(國家狀態)로 모든 것이 혼란(混亂)하다 왈(曰) 식량문제(食糧問題) 왈(曰) 교육문제(敎育問題) 왈(曰) 국방문제(國防問題) ……

어느 것이 시급(時急)지 않은 것이 아니리오 그러나 그 중(中)에도 전(全)민족(民族)을 정신적(精神的)으로 또 육체적(肉體的)으로 멸망(滅亡)의 심연(深淵)으로 끄을고 가는 풍기문제(風紀問題)야말로 국민(國民)의 상하(上下)를 물론(勿論)하고 절대(絶大)한 관심(關心)을 가저야할 문제(問題)이다.

근본적(根本的)으로 사창문제(私娼問題)를 해결(解決)하려면 사창(私娼)이 질머지고 있는 가족(家族)의 부양(扶養)을 그 가정(家庭)의 장정(壯丁)들이 맡도록 할지니 그리함에는 전국(全國)에 허득이고 있는 실업자군(失業者群)을 하로 속히 구제(救濟)하여야 되는 것이다.

즉(卽) 국가(國家)의 능률(能率)과 국민(國民)의 생활안전(生活安全)을 위하여서 건강(健康)한 장정(壯丁)이 한 사람이라도 놀 수는 없는 것이다.

1947년 연말(年末)에 입법의원(立法議院)에서 방청(傍聽)한 기억(記憶)대로 한다면 남한(南韓) 일대(一帶)의 실업장정(失業壯丁)만이 약(約) 120만이라 하였다. 지금은 얼마가 더 줄었는지 늘었는지 알 수 없으나 이 실업자문제(失業者問題)를 해결(解決)하지 않고는 국민(國民)의 참된 행복(幸福)은 없을 것이다.

또 사창문제(私娼問題)를 여자경찰관(女子警察官)에게만 맡기고 밀매음자(密賣淫者)를 명동(明洞) '어깨'들을 취급하는 것처럼 생각해 버린다면 화근(禍根)은 그칠 바를 알지 못하도록 무서운 결과(結果)를 초래(招來)할 것이다.

소위(所謂) 직업소개소(職業紹介所) 사람들을(뚜쟁이) 백날 설유(說諭)해 보았자 소용(所用) 없다.

그들에게 적당(適當)한 직업(職業)을 주고 불응(不應)할 때는 유치장(留置場)으로 데리고 가는 길밖에 도리가 없을 것이다.

뚜쟁이와 싸우고 사창(私娼)들과 싸우는 여자경찰(女子警察)의 노력(努力)은 참으로 눈물겹도록 감사(感謝)한 일이다. 그러나 제방(堤防)이 믏어진데 호미로 막을 수는 없다. 이 중대(重大)하고 복잡(複雜)하고 어려운 일을 여자경관(女子警官)에게만 맡기지 말고 국민(國民)은 맛당히 총동원(總動員)하여 협조(協助)하여야 되겠다. 그 중(中)에도 특히 국회의원(國會議員) 제씨(諸氏)와 사회부(社會部) 보건부(保健部)의 절대(絶大)한 분발(奮發)을 요망(要望)하여 마지 않는다.

『민성』 5권10호, 1949.10, 39-40면. [사회문제특집(社會問題特輯)]

새술은 새부대에

잔작크릇소—가 '인간은 모름직이 자연(自然)으로 도라가라'고 웨친때부터 세기(世紀)는 세번을 바뀌는동안 허다(許多)한 비자연상태(非自然狀態)에서 신음(呻吟)하던 제도(制度)가 조직(組織)이, 인간(人間)이, 생명(生命)이, 피가 싸워 왔다.

싸와서 흑노(黑奴)의 해방(解放)이 왔고 싸와서 포악(暴惡)한 군왕(君王)은 물러갔고 싸와서 노자(勞資)의 행복(幸福)이 상대적(相對的)으로 되었고 싸와서 여자(女子)에게도 선거권(選擧權)이 오게 되었다.

우리나라에는 여자(女子)들이 여권(女權)을 획득(獲得)하기위하여 피나게 싸운일이없이 얻은 여권(女權)이라 그런지 모처럼 주어진 권리(權利)가 어째 남자(男子)들의 이용(利用)에만 분주(奔走)히 응(應)하게되고 정작 여성자신(女性自身)들과 직접(直接)으로 가장 큰 이해관계(利害關係)를 가지고있을여성(女性)을 선출(選出)치 못하는가를 생각할때 기가 콱 매키고만다.

정치(政治)에 대(對)하여 훈련(訓練)을 받지못한 까닭이라고 간단히 대답해 버리기에는 목하(目下)의 사정(事情)이 너무도 억울하니 벙어리로 태어나지 못한 이상 입을닫혀 둘수도 없다.

"여보셔요 당신(當身)네들은 동성(同性)을 투표(投票)할줄은 모르는 모양이죠?"

하고 어느 국회의원(國會議員) 한분이 농담(弄談)삼아 하는 말을 듣고

"여자(女子)가 선출(選出)되면 너의들의 직업(職業)을 방해(妨害)한다. 아예

여자(女子)에게는 투표(投票)하지 말라고 요정(料亭)과 주석(酒席)에서 써-비스하는몇사창(私娼)들에게 선전(宣傳)을하는 남자의원(男子議員)들이 있을동안에는 여자대의원(女子代議員)은 좀 어려울거야요"

나는 이런 대답을 하면서도 속으로 심청이 더럭더럭나서

"몇몇사창(私娼)들의 직업(職業)을 약속(約束)해주고 그 값으로 대의원(代議員)이되어 그래 무슨 알량한 정론(政論)이 있을게냐. 그 입에서는 밤낮 술구린내나 풍기고 엉뎅이는 요리(料理)집 아랫목에나 처박혀 있는것이 일수겠지"

혼자 발악(發惡)비슷한 짜증을 냈지만 짜증이 아니라 날같은 여인(女人)이 한 100명(名) 혈서(血書)를 써 놓고 자살(自殺)을 해본댔자 눈깔들이나 뜰라구!

속담(俗談)에 도적질을 해먹어도 자국이 맞아야 된다는데 여(女)편네들이 달라붙어 유곽(遊廓)쯤 허무러 버렸으면 남정(男丁)네들은 그뒷 수습이나 좀 착실히 해주어도 괜찮을텐데…….

숫재 축첩반대안(蓄妾反對案)에다 과반수(過半數)의반대(反對)로 부결(否決)을 시켜놓았으니 이런 남자(男子)들을 믿고 살아갈 우리나라 여성(女性)들의 팔자(八字)도 어지간이 기구한 모양이다.

일제(日帝)땐 그놈들의 법(法)이란게 도적놈의 짓이니 의례히 그리렀다.

악마(惡魔)의 노릇이니 의례히 그리려했다.

착취자(搾取者)의 수법(手法)이니 의례(依例)히 그렸다.

했던것이 해방(解放)된오늘 아니 버젓이 독립(獨立)된 오늘에 글세 백주(白晝)대낮에 사사(私私)로도 아니요 은밀(隱密)히도 아니게 한 남자(男子)가 한 아내 이외에 또하나 돈이 있으면 둘, 돈이 더 있으면 셋 더 많으면 넷 법적(法的)으로공인(公認)을받고 사회적(社會的)으로 타당성(妥當性)이 인정(認定)되어야 한다니 글세 문명(文明)한나라면 어느 천지(天地)에 이런일이 있겟느냐말이다.

사천년(四千年) 사천년(四千年) 하고 떠들지만 무슨 사천년(四千年)이냐?

중국(中國)의 종노릇한 햇수를 빼고 왜(倭)놈에게까지 종사리한것 빼 놓고 그래 과연(果然) 몇해나 바로살아 왔는가?

지금부터라도 늦지 않으니 앞날의 우리자손(子孫)을 남의 종사리 시키지 않을 조처를 하여야 하겠다.

비결(秘訣)은 하나 뿐이다.

하늘을 우러러보거나 땅을 굽어보거나 부끄러울것이 없는 도덕적(道德的) 윤리적(倫理的) 생활제도(生活制度)를 수립(樹立)하는 그것이다.

윤리(倫理)가 바로 서지 못한 곳에 바른 생활(生活)은 없다.

수레도 외바퀴로는 못 굴르고 사람도 두 다리가 완전해야만 바로 걷는다.

남자(男子)는 왕(王)같이 권리(權利)를 부리고 여자(女子)만이 천대(賤待)를 받되…… 노예(奴隸)같이 팔리고 아이 못낳는다고 쫓겨나고 첩(倿)생기면 쫓겨나고 몸약(弱)하면 쫓겨나고…… 쫓아내진 않는다 하드래도 마음으로 모욕하고 하시(下視)하고 미워하고…….

그래가지고 복(福)이 내릴수 있을가 생각할 일이다.

결국(結局) 문제(問題)는 하나밖게 없다.

싸워야 되는 것이다.

우리는 이 부자연(不自然)한 생활제도(生活制度)와 싸우는것밖게 도리(道理)가 없는 것이다.

약자(弱子)가 이기는 비결(秘訣)은 오즉 하나밖에 없다. 뭉치는 것이다.

어느 영화(映畵)에서 본 일이다. 열대지방(熱帶地方)에 문자(文字) 그대로 기둥만침한 굵은 뱀이있어 어슬렁 어슬렁 기어 다니다가 토끼는 물론 산양(山羊)같은 것도 널름널름 한입에 집어 생키는데 호랭이란 놈이 어쩌다가 맞서게되어 싸우기 시작 하였다.

호랭이의 예리한 발톱으로 뱀의 배알이 금방 쏟아질것 같은데도 뱀은 후르르 호랭이목을 감아 버린다.

호랭이는 가깝한김에 발톱으로 할퀴고 몸둥이를 굴리고 처박고 한참 이

럴라치면 스르르 풀려나온 뱀은 다시 호랭이목에 감기고 이렇게 수삼차(數三次)를 거듭하다가 마침내 호랭이가 다라나 버렸다.

개가(凱歌)를올린 뱀은 의기양양(意氣揚揚)하여 매방석을 서리고 대구리를 치켜들었다.

이럴때 난데없는 개미떼가 나타났다. 실(實)로 수만수억(數萬數億)의 개미는 뱀의 왼몸에 까맣게 붙어 버렸다.

배암은 견딜수없어 이리딩굴 저리딩굴 몸을 비꼬았으나 달려붙는 개미를 이길수는 없었다. 수시간후(數時間後) 무참(無慘)히도 배암의뼈만 앙상하게 남았던것이 지금도 눈에 선 — 하다.

개미한마리만한 우리여성(女性)의 존재(存在)지 마는 뭉친다면 — .

만약(萬若)에 옳게 바르게 뭉치기만 한다면 뱀과같은 남성(男性)들이 맨들어논 악법(惡法)과 싸와 이기리라. 구렁이같은 인습(因習) 전통(傳統)과 싸와서 이기고 남으리라.

첩(妾)을 열을 얻어도 꼼작못하고 살아가는 것이 억울하거든 한데 뭉치자.

죄없이 뺨을맞고 까닭없이 하시(下視)를 받는것이 통분하거든 한데뭉치자.

뭉치고 뭉쳐서 우리 약(弱)한 여성(女性)의 권리(權利)와 행복(行福)을 찾을 수있는 법(法)과제도(制度)와 조직(組織)을 만드러내자.

여자(女子)가 딴 남자와 눈이맞으면 코도 썩썩 비어버리고 인두로 단근질도 하고 심 하면 죽이기도 하는데 남자(男子)가 첩(妾)을 얻었다고 여자(女子)가 화를 냈다가는 몽둥이가 일수요 심하면 식모 내보내듯 보따리를 싸야되는 이런일이 옳은지 그른지 여자(女子)는물론 남자(男子)도 가슴에 손을 대고 가만이 생각해보아도 좋을 때는 왔다.

시대(時代)는 바뀌어진다. 시간은 항상 새로운 역사위에서 인간(人間)의 생활(生活)을 창조(創造)하고 있다.

'새술을 헌가죽 부대에 넣으면 술이 부대를 터쳐 술과부대를 버릴지니 그러므로 새술은 새 부대에 넣나리라.'

성경은 이제나 오늘이나 영원토록 변치않는 진리(眞理)를 우리들에게 웨치고있다.

헌가죽부대 같이 낡아진 머리를 이고 이땅을 다스리기에는 이 시대(時代)의 요구(要求)가 너무도 억세게 자라고 있다는것을 현명(賢明)하신 국회의원(國會議員) 제씨(諸氏)에게 거듭 경고(警告)하는 바이다.

(筆者・小說家　女性解放運動家)

『부인경향』 1권1호, 1950.1, 18-20면.
[여권(女權)의 확립(確立) : 도덕적견지(道德的見地)]

나의 여학생 시절

아주 어렸을 때에는 몰랐뎃는데 내가 꼭 나의 모교(母校) 정신(貞信)여학교에 입학을 한 때부터 남이 가지지 않은 고민을 꼭 나 혼자 가진 것이 있었으니 그것은 내 이름이 말봉이기때문이었다

선생님이 호명을 하실 때마다

"말봉 소봉 킥킥킥"

하는 소리가 꼭 들려오고 운동장에 나올라치면 누가부르는지

"말봉아…… 소봉아"

하고 놀려 주는 야속한동무도 있어 분하고 부끄럽고…… 아주 여간한 고통이 아니였읍니다

그러자 일어 (그 때는 국어 시간) 시간이 되어 일본인 여자선생이 들어왔읍니다 죽 호명을 해가다가 내 이름 차례가 되었는데

"긴맙뽀 —"

"하이"

하고 대답하는 내 목소리는 동무들의 웃음소리에 파묻혀 들리지 않았든지 선생님은 몇 번이나

"긴맙뽀…… 긴맙뽀……"

하고 부릅니다 나도 그 발음이어지간히 웃읍길래 동무들과 함께

"하하하"

하고 웃어 버렸읍니다

선생 눈에 마땅치 못해 찌프리신 얼굴은 여러분의 상상에 마낍니다

하루는 내게 썩 잘 드는 어엽분 가위가 하나 생겼읍니다 나는 이것으로
종이도 베고 손톱고 깍고…… 하는데 하루는 우연히 이발사의 흉이 내고
싶었든지 가위를 들고 앞에 앉은 인덕이의 뒷통수에 대어 놓고 가위질을
찰각찰각 하고 있노라니 인덕이가

"멀그레"하고

뒤로 고개를 돌리는 바람에 그만 인덕의흑지 같은 머리가 내 가위 끝에
뭉텅 먹혀 들어갔지요 쓰윽하고 베어지는 소리와 함께 연필 굵기만한 머리
가 아래로 척 늘어 졌읍니다

"야아 맙뽀가 인덕이 머리를 베었다."

이런 소리가 들리고

"애 난 몰라"

하면서 훌쩍훌쩍 인덕이가 울기를 시작하였으니 나느 그 때 그 미안하고
챙피하고 또 두려웁던 기억은 지금도 뚜렸이 남아 있읍니다

나는 책상에 얼굴을 처박고 있었읍니다.

마침 한문 시간이 되어 김원근(金源根)선생님이 들어오셨읍니다

"학생들 조용하시요"

하고 수업을 시작하려는데 인덕이는 여전히 울고 있었읍니다

"인덕인 왜 울어"

하고 선생님이 물으시자마자 이곳 저곳에서

"선생님 맙뽀가 인덕이 머리를 베어버렸어요"

하고 소리를 질르니 인덕이의 울음은 좀더 커졌읍니다

"선생님 맙뽀가" 이런 말이 자꾸 나오니까

"맙뽀가 머요?"

하고 김선생님은 이상한 얼굴로 물었읍니다 아이들도 웃고 나도 이 때만은
진정 우스워서 소리를 내어 웃었읍니다

"말봉이 말이야말요 말봉이가 가위로 인덕이 머리를 짤렀어요 그래서 인덕이가 울어요"

"맙뽀가 말봉이라?말봉이 좋은 사람이요 다 여길 보시오"
하시더니 작문 종이를 칠판에다 앞정으로 꽂으시면서

"이게 말봉이 작문인데 전교에서 제일 가는 작문이요 자 여기 무어라고 썼는지 읽어 보시오"

앞 줄에 앉은 아이들이 선생님의 친필로 쓰신 글을 읽는데

"나는 이런 글을 일년에 두 번만 읽는다면 나는 일년 동안 고기 먹지 아니하여도 살이 찌겠소"

그 작문지에는 전신에 먹으로 쓴 관주(貫珠)와 피점(彼點)으로 까맣게 되어 있었읍니다

"야아 맙뽀야 넌 좋겠구나"

"야 어쩌면 맙뽀가?"

"맙뽀가 이번 '봄'이란 작문에 일등을 먹었어"

나는 단연코 그 때부터 적은 영웅의 존재로 변하여 버렸읍니다

다음 시간은 자습 시간인데 내 작문은 이 동무의 손에서 저 동무의 손으로 돌고 있었읍니다

이럴 때 반에서 T라는 동무가

"아아 나의 심정은 룩락룩락하고 돌아간다"
하고 소리를 질르자 우리 전반은 웃음 소리가 요란하여졌읍니다.

생리학 선생 S선생님의 목소리를 흉을 낸 까닭입니다

"너이들 심장소리 들어 봤니?"

"……"

"나는 요 얼마 전에 제중원(세브란스)에 가서 심장소리를 들어봤는데 룩락룩락(뚝딱뚝딱)하는 것을 멋떨어지게 발음을 하시는 때문 룩락으로 들립니다"

"허파(폐) 소리 들어 보았니?"

"……"

"허파 소리는 적작 적작(Zuk Zakzzuk Zak)하고 들린(쓱싹싹) 을 그렇게 발음하십니다"

T동무는 점점 신이 나서 익살을 최고도로 부립니다

"하—님 우릴(우리를) 불생이 여기십소사 에이멘 할— 누아(할레루야)"

S선생님은 그 때 교장 다음으로 지위가 높은 어른이요 또 성격이 엄해서 벌을 주시면 여간 가혹하지 않습니다 여자라 해도 남자도 당치 못할 기백과 활동력이 있어 그 때 정신여학교는 이 S선생님의 활동이 여간 크지 않았읍니다

선생님 가운데서 S 선생님은 미국 선교사들과 가장 친한 까닭이었는지 그분의 발음은 꼭 선교사의 서투른 대한말 그대로였기 때문에 그 어룬의 말만 흥을 내기 시작하면 돌부처라도 웃지 않고는 견딜 도리가 없읍니다

웃지도 못하고

나는 참다참다 못해서

"픽 — 하하하"

하고 웃었읍니다

"말봉아 이리 오너라"

어느 영이라 아니 일어날 수 있어야지요 나는 각오하고 자리에서 일어섰읍니다

"팔을벌리고 책한권 이고 나오너라"

나는 무슨 공책인가 선경인가를 머리에 이고 팔을 벌렸읍니다 그리고 한 발자국 띄었읍니다

순간 책은 내 이마를 지나 코를 스쳐 땅에 떨어집니다

"다시 집어서 잘 이고 나오너라"

"예 —"

책을 또 올려 놓았으나 이번에는 팔을 벌리는 바람에 또 책이 떨어집니다

이 구석 저 구석에서 웃음은 터져 나오고 나도 같이 웃으면서 책을 머리에 얹습니다

"말봉이하고 T하고 다 자리에 앉어…… 그리고 너이들 내일 아침에 올 때 로마 오장 육장 칠장 그렇게 외어 오너라 외어 오지 못하면 벌 받을 것 알어야 한다 너이 전반이 다 외어야 한다."

이튿날 아침 다 외었다고 손을 드는 사람은 불과 셋이였는데 나도 그 중의 하나이었웁니다

"말봉이"

하고 S선생님은 나를 지적합니다

나는 외우는데는 어느 정도 자신이 있어

"그만"

하실 때까지 외웠드니 S선생님은 만족하신 얼굴로 그날의 과목은 시작되었웁니다

"맙뽀야 맙뽀야"

하는 소리는 소위 맙뽀클럽이 오륙인 있었는데 다들 공부 잘하고 노래 잘하고 웅변 잘하고 그리고 신앙가(信仰家)이 였웁니다 아아 그 T·K·C·E·R들은 지금 다 어디 있는지 소식을 아는 이도 있고 지금 서울 시내에서 가끔 만나는 이도 있는데 나의 가장 존경하고 사랑하는 언니가 이북에서 어떻게 지나시는지 찬바람이 부는 요사이 버쩍 K언니가 그립습니다

『여학생』 2권1호, 1950.1, 34-36면. [수필(隨筆)]

신남녀동등론(新男女同等論)

　　그것이 남성(男性)에게 필요(必要)하다면 그것을 여성(女性)에게도 주어야
한다. 만약에 여성(女性)에게 줄수없는 것이라면 단연(斷然)코 남성(男性)에게
도 줄수는 없다.

　　남녀동등(男女同等)이란 말은 아무리 그 머리에 '신(新)'자(字)를 겹쳐 보
아도 진부(陳腐)하다는 감(感)을 면(免)하기 어렵다. 그러나 구태어 '신(新)'
자(字)를 붙이고 이 글을 쓰게 된것은 백번(百番) 진부(陳腐)하여도 이땅에
있어서의 남녀동등(男女同等)이란 너무나 요원한 사실(事實)이기 때문이다.
정치(政治)라든가 문화(文化)라든가가 남녀양자(男女兩者)에게 동등(同等)히
대우(待遇)되고 있지않음을 나는 새삼스러이 말하지 않으련다. 그것은 이
짧은 지면(紙面)에 논(論)하기에는 너무도 복잡(複雜)한 이면(裏面)을 가지고
있는고(故)로 단순한 독단(獨斷)은 위험한 일이기 때문이다. 다만 많은 문제
중(問題中)에 가장 뼈아프게 느끼고 있는 한가지 사실(事實)만을 말하려 한
다. 이땅 여자(女子)에게는 오락(娛樂)이 없다. 인간(人間)인 이상(以上) 오락
(娛樂)을 즐기고 바라는 마음, 여자(女子)인들 어찌 없으리요마는 이땅의 여
자(女子)에게는 그것이 당연이상(當然以上)의 당연(當然)으로 통용(通用)되고
있다. 입으로는 남녀동등(男女同等)을 주창(主唱)하면서 이 오락(娛樂)이라는
문제(問題)에 대(對)해서 언급(言及)한 사실(事實)이 너무도 없음은 이 어이
된 일인가. 여성(女性)의 참정권(參政權)을 운운(云云)하고 여성(女性)의 경제

적독립(經濟的獨立)을 운운(云云)하고 여성의 문화향상(文化向上)을 운운(云云)하면서도 여성(女性)의 오락(娛樂)에 대(對)해서는 아무런 관심(關心)도 갖지 않는다는 것은 오락(娛樂)이란 너무도 불필요(不必要)한 존재(存在)이기 때문일까? 만약 여성(女性)에게 있어서 오락(娛樂)이 불필요(不必要)하다면 남성(男性)에게 있어서도 그것은 역시(亦是) 불필요(不必要)한 것이어늘 남성(男性)에게 부여(賦與)되고 있는 실정(實情)은 어떠한가?

남성(男性)에게는 우울하면 술을 마실 기회(機會)도 있다. 적적(寂寂)하면 담배 한대 피어 물 자유(自由)도 있으며 생활(生活)의 권태(倦怠)를 느낄때에는 화려(華麗)한 영화(映畫)한장면을 보고 잠시(暫時)나마 자위(自慰)할수도 있으며 보다도 가정(家庭)에서 흥미(興味)를 상실(喪失)했을 때에는 미녀(美女)와 더부러 마음놓고 노래 부를수도 있는것이 아닌가! 그뿐이랴! 남성(男性)에게만 허여(許與)되는 소소(小小)한 오락(娛樂)을 든다면 왈(曰) 장기(將棋) 왈(曰) 바둑 왈(曰) 마작(麻雀), 기타(其他) 가지각색(各色)의 스포―츠…… 그러나 여성(女性)에게 있어서는 이상(以上)의 어느 한가진들 부여(賦與)되고 있는가?

술을 마시거나 됨배를 피우는 여자(女子)가 있다면 온당(穩當)한 인간(人間)의 대우(待遇)를 받지 못함은 상식적(常識的)인 사실(事實)이오 더욱이 남편(男便)아닌 다른 남자(男子)와 소리높이 노래는 고사하고 나란히 길을 거닐거나 차(茶)한잔만 가치하여도 비난과 조소의 빗발이 퍼부어 지질 않는가. 그렇다고 장기(將棋)니 바둑이니 마작(麻雀)이니 그 밖에 어느 오락(娛樂)하나 즐길 기회가 없는 그들이다.

남성(男性)은 하루의 일을 마치면 또는 일의 틈틈이 간단한 오락(娛樂)은 누구나 다 즐기건마는 여성(女性)에게는 일부(一部) 유한계급(有閑階級)을 제외(除外)하고는 치어도 치어도 끝이없는 일의 산덤이속에서 그저 허덕이고만 있지 않은가. 어쩌다 한번씩 갈리는 영화(映畫)! 그거나마 보고싶을때 볼 수있는 여성(女性)이 있다면 그 여성(女性)은 이 땅에 있어서 가장 혜택(惠

澤)받은 여성(女性)의 한 사람일 것이다.

이런 소리를 하는 사람을 우리는 흔히 본다. 여자(女子)의 오락(娛樂)이란 살림살이가 즉 그것이다. 집안을 치우고 자녀(子女)와 남편(男便)을 가꾸고 세간을 손질하는것이 여성(女性)의 유일(唯一)한 오락(娛樂)이 아니고 무엇이냐!

그말도 좋기는 좋다. 그렇다면 사무실(事務室)에서 사무(事務)를 보고 집에 돌아와서 아이를 안아 주고 마당에 내려가서 장작을 패고 아침에 일어나서 대문(大門)앞을 쓰는 것도 훌륭한 남자(男子)의 오락(娛樂)이 아니고 무엇이냐!

술과 담배와 미녀(美女)와 장기(將棋)와 바둑과 마작(麻雀)과 가지 가지 스포—츠가 남성(男性)에게 절대(絶對) 필요(必要)하다면 여성(女性)에게도 그것을 주도록 하라. 만약에 여성(女性)에게 도저(到底)히 그것을 줄수 없다면 남성(男性)에게서도 그것을 걷어 들여라. 허나 이러한 괴변(怪辯)으로 이상(以上)의 말을 반박할 이도 있을지 모른다. 여성(女性)에게도 물론(勿論) 오락(娛樂)은 필요(必要)하다. 그러나 남성(男性)이 즐기는 술이나 담배등속(等屬)과는 달른 여성(女性)의 생리(生理)와 취미(趣味)에 맞는 다른 오락(娛樂)이 있을것이다.

그 말도 좋다.

그러면 그 다르단 오락(娛樂)을 주고 보아라. 수많은 여성(女性)은 그것을 바라고 기대릴 것이다.

『부인경향』 1권 4호, 1950.4, 46-47면.

무슨 별(別)말 있으리까

-문인대우(文人待遇)나 받게 되었으면-

세상에 하고시프은말을 다 하고 살수있는사람은 두가지 종류의 사람밖에 없을줄안다 하나는 천진난만한 어린아이 그리고 다른 하나는 미친사람일것이다 이번에 부산일보에서 날더러 하고시프은말을하라고한다 물론어린아이도아니고더욱이미친사람이아닌나에게는어마어마한주문이아니ㄹ수없다

그러나 내가소설깨나 쓰는사람으로 문화인고 ㅂ에 속하였다□문화인으로써이땅의살림을맡은 위정당국(爲政當局)에꼭 세마디의 말씀을드리고 시프다

一. 문화인(文化人)은이미국가에징용(徵用)되고있는이상 그자녀들은 교육비일체(一切)를면제(免除)받는것이옳다 농부(農夫)가타작(打作)을해놓고자녀(女)에게 밥을먹이지못한다는 일이억울하다면 문화인(文化人)도 이렇한 심정(心情)에 간간히 억울함을느낀다

一, 문화인(文化人)에게는원근(遠近)을물론(勿論)하고 교통비(交通費)는반액(半額)으로하면좋겠다왜냐하면 문화인(文化人)처럼돌아대ㅇ길일이많은사람은 없기때문이다 버쓰처럼 한군데만 서있는문화인(文化人)이좋은작품(作品) 을 내ㄹ까닭이없다

一, 문화인(文化人)의집에는 적어도 전등(電燈)[常備선]한 개는 무료(無料)로 제(提)공하는것이좋겠다 시(詩)나산문(散文)을 쓰는문화인(文化人)은 낮보다밤에일을많이하기 때문이다

≪부산일보≫ 1952.12.5.

자유예술인(自由藝術人)의 전결(傳結)
—유네스코대회(大會)에 다녀온 이야기—

9월 22일(1952년)에 개회(開會)된 유네스코대회(大會)에는 결국(決局) 미급(未及)하였다.

지정(指定) 호텔 '팔레스·엑셀지에' 호텔에서 첫밤을 새이고 대회(大會) 장소(場所)인 '싼·졸쥬' 사원(寺院)으로 들어 간 때는 13일 오전(午前) 10시경(頃)이었다.

42개국(個國)의 대표(代表)가 300여명(餘名)이요 이들의 옵써버(相談役)와 방청인 까지 합(合)하여 거의 600명(名)이나 되는 인원(人員)이 일실(一室)에 모여 있었다.

각국(各國) 대표가 REBORT를 낭독(朗讀)하는데 대개(大概)는 불어(佛語)요, 영어(英語)도섞였으나 7대(對)3이었다.

불어(佛語)는 곧 기계(機械)보다도 정확하게 또 신속(迅速)하게 영어(英語)로 번역이 되었다. 이날은 인종(人種)의 전람회(展覽會)인듯 가지각색의 피부(皮膚)와 얼굴을 살피기도 하고 천정(天井)이며 벽(壁)이며 그림과 조각(彫刻)으로 새겨진 미술품(美術品)에 눈을 빼앗기기도 하고……

대표자(代表者)의 석순(席順)은 ABC 순(順)으로 되었는데, 사회자(司會者)를 향(向)하여 3면(面)으로 둘러앉은 좌석(座席)은 의장(議長) 좌편(左便)이 'A'로서, 아메리카, 알젠친, 아타비아 등(等)이요, 정면(正面)은 'B'로서 뿌릿텐, 미국(美國), 백의이(白義耳) 등(等)이며, 의장(議長)의좌편(左便) 앞자리가 'C'로서 우리 '코리아'는 'KOREA'가 아니고 'COREA'였다. 우리의 자리가 앞줄에 다섯개 나라니 비어 있었다.

24일 우리는 우리의 좌석(座席)으로 가서 앉게 되었다. 남자대표(男子代表)의 얼굴이나 의복(衣服)은 별(別)로 표(標)나는 것도 아니지만, 내가 입은 한복(韓服)이 뭇 사람의 시선(視線)을 끄으는데서 나의 신경(神經)은 좀더 피로(疲勞)하지 않을수 없었다.

우리는 우리가 사구(使驅)하는 모국(母國)의 말 외(外)에 일등문화국(一等文化國)의 방언(邦言)을 적어도 둘 내지(乃至) 셋을 꼭 더 학습(學習)하지않으면 안될 숙명(宿命)을 가진 민족(民族)이라는 것을 절실(切實)히 느꼈다.

5개국(個國) 말을 자유자재(自由自在)로 연설(演說)도 하고 질문(質問)도 하는 그들이 모인 석상(席上)에 나는 우리대표(代表)들의 어학(語學)의 빈곤(貧困)을 다시금 뼈아프게 깨달았다.

제4일, 분과회(分科會)로 들어갔다. 필림(映畵) 부문대표(部門代表) 오영진 씨(吳泳鎭氏)의 발언(發言)은 큰 감격(感激)을 주어, 장내(場內)는 만장일치(滿場一致)로써 '코리아'를 돕자고 가결(可決)하였다. 방청석(傍聽席)에 앉아 있는 나의 눈에서는 왼일인지 눈물이 흘러 나왔다.

이튿날 문학부문(文學部門)에서 내가 발언(發言)을 하게 되었다. 문학부(文學部) 회장(會長)은 영국(英國)의 시인(詩人) 스틱븐·스펜다—씨(氏)로서 그는 세련(洗練)된 사교(社交)와 풍부(豊富)한 교양(敎養)의 주인(主人)이었다.

그의 음성(音聲)은 폭(幅)이 넓고 부드러웠으며, 그의 얼굴에는 건강(健康)한 중년신사(中年紳士)의 광택(光澤)과 혈색(血色)이 조화(調和)되어 있었다. 키는 후리후리하고 흉폭(胸幅)이 넓고 어깨가 두꺼웠다.

꿈을 보는듯한 눈빛이 누구 하나를 응시(凝視)할 때는, 그 영혼(靈魂)속까지 침투(浸透)할 수 있는 안광(眼光)이 조용히 흘러나오고 있었다.

그는 첫날 나에게

"인도대표(印度代表)가 당신들을 기다립니다."

하고,

"멀리서 오셨읍니다 그려. 얼마나 전화(戰禍)에 시달리 십니까?"

이런 말도 첨부하였다. 45,6세(歲)의 나이로서는, 나이보다 좀 더 깊은 인생(人生)을 체험(體驗)한듯한 인간미(人間味)랄까 철학미(哲學味)가 엿보였다. 나는 이번에 스틔븐·스펜다─씨(氏)를 만나 본 것만으로서, 나의 구라파행(行)의 수확이라고 하여도 좋다.

산 예인(藝人)이 있다면 이러한 사나이를 지적(指摘)할 것이다. 그는 한때 공산진영(共産陣營)의 시인(詩人)이었으나, 중간(中間)에 심각(深刻)한 모순(矛盾)을 발견(發見)하고 단연(斷然)코 민주진영(民主陣營)으로 돌아선 사람이다. 한말로써 그를 설명(說明)한다면

'약하고 방황하는 인간(人間)이 의지할 수 있는 사람'
의 풍모(風貌)를 가지고 있었다. 회장(會長)의 설명(說明)이 너무 길어졌다. 내가 언권(言權)을 달라고 남들이 하는대로 종이 조각에다 써서, 스펜다─씨(氏)에게로 보내었더니, 그는 즉석(卽席)에서 나를 소개(紹介)하였다. 나는 이때처럼 긴장(緊張)한 일은 내 일평생(一平生)에 몇번 되지 않을 만큼 혼신(渾身)의 정신(精神)과 성력(誠力)을 다하여서 나의 원고(原稿)를 펼쳤다.

의장(議長)을 부르는 나의 음성(音聲)은 의외(意外)로 똑똑 하였다. 몹씨 근심한 바와는 반대(反對)로 목소리가 떨리지 않은것만이 위선 고마웠다.

카랑카랑 온 방안에 울릴수 있는 나의 목소리가 나의 발언(發言)에 스사로의 안(安)도감(感)을 주었다. 나의 발언(發言)의 개요(槪要)는 다음과 같다.

"우리 '코리아'는 지금 민주진영(民主陣營)의 일선(一線)에서 문자(文字) 그대로 피투성이가 되어 싸우고 있다. 세계(世界)의 비극(悲劇)의 주인공(主人公)이 되어 있는 우리 '코리아'는 그래도 낙심(落心)하지 않는다.

왜냐하면, 찬란한 승리(勝利)는 우리의 것인고로…… 전선(前線)으로 나가는 우리의 아들과 남편에게는 인류(人類)의 참된 평화(平和)는 민주진영(民主陣營)에서 온 다는 것이 신앙화(信仰化) 되어 있다. 스물 두살 된 나의 아들도, 그의 전우(戰友)와 함께 작년(昨年) 여름 최전선(最前線)으로 나갔다.

그는 분명(分明)히 웃으며 갔다. 그의 동무들도 웃으며 참으로 용감(勇敢)스럽게 나갔다.

나간지 석달 후에 내아들은 공산군(共産軍)의 포탄(砲彈)에 쓸어졌다……. 재작년(再昨年) 여름 붉은군대(軍隊)가 부산(釜山) 근처(近處)까지 밀려왔을 때, 우리들의 모든문화시설(文化施設)은 다 파괴(破壞)되고 말았다.

위대한 지도자(指導者)와 예술가(藝術家)들이 혹은 학살(虐殺)되고 혹은 납치(拉置)되어 갔다. 그러나 후방(後方)에 남아있는 우리 문화인(文化人)들은 손에 손을 잡고 다시 일어섰다. 강력(强力)한 단체(團體)가 20여개(餘個)를 연합(聯合)한 문화단체총연맹(文化團體總聯盟)은 각기부문(各其部門)에서 싸우고 있다.

일선(一線)의 병사(兵士)는 총(銃)을 가지고 싸운다면, 우리 문화인(文化人)은 후방(後方)에서 펜으로써 싸운다. 우리의 학도(學徒)들은 풀과 돌위에서 쓰고 배운다. 우리들의 음악가(音樂家)는 바람 속에서 노래하고, 작가(作家)는 푸른하늘 아래서 시(詩)와 소설(小說)을 쓴다.

바람이 불고 눈과 비가 내릴 때 우리는 부득히 커피－집으로 들어간다.”

나의 이런말은 조금도 과장(誇張)도 아니요, 또 꾸민말은 더욱 아니었다. 사실(事實) 그대로, 아들을 죽인 어머니가 갖 가져온 보고(報告)는, 그들의 마음에 상당한 쇼크를 준 모양이다.

의장(議長) 스펜다씨(氏)가 일어서자, 여기저기 ‘HELP! HELP!’(도웁자! 도웁자!)하는 소리가 들려왔다.

의장(議長)은 정중(鄭重)하게 ‘코리아’를 돕기로 선언(宣言)하였다. 쏟아지는 갈채소리를 들을때, 우리들은 서로의 손을 붙들고 서로의 얼굴을 들여다보았다. 그때 우리들의 눈에는 눈물이 있었다.

정말*대표(丁抹代表) 시인(詩人) ‘씨－돌프’부처(夫妻)가 정말중앙방송국장

----

* 덴마크

(丁抹中央放送局長)으로 근무(勤務)하는 방송국(放送局)에 방송(放送)하기로 나의 원고(原稿)를 베껴갔다.

조각부문(彫刻部門)의 윤효중씨(尹孝重氏)며, 건축부문(建築部門)의 김중업씨(金重業氏)도, 제각기 의견(意見)을 피(被)력해서 갈채를 받았다는데, 나는 불행(不幸)히 시각예술(視覺藝術) 부문(部門)에 참여(參與)할 기회(機會)를 갖지 못하였으나, 윤효중씨(尹孝重氏)는 이태리조각가협회(伊太利彫刻家協會)에서 초청(招請)을 받게되고, 김중업씨(金重業氏)는 건축가협회(建築家協會)에 참가(參加)한것은 큰소득(所得)이 아닐수없으며, 또한 우리나라 문학인(文學人)은 세계(世界)펜크럽에 참가(參加)할 자격(資格)을 소득(所得)한 것은, 다 이번 기회(機會)에 생긴 좋은 수확(收穫)이 아닐 수 없다.

『신태양』 2권6호, 1953.1.

나의 소설의 모델이 된 사나이

담화할때 퍽 아름다운 음성을 소유한 여성을 발견하면, 위선 나는 그사람을 유심히 봅니다. 가까히 이야기 할수 있는 사람이면, 일부러 얘기를 좀 더 길게 끌어, 그 음성이발하는 상쾌한 리듬에 즐거움을 느낍니다.

이마가 깨끗하게 트인 남자, 그리고 머리칼이 유난히 윤기가 있는(기름을 처발라서가 아니라) 남성은 항시 나의 주목을 끌어 왔읍니다. 앞으로도 그것은 변함이 없을 것입니다.

그 다음은 눈입니다. 내 소설의 주인공이 될 수 있는 남성의 눈은, 크거나 작거나 간에, 그것은 항시 타오르고있는 눈이라야 합니다. 사랑의 불길은 물론, 때로는 야망의 횃불로 타야하고, 동시에 원한의 서릿발이 날라야 합니다. 그리고 고민의 깊은 못(淵)도 있어야 합니다.

검고 숫한 눈섭 아래서, 이렇게 변화하는 남성의 눈이야말로 모든 여성을 사로잡을 수 있는 남성미의 소유자가 되기 때문입니다.

아무리 크고 서늘한 눈이라 해도, 텅비인 창문 처럼 열려만 있다면, 나는 취급할 흥미가 없읍니다.

그 다음은 낯색이 건강하여야 합니다. 못처럼 얼굴이 단정하게 생겼다 하더래도, 커피나 담배진에 을려, 된장 이 되어있는 잇발은 사랑할 수 없읍니다. 그 사나이의 아내나 애인만이 좋다한데도 소용없읍니다.

나의 소설은, 대개는 신문소설이기 때문에, 모든 사람이 다 같이 상□함을 느낄수 있는, 건강하고 아름다운 치아(齒牙)와 입술을 소유□여야 합니다.

아름다운 용모의 사나이를 그리는것은 첫째 내 자신이 유쾌한 때입니다. 어떻게 생각하면 특이한 용모를 가진 추남(醜男)을 그리기에는 나의 재조가 모자라는지도 모릅니다.

(노틀담의 곱추가, 코바디스의 키로 같은 사나이의 처참한 정서를 모르는바아닙니다만.)

아름다움을 제외하고 무엇이 남는지 아직 나는 잘 모□니다. 내가 말하는 아름다움은 물론 외모 만을 의미하는 것은 아닙□다. 그 성격이 그 영혼이 아름다우면, 그것은 그대로 또 용모에 나타나기 때문에, 비록 얼굴빛이 검고, 콧날이 서지못한 남자라도, 그가 깊은 인생의 고민을 가졌다면, 그에게서는 보다 심각한 남성미를 발견하는 것입니다.

베토밴 처럼 못생긴 사나이도, 드물지만, 우리는한때 베토밴의 '뎃트 마스크'가 다방 벽에 걸린것을 경건한 눈으로 바라보았던 것입니다.

요사이는 그것이 지나치게 유행해 버린 때문에, 베토밴에게는 미안하지만, 눈을 보낼 홍미는 완전히 사라졌읍니다.

나의 소설의 주인공 되는 사나이는 지나치게 키가 적어도 안됩니다. 그렇다고 전신주 처럼 높기만 해□ 곤난 합니다. 만인이 긍정할수 있는 정도의 키라야 합니다.

다리는 항시 곧고, 걸음은 활발하고 점잖고, 그리면서도 보기좋게 걸어야 하는것입니다. 활짝 뻗어난 어깨가 어느쪽으로도 기우리지않고, 부드러운 탄역과 함께, 알맞은 긴장이 있어야 합니다.

"배우를 그리고 있오?"

하고 묻는이가 있다면

"배우가 □거요? 소설의 주인공을 흉내 내는것이 배우지."

하고 나는 대답할 것입니다.

늙으면 늙은대로, 깨끗하고 점잖아야 합니다. 젊으면 젊은대로 아름답고 씩씩하여야 합니다. 반주(伴奏) 인물로 취급하는 특수한 용모 외에는, 나의 소설의 주인공은 대계 위에 말한 그런 것입니다.

나는 언제나 한사람을 모델로 쓴 일은 없읍니다. 눈은 갑(甲)에게서, 입은 을(乙)에게서, 그리고 목소리는 병(丙)에게서, 이렇게 뜯어다 내마음대로 창작해서 쓰는것이 훨씬 편리하기 때문입니다.

나의 머리 속에는 항상 대중(大衆)이 떠나지 않는 까닭에, 나는 또 대중(大衆)이 즐거울 수 있는 인물을 묘사하는것 입니다.

나의 대중(大衆) 속에는 학자(學者)도 교수(敎授)도 있는가 하면 상인(商人)도 부녀(婦女)도 있는것 입니다. 국회의원(國會議員)이 읽고있는 나의 소설(小說)을, 그집 온돌을 지피고 있는 급사(給仕)아이가 읽고 즐거워할 수 있는것은, 따고보면 나의 소설의 주인공은 항시 모든 사람에게서 사랑을 받을 수 있는 인물이기 때문입니다. 언제까지 이런 모델을 쓸런지는 시간이 지내보아야 알겠습니다. (끝)

『신태양』 2권10호, 1953.6.

김 일 순 ●●●

김일순(金一順, 1916–?)

- 아호는 효청(曉靑)
- 1916년 경상북도 금천 출생
- 1939년 이화여전 문과 졸업
- 1947년 소설 「여기자」를 ≪부인신보≫에 발표하여 문단에 등단
- 주요 경력―승려 작가, 해방 뒤 ≪경향신문≫ 기자, 부산 피난 때 민주신보사 기자 역임. 1970년 불가에 귀의
- 대표작―소설 「중국고대설화선」(1956), 「태후려씨」(1959), 「중국궁중요화선」(1959), 「창원의 낙조」(1960), 「애원은 비취처럼」(1961) 등
  수필집 『혼자 남은 쨍아』(1973)

• **수록 작품**

    비 ‖ 문단(文壇)의 여성군(女星群)

비

오늘도 비가 나립니다. 산(山) 언덕의 소나무와 포풀라는 줄줄 나리는 비를 거저 잠잫고 무심(無心)히들 맞고 있읍니다 그는 마치 물담긴 대야에 앉아 어머니 하시는 대로 내마껴두는 돌잡이아기의 엉석부리는 모양입니다.

아침 일즉이 찾아오려던 동무가 점심때가 지난 지금까지도 아무 소식(消息)이 없읍니다 전에 한번 '우산이없어 여름이 돼도 걱정이야' 하던 그 말은 역시 농이 아닌 모양입니다. 지난 겨울에 땔것으로 고생하던 친구인지라, 또 비에 가처 지내게되니 요새 그 옷껍대기도 없이 줄달리는 튜럭조차 타지못하는 안타까움에 오늘 하루를 보낼 것입니다.

어릴적에 비를 처음 안때는 — 뉘가 거미줄 같은것을 저다지도 많이 뿌려주나 — 하는생각에 하늘가운데를 쉴 사이 없이 두리번거리며 처다 봤읍니다. 겨울 장독대의 눈을 두손으로 꼭꼭 뭉처 먹던 그생각에 비줄기가 갑자기 송이송이 내리는 함박눈으로 뵈는적도 있읍니다.

비가 개이면 마당 군데군데에 생기는 얕은 물웅덩에 어른거리는 내 그림자가 무척 기뻤으며 발을들어 사푼 잠거보면 싸늘 하면서도 간지러운듯한 그진흙 촉감에 어느듯 두발로 절벅절벅 흙탕물을 맨드러버리는 그운동은 고인물이많으면 많을수록 더욱 즐기며 계속합니다.

개고리가 울면 — 내일은 비가 오시겠다 — 하시던 할머니말슴에 개고리만 보면 '비귀신'을 업고 다니듯이 생각되어 공연히 무서운맘으로 피하였습니다.

밤에 갑자기 비 ㅅ소리가 나면 어머니는 일어나 속옷끈을 다시매며 뜰에 나가 장독대를 돌보기도하고 때로는 저녁에 널어놓던 빨래를 한아름 않고 들어와 손질 하십니다. 어렴푸시 치어다보는 내둥을 두드리며 이불로 따뜻이 배를 덮어주시는 그밤은 더욱 포군이 잠들었읍니다.

자란후 소나무 욱어진 신촌학원(新村學園) 한켠에서 비나리는 밤을 맞이할 그때는 누구나 나를 포군히 잠재워주지 못했읍니다. 스머드는 애수(哀愁)에 잠겨 뜻모를 느낌으로서 벼개를 적시며 눅눅한 감정속에 그밤을 지내기에 오이려 날이 밝아감을 두려워 했읍니다.

비나리는 창경원(昌慶苑)을 홀로 찾아가 구슬같은 물방울에 떠는 수련(睡蓮)꽃을 하염없이 내려다 보며 자욱한 숲속에서 넋없이 도라올것을 잊었읍니다.

가로등(街路燈) 켜질 무렵의 비나리는 소공동(小公洞)거리를 즐겨 거닐던 것도 그때입니다.

비는 내맘을 어루만져 눈물먹음게 하며 심원(心園)의 몬지를 씻어주는 보드러운 언니의 손이였읍니다.

성북동(城北洞) 한골작이에 자리잡은지도 이미 오래된 지금 비가 나리면 먼저 추녀에서 물샐것이 두려워 올려다 보며 풀해둔 빨내에서 냄새 날것만을 근심하고있는 나를 찾을수있읍니다.

상추 비싸질것이 두려워 파초(芭蕉) 그늘지든 자리를 아낌없이 파헤처 밭은 맨들었으나 좀더 빨리 씨뿌리지 않았음을 안타까워하며 보슬비 고스란히 나리는 오늘 하루를 보냈읍니다.

골각 초가(草家)집에서 연기(煙氣)가 나기 시작 했읍니다. 바람에 비를치는 아궁이 앞에서는 할머니가 날이 굿어 불이 일지 않는다고 ― 몹쓸 비 ― 하며 찌푸린 상으로 후후 입부채질을 하고 있겠지요

우체부 다니는 아들 하나만 다리고 있는 그는 언젠가 비오던 날

"아이 이런날엔 아랫목에 불이나 따뜻이 지펴놓고 뉘가 끄려다 주는 팥
죽이나 훌々 마시고 있을 팔짜라면……"

하며 눈을 곱신 그렸읍니다. 그러나 아직 그소원을 풀어보지 못한 모양입
니다.

"사람이 비밀(秘密)이 없음은 재산(財産)을갖지 못함과 같이 허전하다" 함
은 고(故)이상(李霜)씨의 말입니다.

비나리는 그정서(情緖)에 무처 그 품안에 고이 쉴것을 잊어가는 나 마치
기름말은 수레바퀴의 드센 소리를 연상시켜줍니다.

『가톨릭청년』 5권6호, 1947.9, 75-76면. [수필(隨筆)]

문단(文壇)의 여성군(女星群)

김말봉씨(金末峰氏) 씨의 아명(兒名) 또한 '끝봉이'였다든가…… 허나 현 여류문단에 있어 씨는 어느모로나 '중두봉(中頭峰)' 그것이다.

연세(年歲)가 그러하고 체구(體軀)가 그러하고 자녀(子女)분의 총근량(總斤量)이 그러하고 담화중(談話中)의 호령조(號令調)가 그러하고 그리고 다방(茶房)에서의 산재법(散財法)이 그러하고 또한 장편(長篇)을 한꺼번에 몇개씩이나 만적거려 나가는 수법(水法)이 그러하고……등등(等等).

일찌기 바다건너 경도(京都)의 동지사대학(洞志社大學)을 나온 씨가 장편 「찔레꽃」을 조선일보(朝鮮日報)에 연재(連載)하여 만천하독자(滿天下讀者)들의 가슴을 허벌덕거리게 만들던 그시절은 지금 원고지 칸살이나 메꾸어 보느라고 애를쓰는 풋내기(?) 문사(文士)들이 겨우 '강보'의 신세를 면해 나왔을 옛날인 20여년전(餘年前)이다

언제나 씨의 필법은 능숙하여 읽어서 누구나 알아보기 쉽다. 그것을 씨는 자기가 대중작가(大衆作家)이기 때문이라 한다. 그리고 부탁드리는 기자(記者)들의 청(請)에 씨(氏)만큼 순순히 응하는 분도없다. 이점에 있어 좋은 의미로 해석하여 씨는 도모지 여류(女流)답지가 않다. 아모래도 기독교(基督敎)의 '닦음' 속에 있는 분이라서 좀 다른지…… 연전(年前)에 씨는 서울의 공창(公娼)들을 함께 모아 '희망원(希望園)'을 창설하여 성의(誠意)있는 교도하(敎導下)에 그들을 밝은길로 이끌어 보려하였다. 작가(作家)로서는 약간 외도(外道)를 한 세음이나 그 정열적(情熱的)인 의분심(義憤心)의 발로(發露)로서

장편(長篇) 「카인의 시장(市場)」□ 개제(改題)하여 「화려(華麗)한 지옥(地獄)」
이 엮여졌음은 우리문단(文壇)을 위(爲)하여 역시 경하(慶賀)할 노릇이었다.

모윤숙씨(毛允淑氏**)** 모시인(毛詩人)을 요지음의 세인(世人)은 '정치가(政治
家) 혹은 여성지도자(女性指導者)'하고 씨의 본업을 말함에있어 그설단(舌端)
의 마멸(磨滅)을 도모지 아낄줄 모른다.

이에 필자(筆者)는 연전에 서울서 열린『렌의 애가(哀歌)』출판기념회(出版
記念會)때의 씨의말을 잠간 소개하고자 한다.

그날저녁 아서원(雅敍園)3층(層) 넓은 '홀'은 각계명사(各界名士)들의 왕림
(旺臨)으로 대충만(大充滿)이엇다. 그런데 회(會)의 흥(興)이 고조(高調)되는
반비례(反比例)로 훌륭(?)한 분들은 차례차례 사라져나가고 이윽코 문인(文
人)굴레에 속한 '식구들'끼리만 남게 되어 겨울밤은 짙어가고 있었다.

이때 씨의 감사(感謝)를 겸(兼)한 존사중(尊辭中)에는 이러한 토막이 있었다.
"나는 문학(文學)을 사랑합니다. 그리고 문인(文人)을 어느 누구보담도 사
랑합니다. 따라서 지금 이자리에 여러분만이 남아있게 됨이 무엇보담도 기
쁩니다. ……지난번에 UN총회(總會)관계로 외국(外國)에 갔을적에도 나는
틈만 있으면 책(冊)사에들러 문학서적(文學書籍)을 뒤적이는것이 유일(唯一)
한 즐거움이었읍니다……." 이쯤 설명을 올려도 그래도 씨의 문학가적(文學
家的) 입장(立場)을 왈가왈부(曰可曰否)하는 이땅 어른들에게 필자(筆者)는 또
한마디 첨부한다. 씨는 이혼란(混亂)속에서도 여전히 문예사(文藝社)를 지키
며 『문예(文藝)』지(誌) 발간(發刊)에 심혈(心血)을 바치고 계시지 않는가.

백두산(白頭山)기슭 거센 바람속에서 몸이 자라고 이화(梨花)의 기독교적(基
督教的)인 '사랑과 둘레'속에서 심정(心情)의 길리움을 받은 모시인(毛詩人).

요지음은 그 누구에게도 뒤 떨어지지 않을 애국적(愛國的)인 성의(誠意)를
부산(釜山)일각(一角)에다 '용사(勇士)의집'을 베풀어 상이군인(傷痍軍人) 대접
에 영일(寧日)없이 지나는 거기에다 바치고 있는 차.

역시 세태(世態)를 이해(理解)하고 겸하여 일할 줄을 아는 시인(詩人)이다.

최정희씨(崔貞熙氏) 명랑하고 싹싹하고 다정하고 다변(多辯)하고 가냘픈 '글'도 곧잘내고 또한 눈을 잘끔 거릴줄도 알고 그리고……그리고 그리고 의 최정희씨다. 말하자면 순정소설(純情小說)「천맥(天脈)」,「인맥(人脈)」,「지맥(地脈)」의 작가(作家)는 이다지도 귀여운 성품(性品)의 여인이시다. 나이 이미 40은 넘었지만……. "내가 고향(咸北)서 서울 올라와 삼천리사(三千里社)에 입사(入社)코자 갔더니 사장(社長) 파인(巴人)[납북(拉北)당한 씨의 남편(金東煥詩人)]이무슨 칸살진 종이를 내놓으며 거기다 글자를 하나하나 걸우어 넣으라두던요"

씨가 종종 하는 말이다. 그때 비로소 '원고지'를 처음 대한 씨가 지금은 원고지만 잡고 날을보내며 거기서 울어나오는 '푼돈'으로서 자기를 가꾸고 두 아기를 길러 나가고……. 여자가 글을 쓰려는 그기분부터 벌써 비애(悲哀)에 잠겨서 나오는것입니다. 그래서 나는글 쓰는여자는 누구나 다 불상한 여인이라고봅니다.

그러나 한번붓을 잡게된다음에야 할수없는 길로 들어간 셈이지요"

이역시 씨가 하던 말이다. 이제 생각하니 역시 자기를 말했음인지…….

"그러나 쓰세요, 어쨌든 쓰세요 주저해서는 안됩니다. 자나깨나 글쓰는 데에만 생각 두세요……."

글쓰는 후배를 대할때마다 언제 어디서나 되푸리 하는 고마운 말이다.

그러던 씨가 작추(昨秋) 경향신문사(京鄕新聞社)에서 연재소설(連載小說)을 교섭(交涉)받자 "자신(自身)이 없어서……" 하는 이유(理由)로서 굳이 사양(辭讓)코야 말었다.

막다른 골목에 가서는 아모래도 여성다웁게 '주춤'할줄 하는 씨의 인간성에 우리는 또한 정(情)다운 미소(微笑)를 보내주지 않을수 없다.

노천명씨(盧天命氏) 우리나라 이대여류시인(二大女流詩人) 모(毛)와노(盧) 양씨(兩氏)의 차이표(差異表)를 하나 만들어본다.

	(모)	**(노)**
몸집……	뭉퉁뭉닥	낄죽짤막
얼골……	화색(和色)이 등등	회색(灰色)이 침투(浸透)
말소리……	바이올린D선(線)	바이올린F선(線)
화술(話術)……	우랑척척	국수가루매만지듯
복장(服裝)……	양장(洋裝)을 즐김	긴치마를 즐김
외출시(外出時)……	자가용차(自家用車)	간혹 남의 찦차(車)

그런데 두여사(女史)께서 □ 같은점(點)이 하나 있다. 즉 그 사교력(社交力)을 주(主)로 상부층(上部層)에 경주(傾注)하는것. 허나 그상대(相對)가 외국(外國)과 국내(國內)인데 또한 양인(兩人)의 차이점(差異點)은 생겨진다고 할까.

이제 붓끝을 노(盧)씨에게로만 돌려보자.

씨가 '문학(文學)의 심장(心腸)'인 시(詩)를 근 20년간(年間)이나 만적거리고 있다는것만은 자타(自他)가 공인(共認)하는바이다. 그런데 무엇이 가장유명(有名)하며 씨의 시(詩)가 어떠한 종류(種類)에 특징(特徵)을 갖고있는지 부끄러운 말씀이나마 기자생활 7년간(年間)을 겪은 필자자신(筆者自身) 아직 알지못하고있다.

그만큼 씨의'시(詩)'는 고귀(高貴)한 처소에서만 가두워져있는 운명의것인지 혹은 문화부기자(文化部記者)로서의 '무능(無能)'을 이에 필자(筆者)가 질머 져야하는 사실인지…….

40이지낸 아직도 독신(獨身)을 고집(固執)하고 있는씨. 그런데 고적(孤寂)을 지키는 사람들에게 흔히 엿볼수있는 '애수(哀愁)'어린 그 심정(心情)보담 오히려 자기보호(自己保護)에 전신(全身) '바늘'로서 둘러 싸고있는씨 '고순

도치'를 씨는 누구에게나 느끼게하니 (듣건대 상부인사(上部人士)들에게는 털끝만큼도 그렇지 않다든가……) 씨의 이러한 울타리를 스스로벗게쯤 해줄 위대(偉大)한 기사(騎士)는 이따에 없는지.

씨의 생존(生存)이 앞으로 20년 더 연장(延長)된다 친다면 그것만 하더래도 그역할(役割)의 기사(騎士)는 이따에 있어서 크나큰 공로자(功勞者)라 아니할수없다.

임옥인씨(林玉仁氏) 일본(日本) 내량고사(奈良高師)를 나온 씨가 원산누씨(元山樓氏)와 함흥고녀(咸興高女)에 있을때는 가장 엄격(嚴格)한 교사(敎師)였다고 한다. 그러던 씨가 첫번으로 문단(文壇)에 알리어지기는 일제시(日帝時) R작가(作家)의 추천으로 그 작품(作品)이 『문장(文章)』지(誌)에 실리어졌을때부터다. 제목(題目)이 「전처기(前妻記)」.

그 내용(內容)이 씨자신(自身)의 생활(生活)에서 떼어낸 것이라면 씨는 결혼생활(結婚生活)에있어 남편에 대한 사랑의 감정(感情)을 어디다 바처야 좋을지 몰라하던 분이다.

8·15해방후(解放後) 모든 양심지사(良心之士)가 그러하듯 씨도 삼팔선(三八線)을 넘어 서울로 찾어들었다. 첫번 근무(勤務)하던곳은 서울시(市) 부녀과(婦女課). 비위에 맞지 않았을 그일에 마음을 부치지못하는 그대신(代身)에 씨는 모든 정성(精誠)을 한 신의(信義)없는 남성(男性)에게 쏟았다. 아니 빼아졌다. 씨의 오도통한 동안(童顏)의 얼굴에는 과히 초최한빛을 짓지않았으나 마음만은 끔찍히도 아팠음인지 서글픈소식(消息)이 겉으로 자꾸 퍼지기 시작했다.

씨가 『부인경향(婦人京鄕)』의 좋은 편집자로서 그역량(力量)을 마음껏 발휘(發揮)할수있는 기회(機會)도얼마갖지못한채 씨는 서울거리에서 그자취를 감추어 버렸다. 사랑하는 두사이를 세상사람들은 언제나 냉소(冷笑)로서 대(對)하여 어긋난 그사이를 또한 사람들은 가혹(可酷)하게만 대(對)하려들었다.

우리들 눈앞에서 아주 사라져 버린 그때의 씨. 씨의 심정(心情)은 아는 사람만이 짐작할수 있었다.

어디까지나 여성(女性)다운 낭만적(浪漫的)인 문체(文體)로서 그를 이끌어 나아가던 씨. 요새처럼 어리둥절하게 거치른 세태(世態)에선 더욱 씨의 글에 접(接)하고싶다. 아니 부드러웁게 포용성(包容性)어린 씨의 용모(容貌)에 대(對)하고 싶다 그리고서 떠듬떠듬하는 씨의 음성(音聲)에 귀를 기우려보고 싶다.

손소희씨(孫素熙氏) 뉘가 뭐라든 씨는 「리라기(梨羅記)」의 리라(梨羅)를 그대로 내포(內包)하고 있는 분이라고본다. 순애(純愛)에 살려는리라(梨羅). 어긋난 사랑의 속삭임에는 귀를 씻고 몸을 피하려는 리라(梨羅). 또한 그행동(行動)을 감(敢)히 단행(斷行)할수 있는 리라(梨羅).

씨의 대인태도(對人態度)가 남달리 '완만'해보이기는하나 부드러운 살속에 딱딱한 씨를 가진 수밀도(水蜜桃) 그것보담 두터운 투갑 속의 '호두알' 그것이 때로는 오히려 더진귀(珍貴)함을 우리는 씨에게서 느끼게된다. 그만큼 씨는 글쓰는 사람에게서 흔히 볼수있는 '헛된감수성(感受性)' 거기에서 질질매는품이 도모지없다. 씨는 어디까지나숫자적(數字的)이다. 또한 그것이 정확(正確)하다. 아울러 가까운 친구들에게 규격(規格)있는 안정감(安定感)을 준다. 8·15해방전(解放前)에는 만주일보(滿洲日報)에서 편집(編輯)을 맡어보았다는 씨가 귀국(歸國)해서는 어느정도 아무작정하고 써나가는 품이있다.

한무숙씨(韓戊淑氏) 애기작가(作家) 한무숙씨. 그것은 반드시 씨의 나이가 어리다는건 아니다. 집에서는 자녀(子女)가 넷이나 있고 은행중역(銀行重役)인 남편을 섬기고 20여(餘)식구를 봉솔하고 있다. 알뜰하고 도 분주한 가정부인(家庭婦人)이지만 어덴지 모르게 씨는 아기자기 귀여운 얼굴모습을 가졌으며 무엇을 열심히 이야기하고 있을때는 빈틈없는 네살잽이 사네아이의 천진(天眞)스런 그표정이다.

일본(日本)서 배움을 받은 씨는 무엇보담도 그곳고전문학(古典文學)에 정통(精通)하고 계시다. 화제(話題)의 활살이 여기로 돌리여질때만은 함께앉었던 다른 여류작가(女流作家)들의 입들은 완전히 봉(封)해져버린다. 그러나 씨에게서는 '교만'이라고는 털끝만큼도 찾어볼수없는 맑은 심정(心情)이 어느때고 몸전체에 어리어져있다.

「역사(歷史)는 흐른다」의 장편(長篇)을 연전(年前)에 마련한 이후로는 작품활동(活動)이 약간 침체상태(沈滯狀態)에 빠져있음을 필자(筆者)는 독자(讀者) 여러분과 더부러 그다지 섭섭해 하고싶지가 않다. 왜? 씨가 요지음 작가적(作家的)인기초공작(基礎工昨)을 보담더 굳건히하고자 한문(漢文), 영어(英語), 명작(名作), 감상(鑑賞) 등등(等等)에 몹시도 주력(注力)하고계심을알기 때문에…….

조로성(早老性)이 타당(妥當)한 이땅 문인(文人)들중(中)에서 완숙(完熟)을 기(期)하여 아직도 학구적(學究的)인 태도(態度)에서 움직이려는 씨를 볼때, 우리는 쌍수(双手)로서 성원(聲援)을 보내어 마지않는다.

강신재씨(康信哉氏) 문단(文壇) 초급생(初級生)인 강신재씨. 그런데 이초급생(初級生) 잘못하다가는 선배(先輩)를뛰 어넘어 '월반(越班)'을 할 가망성(可望性)이 요지음 자못 두터워지니 객관자(客觀者)들에게는 한 주목(注目)꺼리다. 얼골 생김생김과 몸맵시가 뛰어나게 청미(淸美)하고 그게다 나이도 어리고 따라서 대(對)하는 사람들에게 언제나 초년병(初年兵)다운 어리면서도 겸손한 '티'를 엿보여준다. 앞으로도 한결같이 그인간성(人間性)을 잃어주지 않었으면 하고 씨를 위(爲)하는 사람들은 간곡히 기원(祈願)하게된다.

이대가사과(梨大家事科)에 다니던 씨가 수학도중(修學途中) 성대경제학부(成大經濟學部)의 서임재학생(徐任齋學生)과 결혼(結婚)한 그다음에야 비로서 씨는 영양(營養)이니 뭐니 하는 자기 전문과목(專門科目)이외(以外)의 소설가

(小說家)로서 발전(發展)의 길을 걷고있다. 그런데 그것을 의아(疑訝)하게 여기는분은 반드시 한번 씨의 남편인 지금의 공군정훈감(空軍政訓監)을 찾아보시라 뛰어나게 호남아(好男兒)인 서소령(徐少領)이 가장(家長)으로서도 훌륭하겠거니와 씨의 문필생활(文筆生活)을 한결같이 북돋아 주고있는 좋은 조력자(助力者)임을 우리는 알게 된다. "붓을든다는 그자체가 여자로서 불행(不幸)을 질머지는것입니다……"하는 최정희여사(崔貞熙女史)의 명술어(名述語)도 씨부처(夫妻)앞에서는 맥없이 빙해(氷海)되고야 말리라는것을 우리는 짐작하게된다.

○　　○

전기(前記) 여러분외(外)에 소설(小說)쓰시는 장덕조(張德祚) 박화성(朴花城) 윤금숙(尹金淑) 그리고 수필(隨筆)을 만작거리는 전숙희(田淑嬉) 김향안(金鄕岸) 조경희(趙敬姬) 외(外) 제씨(諸氏)가 우리여류문단(女流文壇)에 엄존(嚴存)해 계시나 이분들에 대(對)한 붓끝작난(作亂)은 다음 기회(機會)로 미루기로 하고 오늘은 이것으로 그친다.

『협동』 36호, 1952.9, 88-101 / 145면.

김향안 ●●●

김향안(金鄕岸, 1916–2004)

- 본명은 변동림(卞東琳)
- 1916년 서울 출생
- 경성여자고등보통학교(경기여고)를 거쳐 이화여자전문학교 영문과 졸업
- 주요 경력―1938년 ≪매일신보≫에 첫 작품을 발표. 1955년 부군 김환기 화백과 파리에서 5년간 체류하며 미술비평을 연구. 1964년 미국 뉴욕으로 이민. 1974년 부군이 세상을 떠난 뒤 1978년 환기재단을 설립. 1992년 서울 종로구 부암동에 환기미술관(국내 최초의 사설 개인 기념관) 설립
- 대표작―수필집 『파리』(1962), 『카페와 참종이』(1977), 『파리와 뉴욕에 살며』(1991), 『우리끼리의 얘기』(1994), 김환기 전기 『사람은 가고 예술은 남다』(1989) 등

● **수록 작품**

   물싸움 ‖ 잃어버린 글

●●●

물싸움

上

— 바닷가에 와서 물이 없어 물싸움을 한다 —

나는자고(自古)로 '예펜네'라는말을 그리 좋와하지안는다 헌다헌신사(紳士)들 중에서도 자기부인(夫人)을가르처 집의예펜네가 어쩌고어쩌고하는 말을즐겨쓰는분이있는데 가다가쓰는사람 그 교양(教養)에따라 다소(多少)의차이(差異)는 있을수있지만 대체로 '예펜네'란 말은

부인(婦人)의 존칭(尊稱)은아니다 그런데 이물싸움하는 '예펜네'들을 볼적에는 이런경우에야말로 '예펜네'란말이 가장적절(適切)하지않을가 생각했다 그래 그예펜네들이 — 부산(釜山)예펜네 이북예펜네 서울예펜네 한데 덩치가저서 물싸움을하는데 가관(可觀)이였다 나는 또자고(自古)로 싸움구경을 그리 즐기지안는다 싸움중에도 말로하는싸움이아닌 안고 딩굴고하는 싸움은 아모리그것이 재미나는 부부(夫婦)싸움이라고할지라도 차마정시(正視)할수없고 어쩌다보게된 경우에는 못볼것을 본것만 같애 얼른 외면(外面)해버리고마는데 이물싸움만은 물이란 나에□도

절실(切實)한 문제(問題)이기때문에 대체 어떻게되여 도처(到處)에서 이아름답지못한 예펜네들의 물싸움이 버러지는것인가 진상(眞狀)을알고저 시작부터 놓치지않고 참관(觀)하였다 거리거리의수도(水道)마다 (그것도 물이나오는 날 한(限)해서) 물통이 차례로 놓여저있기를 스물쯤은 보통이요 설

흔 마흔 어느곳에서는 오십(五十)을 넘어 육십여개(六十餘個)가 놓여저있는 것을 본적도있다

그때 수도(水道)에서는 통이많이놓여진 곳일수록 □늘게 실오레기처럼 물이나온다 그리고 반드시 한군데 한건이상(一件以上)의 물싸움이진행(進行) 되고 있는 것을 늘보면서 지났는데 그날 내가

참관(參觀)한 물 싸움은 수도(水道)가아니고우물이였다 내가 우물앞에 이르렀을때 막싸움이 시작됐든가싶다 물통은일구 여덜밖에 없었으나 그밖에 빨래를 이고와서 헤울려는사람과 채소구루마에 물을뿌리려는사람이있었다 우물은 수도(水道)처럼 차례를 지키지않는다 항용 대여섯이 한꺼번에 드레박을 넣는다 물론우물은 금시에바닥이보이고 드레박에는 물이 하나차서 오를수가없다 한사람앞 겨우 한박아지 반박아지 나중에는 한공기정도의 물밖엔 안떠진다 공연히

≪경향신문≫ 1951.6.3. [초하수상(初夏隨想)]

中

드레박이 서로닷고 줄이서로 엉키는 바람에 우물만 뒤짚어지지만 누구한사람도 양보(讓步)하려들지않는다 그때에 그들에게는 남이야 어쨋든 한방울이라도 자기통에 더채우려는 한가지 생각밖에는 없기때문에 그들의얼골은 동물적본능(動物的本能)으로 가득차있고 눈은 뒤집히다싶이 히번덕 거린다 우물에아직 드레박을 못넣고 그패가 물너가기 기대리는 또 한패가 대기하고있다 우물바닥 글키는소리와 드레박서로닷는 소리만이 한동안 예펜네들의 숨을죽이게하고 잠시 조용하드니 그중의한예펜네가

벼란간 우물뚝껑을 닷□쇠를채워버렸다 그예펜네의동작(動作)이 하도민첩(敏捷)했기 때문에 누구하나 이의(異議)를 넣을 겨를이 없었다저녁때는되

고 빨리물을길어갖이고가야 한다는절실(切實)한 표정(表情)이 제각각□있어 모도를 초조한빛으로 묵(默)々히 우물만을노리고 이때만은 피난(避難)의 푸념도 드를수없었다 빨래를 이고온 예펜네가 참다못해 우물 뚜껑을 열랴고 하였다 그러나뚜껑을다든 부산(釜山)예펜네는 아직 멀었다고 못열게한다

“여보 당신네는 집이나 가까웁지 나는저

꼭대기서 왔는데 언제이빨랠헤워가주고간단□이요”

“바쁘면 당신혼자 바쁘요?”메다 곳는듯한 부산(釜山)예펜네의 억센 음성이다

“해가 다되가는데 언제 물괴기를 기대린단 말이요 그냥어서 풋시다”

“안되요 안되 물이괴야 푸요”

“안되긴 뭐가 안된다 말이야 제―길럴 그예 피난민은 뭐빨래도 못해입는단 말인가” 얼토당토않은 피난푸념을거기다대고 쏫는다 지금까지 견디고 견딘 모든울분을 거기다 폭발시키려는 기세(氣勢)다 그리하야 우물

뚜껑을 열랴고 또못열게 두예펜네가 고함고함 서로 욕설을 퍼붓드니 사대질이 나오고 드니여는 한바탕안고 딩굴드니피난민 예펜네가 부산예펜네를 메다꼰고는쇠를 빼앗어 우물뚜껑을 열어제쳤다

≪경향신문≫ 1951.6.5. [초하수상(初夏隨想)]

中*

덕(德)을 본것은 대기하□ 패와 못다푼 패들이다 와―달려 드러한데 뒤범벅이되어 무수한 드레박을 덮어놓고 우물안에 처늣는다

나도 달려가 사람들 어깨너머로 우물안을 드려다 보았다 우물안에서는 이번엔 드레박의

---

* 하(下)에 해당하는 부분을 중(中)으로 잘못 표기한 듯함.

난투(亂鬪)가 버러 졌다 그런데 재미나는것은 드레박마다 표정(表情)이 있는것이다 서로 얻어맞이며 내려가는 표정(表情) 저마다 먼저 오르려는 표정(表情)— 피난민 예펜네는 씩씩거리면서 그래도 제일 먼저 한통을 퍼서 빨래를 헤운다 그저 분이 안 풀렸음인지 입에서는 중얼 중얼 욕설이 그저 계속되고있다 이통에 채소구루마 주인(主人)도 한드레박을 얻어 채소에 뿌리고 또 한드레느박을 얻으려하는데 아까 패(敗)한 부산(釜山) 예펜네가 이번엔 이 이북예펜네게 붓터 아까의

분푸리를 한다 먹을 물도 없는데 채소엔 개울물을 뿌리라는 거다 이북 예펜네는 개울물은 어디 있느냐 원 남의 걱정을 그렇게 하느냐고 대든다 오고 가는 말이 당장에 욕설로 변(變)하는데 이번 싸움은 아까에 비길배가 아니고 한층 가열(苛烈)하고 욕설도 한층 심각(深刻)해지는 판에 나는 고만 발길을 돌렸다 귓결에 이북 예펜네의 쎄리푸가 들린다 "너이도 한번 집 다 태워버리고 피난민이 되□봐□" 물론 그 말전에 부산(釜山) 예펜네는 피난민 때문에 못살겠다고 욕설을 퍼부었든 것이다 이번에도 승산(勝算)은 이북 예펜네게로 가는 모양이였다 나는 이웃에 하도 싸움이 잦고 그때마다 반드시 부부(夫婦)싸움인 경우에도 예펜네가 이기는것을 보았기에 우물싸움도 으레히 부산(釜山) 예펜네게로

승산(勝算)이 갈줄만 알었 는데— 어느듯 해는 서산(西山)에 기울었다 모도들 역경(逆境)에 있는 까닭에 아름다워야헐 부인(婦人)네들이 이토록 추악(醜惡)스럽게 싸우는것이 아닌가

≪경향신문≫ 1951.6.7. [초하수상(初夏隨想)]

잃어버린 글

서울에 다녀온 사람이 우리집 마당에 굴러 다니더 라고 다 떠러저 나간 스크랲뿍 한권을 주워다 주었다.

숱한 소중한 것을 다 버린지라 스크랲뿍쯤은 꿈에도 생각지 않았던 것인데 어찌 그리도 반가운지 몰랐다.

이미 떨어져 나간 것들은 말할 것도 없으려니와 간신히 붙어있는 것들조차 10년 혹은 그 이상의 세월(歲月)을 묵은 것은 활자(活字)가 거지반 다아 져서 보이지 않았다.

그중에는 햇수와 제목만을 가지고는 그때 내가 무엇을 생각했던지 아무리 기억을 더듬어도 알아낼 길이 없는 것이 있었다.

그러고 보니 그대로 남아있는 것은 설사 그것이 몇줄 안되는 또는 유치(幼稚)한 내용의 치졸(稚拙)한 문장(文章)이라 할지라도 나에게 있어서는 다시없이 소중한 기록(記錄)이 되고 말았다.

불현듯 사라진 일체의 기 록들이 그리웠다. 그중에는 아름다운 서간집(書簡集)도 있었다. 또 수 많은 수첩(手帖)들과 일기장(日記帳)과 또 방명록(芳名錄)이 있었다.

'보-드·레-루'의 서간집(書簡集)은 위선 수집(蒐集)된 것이 30여만통(餘萬通)이라고 하는데 우리로서는 그 수량(數量)을 상상(想像)하기조차 힘이 드는 참으로 황홀(恍惚)한 얘기다. 나는 반생(半生)에 불과(不過) 100여통(餘通)의 서간(書簡)을 간직하고 있다가 그것을 잃어버리고 말았다.

스크랩북을 찾은 이후로는 그리 자주 쓰지도 못하고 가다가 마음이 내키면 수필(隨筆) 하나 둘 정도(程度)를 만드는 솜씨인데 그 변변치 못한 글 쪼가리의 행방(行方)이 퍽 궁금스러워 졌다.

요새 세상의 일이라 무엇이든 계획(計劃)한대로 되리라고만은 바랄수없어 가다가는 계획(計劃)한 잡지(雜誌)를 못내고마는 출판사(出版社)도 있어 이러한 경우에 원고(原稿)의 분실(紛失)쯤 있을수 있는 일이기는 하다. 또 이미 고료(稿料)를 받아버린 원고(原稿)의 경우는 약속(約束)한 지면(誌面)이 아니라고 시비(是非)를 걸기도 거북한 노릇이고 해서 분실(紛失)되지 않았던 것만을 다행(多幸)으로 여기고 마는 수가 있는데 최근(最近)에 그도 저도 아닌 기묘(奇妙)한 사실(事實)이 하나 있었다.

원고(原稿)를 가져간지 1년이 거의 되는데 고료(稿料)는 물론(勿論)이요 잡지(雜誌)는 발간(發刊)된지 오래다면서 잡지(雜誌)조차도 안 보내왔다. 서점(書店)에 나오는 잡지도 아니요, 무슨 기관(機關)에 속(屬)하는 기관지(機關誌)라고 함으로 생각나면 중간에서 전(傳)해준 이보고 허물없이 물어나 볼 수밖에 없었는데 1년이 거의 차려할 무렵 다 떨어저나간 잡지 한권을 보내왔다. 하두 잡지가 더러워서 내 글이 실려진 장수만을 뜯어가지고 집에 와 보니 내 이름이 활자화(活字化) 되었어야 할 자리에 종이 쪼각에 잉크로 써진 내 이름이 부쳐져 있었다. 내 이름의 활자(活字)가 잘못 찍혀졌음일까? 대체 어떻게 잘못 찍혀져 있을까……. 나는 단순한 호기심(好奇心)에서 종이 쪼각에 물칠을 해서 가만히 베껴 보았다. 그러나 나는 거기 의외(意外)의 것을 발견(發見)하고 놀랐다. 분명(分明)히 거기 내 이름 아닌 성명(姓名) 석자(三字)가 박혀져 있지 않은가. 그러면 대체 어찌된 셈일까.

나는 무슨 진기(珍奇)한 비밀(秘密)이나 발견한 것처럼 호기심(好奇心)이 났다. 나는 얼른 도루 다시 내 이름 써진 종이 쪼각을 그 위에 감쪽같이 붙여 놓았다. 나는 잡지를 내게 전(傳)해준 이에게도 이 얘기를 하지 않고 말았으나 가끔 생각나면 그 대체 어찌된 일이었던지 똑똑히 알아나 둘것을 그랬다고 생각도 하며 또 그 사람은 누구일까 일찌기 글 쓰는 이로서 한번도 들어보지 못하던 이름 이기에 더욱 궁굼스러운 것이 었다.

이 일이 있은 이후는 더욱 더 원고(原稿)의 행방(行方)들이 궁굼스러웠다. 그중에 문득 생각나는 하나가 있어 헤아려보니 이것도 거의 1년이 다 돼 가는데 이것은 기묘(奇妙)하게도 제목(題目)만이 생각날 뿐으로 내용(內容)은 까맣게 잊어 버렸다. 내가 무엇을 썼을까? 무슨 유치(幼稚)한 얘기를 썼던 것이나 아닐까 생각하면 얼굴이 확근 달아 오르기도 하고 무엇을 잃어버린 것처럼 허전하기도 했다.

그런데 무심코 어느날 신문을 뒤적이다 낯서른 잡지의 내용예고(內容豫告)에서 뜻밖에도 내가 찾는 바로 그것의 제목을 보았다. 나는 스크랲뿍 쪼가리에 못지 않게 반가웠다. 나는 잡지가 서점(書店)에 나오기를 기다렸으나 몇 삭(朔)이 지나도 잡지는 안나오고 뿐만 아니라 내가 신문에서 발견한 그 잡지의 예고(豫告)를 보았다는 사람조차도 한 사람도 없는 것이다.

(一九五三.四.五)

『협동』 40호, 1953.7, 229-231면.

노천명 ●●●

노천명(盧天命, 1912–1957)

- 본명은 기선(基善)
- 1912년 황해도 장연 출생
- 1934년 이화여자전문학교 영문과 졸업
- 『신동아』에 「단상」, 「밤의 찬미」 등을 발표하면서 작품 활동 시작
- 주요 경력—1934년 ≪조선중앙일보≫ 학예부 기자, 1935년 『시원』 동인, 1938년 ≪중외일보≫ 여성지 기자, ≪조선일보≫ 출판부 근무, 『여성』 편집, 1943년 ≪매일신보≫ 학예부 기자, 1946년 부녀신문사 편집차장 역임
- 대표작—시집 『산호림』(1938), 『창변』(1945), 『별을 쳐다보며』(1953), 『사슴의 노래』(1958), 『노천명전집』(1960) 등 다수
  수필집 『산딸기』(1948), 『나의 생활백서』(1954) 등

• 수록 작품

인테리여성(女性)의 오늘의사명(使命) ‖ 인간 월탄(月灘) ‖ 최정희론(崔貞熙論) ‖ 나의 생활백서(生活白書) ‖ 하나의 역설(逆說) ‖ 교장(校長)과 원고(原稿)

●●●

인테리여성(女性)의 오늘의사명(使命)

조선여성(朝鮮女性)의해방(解放)과 자유(自由)가약속(約束)되고 진정한 한개 인간(人間)으로써의대우(對偶)와 문화적(文化的), 경제적(經濟的), 사회적(社會的)―모―든 부문(部門)이 있어서의 남자(男子)와 가튼의무(義務)와 권리(權利)가 논의(論議)되고 있는 오늘 우리가 이저서는 안될것은 전조선여성(全朝鮮女性)의 반수이상(半數以上)을 차지하고있는 무식(無識)한부녀층(婦女層)의 엄연한 존재(存在)이다.

8·15이후(以後) 우후죽순(雨後竹筍)처럼 나오는 노소(老少)의 부녀단체(婦女團體)의 출현(出現)을 보는것은 반가운일이었으나 무슨회(會)니 무슨동맹(同盟)이니 무슨당(黨)이니 하는단체(團體)들이 하나가치 정치적(政治的)행세(行勢)만을 하는데는 유감이였다.

물론(勿論) 정치적(政治的)방면(方面)에도여성(女性)의진출(進出)이 필요(必要)하다 웨냐하면 남녀(男女)가 가치 지고나가야할 조국(祖國)이어든 하필 남자(男子)들만이 독선적(獨善的)으로 건국(建國)의성업(聖業)을 독담하라고 맷거둘 까닭이 아모데도 없다. 남자(男子)들이 하는일이라고 다잘하는일도 아닐것이고 또 반다시 올타고도 볼수없으매 여기 우리 여자(女子)들도 나서서 살피고 챙견하고 거들어야 할것은 당연한일이다.

허나 하나가치 모두 이런데루만 나서서는 안될줄안다.

아모리 강연회(講演會)를 열고 여성들은 다와서 드르라고 외어치지만 이모처럼 베푼혜택(惠澤)을 입는이들은 강연을 안들어도 그만한상식(常識)이나 비판(批判)을 다가진층(層)의여성(女性)들이며 대다수(大多數)의부녀(婦女)들은 '부엌'에서 해방(解放)을 당(當)하지몰햇고 안방에서 자유(自由)를 엇지몰해서 제발을 가졌으되 드르러 나갈수도 없고 장구한 세월을두고 일제(日帝)에게 남자(男子)들에게 봉건제도(封建制度)에게 압제(壓制)를 바더내려왓기 때문에 그들에게는 스스로의주견(主見)도 주장(主張)도 있을수가없다.

따라서 시급(時急)히 우리는 이부녀층(婦女層) 더화급(火急)히 농촌(農村)의 부녀(婦女)들의 계몽이 급선무(急先務)이다.

진정(眞正)한여성(女性)의해방(解放)은 여성자신(女性自身)이 해야만 될줄안다 그러는데는투쟁(鬪爭)할전사(戰士)들을 길러야 될것이고 그길은 오직 계몽운동이 아닐까한다.

전민족(全民族)의 반수이상(半數以上)을 점녕하고 있는 부녀층(婦女層)의수준(水準)― 조선사회(朝鮮社會)의 절룸바리현상을 이저서는 안된다.

무슨회(會)니 무슨동맹(同盟)이니 무슨당(黨)이니 이런데루만 달려갈것이 아니라 도시중심(都市中心)의 화려(華麗)한무대(舞臺)만을 가질것이 아니라 조선의 인테리여성(女性)들은 시급(時急)히 농촌(農村)으로 드러가야하겠다 그리하여 농촌부녀(農村婦女)들의 계몽운동의 성(聖)스러운 위업(偉業)을 담당해야 하겠다.

그러는데는 인테리여성(女性)의 우월감(優越感)을 송두리째 빼던저야한다.

나는 고등교육을 바든 특수(特殊)한 계급(階級)이라는 덜된생각을 뿌리채 빼버리고 오직 무식(無識)한농촌자매(農村姉妹)들틈에 뛰어들어 그들과손을 잡고 한자리에 앉어서 그들을 계몽식혀야하겠다.

이 우매한층(層)의부녀(婦女)들을 그냥 내버려두고는 조선여성의 완전(完全)한 해방(解放)이란 헛소리이겠다.

따라서 오늘 조선에 있어서 먼저배운 여성(女性)들은 무엇보다도 급(急)한 농촌부녀들의계몽운동에 몸을 던저야하겠다.

이런 시급한 크고 중한일들을 뒤에다 처뜨려두고는 아모리 연단(演壇)에가

올라서서 여성해방(女性解放)을 부르짓고 참정권(參政權)을 운운(云云)한댓자 이것은 일부(一部)의여성(女性)들을위(爲)한일이지 여성조선(女性朝鮮) 전체(全體)를망라한 완전(完全)한여성해방운동(女性解放運動)은 못될줄로생각한다.

『부인』 1권1호, 1946.4.

인간 월탄(月灘)

월탄(月灘)이 성자(聖者)가 아니어던 인간(人間)월탄(月灘)을 적으란 편집자의 요청이 잠깐 색이기 곤난 했다.

그러구보니 월탄(月灘)을 논(論)하되 그의 작품(作品)을 말 하는 어려운 애기를 피하고 쉽게 그 분을 애기하란 주문인가 보다.

그렇다면 이 제목은 그야말로 잘못 와서 떨어졌다 고 할 수 밖에 없는 것이 사실상 나는 월탄(月灘)을 안 것이 날이 얕기 때문이다.

이상하게 들릴지 모르나 될 수 있으면 글만 써서 문단(文壇)에 내놓고 문단인(文壇人)들과 흡쓸려 다니지는 않으려는 주의(主義)에서 서로 알 기회를 갖지 못했던 까닭에 2차전쟁말기(二次戰爭末期)까지도 정식 인사가 없었고 키가 적고 좀 뚱뚱한 분을 길에서 맞나면 기연가 미연가 할 정도였다.

그 증거로는 전쟁 때 하루종일 방공연습을 하고나니 더웁기에 저녁후 동창(同窓) 이여사(李女史)집에를 가서 놀다가 짧은 여름밤이라 나도 모르게 그만 열한시나 되어 늦게 돌아오는데 주정꾼이 범남할 시간이라 무서워서 인적이 드문밤 거리를 급(急)히 걸어서 안동 별궁담 골목으로 들어스자 이제는 살았다 하고 얼마 남지않은 집을 향해 바쁘게 달리는데 몇거름 안남겨 논 앞에서 점점 가까히 오며 냅따 떠들어대는 주정꾼이 있었다. 나는 거름을 멈추고 어떻게 해야 이 좁은 골목에서 날쌔게 저 사람을 지내칠 수 있을까 순간 궁리를 하고 도피의 자세를 취하고 있느라니까 동무가 또 생겼다.

"여보세요, 저 주정꾼을 어떻게 지나 갈까요. 나하구 가치좀 가 주세요"

그 여자는 나를 의지한다.

"아무런 욕설을 해도 잠잣구 빨리 다라 납시다."

하며 가만히 주정꾼의 거동을 살펴 보니 그는 마즌편에서 여자들이 온다는 것은 안중(眼中)에도 없다. 다만 열중(熱中)해서 한 손바닥으로 다른 손바닥을 탁탁 때리는데 여기다 침을 퉤 퉤 뱉아 가며

"더어럽다 더러워 에이 더어러워"

몇번이고 이말만 되풀이 하며 걸음은 앞으로 나가는 것이 아니라 어찌된셈인지 뚱뚱한 적은 키의 중년신사(中年紳士)는 손바닥을 치며 뺑글뺑글 돈다.

그러는 틈에 한 여자가 휙 지나가려드니 주정꾼은 역시(亦是) 무심치 않다. 다음 번에 달아날 나는 전술을 달리 하기로 했다. 뛰면 더 달려들지 모르니까 태연하게 천천히 걸어가 보기로 했다. 떨리는 마음으로 그 옆을 지나며 보니 그분은 바로 대선배(大先輩)박종화(朴鍾和)선생(先生)이 아닌가. 그도 날 보더니 돌아서 버린다. 그렇자 내가 그도 들을정도의 혼자말로 "아니 저분이 월탄(月灘)아니라구"하며 지나 치자 기적으로 주정은 뚝 그처지고 마렀다. 이 에피소—드가 지금 와서는 월탄(月灘)은 그게 자기가 아니였다거니 나는 분명 그이는 월탄(月灘) 박종화(朴鍾和)선생(先生)이였다 거니 해서 심심하면 다투는 거리가 되거니와 그 때까지 나는 정식 인사가 없었다. 하기사 다행이 정식인사가 없었으니 말이지 알었던들 누이 어디 갔다 인제 오느냐고 한참 주정을 했을 것이 틀림 없다.

이태백(李太白)을 위시(爲始)하야 시(詩)를 짓고 소설(小說)을 엮는 이로 술을 안좋아 하는 분이 별로 드문 일인지라 월탄(月灘) 역시(亦是) 술을 좋아 하시는 편이다. 일찌기 한잔 술을 대접한 일도 없이 이런말을 하고 보면 노(怒)하실런지도 모르겠으나 월탄(月灘)을 논(論)하면서 어찌 술 얘기를 빼 놓을 수 있으랴.

그러나 중독(中毒) 정도는 아니고 좋아하는 정도인 것 같다.

술이 적당히 퍼지고 보면 이상하게 치기만만(稚氣滿滿) 해지는 분이 월탄(月灘)이다. 그래서 좌중(座中)에 누구보다도 자기(自己)의 음성(音聲)이 커야만 만족을 하는 선생(先生)은 파음조적(破音調的)인 어성(語聲)으로 다른 사람들의 말소리를 눌르랴고 애를쓰는양은 애기모양 웃긴다.

모든 호기(豪氣)는 술 김에 서고 평소에는 지극히 으젓하고 말이 없고 진중한 그 품격은 문인중(文人中)에도 그를따를 이 드물것이다.

악의(惡意)나 야심(野心)이 없이 보이는 표정(表情)은 언제보나 준수하며 누구에게나 박(薄)하게 굴지않는 것이 그 분의 특증일 것이다.

첫 인상(印象)이 귀재(鬼才)가 숨어 있을것 같은 구석은 한군데도 없고 도대체 문인(文人)일 것 같지가 않다. 부잣집 메주 뗑이 처럼 생긴 분이 그 휘황 찰란한 재조는 어디다 진녔는지 알 수가 없다. 시(詩)를 써도 일류(一流)요 소설(小說)을 쓰면 그대로 또 일류(一流)다.

잉금님의 아니 자기 남편의 얼굴을 노여움에 훗척한 것이 할켜젓다는 죄로 일생(一生)을 소박을 맞고 울어서 울어서 눈이 짓물러 피 눈물이나고 마지막엔 독약을 받아 마시는 「금삼의피」를 읽고 울면서 나는 당시(當時) 그 저자(著者)를 좀 보았으면 했다. 역사의 사실이라는 것보다 저자(著者)도 그럴 남성(男性)일 것만 같아서 ―.

그리고 나서 「다정불심(多情佛心)」을 읽는데 소설(小說)깨나 읽었지만 우리 소설 중에서 이 소설(小說)에게 처럼 반했던 일은 없다.

노국공주의 반혼을 식히는 대목에 선 나는 공민왕과 똑같이 미칠 것 같았었다.

이런 찰란한 재조를 진녔거던 사람 됨이 비범(非凡)할 것 같은데 외모에나 성격(性格)에 괴파스러운 데를 찾아 볼 수가 없고 시정(市井) 어디서나 볼 수 있는 타잎으로 돈냥이나 좀 있는 행세하는 집 자손 같다. 이조(李朝) 때 났으며 정(正) 몇품(品) 재상 쯤 돼갖이고 관디에 관복을 입고 틀림없이 대궐엘 드나들었을 분같다.

월탄(月灘)을 내가 처음 맞난 것이 그 언젠가 금곡원(金谷園) 앞을 모여사(毛女史)와 지나다가 다른 문인(文人)들과 흡쓸려 가는 월탄(月灘)을 맞났던 것 같다. 그때 키는 가운대토막을 뚝 잘른 것 같이 적고 음성은 그럴듯한 남성(男聲)의 음성을 한 분인데 모(毛)와는 상당히 친숙한 듯 농을 주고 받는데 내가 궁금해서 "저이가 누구요?"하고 무럿더니 모(毛)의 말이 "박종화씨(朴鍾和氏)"라고 한다. 그대로 나는 소개를 받는 일도 없이 지내 버렸다가 정작 인사는 언제 드렸는지 잘 기역 나지 않는다.

한번도 가본일은 없으나 듣건대 선생댁(先生宅)에는 연당(蓮塘)이 다 있고 제법 여유 있는 차림인 상 싶다.

월탄(月灘)은 또 형제지간(兄弟之間)에 우애가 많은 분이다. 해방후에는 웬 일인지 그분 생활이 번화해저서 교수들과도 잘 밀려다니시고 어중이 떠중이 찾아오는 분도 적잖은 모양이나 일제시대(日帝時代)에는 그는 흔히 그 계씨와 흡사 친군처럼 "일병 일병"하고 계씨를 아호로 불르구 사이 좋게 짝을 지어 잘단이시는걸 헌 책사에서도 보고 거리에서도 보고 참 우애있는 형제도 있다 — 하고 그 광경을 퍽 아름다워 했다.

일제시절(日帝時節) 얘기가 나왔으니 또 생각이 나는데 이번 전쟁(戰爭) 말기(末期)에 내가 매신(每新)에 취직(就職)을 하고 아직 그 뉴―쓰도 퍼지기 전 출근을 시작한지 이틀째 되던 날인가 신문사 정문(正門)에서 월탄(月灘)을 맞났다.

"노시인(盧詩人) 웬일이시요?"
하시는데 내가 기운 없이
"여기 취직 했어요."
하니 월탄(月灘)은 대발 노발 하며
"시인(詩人)이 신문사에 취직을 하다니 무슨 소리냐"고
하시며 내가 취직이라도 안하면 결혼(結婚)을 안한 여자(女子)는 정신대(挺身

隊)로 내보낸다고 해 이렇게 나왔다고 하니 내말이 떠러지자마자 월탄(月灘)은 정말 걸작(傑作)을 토(吐)했다. 나는 순간 그말을 듣고 눈물이 핑 돌았다. 그리고 이렇게 인정미(人情味)가 있고 의리(義理) 있는 분이 있나— 하고 한참 멍하니 섰었다. 물론 그것은 우슴의 소리 였다. 허나 우슴의 소리일망정 그것은 분명히 인정(人情)에서 튀어나온 감당할 수 없는 소리에 틀림없었다.

그후 해방이 되자 내가 ≪부녀신문≫을 창간(創刊)하느라고 아픈 몸을 끌고 동분서주(東奔西走) 할때시일이 촉박해서 여유를 못드리고 황급히 원고를 써내라고 졸르면서도 너무 촉박하니웬걸 밤을 새서 써주시랴 했더니 아닌게 아니라 다른원고 다중지하고 새벽에 썼노라고 하시며 신문을 한다니 잘하라고 격려를 한 먹빗도 짓튼 편지와 함께 원고를 보내주셔서 고맙게 쓰며 그제도 내가 이분은 의리(義理)있는 분이고 미듬직한 선배라고 생각 했던 일이 있다.

밉다고 얼른 배틀 성격이 아니고 너그럽고 덕(德) 있는 품(品)이 대선배(大先輩) 다우며 두렁답고 어디로 보나 문총(文總) 위원장(委員長)감 이다.

그러나 한가지 내가 그야말로 인간(人間)월탄(月灘)을 얘기 하면서 공허(空虛)를 느끼지 않을 수 없는 것은 그분에게 연인이 없는 점이다. 같은 남성(男性)이 아니라 샅샅이 그의 사생활(私生活)을 몰라서 혹은 나만이 모르는 소식인지는 몰르되 (그렇다면 다행(多幸)이고) 아직까지 그비슷한 얘기도 드른일이 없다.

청교도적(淸敎徒的)으로 이 점을 모름직이 자긍할지 모르나 이것은 자랑이 아니라 확실히 인간(人間)월탄(月灘)으로는 다시 없이 큰 빈자리를 갖인 일이요 적잖은 손실(損失)이 아닐 수 없다. 그뿐 아니라 도대체 인간(人間) 50년에 러부·애피어 하나 못가저 봤으면서 시(詩)를 쓰고 소설(小說)을 쓰시니 그야말로 귀신 같은 재조를 진인 분이다.

허나 월탄(月灘)에게 그런 로맨틱 한 사건이 아주 없었다고 누가 단정하랴 있었으면 서도 깊은 바다속 같이 간직하고 사나이중의 사나이로 아무에게도 말을 안해 세상이 모르는 지도 모를 일이다.

내가 잘 다니는 성격이 아니고 더구나 같은 여성도 아니고 보니 맞난대야 그저 문인(文人)들의 출판기념(出版紀念)잔치 자리에서 혹은 번저서 2차회(會)자리에서 맞나 기껏 본다는 것이 주정하는 월탄(月灘)을 뵙는 정도인데 주정은 굉장한 주정이다.

술을 안자시면 그처럼 점잖고 허튼소리 한마디 없으신 분이 술만 들어가시면 세상이 참 좋은모양이다.

해방후 모(毛) 여사(女史)의 『옥(玉)비녀』의 출판기념연(出版紀念宴)이 모처(某處)에서 열렸을 때인데 어디선지 미리 한잔 하시고 와가지고 정말 체면없이 때마침 내가 사회(司會)를 하는데 어떻게 주정을 해대시는지 시끄러워 사회(司會)를 못할 지경인데 또 재채기를 해서 옆에 앉았던 양(洋)참의(議) 여대의사(女大議士)들의 옷에 띈 코 침을 씨슬정도가 되더니 나중엔 정말 볼수없이 구러서……. 사회(司會)의 이름으로 축출을 명했던 일이 있거니와 술을 자시면 잠깐 심하시다. 그래 우리 여류(女流) 문인(文人)들은 무슨 회합(會合)이 있을 때면 누구들이 모이느냐고 묻다가 월탄(月灘)이 오신다고 하면 모두들 어안이 벙벙해 그 분은 빼라고들 한다.

그러나 이것은 주정하시는 것이 구경 스러워 결국은 꼭 모시라는 애기가 되고 문단(文壇)에서 누구에게나 인간적(人間的)으로 존경을 받는 분이 또한 월탄(月灘)인 줄 안다. (妄言多謝)

『문예』 1권2호, 1949.9, 196-199면.

최정희론(崔貞熙論)

쟁쟁한 여류작가(女流作家)로 여사(女史)를 꼽는다는데 드러서 어느누가 이의(異義)를 내실리 없을줄 한다

비단 문학(文學)뿐이랴 음악(音樂)에 있어서 미술(美術)에있어서 재예(才藝)가 있다고 떠들다가도 시집을 가면 항용그만 오리무중(五里霧中)으로 종적을 감추고말어 무슨때 특별이 좀 차질일이있어 아모리 뒤저도 주수조차알 수없이 되어버리는것이여성사회(女性社會)인데

붓을 든지 근(近)20년가난에 쪼들리며 인간(人間)에게 시달리며 그뿐인가 우리들이함께 욕까지 먹어가며 그래도 붓을 노치않고 단구(短軀)에 다부지게 이 길을 걸어나온 최여사(崔女史)는 바람목에 선 한거루 찔레꽃 같은감(感)을 준다

그는 어디까지나 □□락(樂)을 못 가질 소설가(小說家)다

제아모리 옥중기(獄中記)를 쓰고 형무소(刑務所)갔던 얘기를꺼내낸댔자 누가 투사(鬪士)로볼리 만무고 내용 알고보면우서운 얘기고 —

역시(亦是) 최여사(崔女史)는 철두철미 글쓰는 여인(女人)이다 그 중에도 소설(小說)을 써내는여인(女人)이다

얘기를 해보면 어느누구 보다도 작가(作家)다운 냄새를 가장 풍부히 풍기는 여류작가(女流作家)다

그 나이를 하고 이적지처녀(處女)같이 동지한친구고 엽낭끈을 꼭 졸라매듯키 그입을 한번 모아버리면 달래는 재주가 없다 '보-드레르'를좋아하고

‘하야시후미꼬’를 좋아하는 여사(女史)는 아마 제게 없는 그런성격(性格)을 무척동경(憧憬)하는 모양이다

여류작가중(女流作家中)에선 걸출(傑出)로 남성(男性)친구들과 제법 대작을 하는 여사(女史)의 주량(酒量)은 아마 스스로 자부할지모르나 주정의 기록(記錄)도 갖지못한 술꾼노릇을 할바에야 모슨멋에 술을 먹으랴

최여사(崔女史)는 의지(意志)의 인(人)이라기보다는 끊은 정(情)의인(人)이다

고는 의지(意志)로 턱 버티기보다는 내가보기엔 늘 정(情)에 찢기는것 같았다

곱게 정에 꺽긴다는일은 또 모름직이 아름다운일인지도 모른다

우리들 중에선 누구보다도 제일(第一)가게 가난에쪼들려본 여성(女性)일 줄 아는데 자기집을 찾는 친구의대접은 또누구보다도 호화롭다 내일은 굶어도 좋다 있는대로 다내먹이고 야단을치며 친구좋아하는 성격(性格)이 그 착한양반 파인(巴人)과 짝이 됐으니 어떻게 살림이되는지 30리(里)밖걱정이 아니라 정말 걱정이다

여류작가(女流作家)들 중에선 아마 그중 곱게 생긴편이여서 그런가 2,30대(代)엔 연문도 상당히 퍼띠렸든 모양이다 잔것 같이 들리겠으나 영원히바람이 안잘여인(女人) 영원히연애를 할수있을 친구다

윤숙(允淑)이며 선희(善熙)며 다그렇거니와 정희(貞熙)역시 우리 서로 얘기하며 놀때 결(決)코 시집간 사람 같지가 않고 아이 어머니 같은 냄새를 도무지 안풍겨좋다

그렇다고 그들이 아내로써 어머니로써 등한한 여인(女人)들이냐하면 그런것은 아니다 말없이 남편을돕는아내들이요 아기들을생각하는 어머니들이다

작품(作品)은 비록 훌륭하다 해도 그작자(作者)된인간(人間)이 들익었다고 할까 아주됨새가 틀려먹은 인간(人間)인경우에우리는 그작품(作品)과 그작자(作者)를 떼여놓고 그작품(作品)만을 사랑할수는 없는줄안다

이런 의미에서 최여사(崔女史)의작품(作品)은 우리가 사랑할수있는 작품(作品)인줄안다 같은 여성(女性)이면서도 나는그에게 무한한 매력을느낀다 세상에는 고발은 허영과 욕심덩어리 속에다 파묻어놓고 붓대로 입으로만 제아모리 작품(作品)속에 '이데오로기'를 집어넣는댓자 작가(作家)의 생리(生理)를통(通)하지않고 멀어지는 이런 소리는 차라리 신변잡기(身邊雜記)만도 못하다 그것이 그작가(作家)의 진실(眞實)한 생각(生角)일때우리는 비로소 여기감명도 받을수있는것이며 값지게 평가(評價)도하는것이다

해방후 그래도 이 □□당(黨)이나 사회단체(社會團體)에 흡쓸려들지 않고 제자리에서 창작(創作)에 열중(熱中)하는 여사(女史)의 태도는 역시(亦是) 좋다고본다 다만 그나이와 그오랜경력에서 실증도 안나는지 부군(夫君)을 도와서『삼천리(三千里)』지(誌)를 맨든다고 무슨 장관(長官)을 찾느니 장관부인(長官夫人)을 뵙느니하며 '인터뷰'를단이는데는 잠깐 질색이다

당당한 여류작가(女流作家) 최여사(崔女史)가 그래 하필 장관부인(長官夫人)들을 가서 뵈어야 할 것이냐 부군(夫君)을 도은려는 사람이 친구들도 못 건디리게 하는 그렇게 무서운 고자존심(自尊心)바구니를 송두리채 뒤집어 어펐는가 어찌된일인가

낙산(落山)일에 집을 정(定)했다니 거기서 좋은 작품(作品)이나 많이 쓰기 바라며 이 붓을 놓는다

『주간서울』66호, 1949.12, 10면. [문화인호평기(文化人互評記)]

나의 생활백서(生活白書)

이렇게 사는것을 생활(生活)이랄수는 없는일이고 생존(生存)이라고나 해야옳을것이다

이곳 지하실합숙소(地下室合宿所)에서 신세를지고 있는것도 그럭저럭 1년이넘었다 방하나가 온갓시간에 원(願)해졌건만 이것은 이루어지기 어려운일이었다 규측적인 한가지 반찬에다 양쌀밥을먹어도 여럿이 먹으니 달고 좁은방에서 네사람이 복작거리건만 기숙사생활(生活)같아서 견딜만한것이나 식당아주머니한테 담배니 사과니 사러오는 사람들이 때없이 풀덕풀덕 문을여는통에 자리를펴고 자는꼴도 보여야하고 분을 바르는것도 들켜야하는일이 내게는벌을서는것같은일이었다 허나 귀여운처녀들 '순희' '정옥'이 하며 순옥할머니 어씨(魚氏)아주머니는 정말 다 보기드문 좋은사람들이다. 이렇게 같이있으면서 마음을안상한다는일은 실로큰다행(多幸)이아닐수없다 나는 이점을 늘 은근히감사해야했다 가끔옆방남자들방에는 술하고 놀다통근차(通勤車)를놓쳐버린 대연동사택(大淵洞舍宅) 친구들이 드는일이 있다 이런저녁엔 "오늘밤엔 잠또다잤어요 선생님" '정옥이'가 가만히 불평을 하고 돌아눕는다

아니나 다를까 괴수××××××일파(一派)의 이독개비악대(樂隊)는 열아홉 예과생(豫科生)기분으로 지하실(地下室)을들었다 놓는디 미상불 친바람이 씽씽도는방에 덮을것도 만만치않은을쓰년 스러운데를 들어와서 이청년(靑年)들이 소리없이 가만이누어잔다면 이것은 또정말 서글퍼 볼수없을일이어늘

이렇게 뒤떠들다 쓰러져자는것이 차라리났고 이렇게굿을한바탕하는것은 그들 스스로가 그우울한분위기를 깨트려버리는 좋은방법이기도 하다

요새 젊은이들의 심경(心境)을 이 합숙소(合宿所)에 와있으면서 나는더많이 이해(理解)할수 있게되었다

가끔우락부락해보는 일들도 있을수있는일이고 한잔먹고 큰소리로 고래고래 큰소리를질러보는것도 다있음직한 노릇들이였다 이런틈에서 부댓기다가 몸이아프고 마음을정달낼수가없을때에는 서대신동(西大新洞)으로 또 초장동(草場洞)으로 나는 다라난다

"어떻게 거기서 지내간 '하꼬방' 이래두 하나짓자"

친구가 이렇게 말할때마다

"그래야겠어"

대답은 하나 태산같은일이였다 날개두 다리두 다 짤라논 나비모양나는 도무지 어떻게 할수가없었다

"언니급(級)이 되면 차(車)가앞문으로 들어왔다 뒷문으로 빠저나가고 다 호화판으로 들 사는판인데 오늘도또 돌아갈곳은 지하실(地下室) 합숙소(合宿所)야"

후배(後輩) C에게서 이말을 듣고 돌아오던날은 아닌게아니라 마음으로기운이 많이 꺽이여지는것을 어쩔수없었다

정말 내이런 모양을 남들에게 보이는정신적 고통이 내가 당하는 모—든 이육체적고통보다 훨씬내게는큰것이였다

가끔 모르는 독자(讀者)들한테서 편지가와떨어진다 위로와 격려의 고마운글빨들이다 '오래오래 살아주십시요 그리고 좋은글많이 써주세요' 한 손득룡(孫得龍)이란분의 편지를 읽으며 글세오래살다가 내 기맥힌꼴을 남에게 보인다면 차라리 더늙기전에 어서죽어지라는말이 고마운말이 아닐까고 생각했다 이런한날들중에서 하루는 내게 기적(奇蹟)이 이러났다

진명여고(進明女高)시절의 선배(先輩)인 '윤초'형으로부터 판잣집을 지으

라고 제목을얻은것이였다

"자—이재목들을 줄게 용기를내서 시작해봐요 노시인(盧詩人)두 나만큼
이나 주변이없어 남의신세를 좀저봐요"

'윤초'형말대로 시작을한것은 적잖은 용기였다 널판지들을 실어다놓고
목수를 불러다대니 이것으로는재목이모자라고 당장 쓸것들이 우선없다는
것이다 그날도 필요하다고 사드리는 재목이 30만원어치다 나는덜컥겁이났
다 4,50만원만디리면 조그마한것을 지을수가 있다고들었기때문에 내속구
구는 재목은 있겠다짓는품값이나 디리면 될줄로 알았던것이다

다음날 또돈이 20만원가깝게들어야했다 계속해서 못값이요 각목(角木)이
요 '레숀빡쓰'요 무엇이요 하는데보아하니 그것은 다또안들면 안될물건들
이였다 나는속으로 괜은일을 저질렀다고 후회하면서 여기저기로돌아다니
며 돈을마련해가지고 중(中) 했던판잣집의역사를 다시시작해서남들은 이틀
만에 짓는다는것을 일주일도 더걸려서 그럭저럭 세워놓고는 불야불야 들기
로했다

이 조용한데서 글을많이써서 빗들을갚으면 되지않느냐고 스스로 격려를
하면서 소원이던 방하나를 갖는행복(幸福)을 얻게되었다.

판자집이든 어쨋든자유천지(自由天地)니 좋다. 이속에서 내가먹거나굶거
나 누가알것이냐

"그여름을 다나고 왜하필 추운데 이올맡사이루 드러오십니까 진작지으
시죠 겨울엔 여기 바람이 굉장합니다"

집을 짓던이의말과같이 이송림(松林)에서 불어치는 바람소리는 흡사바람
이 있는날밤바다의 파도(波濤)소리같다.

"창(窓)은 한복판에다 내야합니다"

하는것을 욱이면서

"아니예요 글세 나해달라는대루만좀해주세요 한복판에서 훨씬지나바른
편쪽으로 바짝내켜주세요"

창에다 바다를 넣기위해서 이렇게 욱여가며 맨든창으로 나는바다를 내다본다 조그만방에 창이많으면 춥다고 걱정해주는것을 또고집을 부리고 뒤에다 창을또하나 내놓은것을통(通)해서 원대로 솔밭을 내다보게되었다

이리로 옮겨온 첫날저녁이였다 유리창(窓)을내다보며 "저별들좀보라"고 좋아하다 가만이보니 그것은 하늘의별이아니라 바다의불들이였다 배몸은 안보이고 불만이보였기때문이다 이리로 옮겨오구나서 벌써반(半)달이 소나무가지에걸린것도처다보고 싱거운둥근달이송림(松林)사이로 얼굴을 내논것도다보았다

그동안 내산장(山莊)에는 제법손님들도왔다간셈이다 제 일착(一着)으로 순희가 꽃을사들고 "선생님!"하며 들어섰다 집이 이쁘다고하며 둘러보더니 조그마한게 무슨새(鳥)집같다는것이였다

한번은 또서대신동(西大新洞)친구양반이 와보더니

"야 이거 크리스마스에 나오는집같구나"

해서 모두들 웃었거니와 새(鳥)집도같고 '크리스마스'에나오는 집도같다는 이집이 나는남의양관(洋館)부럽잖게 좋은것이다 그저 자유(自由)로운 내처소라는것이 다시 없이 좋은물건이다

이것을 맨들어놓고 부터는 나는어디나가기가 싫여졌다

남의꼴도 보기싫은것이 많거니와또내꼴도 남에게보이기가싫다 부득의 맞날사람이있어 다방(茶房)엘나가앉는 순간은 정말벌을서는것같이 확확얼굴이 달아올라왔다

방송국(放送局)숲속 이집안에다 내몸은 감추는것이 제일이다

바람이 지동치듯 불어대니 판잣집이 흔들린다 어느틈에 천정(天井)에는 벌써 서군(鼠君)이 협호사리로 들어왔다 쥐와더부러 사느구나—

밤엔 자연 늦게자게되고 아침엔웬일인지 세시반이면잠이깨인다 그대로 또 내건강엔 별 이상도 안 이러난다 조용한시간에 주렸던관계인것같다

국수집 목판상같이 나무판대기를뚝딱뚝딱해가지고 맨든책상(冊床)에 원

고지를 내놓고 턱앉으니 감개가무량하다

　내책상이라고하는것에 마주안는것이 너무도 오래간만인것같아서다

　미국으로 날라가는 꿈도 일본으로 건너가는 꿈도 내게는 멀다

　그저 작품(作品)을 좀쓰고싶은 생각뿐이다 밥을 좀몇일안먹었으면 좋겠다 세끼를밥을 먹어야한다는일은 정말너무 사람을구찮게 구는일이다

　"시중하는 계집아이가 하나있음좋겠다" 하던친구양반이 하루저녁엔정말계집아이를 하나붓드러 가지고왔다 열아홉쌀난다는 처녀가 내앞에 오게되었다

　내자유(自由)분위기는 약간깨졌다 이 신입자(新入者)에대(對)해서 아무래도 마음이씨워진다 덩거랗니 빈방에 무슨방치울것이있나 아무것도 일거리가없고보니 이 다 큰 처녀는 밖에나가 바다를 바라보기가 일수고 각갑해하는양이 딱했다. 여벌이부자리도없고 또식량(食糧)도그러하고 아무리생각해보아도 남을 하나 길르기에는 내실력이 아직은부치는일이었다

　이런 절박한 사정에서 나는모처럼 생각하고 데려다준처녀를 몇일후에도로돌려보내는수밖에없었다 그리고나니 무슨 큰짐이나 버슨감이었다

　다시 나는 호젓한내세계(世界)를 가지게되었다

　비가떨어지는 하루아침 서울서가저온것이라고하며 숙대학생(淑大學生)이 흰국화를 대여섯송이 가져다주고갔다 내생일(生日)날 조카딸이 샛빨간 '따알리아'를 사다꽂아준뒤로는 방이무색하던차에 나는 이꽃을 반겨받아놓았던것이다 한밤중에글을쓰다가 눈을주어보니 이 국화가어쩌면 이렇게도화려할까보냐 항끗 순결(純潔)하고 또항끗 순정적(純情的)인것이 붉은 꽃을 무생게 눌르는데가있는것을 나는이번이흰국(菊)에서 받는것이었다

　비록 깡통일망정 꽃을꽂아놓아야만 견디겠다 사람은 이렇게가진것도없이 채릴것도없이 오늘있다 내일 버리고 떠나가도 아깝지않게 하고 사는것도 또나쁘지 않겠다 입동(立冬)이되니 김장걱정을하나 장작걱정을하나 정말 살림하는식이 사변이후(事變以後)엔 간편해졌다 요새와서는 서울집도 별로 생각이안난다. 졸연히 나는 서울로 올라가지않을것같다 정거장이 가까 서

기적(汽笛)소리가유난히 크게들려온다 나는저기차(汽車)를타고 아무데도 가고싶은데가 인젠없어졌다

보구싶은사람도 없어졌다 가고싶은데도 보구싶은사람도 없어졌다는일은 기맥힌일일런지도 모르나 실(實)은지극히편한일이다 모두들 와보는 사람마다 이거 적적해서 어떻게견디겠느냐고하나같이 첫마디에 이런인사들을 해주는데 사실나는한번도 적적해서 걱정이된적은 이집에와서 아직한번도없었다. 나는적적(寂寂)한것과잘사귄다. 또좋아도 실수가있다

스승이나 선배도 찾아가뵙지를못하고 친구들도 좀체찾지못하며 그저숨이차게 그날그날에 쫓기고있다

이렇게 단거리선수(短距離選手)같은 절박(切迫)한삶에서 뒤를돌아본다든가 옆을바라본다든가하는일이 있을수없다.

오직 앞만을 보는수밖에 없는일이다. 남편이 버러다주는돈을 길어다논물이나 퍼쓰듯하며 호기(豪氣)를 부리고사는 여인(女人)들은 제비를 어지간히 잘뽑은 줄을알아야 할게다

사람은 누구에게나 한번은 닥처와 지나가야만한다는 이 '턴넬'을 내가 지금 지나가는모양인데 아무리 가도가도 왜이렇게 내 '턴넬'은 길고끝이안나는지 모르겠다

언제나 이캉캄하고 답답한 '턴넬'속에서 내인생기차(人生汽車)는 빠저나게 될것이냐

이어둠과 연기(煙氣)를 훌훌 터러버리게 어서좀 환 — 해지고 푸른하늘이 나오너라

이 '크리스마스'에 나오는집같다는 내산장(山莊)엔 오늘도 소나무가지에서 까치들만 지저댄다

『희망』 2권11호, 1952.12, 44-45면.

하나의 역설(逆說)

하얀 눈 속에서도새파란빛을해가지고윤(潤)이 잘잘흐르는 동백(栢)나무입
사귀모양 늘젊어있고 싶어하는 것은 인생(人生) 누구나의 본망(本望)일게다.

진시황(秦始皇)이 불로초(不老草)를 캐러보낸 것이나 '크래오파토라'가 우
유(牛乳)에다 목욕까지하게 된것이 모두가 청춘(靑春)을 노치지않고 부뜨러
보려는데서 나온 안타까운심사(心事)에서였다 지금도 돈푼이나있는중년신
사(中年紳士)들은 열심으로 보약(補藥)을 장복하는것이다 중년부인(中年婦人)
들이 젊어진다는일에대해 관심(關心)을 많이갖는것이 또한이와같은 심경(心
境)에서인데 젊음이 반드시 육체(肉體)에만 깃드리는것은아니다 영원(永遠)
한 청춘(靑春)이란 진실(眞實)로 마음의 청춘(靑春)에있는것이 아닐까한다

며칠전까지도 젊은나이에 어울리지않게 윤택함을 잃은피부(皮膚)를하고
그눈은 시선(視線)의 초점(焦點)을잃은듯이 기운없이보이던 한젊은 여성(女
性)이 갑자기 그눈엔 영농한 구슬같은 빛을가저오고 살결은 튀어올을듯이
탄력이 있어지고 그의행동거지(行動擧止)엔 오월창공(五月蒼空)의 종달이같
은데가 있게되었을제 며칠후면 반드시 그에게는연애(戀愛)가 시작(始作)되었
다는 '스캔덜'을듣게되는수가있다 실(實)로 마음의즐거움이란 사람의생리(生
理)까지를 좌우(左右)하는것이다

그야 몸과마음이 같이갈수만 있다면 더할나위없는 일이겠지만 몸이차츰
나이를먹는다고해서 과히일찍암치 먼산을 바라보며 슬픈표정을 짓는성급
한일은안해도 좋을것이다.

오히려 나이를먹음으로써 인생(人生)은 정말 더호화판(豪華版)으로 들어가는것이다 남을용서할수있는아름다운가슴이 생기는것도 나이를먹어서요 인생(人生)의 모든면(面)에있어 귀(貴)한것을 알아보고 중(重)한것이 분별(分別)되고 이리하여정말사랑도할줄알게되는것은 모두가젊어서는 감당하기 어려운일들이다

단 과자 부스럭지를 즐기다가 그씁씁한 술에다 맛을드리는거 마찬가지로 20대청춘(靑春)에 나는 아무매력도 느끼지않는다 마치 꽃철에 한쌍의 남녀(男女)가행복(幸福)스러운듯이 봄동산에 거니는것을보는거와 다를것이없다

월전(月前)에 소설가(小說家) H씨(氏)를 만났을때이런얘기를했더니 H씨(氏)역시(亦是)

"그럼 인생(人生)은 나이를먹을쑤록 좋은거예요"

하고 공명(共鳴)을했거니와 이것이 틀림없는 생(生)의철학(哲學)일게다

나이란 열여섯 스물 스물다섯살까지는 먹어가는것이괜찮고 스물다섯이 넘어서면서부터는 한 살씩더해가는것에 신경질(神經質)이될수있고 스물아홉에서 갓서른으로 넘어설때는 스물짜를 놓기가 정 싫은것이 사실이다

그러나서른을 넘어서놓고보면 그때부터는 한살을 더먹거나말거나 거이 무신경이되어버릴수있는것이다 스무살로 다시좀돌아갔으면하는 친구들을 가끔보는데 나는여기에 별로찬동하는편이아니다 왜냐하면 내가만일20대로 뒷걸음질을 처가본댓자 그스물이라는 나이로는 또인생(人生)이 싱겁기가마찬가지지 결(決)코오늘의 이나이를가지고 맛보는인생(人生)을 맛보는재주는 없을것이 뻔한일이다 역시 스물다섯살때에는 스물다섯살에 해당하는인생(人生)밖엔 알도리가없는것이오 30대에는 또고만큼밖에 인생(人生)을모르는것이다

그러구보면 20대로 다시돌아가본댓자 내가멋지게 인생(人生)을 써볼재주는없을것이고 나이를먹을쑤록 그만큼씩 사람은더익어가고 또귀해지는것이 아닌가한다

마치 떡이 한함지박있는때는 든々한것이 별로 먹고싶지도않다가 떡이 차차없어저 들어가고 굳어지고 마침내 떡함지밑에가얼마남지않았을때 떡은비로소맛이있어지고 밋창의 팟고물을 손으로웅켜서먹는맛이란 히안한거와마찬가지로 나이를먹어피부의탄력(彈力)이 차츰없어지고 무답장(舞踏場)엘 가도 꽃망울같은 처녀들한테만연상 '파터나'들이와서 허리를굽히고분명히 아주머니로써의 경의(敬意)를 받게될때쯤되어야여인(女人)도 인생(人生)의맛을알아낼때가 되는것이다 이때야말로정신이번쩍나는때요 하루하루는 '다이야몬드'같이귀한것을알게된다 중년기(中年期)에들어청춘(靑春)에지게되니까 하는 억지의소리가아니라 진정한의미의청춘(靑春)은진실로마음에있을것이고 육체만이 진였다고 볼수는없을것이다 나는한번도정말마음에서 내가늙었다고 생각이된적은없다

그래서 나는반회장연두저고리며무색옷들을 그대로다간직하고 아직도조카딸에게내여줄생각은없으며 청춘(靑春)이가질수있는 '엠비슌'을아직하나도 버리지않고있다

웬일인지 나는나이를더할쑤록 공부는더하고싶어지고 치장도부썩더내고 싶어지는것은 일찌기내가20대에도30대에도느껴보지못한감정이다 생(生)의 쓴맛과단맛그리고모 ― 든고뇌(苦惱)를마서본뒤에오는 마음의바탕이야말로 가장잘인생(人生)을알아드를수있는 경지(境地)일게다

청춘(靑春)을가지고만 인생(人生)을마름질하러들것이아니라 몇살이되던지 그때그때 그나이에맞게우리는즐거운재단(裁斷)을 할줄알아야할것이다

『희망』 3권2호, 1953.2, 25면. [수상(隨想)]

교장(校長)과 원고(原稿)

이마적에 내게는 정말 이상한 버릇이하나 생겼다. 서먹서먹한 사이에는 결(決)코 인사를 먼저 안하는 버릇이다.

이왕에 인사가 있는터에도 불구 하고 곳잘 나는 이런 짓을 범(犯)하는것이다.

지난 주일(主日)이었다. 성당(聖堂)에서 나와 광복동(光復洞)거리로 내려오던 중 어떤 여학교(女學校) 교장선생(校長先生)님이 마진편으로 부터 걸어오는 것이었다.

―이크 훈장은 또 웨 만나나― 하면서일부러 딴데를 바라보며 어슬렁어슬렁 걷는 것이었다. 언젠가 한번 인사를 한것도같것만 이번뿐이 아니라 여러차례를 이분을 나는 시침이를 떼구 지나쳤던 것이다.

빤히 서로가 누구인지를 아는터에 이렇게 하기란 미상불 좀 땀이 나는 일이었다. 허나 6·25이후(以後)의 나를 그가 어떻게 생작을 하고 있을가 ― 말하자면 나를 무슨 흉악한 사람으로나 알고 속으로 좋아하지 안는다면 인사를 한댓자 반가워 하지도 않으리라고 추측이 들때 나는 그만 인사가 하기 싫어지는 것은 어쩔수 없는 일이었다. 따라서 이러한 태도는 거만도 아니오 자격지심의 일종(一種) 병신성스러운 짓일런지도 모른다. 그러나 나는 수없이 이렇게 해 왔다.

이날도 마찬가지 심경(心境)에서였다.

그런데 웬일일까 이 촌(村)티가 가득찬 교장선생(校長先生)님은 도무지 빨랑 빨랑해 보이지 않는 그둔(鈍)한 몸집을 비호(飛虎)같이 날새게 길을 가루 질러 어느틈에 내 앞을 꽉 막고 서서 시골떠기 같은 얼굴에 정말 진기(珍奇)한 미소(微笑)를 띠우며 내게 인사를 건네는것이었다.

당황한것은 분명(分明)히 내편(便)이었다. 나는 얼떨결에 손을 내밀어 이 마나님의 손을 잡으며 면구스러워 어쩔줄을 몰랐다.

"난 노선생하구 늘 인사를 한다는것이 이렇게 늦었는데 그러잖아두 내가 좀 찾아 갈려구 하든차에 잘 됐읍니다."

"그러세요."

"내가 청(請)이 하나 있어요"

하며 교장선생(校長先生)님은 손가방의 '쟉구'를 주루루 밀더니 피봉을 하나 끄냈다.

"이거 우리학교 학생이 쓴 것인데요 좀 봐 주세요 꼭 노선생한테 보여가지고 지도를 받겠다는 아이니 글이 좀 잘못 됐다고 하드래도 어디 잘 좀 보아 주세요 후배를 기르는 의미에서"

나는 하나 하나 이 여교장(女校長)의 표정(表情)을 놓치지 않고 보았다.

틀림 없는 어머니의 태도(態度)다. 딸의 앞길을 열어주고 싶은 마음이 간절한 어머니의 표정(表情)이었다.

어느 미인(美人)의 얼굴 보다도 이 순간(瞬間)의 그는 아름다웠다.

쾌락(快諾)을 하고 헤여저서 광복동(光復洞)거리를 내려오면서 나는 그 아름다운 정경(情景)을 자꾸생각했다. 그 무뚝뚝해 보이는 이가(사실 무뚝뚝할게다) 어떻게 이런 심부름을 또 이렇게 정성껏 할수가 있었을가 자기(自己)말로 바로전(前)에 자기는 이수과(理數科)를 해서 문학(文學)은 모르노라고 하는데 여기 취미가 있어서도 아닐게고 생각할수록 아름다운 일이었다.

보통 국어선생님도 또 모르겠는데 황(況) 교장선생(校長先生)님에게 도대체 이런 청(請)을 댄 학생도 상당한 심장(心臟)이려니와 일개학생(一個學生)의 이런 심부름까지를 또 이렇게 즐겁게 정성껏 해주는 교장(校長)이라면 정말 학원(學園)의 민주화(民主化)는 훌륭한터이며 과연 그는 교육가의 자격(資格)이 충분(充分)하다고 할수 있겠다.

이런 스승이라면 아이들은 얼마나 행복(幸福)하랴. 그들은 모든 어려운 문제를 스승에게 털어 놓고 의논할수가 있지 않은가. 교장(校長)이라면 흔히 옆에도 가기 어려운 거리(距離)를 갖는것이며 감(敢)히 사소한 일을 가지고 갈수는 없는것이 상례(常例)인데 과시 그교장(校長)의 그 학생(學生)이다.

집에 와서 읽어보니 시(詩)는 별루 마음에 드는 것이 못되었다. 시(詩)보다도 그 다리를 건네준 교장선생(校長先生)의 겸손하고 정성스럽고 또 간절하던 그 광경(光景)이 실상 시(詩)보다 아름다웠다.

어머니와 같은 교장(校長), 딸과 같은 제자(弟子)— 정말 오늘의 요청(要請)되는 일이다.

빤이 알면서도 인사를 않고 지나가는 후배(後輩)에게 제자(弟子)의 길을 열어주기 위해 먼저 머리를 굽히며 닥아 선 그 인격(人格)에 나는 유리쪼각 모냥 부서졌다.   (四二八六·五·一七)

『문화세계』 1권1호, 1953.11, 88-89면. [수필(隨筆)]

모윤숙 ●●●

모윤숙(毛允淑, 1909-1990)

- 호는 영운(嶺雲)
- 1909년 함경남도 원산 출생
- 1931년 이화여자전문학교 영문과 졸업
- 1931년 『동광』지에 「피로 새긴 당신의 얼굴을」로 등단
- 주요 경력―1931년 북간도 용정 명신학교 교사, 1933년 『시원』 동인, 1935년 경성 중앙
  방송국 근무, 1948년 파리유엔총회 참석, 1949년 잡지 『문예』 창간, 1958년 유네스코 총
  회 한국대표, 1960년 국제 펜클럽 한국본부 회장, 1969년 여류문인회 회장, 1974년 현대
  시인협회 회장, 1980년 한국문학진흥재단 이사장 역임
  1962년 대한민국 모란훈장, 1965년 예술원 문학상, 1979년 3·1 문화상, 1990년 대한민
  국 금관 문화훈장 수상
- 대표작―시집 『빛나는 지역』(1933), 『렌의 애가』(1937), 『옥비녀』(1947), 『풍랑』(1951),
  『정경』(1959), 『모윤숙전집』(1974), 『국군은 죽어서 말한다』(1983) 등 다수 수필집 『내
  가 본 세상』(1953), 『회상의 창가에서』(1963) 등 다수

·수록 작품

공창폐지령(公娼廢止令)은 무엇을 말하나 ‖ 오월(五月)과 여성대회(女性大會) ‖ 조선은 어
디로 가나? ‖ 총선거(總選擧)는 여성(女性)을 부른다 ‖ 여성(女性)에게 외친다 ‖ 생활개선
(生活改善) ‖ 소녀(少女) 시절의 나 ‖ 하나의 고충(苦衷) ‖ 부서진 '타임'의 연결(連結)

공창폐지령(公娼廢止令)은 무엇을 말하나

이 폐지 혁명은 남성에게 대한 일대 경고라기 보다 여성의 정조수준을 인간적인 우월한 단계로 올리는 암시다.

조선 여성은 이제□부터 그 정조를 짐생같이 대우받은 암흑시대로부터 해방을 당하였다.

그저 통쾌 하다고 말할것이 아니라 이제부터 더욱 더 침착 냉정 하여 여성다운 자존심을 잃지 않고 남성과 함께 보조를 가치 하면서 교양과 인격을 토대로 하여 새 사회를 건설 하는데 튼튼한 두바퀴가 되어야 할것이다.

≪가정신문≫ 1946.5.28.

오월(五月)과 여성대회(女性大會)

上

해방후 그여러 강력남성대회가 북도여러번치고 깃발도 무수히날리면서 혹은종로에서 혹은동대문(東大門)에서 혹은서대문(西大門)에서 서울장안장소 장소마다 그들의 대회가 점령하지않은데가 별노 없어 아마독립은 이남자들 이 꼭하나보다 하고 나는대(大)할때마다유심(有心)하였다 그런데 이대회(大 會)는 무슨대회(大會)인지 대회(大會)할때마다 기마순사의경개가삼엄하기가 보통이요 또대회(大會)가끝나기만하면 사람한둘은 꼭맞어죽든지 그대로 죽 든지 하여간 살상 사건이나는것이 의렛건 무슨대회(大會)하면 또무슨테로만 이대기를 하고있는것이 상사(常事)로되여있었다 사람이 죽기나 테로사건이 없으면 그날단우에서 순서맡은 사람이실수를해서라도 경찰서에라도 끌여 가서 심문을당하는등의 사건이라도발생해야한다

좌(左)익이건 우(右)익이건이것이 대회(大會)후에 오는소식인데 전부남자 들노이루워진대회(大會)다 이런지음문득어느 신문에 전조선여자독촉대회제2 회(回)를 아모날 어듸서개최한다는보도(報道)다 흥 또대회! 대회(大會)사태난 나라로군! 무심하였다가 그래도여자들이 모혓다니 좀흥미가 생겼든지 계통 막바지 중앙중□대강당으로 기여올라갔다 대문에책들어서니 "동해물과 백 두산이" 애국가의청아한 대합창(大合唱)이 계산(桂山)송림을새여 만호장안에 파도를 그리며 울여나온다 나는다소의호기심을 갖이고 강당에들어섯는데다

른대회보다 그첫인상이 좀다른데 신기하였다

　숨막힐듯 꽉드러찬 남자하나 섞이지 않은 알쓸한 여자모임이다 나라갈듯 가벼워보이고 깨끗하기 눈같은 흰조고리 흰치마를 칠같은 검은머리 반즈르르 비서넘긴 뒤랑자애는 반짝빛나는 은비녀 파릇파릇 비취비녀 살짝 꽂어 뒷모양 소담하고 깨끗한 맑은 소리 그 수많은 대회에서 풍기는 땀냄새 가만 가만 피는 담배냄새 없어 우선 경쾌 상쾌한 동시에 앉□새가 똑바르고 정연하여 서로 수근거리는 패없이 오직 일열자세로 단우에만 눈이 쏠려있다

　아ー 언제이처럼훈련을 받었을가? 조선여자는 안방에서도아름답거니와 그힌치마자락에 조용한 미소는 이런데서아름다웠다 눈을들어단을보았다 힌조고리에 깜안치마를입고 날신한귀아모리보아도박순천여사다

　새벽달찬서리에 저두견이울고울어 남에애를끌논다드니 우리의투사 박순천여사는 그백설같은목에 힘줄이반항을하도록해방후동분서주피맺인울음을우는 우리의투사다

《부인신보》 1947.5.17. [수필(隨筆)]

下

　한마디 한층더뼈에사못치는듯한그열변은 우슴으로혹은우름으로만장의 박수와환호속에서독립부터하자고웨치다뒤를이여 연회색저고리에 까만치마를입은 의젓하시고덕망이높으신 우리의위원장 박승호연사의 차근차근한말솜씨와 겸손하신 그래도 이대회의총인기를모으시는 그그윽한산망□과 □의우리의미덕을더한층우아하게발휘하지안는가 나는 든든하고미덥직한 여사님들앞에 또그열과충성에 자연머리가 숙어졌다가 또 차분하신덕에 사교장으로 입법의회를 분주하시고서 □준하여 □□□해분들쇄 재덕에 겸비하

시여 세○○우리의 기도○시어 무얼깊이생각○○는고 ○으로 단위에서왔
다 갔다하신다

각도대표들의 보고에 나는 또놀남을 하지안엇다 남편섬기고 아이○으는
한편 틈틈이 양잠도하고 길쌈도하여 푼푼이모은 돈으로 유치원과 소학교를
경영하는데도있고 ○○이 야학을설치하여 국문을 깨치는 게몽운동에 성공
하는데도있다 그 외(外)리박사의 려비를 생각하여 10여만원을 내어놓은데
도있다

각도에서 이처럼 여성들은 인정과순수한 애국열에불타는 활동으로 통일이
되여있고 앞날에 갈길이 정학하게 되여 있다 정치지식은 빈약하되 나라를
사랑하고 실천하는데 우리조선 부인네같이 알뜰한여성이 천하에 어데또있
으랴…… 가정적으로 속박과 굴네가 아직도 우리의 개성을좀먹고 생명을
우울하게 하것만 여기모인여성들은 그렇다고 해서 남여평등을 먼저부르짖
지안는다

결혼자유 리혼자유를 목표로 시위행열을하지안는다 남여평등도 결혼자
유도 또는 리혼자유도계급투쟁도 먼저살자리를 마련해놓고하자는 엄연한
철학아래그들은 뭉치고한데움직인다 진정한 남여평등의 실현을 소망하는
까닭에 그첫조건으로 독립을해야한다는것이 그들의 일치단결의 모-토다
나라없는 여자가 남자와같은 권리나갖이면 무슨자랑이되랴? 보라—조선
남자는 가정에서나 사회에서나 법을적으로 여성보다 우월한직위에 있다 그
러나 나라가 없으메 그들의 법률적우월이란것도 하등의 효과가없이 세계의
불상한 남자들 노릇을 허지안나? '독립없이 남녀평등없다' 이리하여 이부
인네들은 남편의 구박을 받어가면서 시어머니의 꾸중을들어가면서도 참고
참어가며 오직한뜻 독립부터하자는 것이다 지방(地方)에서온대표(代表)들은
자랑스런 얼골로 각기 그지방사투리들을 써가며 불을뿜는듯열변을토하는
데 서울대의원(代議員)들은 무색하여 앉었다 여기함경도평안도사투리가섞였
으면 더훌융하였을것을! 각도보고가끝나고 위원장선임보고를박원경여사등

단하여한다 깜안단발머리에어울리는 귀여운모습 아직미쓰다 그고상한체격
잔잔한음성 일제시대엔한번도나타난적없든그가 해방후 어데선지가만히나
타나허위허위조선을향해 사랑을바치려나선이다 뒤이어승호여사와함께언제
보아도 귀여운 인기(人氣)여사허이권씨통탄하여 부위원장잘만히하겠노라인
사를한다 나는 몇일전입법의회에방청간일이있거니와 그정동된품과 예의범
절이이여성대회에밋칠바못된다

독립운동은 길쌈잘하고 무명잘낳는 그대들 안악네게 양도함이 여하(如何)하
오리 시부모 남편 섬기고 아들 딸 시중하는남어지 남다자는밤 남편은요리
집에서 기생과 어우러졌을때 빈방 홀로앉어 명주실 고이고이 뽑아 나라에
바치는 그런안악네는 이조선여자밖에 더 있는가 독립운동을 안하고 순결무
후하게 노을아래 저녁물 기러자며 조용조용 남모르게하니 그 아니갸륵한
가? 조선안악네는 정신적으로만 이처럼 강한게아니라 신체강하기로도 세계
(世界)에 우쓱이다 말이났으니 말이지 산파안부르고 안방에서 큰소리 한번
못치고 낳은아이들인데 커서는 아머니가좋은 체력을갖었다는것을 저이가
증명한다 세계(世界)마라손대회(大會)일착(一着)은 두번다 조선여자가 낳은
아들들이했다 세계마라손왕을낳고 독립을 해산하는 조선여인네 누가 그들
을 가르쳐 약하다하나뇨? 독립촉성국민대회(大會) 만만세 (五月二日)

≪부인신보≫ 1947.5.18. [수필(隨筆)]

조선은 어디로 가나?

1

조선은 어대로 가나? 미소공위가 다시열리고 조선의 정치단체가 협의대상으로 참가하고덕수궁안에서 그역사적인 막이전개되고 있읍니다 비록삼팔(三八)도선이 막혀서 남북(南北)이갈리인것은 사실이지만 남북(南北)에살고 있는 조선사람은 누구나서울덕수궁안으로 마음이쏠리고생각이 더듬어가고 있는때입니다 이렇게이는마음속에는 제각기조선을위해서 무슨방법과 수단을써서라도 우리의 거룩한 조국을찾으려는 일(一)념으로불타고 있을것입니다 단지대표로덕수궁안으로 들리는사람들만이 조선을위해서더머리를쓰고 생각을더듬어야한다고하면 이는큰잘못입니다 덕수궁밖에있는 삼(三)천만각자가 이역사적인세기매순간을어떻게수습하여야할것인가에대해서 더생각하고 연구하고 실행해야되겠읍니다 조선은조선자신이처리하지못하고 미소양국사이에서 우리의태도여하로 결정된다고합니다 3년동안 수없는애국지사들이 정당을조직하고 나라를위해서 싸왔읍니다 혹은고립으로 혹은대립으로 각각자기주장을써서 나라를구하자고웨쳤읍니다 어느한사람이나 조선을 다시남에게 의뢰를하자든지 주어버리고말자는 사람은 없었읍니다

웨치고부르짖는 소리는 '조선을 찾자' 삼(三)천만은 조국으로도라가자는 오랜향수의부르짖음이었읍니다 비록그이론(理論)과 수단방법은 달르다하여도 모두가 조선을위한운동이요 수고였다고봅니다 그러나 이러한수고의 운

동이연속적으로 계속되였음에도불구하고삼천리방방곡에는 한숨이더 많아 가고 눈물이더 늘어갑니다

정치를 위한정치 이론을위한이론은 안정된 국가에서는 필요할지모르지 만 지금 조선에있어서는 필요치않읍니다. 우리민족에게 맞는정치가 무엇인 가를 먼저생각해야겠읍니다 그래서 우리민족에 맞는정치이론을 전개시켜 우리민족에게살길을주어야하겠읍니다 아모리좋고 우수한정치리론이라도 우 리조선민족의 피와살과뼈를 살찌우고 살릴수없는 정치이론이라면 물리처 야하겠읍니다 우리 조선 사람의 피와살에 약이되고 생명이되여서 우리강토 기후 풍토에 맞는 정치적호흡이아니면 우리○ 한사람이던지는 독약으로 일 조에 망할수도있는것이요 반대로 진실로 우리민족의 생리적조건에 알맞는 약과 호흡을부러넣는다면 우리민족은한번에 다—같이 살어일어날수가있 는것입니다

조선은 지금어디로가는지 그가는길을우리는 손에땀을 쥐고내다보고있읍 니다 동(東)으로가야조선이보일지서(西)으로가야조선이보일지 조선이보이는 방향은 어덴가하여우리는방황하고있읍니다

그러나 우리의방황은 오직 우리가얼마나 연약하다는것을말할뿐입니다

조선은 조선으로가야함니다 이말은대단히평범하고 쉬운일같흐나 조선으 로가야할 민족이딴곳으로가느라고 혼선을 이르키고 자기자신도길가에서 피곤하여 엎드러지는일을 많이봄니다 우리는다—각각 한나라한동리에살 면서도 재일홈과 제문패를부치고제생활을제집에서운영해나감니다 아침에 나갔든아이는학교에를 갓나가저녁대가되면 저의아버지 문패가부튼집으로 반드시도라옴니다 어머니아버지는 아침에나갓든아이가저역에 혹시딴집을 재집으로알고 드러가면 어찌나?하는근심을하지안습니다

≪부인신보≫ 1947.7.4. [시론(時論)]

2

혹시 두 살이나 세 살먹은 아이가아니라면이자식을 잃어버리지나안을가
하여 염려하는부모는세상에 없음리라생각합니다 자식은반드시제부모와 피
가통했고맥이통했기때문에 아버지어머니집으로 도라가고안도라가는것에대
한 의문을가질필요를 늣기지않습니다 우리조선도 꼭 마찬가지인 셈임니다.
이지구상 어느한곳에조선이란 터와기둥과집은 5천년전부터 마련되여있음
니다 중간에사태가나고 혹시때않인 폭풍이일어 잠시선후가 밖위는일은 있
었다하더라도우리집은 여전이우리집대로 남아있고 그집에서나갔든 식구들
을기다리고있는것만은 사실입니다 그러니까 도라올 사람이 도라와야 그집
은그집으로서의 위신이 서고 방책이섬니다

대단이 무식한말슴갔읍니다만은 우리는잠시유식한정당리론에는 미치지
말고 우선무식한조선사람그대로 순진합시다 찾으려는 어머니를 맞나놓고
서 밥도 옷도 찾읍니다 어머니를 못만난아이가 남이주는밥으로배나불닌다
고 그마음에 서글픔이 꺼질리가없고 그외로운 방랑성이 명랑해질리가없읍
니다 덕수궁속에서만이 조선의방향이 정해지는 것은않입니다 덕수궁밖에
있는 삼천(三千)만 전민족의 마음방향이 정해지는대로 조선의길은 정해지기
도합니다 우리는 조선을다리고 어데로가는것입니까 미국, 소련에서오신 여
러손님들과이론해서 다리고가는길이어대입니까? 조선이가야할길은 어두운
밤길이거나 태양이빛이는낮길이거나 그어느나라사람들보다 조선사람자신
이 어느길이맞는지 더잘알것입니다

우리는 잠시모든 유식한사람의 테를벗고 어린아해처럼 순진무후한 조선
의혼을 오직담은백성이됩시다 그래서그리운 우리집을 찾아가는데만 정신
을모으로 발길을가즈런이해서 함께 가지않으면 안되겠음니다 그 또한두사
람만이가다가는 우리집문은 열니지않을것임니다 삼천(三千)만이다 — 함께
보조를가치해서거러가지 않으면 않될것임니다 지금이야말로 최후에 운명

이결정되는순간에 이르렀읍니다 우리가슴에 손을 언고먼저 나는조선사람
인가 마음도몸도 조선사람인가 부터봅시다정말조선사람이라면 조선의산과
강과땅도 정말조선것을 만들용기와 히생심이 생기는것임니다 조선사람은
조선에서만 살수가있고 조선의들과 조선의하늘과 공기만이 조선사람을 행
복되게할수있읍니다 다른 아모 위대한 분위기에서라도 우리는 생명을 이여
갈수는없음니다
　　조선의가는길을아심니까?조선을밀고갑니다그러나조선으로통한길을바로
찾어 조선으로갑시다

≪부인신보≫ 1947.7.5. [시론(時論)]

총선거(總選擧)는 여성(女性)을 부른다

1

여성을 부른다

남조선에서는 불일내에 총선거 법안이 실시되랴한다. 세계대세에 호응하여 조선은 해방이 되었고 이 해방후 우리 녀성은 남녀평등 운동을 전개하지않었음에도 불고하고 민주주의원측에의하여 우리는 남자와 꼭같은자격으로 선거권피선거권을 갖이게 되었다. 생각하면 이처럼 별안간국민의 완전한자격을 가추고나서게 된 우리는이 무거운책임을어떠케 감당할가의문이다. 그러나 그러다고해서 피할길도 사양할도리도없이 우리는국민으로 선거권피선거권을 임의가질 권리를소유했다. 입법의회에서는 녀자를 위해특별법으로 □다거나 편법을쓰는일도없이 그야말노 남녀평등의 입장에서 여자를상대하기로했다 그런 □치우리 녀성은총궐기해서 녀성을옹호하고녀성을 내세우는데 전력을다하지 않을수없다. 어느남자가 우리녀성을 내의사로 선거해주려니하는것은 바라지도밋지도말고 녀성은녀성을밋고나갈 각오를 가져야겠다미국에서는 선거 때가 되면 아모리갓가운 부부사이라도 제각각 생각하고 택하고싶은사람이 있어서 남편과안해는 의견충돌이 생기고 싸흠까지하게 된다한다그래서 안해는 남편이 투표하고 싶은 사람이마음에안들어그대로별거생활을하면서라도 자기가옳다고생각하는사람을 투표한다고한다그러나 선거기간이지난후엔 다시웃는낯으로부부가 맞나서산다고한다 이

것은한가지예에불과한 것이요꼭이대로따라가자는것 은 절대로안니다 다만
그만큼녀성도 진정한자기의의사발표를하기 위해선남편과별거생활 을하면
서라도자기개성을 민주주의원측에 의하여살린다는점을배우자는 것뿐이다
특이나 우리조선녀성은옛날부터 순종이부덕이라해서 자기의의견은 죽이
고남편의 의견이나 웃어른의 뜻을쫓든습관이 있는데다가 5천년래처음 밧
는이정치직권리를받어수 습하기가어려울것을 맷는다
그러나 어떤녀자를물논하고 23세(歲)이상(以上)의녀자면 선거의상대가되는
것만은 사실인이상재대의 관렴 그대로 안방이나 직히고 앉었다가는 오히려
천재일우의이기피가엇더한 수치를갖어올지도 모르겠다 조선에는녀류정치
가는없다 혹시소질이나친질을타고난분이 있다 하더라도 뻐더나갈길이없었
고 발휘할시대도없었다 정치가는켜녕 녀성교육가도 손을 꼽아헤이리만치
그수가 적다 이렇게모든점에있어서 빈약한자리를점령하고있는 우리조선녀
성일지라 선거의상대될녀자가 있을수가있느냐고 규정해버릴것도 사실이다
그러나 사실이어떠타고 우리는락심만하여야 할것인가?

≪부인신보≫ 1947.8.23. [시론(時論)]

2

조선전체가 진정한자유와 권리를위하여 독립을 요구하는것이나맛찬가지
로 우리녀성들도 참된 자유를획득하기위하여녀성은 녀성으로투쟁하지않으
면 않되겠다 사실우리 부인네중에는 자기일홈좃차 바로쓰지 못하는 분이얼
마든지있다글자한자 바로못쓰는 우리부인네들께 갑자기 선거권 피선거권
이 부여된사실은 너머지나치는광영이요 담당못할책임임에는 틀림없다 감
당키가어렵다고해서 늘하든버릇으로 안방으로 안방으로아모리 숨어다녀앉
으랴해도 대세가이를허락지않는다 여하간 우리녀성의 역량(力量)을 총집중

해서 '가갸거겨'라도 속히깨처서 일흠자한자라도스사로쓰도록힘써야겠다 그후에는 우리민족의 나가야할길을 똑바로알고 바른사상에눈을 떠야하겠다 아모리 국제정세를 잘알고유식한녀자라도 조선의장래를그릇치는 사상성과유식한톤은 우리의 요구하는바로 나아갈길도아니라고 생각한다 그럼으로 우리는이처음으로 맞는 귀한기회를 붓그럽지않게 녀성전체의체면에 손색이없도록태도를 준비하지않으면않되겠다 우선 우리는이번총선거에녀성 자신이 출마하도록 힘써야 겠다 이런정치적무대가 우리에게 왔음에도불고하고 정부를 남성에게만양보하고 빼앗긴다는것은도져히 않될일이다 많은 녀성을내세우자는것은결코 아니나우리녀성선배중에는 남성에게 지지않을만큼 실력과내용을 가추고있는 분도없지않어있다 이런분들이있음에도불고하고총선거의 대상으로 녀성이무시된다면 그는우리전녀성의 수치요책임이다 먼저우리는 1천5백만녀성을 대변할우리선배들께 마음을두고 준비하자조선의불행가운데에는 우리녀성의불행한 운명이 2분의1의 분량을점령하고있다하여도 과언이아니다. 이역사적(歷史的)인불행의 열쇠를 깨트려버리고싸와줄 사람은결코남성이 아니라녀자자신임을알자 정치적인 배경과규정밑에서 모든법률과 세도는만드러지는것이다 새조선이 서랴한다새법률과새제도가서랴한다여기에 우리녀성도 당장히 참예해서 우리녀성이살아야할 모든법과제도를 맨드러 내야한다 녀성을대변할녀성으로 우리는 기어히내세우도록힘쓰자

≪부인신보≫ 1947.8.24. [시론(時論)]

여성(女性)에게 외친다

사실전쟁이벌어지고보니사람귀한 일이한두가지가 아닙니다평상시라하더라도 한나라가있고 사회조직이뚜렷이선나라면여러모로 남자여자 할것없이 한모퉁이씩맡아야 일이 바로진행되여 갈것인데하물며 싸움이 이처럼치열하게 버러졌는데도 불구하고일하는사람은 죽도록일을하고 아모것도안하는사람은그대로들 번번이놀고있으니 참딱한현상입니다 남자들은 총출동을 해서싸웅을 나 하고행정(行政)을 맡아하노라눈뜰새가없는반면(反面)에여자(女子)들은대개로하는일없이 무심히들살고있는것같습니다 남의나라 사람들도 목숨을바쳐이땅을 위해 핏물을드리고 있는데 우리여성(女性)들은 이나라 백성(百姓)이면서도아무 책임감(責任感)도안느끼는듯이일없이앉어있다는 사실은국재적으로 볼때벌서수치스러운 일이요 안으로 남북(南北)통일이된후라도 그만 큼엄청난 재건(再建)사업을어떻게남자들 혼자서만 하여주리라믿고 가만이있을수있겠읍니까? 우리나라에선 아직도여자(女子)가 무능(無能)하다고해서그런지 별로큰일을맡기지는않읍니다 그러나 큰일만이 가치를나타내는것은 아닙니다무수한적은일이 오히려 하기쉬운큰일보다 더 나라를위해선 가치있는 역활을할수있는것입니다 일정(一定)한직업장소를나라에서 만드러주지않는다는 이유(理由)로 나설수가 없다고 해서 주저하지말고 누가 일을 주거나 맡거나 우리힘이머쳐야도움이 될일이있다면우리여성(女性)끼리 뭉처서무슨일이든지 구체화하여 나라에도움될일을 시작하여야겠읍니다 오늘우리주위엔 얼마나 여자(女子)의 따뜻한힘과사랑을필요로 하는대상이

있다는것을모르십니까? 예(例)를들어 저불상한 상이군인들의 위안문제(慰安問題)고아원피란민수용소에있는전재동포들의 구호문제같은것은 남자(男子)의 손을빌기전(前)에우리여성(女性)들이 솔선해서도록했으면좋겠음니다

거리에쩔룩거리고다니는 그 피곤(疲困)해하는상이군인을위해 일정(一定)한휴게소하나없다는사실은 얼바나수치스러운일임니까? 생자하면태산같이 우리나라엔일이 밀리고있음니다 이싸하고밀린 모든일을잊어남자(男子)들만이 다— 맡허하려니 밑고있을수있음니까?우리여성(女性)과 성의와노동이 가지않으면 영원히 완성(完成)되지못할국가적 사무도 많습니다 그러니까새해부터는 이핑계저핑계를다— 떠나서 어떠한 공적(公的)사무한가지씩이라도 맡허서일을하도록합시다 할줄모른다는핑계니 혹은시간(時間)이 없다거나하는말은 다— 적당치않은 도피사상입니다 자기장기대로힘대로내노아서통일재건에 우리들도 한목보도록해야 면목(面目)이서지않겠음니까? 모든욕심스런사치심을떠나서무료로나라을위해 봉사하는여성(女性)을 나라는부릅니다 그러지않고 이허무러진 우리의집과 생활내면건설(生活內面建設)을누구에게 의탁하겠음니까?

이제이론(理論)에서는 떠나 행동(行動)으로 돌진합시다 주저 방황 핑계 효과없는 재래식요조숙녀의 허위의탈을 벗을때는왔음니다 대한민국은 인간(人間)그자체(自體)가갖인생명력(生命力)에 목마릅니다 건설엔생명력(生命力)이 필요합니다 내나라에 살면서 남의나라일처럼구경만하는 태도로 사는우리여성(女性)들에게정신적(精神的)혁명이있어야되겠음니다 생각하고행동(行動)하고 희생하여 재건국가에 바료가됩시다

≪경향신문≫ 1952.1.1.

생활개선(生活改善)

전시생활개선 이야기가 벌써 입에 오르내린지 오래이다 그러나 아직 우리는 이렇다할 개선을 보지못하였다지금 새삼스럽게 이것을 들쳐낸다는것 자체가너무 낡은 이야기라 생각한다

벌써 관리나 경찰의 신세를 저서과거 비로-드 치마를 입지말라는것은 상식이하의 유치한 소리가되었다

요는 겉에 걸친 껍대기가 문제가 아니다 어떻하면 그것을 입지않게 될만한 국가의 형편과 처지를 아는여성이 많은가가 문제이다 또한 그런 여성을 많게하는것이 급선 문제일것이다 매일자기네들식구가 먹는 쌀값이 어찌하여 이렇게 고등가게 올르냐는것을먼저살필주 알아야 할것이다 이렇게 우선 눈앞에것을 볼수있고 똑바로느낄주아는 여성들이 많어저야 한다

그러기에는 여성들의각성이 필요하다 먼저알고 다음에 살피고 그리고 행동해야 될것이다 그렇게되면 지금것 몇만번씩 물우에 기름엉기듯 헷바퀴 만들든모든문제 생활개선이든지 그것보다 더한것도 제대로 움지겨질 것이다 말로만 쉽게 웨치는우리의 생활개선은 하루이틀에 되는것이 아니다 제반기구를 뒤집어어퍼 새로운것을 만들어본다는것은 아름다운 의욕이다 그러나 우리는 뜨더고치기전에 먼저정리할일이 하두많다 나는 요새 이런것을 구상해 보았다 교양구락부같은것을 만들어 우선 가정이나 직장에있는 여성들의 모임으로 한주일에 두번씩이든지 각방면의 강습연구회를 동하여 우리의 시간을 갖이고 싶다는것이다모든것이 청량해지는가을철이 되었다 이 시

-즌과함께모든 여성들은 좀더 등불가로가까히가보자

≪경향신문≫ 1952.9.23. [가정]

-즌과함께모든 여성들은 좀더 등불가로가까히가보자

소녀(少女) 시절의 나

다시 한번 그런 시절로는 돌아갈 수 없으리라 생각하면 눈을 감고 묘연히 떠오는 아지랑이 봄빛 같은, 그 중학 시절의 피던 꽃, 지던 해는 더 한층 이 가슴에, 스러지지 않는 행복으로 인(印)쳐 주고 있읍니다.

나는 함흥서 소학교를 거쳐서 개성 호수돈 고등여학교에서 중학 시절을 보냈읍니다.

그런데 말입니다. 통털어 말하면 학교에 가서 일정한 시간을 정해 놓고 공부하고, 시험 치르고 성적을 발표하고, 하는 제도가, 참말로 마음에 들지 않았읍니다.

소학교 때에는, 그래서 학교 시간이 마음에 안 드는 날이면 몇 시간 줄여 먹고 딴 곳으로 돌아다닌 때가 참 많읍니다. 그래도 학교에서 처벌이 그다지 심하지 않았기 때문에 그대로 학생 대우를 받고 살 수가 있었으나 중학에 들어가면서부터는 워낙 학교 공부가 세고, 어려워서, 각 과정이 전부 우리나라 말로 설명되는 것이 아니고, 모두 일본말로 공부를 해야 되기 때문에 (그야 소학교도 그랬지만) 우선 일본말이 부족하면 공부 내용도 저절로 몰라지게 되었읍니다.

조금만 느슨하다가는 일찍, 집 떠나서 타향에 공부를 하러 나섰다가 낙제를 하면 부모의 체면이 안 설 뿐 아니라, 내 장래도 좋지 않으리라 해서 기를 쓰고 공부를 하기로, 결심을 했읍니다. 그런데 여러 가지 과목 중에 내가 제일 좋아한 것은 작문, 영어 대수였고, 제일 싫고 무미하고 가치 없다고 생각한 것은 도화, 습자였읍니다. 이렇게 싫은 까닭은 도화나 습자엔 제일 재주가 부족했기 때문입니다. 다른 과목은 애를 써서 상당한 노력이 지나면 납득이 되어 성적을 채울 수가 있었건만 이 도화나 습자는 연습할수록 손 따로 생각 따로 분열이 되어서, 연습이 오히려 방해를 가할 지경이었읍니다. 그래서 항상 이 두 가지 성적은 좋은 편이 아니었읍니다. 그러나 대개 성적이 좋아야 전문학교엘 갈 수 있으리라고 생각하고 또 공부를 잘 해야 장학금 같은 것을 얻어서 전문공부를 하리라는 막연한 희망에 잡히어 하기 싫은 공부를 억지로 암송을 하다 싶이 하여 열중해서 늘 우등 성적은 하였읍니다.

그러나 그때 그 소녀 시절에 오던 한없는 낭만, 꿈, 희망, 이런 요소들은 날마다 나의 장성과 함께 굽이쳐 나의 소녀적 감정을 충동시켰건만 학교 과목 시간엔 어느 시간엘 들어가나 이 어느 하나의 감정도 해결해 주는 과목이 없었읍니다. 그저 딱딱스럽고 몰취미한 선생의 교실 강의는 진정으로 너무 내가 원하는 희망과는 배치되는 바가 많았읍니다.

그 딱딱스런 물리, 화학, 산술 시간을 치르고 나면 무슨 빚이나 치르고 난 때처럼 한숨이 휘―쉬어지는 것입니다. 모두가 의무였읍니다. 이 의무의 숙제나 시험을 얼른 마치고는 나는 늘 라이락나무 그늘이나 혹은 느티나무 그늘 밑으로 찾아가 혼자 앉습니다. 그러고는 누구의 문학서적이든 그저 그것이 시든 소설이든 외국작품이든 우리 나라 작품이든 도서관에 가서 집어내다가는 그대로 읽고 읽고 했읍니다. 톨수토이, 트르게넵흐 도스도옙스키, 누구 누구 할 것 없이 세계 문학 전집으로 나오는 일본말판을 두서 없이 그저 읽었읍니다. 그 문학 작품의 원 줄거리 뜻도 잘 모르면서 그 화려한 묘사, 아름다운 문귀가 모두 나를 도취시키고 내 영혼을 깊고 높은 인생의 숲속으로 안내하는 것만 같았기 때문에 아편 같은 이 독서열은 밤새로 세 시, 네 시까지 피아노 연습방 혹은 지하실에 있는 빨래방 같은 데서 날을 새우게 하였던 것입니다. 이런 소설을 읽고 나서는 항상 속으로

"남의 나라엔 이런 문학의 세계가 존재할 수 있건만 왜 우리나라에선 이

런 아기자기한 소설의 세계가 이루어지지 않나? 왜 이런 훌륭한 작품을 그
릴 만한 작가가 없나?"
하고 고민이 일기 시작하였읍니다.

눈치를 보면 교실에서 선생님의 태도나 훈화엔 소설이나 시는 한가한 사
람들이 하는 넋두리인 것처럼 말씀을 합니다.

친구에게 물어 "아무 소설을 읽었는데 참 좋더라"고 하면 입을 삐죽하며
"흥 그까짓 시나 소설을 써서 살아갈 줄 알어, 이 나라에서?"하고 비웃
읍니다.

나의 취미는, 산술에도 물리 화학에도 있지 않고 문학 작품을 읽고 또 내가
쓰는데만 있었으나, 이런 취미를 알아 줄 만한 과목은 하나도 없었읍니다.

그래서 늘 나는, 학과목을 마치고는, 책을 들고 혼자 산이나 들로 나갔
읍니다.

잔디밭에 앉아 한없이 보고 싶은 책을 보고 나면 어느듯 해가 석양이 되
어 기숙사 시간이 지났읍니다. 숙제할 공부는 많고 시간은 바쁘고 하여 가
만히 기숙사 부엌 뒷문으로 기어들어와 겨우 남은 밥을 가만히 먹고는 방에
올라와 한숨을 쉬어가며 부랴부랴 이튿날의 숙제를 하였읍니다. 나는 또 피
아노를 중학 2 년 때 배우기 시작했는데, 피아노 연습하는 방에 들어가서는,
그 40 분 동안을 문학 작품 읽는 것으로 거진 시간을 소비하고 피아노는 조
금도 연습을 하지 않아 결국 피아노 선생님이 나 같은 학생은 희망이 없으
니 안 가르친다고 사임을 한 일이 있어 그대로 피아노는 못 배웠읍니다.

그나 그뿐입니까? 무슨 학교 명절이나 크리쓰마쓰 때 같은 때는 꼭 연극
을 하게 되는데 왜 그렇게 극성스리 연극이 하고 싶었는지 모르겠어요. 그
래서 학교서 구제회 주최로 연극이 있을 때는 가난한 사람 구제하기 위해
서 열이 그렇게 낫겠습니까? 무대에 올라가 정성 떨고 연극하는 것이 좋아
서 그저 열심을 내어 일을 하고 작은 도구 같은 것도 쉽사리 모아 들이고
하면 연출하는 선생님이나 교장 선생님은 내가 무슨 자비심이나 동정심이

많은 여학생 같이 취급을 하고 칭찬을 해 주었으나 사실은 그렇지도 않았읍니다. 할 수만 있으면 중학교 3학년 때부터는 공부는 다 그만 두고 문학 작품 읽는 일과 연극하는 두 가지만을 학교에서 했으면 제일 좋겠는데 학년이 높아갈수록 내가 싫어하는 과목만 늘어가고 보고 싶은 문학 작품은 선생님이 야단을 해서 더욱더 비밀 리에 공부를 하지 않으면 안 되게 되었읍니다. 나는 또 체조 시간이 참 싫었읍니다. 공상을 하고 섰다가 히다리무께(좌향좌)할 때 미기무께(우향우)를 한 일이 여러 번 있어 선생님으로부터 대오에서 추방을 당한 적도 여러 번입니다.

산그림자를 쳐다본다거나 물 흐르는 광경을 바라볼 때는 누가 불러도 안 들리고 소리를 쳐도 응해 지지 않았읍니다. 내가 하고 싶은 생각이 잠시 끝났을 때에야 정신이 돌아오니, 참 큰일 아닙니까?

나는 참 동무를 많이 가졌읍니다. 그러나 항상 고독한 때도 많았다고 하는 것은 정말 내 속에 있는 이야기를 동무에게 내 놓으면 그 동무는 별 취미를 느끼지 않고 또 이해하려고도 하지 않았읍니다. 그래서 항상 유쾌하다가도 또 항상 고독하고 쓸쓸해서 못 견디는 혼의 몸부림을 혼자 쓸어 만지며 살았읍니다. 이 고독이 무엔가 하는 의문이 자꾸자꾸 커져서 나는 문학 공부를 하기로 아주 결심을 하고 불행하게 되어도 좋으니 산을 쳐다보고 물을 즐기는 심리를 그대로 안고 생각나는 대로 인생의 장성을 글로 쓰다 죽으리라 하는 것이 나의 결심이 되었읍니다. 그리고 어머니나 선생님이 남학생은 나쁘니 삼가라고 해서 그때 나를 참 잘 이해하고 편지를 자꾸 하는 송도 중학 학생이 있었는데, 회답을 하거나 만나면 소문이 나빠지고 품행 끗수도 깎인다 해서 편지도 못 써 보내고 만나본 일도 없이 지내쳐 왔는데, 그 동그란 새까만 모자 쓴 학생도 나처럼 공부는 억지로 하고 작품을 보기 좋아한다는 하소를 써 보냈던 것입니다. (그만)

『학원』 2권4호, 1953.4, 34–37면.

하나의 고충(苦衷)

―김남조(金南祚)동지(同志)에게―

철철 므르녹는 더위에 어떻게 지내시오? 지난번 좋은 시(詩)를 보내주어 곧 조연현(趙演鉉)씨에게 전(傳)했드니 그가 좋도록 하겠다고하여 그대로 꼭 믿었더니 초하호(初夏號) 『문예(文藝)』를 들처보니 안 실려있지안어요? 사유를 캐었드니 조씨(趙氏)의 그 간열필 구(軀)가 더 간드러지게 손을 휘여저으며 우슴 섞인 말로

"사실은 김남조씨(金南祚氏) 시(詩)는 실어야옳았을 것이나 『문예(文藝)』는 창간호(創刊號)부터 추천제(制)로 되였기 때문에 세번추천을 안 지내고 대번에 실게되면 어떤 사람의 시(詩)는 처음부터 실어주고 어떤 사람은 시집(詩集)을 두셋 내고도 시(詩)를 실을 수 없느냐고 불행(不幸)이랄까 비난(批難)이 극심하여 참으로 미안하지만 어쩔 수 없이 그리됩니다." 합디다.

그대로 특(特)히 꼭 부탁을 했는데 그럴 수가 있느냐고. 그러나 "추천시(推薦詩)로는 내지 마시요"하고 참말 마음대로 안되는 세상(世上)이라는 것을 다시 깨달었읍니다.

그러다 보니 『문예(文藝)』는 무에 대단(大端)히 박력(迫力)이나 같우고있어 요지부동의 태세를 보이는것 같에서 참으로 미안(未安)함을 어찌할수 없읍니다. 그런대 내생각으로는 상(想)이나 시격(詩格)이 어느 정도(程度) 인정(認定)될 경우면 추천의 도정(途程)을 □치지 않고 기성인(旣成人)취급(取扱)을 해도 좋다고 생각을 합니다. 그런데 직접(直接) 이 『문예(文藝)』를 요리(料理)하고 만지는 조연현씨(趙演鉉氏)나 박용구(朴容九) 기타(其他)제씨(諸氏)는 다

방(茶房)같은데서 직접(直接)문단(文壇)에 접촉(接觸)해 있고 사실상(事實上) 그들이 문단(文壇)의 질서(秩序)를 창출(創出)해 가고 있는 분들 임에 자연(自然) 질문(質問)이 오고 가고 하는 모양이여서 특(特)히 김남조씨(金南祚氏) 시(詩)만 우대한 것처럼 된다는 것은 『문예(文藝)』의 여러 사정상(事情上) 곤란(困難)한 점(點)이 있는것 같습니다.

사실은 남조씨(南祚氏)가 투고(投稿)한 형식(形式)이 아니고 『목숨』 출판기념일(出版紀念日)밤부터 부탁을 내자신(自身)이 한것인데 이처럼 된 경우를 몰나주는 『문예(文藝)』 편즙인(人) 여러분이 참 몰이해(沒理解)한 듯 합니다. 결국(決局) 세편만 추천시(詩)로 내고 어엿히 기성란(旣成欄)에 내는 것이 순서(順序)라고만 합니다.

도대체 나는 이런 법규(法規)가 싫습니다. 그래도 이 법규(法規)를 내가 최초(最初)로 김남조씨(金南祚氏) 때문에 깨트린다면, 혼란(混亂)이 온다는 것입니다. 그러고 보니 시(詩)를 써 달나고 부탁한 내 면목(面目)은 아조 말아니로 되고 추천시(詩)난에 안 내도록 굳게 약속(約束)한 내 부주의(不注意)가 원인(原因)인 듯합니다.

사실 발행인(發行人) 일홈으로는 내가 나서고 있으나 『문예(文藝)』를 꾸미는 일은 두분이 땀흘리고 하고 있으니까 나의 발언(發言)이란 아조 정당(正當)한 것이기 전(前)엔 파쓰가 안되는 모양입니다.

방학(放學)이 되였겠구려 부산(釜山)좀 오구려 환도(還都)되기 전(前) 꼭 맞나보고싶소 마산(馬山)을 한번 내가 가볼가도 합니다.

어느잡지(雜誌)에선가 남조(南祚)의 시(詩)를 요새 읽고 불같은 더운 힘을 발견(發見)했오이다. 더 쓰고 더 발표(發表)해주기 바라오. 우리 『문예(文藝)』와는 더친근해질 미래(未來)가 이 동기(動機)에 의(依)해서 속(速)해지기 바라면서 넓은 이해(理解)를 갖이고 싶습니다.

『문예』 4권3호, 1953.9, 151/161면.

부서진 '타임'의 연결(連結)

　지나간 일년은 부서진 '타임'의 연결이었다 마치 큰 바위에 눌려 살아온 듯한 무겁고 피곤한기분이다 우리의 생명(生命)을 빨아가던 고난(苦難)의 풍세(風勢)는 살과 뼈에서 지성(知性)을 몰락시키고 형체(形體)만의 생(生)을 지속(持續)하게하였을뿐이다 나와나의 여성(女性)친구들은 이 한해에 그처럼 초췌하게 몸과마음이 내려앉고 말았던것이다 간직했던교양(敎養)이나 덕(德)이 모두 합(合)쳐야 그 부피가 얼마 안된다고 치더라도 지금처럼 빈약(貧弱)한 과거(過去)는 없으리라고본다

　그것은 전쟁(戰爭)이 가져온 무너진 살림살이가 우리에게 직접(接) 육박(肉迫)해왔을때 이를감수(甘受)하고처리(處理)해 가는데 장본인(張本人)이 여자(女子)였던까닭도 있었으리라 그러나 갖추지못한 정신무장(精神武裝)이 그 큰 원인(原因)의 하나였으리라고본다 봄 여름 초기까지 아우성치던 전쟁(戰爭)이 휴전조인(休戰調印)이란수수께끼속에 그 자취를 감춘후 남(南)에서북(北)에서 몰린 여성(女性)들은 남편(男便) 아들 혹(或)은 잃어버린 집터를 찾아 '집씨'처럼 그 심사(心思)가 공허(空虛)하기 짝이 없었다

　이런 우리들은 사회(社會)와 조국(祖國)에 대(對)하여 끊임없는 봉사(奉仕)와 애정(愛情)을 지속(持續)하자고 서로를 타일르면서도우리의봉사(奉仕)와 기도와애국심(愛國心)은 그림자처럼열(熱)이 없이 연약하였다 남자(男子)들이 먼저 살고 남은데서만 살게 마련된 이나라 생존법하(生存法下)에선 전쟁(戰爭)은 참시 쉬었다 하더라도 여성(女性)은 여전(如前)히 숨을돌려 일어설길

이 아득하다 우리여성(女性)들은애정(愛情)과 덕(德)과예의(禮儀)를 상실하기 이이상(以上)더 할 수는 없을거같다

　밖에서 떠드는 경제재건(經濟再建)이니 정당재건(政黨再建)이니하는 국내(國內) 국외(國外) 문제(問題)에도 우리들은무관심(無關心)할수 밖에 없이 되었다. 여성(女性)을 위해서의 특이(特異)한 대우(待遇)는 바라지 않지만 여성(女性) 그대로의 체면(體面)도 유지(維持)할수없으리만큼 우리들은 강압(强壓)과 균(均)형되지않은 테두리안에서 병적생활(病的生活)을 하지않으면 안되기 때문이다

　그런 모든 원인(原因)에서인지 우리여성(女性)들은 한나라안에서 살면서도 낯설게 서로 대(對)하지않으면 안되었고 우리들의 단체(團體)나 사회(社會)는 지난 1년동안 그 기본적(基本的) 자유(自由)까지 잃어버리지 않았는가 싶다

　여성계(女性界)의 동태(動態)는진실(眞實)로 고독(孤獨)하고 또 피곤(疲困)하다 이 반면(反面)에 이기주의(利己主義) 무심주의(無心主義) 봉건사상(封建思想)들이 오히려 우리의 발전(發展)을 막아오고 있음은 더한층한심한 노릇이다

　더 큰복(福)을 앞으로 감히 바라지마는해가 바뀌어 조금이라도우리 세상(世上)이 밝아질 희망(希望)이 있다면 가는세월(歲月)이라도 더붙들고싶지 않은것이 나의심경(心境)이다

≪경향신문≫ 1953.12.23. [다시 저무는 서울의 一年 : 女性界]

박기원 ●●●

박기원(朴基媛, 1929-)

- 1929년 서울 출생
- 1949년 숙명여자전문학교 국문과 졸업
- 1955년 단편 「귀향」(『여원』)을 발표하면서 등단
- 주요 경력 ― 서울신문사와 경향신문사에서 문화부기자 역임
- 대표작 ― 단편 「문일씨」(1958), 「인간생물」(1960), 「집념」(1964), 「고혼」(1966), 「어느 부국장」(1972), 「망각(忘却)」(1972) 등과 신문연재소설 『망각의 선상에 서서』(≪전남일보≫, 1961), 『여자만이 알고 있다』(≪경향신문≫, 1964), 『남녀가도』(≪신아일보≫, 1967), 『화혼』(≪한국일보≫, 1969), 『검은 나비』(≪전남매일≫, 1972) 등 다수

· 수록 작품

설로(雪路) ‖ 녹크가 싫여졌다 ‖ 미지수(未知數) ‖ 평범(平凡)한 행복(幸福)

설로(雪路)
―모든 것은 밟아야만 간다―

시(詩) 넉줄 써 주고 강도(强盜)처럼 뱃짱 세게 돈을 내랬더니 편집장(編輯
長) 너무나 허무(虛無)한지 웃지도 못하고 쌀 한말값을 치루기에, 그 돈을
받어다 자(子)아를 주고 처음으로 미안(未安)하단말 섞여서 보 는데.

그래도 아까 편집장(編輯長)의 하두 섭섭한 표정이 자꾸만 쫓어와 차집
푸러워를 찾어서 공(空)짜 차를 마시며 이렇게 쉽게 기인 시(詩) 한장 써서
알 맞게 해뻐리고 마느니라. (己丑 冬至 아츰)

오늘아침은 까만 땅이 아니고, 하얀 땅이다. 나는 그 하얀 땅을 하얀 마
음으로 걷고 있다.

발 밑에서 바삭 바삭 흰 송이의 아스러지는 비명(悲鳴)이 가슴속까지 울린다.

나는 마음속부터 이 아름다운 아침을 만든 이름 모를 창조자(創造者)에게
감사(感謝)를 드린다. 밤새 소리 없이 그 넓은 천지(天地)를 훨훨 날라 마음
대로 머물고 싶은데 사뿐히 나려앉은 저 흰송이들은 깨끗한 중에 가장 깨
끗한 것이고 신비(神秘)스러운 중에 가장 신비(神秘)스러운 것 같다.

나는 이 길이 마지막 끝 닿는데를 알면 그 끝 닿는 데까지 이렇게 걷고
만 싶다.

나는 채 밟지 않은 데를 골라서 디뎠다. 내 발자죽이 오묵오묵이 파진다.

내 앞에는 나보다 먼저 밟은 무수(無數)한 발자죽이 꽃무늬같이 묵묵(默
默)히 파져 있다.

커다란 것, 조그마한 것, 긴 것, 짧은 것, 넙적하고 우왁스런 군화(軍靴)같은 자죽에는 굵다란 징의 자죽까지 또렷하다. 좀 뾰죽하고 뒤축만 살며시 밟은 것 같은 것은 가냘핀 여인(女人)의 하이힐 자죽인게 분명하다.

벌써 내가 걷기 전 이 앞을 걸어간 말 없는 많은 군상(群像)을 나는 생각한다.

그들은 오늘 아침에도 무엇인가를 생각 하면서 또는 계획(計劃)하면서 미소(微笑)를 짓고 혹은 찌프리고 걸었을 것이다.

그리고 목적지(目的地)에 닿는 이 희고 긴 길을 다 각기(各己) 자기(自己)의 발자죽을 남긴채 가버린 것이다. 아름다운 것을 생각한 사람. 무서운 것을 계획(計劃)한 사람. 그러나 그들은 똑같이 한길 위에 살았다는 엄숙(嚴肅)한 사실(事實)의 낙인(烙印)만은 다 같이 찍어놓고 갔다.

앞서간 사람, 또 지금 나같이 이 순간(瞬間)에 걷고 있는 사람, 또 내 뒤를 이여 장차 걸어올 사람 — 모두 걸어야만 갈 길이요. 찍어 놓고 갈 발자죽이다.

괴로움과 슬픔을 가득 안고 벅차게 허덕거러다가 더 걷지 못한 사람은 그만 쓰러지고, 그 가엾은 발자죽 뒤에는 새로운 생명(生命)을 소중히 안은 새로운 인간(人間)들의 또 그 위를 문질러 버리고 걷게 된다.

이것에 끊일 줄 모르는 연속(連續) 그것이 인생(人生)의 삶인가보다.

잎 떨어진 앙상안 나무가지에 걸쳐 있던 흰 가루가 햇빛을 받아 반짝어리면서 눈 앞을 날른다.

나는 뒤를 가만이 도라다 보았다. 혹시 지금 남긴 조그마한 내 발자죽을 누가 금방 밟아 헛트리지나 않았나 하여서다. 그러나 벌써 그때는 장승 만한 큰 사나이의 큼직한 구두가 무심(無心)히 성큼성큼 밟으며 걸어오고 있을 때였다.

그렇다. 모든 것은 밟고 밟히며 걸어야 된다. 나는 또 누구의 발자죽을 잔인(殘忍)하게 밟어야 하는가?

모든 사람은 저 아닌 누구를 밟으며 또 역시 밟히며 태연(泰然)히 살어야 할 세상인가보다.

바람은 눈을 헷트리고 또 내 마음을 헷트려논채 불고 또 불고 있다. (끝)

『민성』 6권3호, 1950.3, 77면.

녹크가 싫여졌다

영도(影島)로 집을 옮긴지 한달이 넘었다 소학교강당(小學校講堂)같은 높은 천정(天井)에 거미줄을 털고 구름문(紋)이가있는 푸른종이를발랐다

여섯식구(食口) 모두잠이들때면 나는 이불에서눈만내놓고 이구름문(紋)이를 세는 버릇이생겼다 꼭 여든아홉개 가로 세로 또 세로가로몇번이고세여본다 커가는 아이의 실없은 슬픈 작란(作亂)이오래오래 계속(繼續)된다 옆의 방(房) 영숙(英淑)엄마의 콧노래가들린다 영숙(英淑)아버지는 부둣(頭)가에서 숫을 판다

그래서 언제나 얼굴이 더러운가보다 영숙(英淑)엄마는 눈이 참곱다

금새 눈물이콱쏘다질것같은 젖은 눈이다

아침에 이러나 좁은 부엌에서 나는 간혹(間或) 영숙(英淑)엄마, 눈속에서 슬픔을느낀다 아마없어졌다는 예전 영숙(英淑)아버지를 생각하나보다

나는 물통을 들고부두(頭)가로 수도(水道)물을 사러간다 손이 실여 한쪽팔에다 물통을걸고 한쪽손은 가슴에넌다 불보다 따뜻한가슴속이다 마지막 별이홀로있는하늘밑에서 물파는소년(少年)은망치로 어름을 깨여물을퍼줄때 나는 꿈같은 '뱃불'을보고 서있군한다 아침은 바다에서부터 깨여난다. 그리고 나는 아침햇볓이 찰란히드는벽(壁)에 어머니가시집올때 가저왔다는 석경(石鏡)에다 얼굴을 비쳐보고 집을나온다 장작장을 지나면 조고만 도박장(賭博場)이벌어진다 동그란 나무판에 숫자(數字)가 적혀있고 그밑에 '조코

렡’엿 ‘쥬—인껌’ ‘럭키스트라익’ 홋콩 이놓여있다 빨간 ‘세—타’를입은 소녀(少女)가 200원을내놓고 야무지게 칼침을 던진다

나무 판대기가 소녀(少女)의 심각(深刻)한 눈앞에서뱅글뱅글돌아 스톱을 한다 그러나 그것은공간(空間)이었다 소녀(少女)의손에는 화려(華麗)한 ‘조코 렛’ 대신(代身) 께엿두자루가 쥐여졌다. 소녀(少女)는 나를쳐다보고 어른같 이 얄밉게웃고 도망(逃亡)을쳤다

도박(賭博)을하는소녀(少女) 운명(運命)에칼침을던지는 소녀(少女). 우울(憂 鬱)한 인생(人生)의 한조각을엿본것같았다 커서부다 조코렛을 찾다가께엿을 갖지않을 복(福)된여인(女人)이되기를 가만히빌었다

이소녀(少女)의 귀여운작란(作亂)같이 알지못한사이에 실없는 생산(生産)을 하고가는것이 우리들□지 모른다 그것이성공(成功)이든 실패(失敗)이든 저질 러논것만은사실(事實)이다. 그리고 죽을때까지 불만(不滿)이 가득찬불연속(不 連續)이다

나는 될수있는대로거치장스런 모든감정(感情)을갖지않으려고한다 밀지말 고 길지않고 그순간(間)의감정(感情)은 그순간(間)에잊으려한다 슬픈맹서(盟 誓)일지모른다 그러나 그것이모히면 더큰가슴의 덩어리가되여 그덩어리때 문에 치여죽을것만 같으니말이다

얄미울만치 야심(野心)이많다 정리(整理)도할줄 모르는 야심(野心)이다 부 산(釜山)의 날새같이 고르지못하고 얼룩진 야심(野心)이다

그렇지만 그것마저없다면 무었이냐 말이다 나는 계획(計劃)과 예상(豫想) 이너무많은여자(女子)다 가기전에 바라보고 가서 ‘녹크’를해보고 다시들어 가살펴보는 조심성스럽고용기(勇氣)없는 성격(性格)이다

나는 여기서탈피(脫皮)하고싶다 제자신(自身)이 진정—미울만치 짜징이난다.

문전(門前)에서 ‘녹크’를하지않고 들어가보자!

들어갔다가싫으면 나올것이고 맥히면 뒷거름을 치련다. 거기에귀여운미 소(微笑)가 있을것이다

가기전에 주저하고분(分)석하고 따지고 저울질하는 그런비(卑)겁한것보다
는 나을것이다 마음내키는대로 야무지게칼침을 던저보고 싶다

오직 지금마련된이순간(間)만이 나의시간(時間)일것이다.

그대신(代身)졸직(卒直)하게 후회(後悔)없이 대(對)하여야 할것이다 오랜침
묵(沈默)과 잠잠한공간(空間)이싫여졌다. 무슨 또아깃자깃한작란(作亂)은없느
냐? 나는문전(門前)에서하는 그준엄(嚴)한 '녹크'가싫여졌다 (끝)

≪경향신문≫ 1952.2.3. [단상(短想)]

미지수(未知數)

　모두모두이대로주저안자 얼싸안고 통곡을하고싶었다 전쟁의 승패가문제가 아니라 그것을 만들어낸 이살스런 인간들의불장난은 괘ㅅ심스업고 다시 그틈바구니에서몰려다니는우리들이 너무나가상스러웠다 전쟁은 무자비한것 전쟁에는 이겨야된다 무서울만치똑똑한 철학이다 그러나 사람이사람을 죽여서만 이루어지는 세상에 할일이 무섭다 하나가 살려면 하나는 마땅히 거꾸러져야할 정의(正義)의직전(直前)에 살기가 몸서리가 난다 이런 지구의 대혼란(大混亂)속에 모두다 발 디딜곳이 없다 서로 기대고 의지하기에는 너무나 좁고 가난한가보다

　그래도 모두다 선웃음은 치며 곡마단의 외로운 말같이 재주를 피우며살아가야될것만같다 뜨거운 불구레속을 들어갈때 털이타서붉은 살이벗거져 나오면 크게한번 소리를내 웃어버리면될것이고 꾸준히 새살이나오기를 기다려야만 되는 목이긴 말이되어 보자ㅅ구나. 그것은 버겁은 작업이 아닐것이며 초라한 인내라는것도 아닐것이다 자살은 할수없는 약한 인간들이 꼭 살아야할 하나의길인것이다 토요일밤이 아름다운것은 일요일이라ㄴ날이 있기때문에 기다려지고 고운것이다 나는 이 토요일밤에 □□버릴수없고 일요일 아침의 기쁨□ 마ㅈ어 안□ 수 없다 그것은 마땅히 돌아오는 하나의 회기(回期)인것을믿기 때문이다.

　물론 토요일밤의 기대보다 일요일이 더 비참할때도있다. 그렇지만 그것은깨난다음의 사실이지 그알지못할 아침을 기다렸다는것만은 행복된 순간

이라 생각한다 그것은 미지수(未知數)였기 때문에 좋았던것이다. 마음에 항상 미지수가 없는 사람은 너무나삶□게 할것이다.

　나는 내일은 모른다. 아니다음 순간을 모른다. 그러기에 기다려지는것인지도 모른다.　(끝)

≪연합신문≫ 1953.1.29. [여류수필(女流隨筆)]

평범(平凡)한 행복(幸福)

─K에게─

비스듬이 비탈길이 되어있는 조그만 교회(敎會) 앞으로 집을 옮겼다 돌계단이 있고 마당에는 높은 종대가 서있어 아침 저녁 젊은 목사(牧師)님이 나와 종을 친다

흑의(黑衣)의 몸을 감은 목사(牧師)님은 굵은 동앗줄을 밑에서 천々히 잡어다니면 뎅그렁 뎅그렁 종이 울린다 아이들은 종이 울리면 좋아라 종대밑으로 모여 든다 젊은 목사님은 하나하나 머리를 쓰다듬어 주면서 가만히 뜰아래 자기 방으로 들어간다

교회(敎會) 있는 마을! 에 온뒤에 나는 종소리에 잠이 깨는 습성(習性)이 생겼다 그 종소리는 맑고 투명한 종소리가 아니다. 울려 멀리 퍼지는 소리가 아니고 치면 웅장한 소리가 그대로 머물러 버리는 소리다

나는 처음 온지 며칠은 이 새로운 음향(音響)이 좋았다 그러나 날이 갈수록 이침울한 종소리가 몸서리 치게 싫어졌다

그소리는 마치 모든 변괴를 고(告)하는 예고(豫告)같기만 하다 이것은 내 감정(感情)의 착란(錯亂)인지 모른다 그러나 그 여음(餘音)을 남기지 않고 그대로 침울하게 머물러 버리는 소리는 무거운 압박(壓迫)을 준다

종소리는 막 친 그 강(强)한 음(音)보다 점점 스러저 들릴락말락하는 그 여운(餘韻)이 좋은것이다. 나는 아무렇지도 않는 이런 사소한 일에까지 신경(神經)이 가는 내가 애처러워진다 비를 맞으며 새벽차를 타고간 후 어떤지? 비옷도 없이 떠난 몸이 걱정스러웠다 남 유달리 약(弱)한 몸과 남 유달

리 날카로운 신경(神經)만을 가진 너로서는 모든것이 길고 긴 시간(時間)에 맽겨 버리는것이 제일 상책일것 같다.

나는 이 세상(世上)은 하나의 병원(病院)이라 생각한다. 거기에 있는 환자(患者)들은 제 각기(各己) 그 침태(寢台)를 바꾸어 놓을 희망(希望)에 살고 있는것 같다

어떤 사람은 될 수만 있으면 따뜻한 난로(暖爐) 옆으로 더 가까이 가고 싶어하며 또 어떤 사람은 따뜻한 봄볕이 비치는 창가로 가면 나을것 같이 믿으며 의사가 일러주지 않는 거짓 체온표(體溫表)의 붉은 줄을 바라보며 살아가는것이다

또 명일(明日)을 알 수 없는 창백(蒼白)한 환자(患者)가 그저 침대에 기대여 눈에 보이는대로 가만히 받아드리는 고요함!
구름 나무 사람 모든것이 힘없는 맑은 눈동자에 잠간 머물렀다가는 그대로 지나가 버리는 그런 허무함을 번갈아 지닌체 가는것이라 생각한다 너무나 강(强)한 반항(反抗)이 우리에겐 필요(必要)없다

그것은 내가 그 듣기 싫은 종로리를 알면서도 그대로 아침마다 들어버리는 어쩔수없는 일과 마찬가지다

진정 내가 듣기 싫으면 내가 밤새로 종대에 올라가 종을 부서버리든지 또 내가 집을 옮기든지 두길 밖에 없을게다 그러나 나는 그 둘도 다 나로서는 할수없다는 것을 잘 안다 그러면 나는 그대로 이불 에서 그 몸서리처지는 종소리를 가슴을 조리며 들어야 한다

구태어 아름답게 좋게 들으랴 노력(努力)은 안할것이다. 이것은 내가 나를 속이는 가엾은 타협이니까?

그렇지만 기적(奇蹟)은 바란다 우연(偶然)은 바란다 어느 생각있는 교인(敎人)들 중(中)에서 저 종소리에 명랑(明朗)함을 느끼지 않을때 그 종이 새 종으로 바꾸어 질지 모른는 기적(奇蹟)! 그런것을 기다린다 나 아는 어떤 사람이 이전 말을 한것을 기억(記憶)한다. 그는 꽤 외로운 사람이었다.

"세상에는 평범(平凡)한것이 제일 행복(幸福)입니다 공연히 구름을 잡다가는 나 같이 이렇게 영영 외로워만 살다 죽을껍니다. 별로 큰 대소로운 일이 이렇게 있는 것은 아닙니다."

그는 쓴 웃음을 웃으며 진정 이런 말을 하였다

아무렇지도 않은 말이었다 그러나 눈이 굉장히 오시던 날 밤 짓 씹으면서 뇌까리던 그 표정과 말이 인상적(印象的)이었다

『신시대』 5월호, 1953.5, 40−41면.

박화성 ●●●

박화성(朴花城, 1904–1988)

- 본명은 경순(景順), 호는 소영(素影)
- 1904년 전라남도 목포 출생
- 1918년 숙명여자고등보통학교 졸업
- 1929년 일본여자대학 영문학부 3년 수료
- 1925년 「추석전야」(『조선문단』 1월호)로 등단
- 1932년 『백화』(《동아일보》 6.8~11.22), 「하수도공사」(『동광』 5월호) 발표로 재등단
- 주요 경력—1961년 한국문인협회 이사, 1963년 국제 펜클럽 한국본부 중앙위원, 1965년 한국여류문학인회 초대 회장, 1974년 국제 펜클럽 한국본부 고문, 1978년 예술원 종신회원, 1980년 한국소설가협회 고문 역임

    1958년 목포시 문화상, 1966년 한국문학상, 1970년 대한민국 예술원상, 1984년 3·1문화상 등 수상
- 대표작—소설 「하수도공사」(1932), 「홍수전후」(1934), 「한귀」(1935), 「고향없는 사람들」(1936), 『고개를 넘으면』(1955) 등과 소설집 『백화』(1943), 『홍수전후』(1948), 『새벽에 외치다』(1966), 『휴화산』(1977)

    수필집 『추억의 파문』(1966), 『순간과 영원 사이』(1974) 등 다수

- **수록 작품**

    눈보라 ‖ 시풍형(時風兄)께

눈보라

동지(冬至)가 아조 턱에 닥처왔고 그야말로 얼마든지 자유(自由)로 기쁘게 즐거웁게 맞이할 크리쓰마쓰도 그뒤로 사흘이면 바로 그날이것만 금년(今年)은 치위를 잊어버린듯 소춘(小春)처럼 평온(平溫)한 날새가 줄곳 이어왔다. 그러다가 이번에 갑작이 치워지면서 대뜸 그 무서운 눈보라가 행세를 했다. 올해 들어 처음 일이라 누구든지 못 견디어한다. 그저 칩기만하다면야 뼈끝과 살을 쑤시는 모진 바람이라도 겨울이거니 하고 참으면 그만이다.

그러나 염치도 인정도 몰으는 이 눈보라의 전제적폭위(專制的暴威)에는 당해 내는수가 없다. 두루막이자락이 부터있을수가 있나 목도리가 목에 감겨진대로 얌전할수가 있나. 그러찮어도 주체물린 안경(眼鏡)쯤은 버서 동댕이처버려야지 쓴채로 걸어가다가는 당달봉사(눈뜬 소경)를 면(免)할수가 없다.

이뿐이랴. 산(山)이나 나무나 집이나 아니 그저 왼누리가 눈보라속에서 떨고만있다. 하늘이 어디며 땅은 또 무어냐. 오직 눈보라에 휩쓸리고있는 혼(混)돈된 우주(宇宙)가 있을뿐이다. 그 몽몽한 빛!! 그것은 바로 창조전세계(創造前世界)에 가득하든 그힌빛이 아닐까? 그사이를 뚫으며 휘몰아치든

바람이 바로 이리도 무섭게 성내여 길고 두려운 휘파람을 획— 획— 갈기며 미친듯 날날든 이바람 이든가?

움즉임이 있느냐? 흘음이 있느냐?? 그에개 부디치는것이면 다 히여지고 그가 닥치는 것이면 모조리 얼려버리는 대자연(大自然)의 가장 큰 권위(權威)가 눈보라가 아니고 무엇이랴.

그렇것만 저 정몽주(鄭夢周)의 선죽교(善竹橋)를 물드리든 그 끓는피야 얼리울수있을까. 그 임향한 일편단심(一片丹心)을 히게 할수가 있을까. 그렇다. 대자연(大自然)의 법칙(法則)을 어길수 없는 폭우(暴雨)다. 제 태양(太陽)이 조용이 나오면서 부드러운 빛으로 웃기만 하면 이따위 눈보라쯤 자최도없이 사라저 버릴것이다.

나는 이 눈보라에 저 하는대로 몸을맡겨 걸어가면서 과거(過去) 우리겨레의 당하든 폭정(暴政)을 생각하고 다시 혼(混)돈할대로 혼(混)돈한 현세(現勢)를 살펴본다. 정치적(政治的)혼(混)돈! 사상(思想)의혼(混)돈! 그러고 근심해야 할 경제(經濟)의 지극(至極)한 혼(混)돈상태(狀態)를……

자연(自然)의 주재(主宰)는 말없이 빛만 주는 저 태양(太陽)일것이다. 그러면 인간(人間)의 주재(主宰)는 무엇이라야 할까 이 혼(混)돈상태(狀態)를 능(能)이 구정(救征)할 그 위대(偉大)한 빛은 무엇이 될고.

헬렌캘러를교육(教育)하든 유모(乳母)는 귀먹고 소경인 그에게 사랑을 가르켜주기 위하야 오래동안 고심(苦心)하다가 문득 그의 등에 따뜻하게 업힌 해빛을 보고 그것을 상징(象徵)하야 사랑이라고 가르켜주었다. 그리하야 헬렌캘러는 무한(無限)이 따뜻하기만한 그해빛같은 사랑의 소유자(所有者)로써 파멸(破滅)을 숙명(宿命)으로 타고난듯이 생각하기쉬운 불구자(不具者)의 일생(一生)을 빛나게 한것이다. 그 햇빛처럼 지공무사(至公無私)한 사랑!! 그러한 동포애(同胞愛)!! 그것이라야 할까. 그렇다면 진정(眞正)한 동포애(同胞愛)란 어떠한 이념(理念)에서 출발(出發)해야 하는 것인가. 삼천만동포(三千萬同胞)가 다 함께 잘살고 고르게 평안(平安)하고 다 함께 문화의 혜택(惠澤)을 받고……. 그러한 빛의 원천(源泉)에서 출발(出發)해야만…….

　이러한 갈피 못잡을 생각을 하면서 길고긴 눈보라의 길을 걸어오고나니
내집 문앞에 이르고 말았다.　(十二月　二十日夜)

『예술문화』 2권1호, 1946.1, 50-51면.

시풍형(時風兄)께

　형(兄)*이 가신지도 만삼년(滿三年)이오 이해로써 4년째나 접어 듭니다. 4년이 아니라 40년이 될지라도 나는 형(兄)을 가슴깊이 간직해둔채 일절(一切) 붓을 들지않기로 하였읍니다 왜 그러냐하면 붓을 들어 얼마를 기록 한 댔자 끝없이 긴 슬픔의 그어느 한가닥을 들추며 무한(無限)이 큰 손실(損失)의 그어느 한구멍을 채우며 위대(偉大)한 형(兄)의 전면(全面)의 그어느 한토막을 건드려보오리까? 그러는짓이 다 서뿔은 짓이라 구구히 헛김을 내지않으려니 굳게 생각하였든것입니다 그러나 작년(昨年) 8월15일 해방(解放)이 되면서부터는 아아 진정 내힘으로 견디어나지 못할만큼 형(兄)이 그립고 그렇게 커보이고 신(神)처럼 신비(神秘)하게까지 생각히었읍니다 그리하야 이번에는 대담(大膽)하게 붓대를 들게된것입니다

　형(兄)! 형(兄)이 세상에 계실때에는 왜 그다지도 변태적(變態的)이섰오? 속으로는 그렇게 나를 믿고 높이고 아끼고 사랑하면서도 나만 대(對)하고보면 입으로는 겉으로는 못하실말과 차마 못할 극도(極度)의 행동(行動)으로까지 나를 괴롭히섰지요? 그러길래 형(兄)과 나를 동석(同席)에서 겪어본 사람이면 대게 우리남매(男妹)의 언쟁(言爭)을 보고야 말었든것입니다 형(兄)은 나를 전제적(專制的)으로 누르려하고 개성(個性)이 강(强)한 나는 그것을 비인격적(非人格的) 행위(行爲)라하야 극(極)한 반감(反感)으로써 대항(對抗)하고

---

* 박화성의 오빠 박제민으로 보임.

그러자니 충돌(衝突)밖에 나타날것이 아니겠오?그런점(點)이 형(兄)의 변태적(變態的)의 일면(一面)이었단말입니다 정말이지 그때는 형(兄)에게 마음으로 증오(憎惡)의감(感)을 가진 누이가 아닐수없었읍니다

그러나 내가 처녀(處女)때는 우리남매(男妹)가 얼마나 남달은 우애(友愛)로써 근방(近方)에 소문이 높았었오? 형(兄)은 나를 누이로 사랑하되 지기(知己)로써 동지(同志)로써의 존경(尊敬)과 신뢰(信賴)를 가지섰고 때로는 감상적(感傷的)에까지 흘러 "너는 결혼(結婚)하지말고 독신(獨身)으로 언제까지든지 내곁에 있거라" 라는 탈선적(脫線的) 말까지 하섰지오?그사랑을 받는 나는 모든 이지(理智)와 감정(感情)의 백지(白紙)의 처녀시절(處女時節)이라 시인(詩人)으로서의 형(兄) 웅변가(雄辯家)로서의형(兄) 사상가(思想家)로서의 형(兄)을 거진 맹목적(盲目的)으로 형외(兄外)에는 다른 남성(男性)이 없는것처럼 위하고 사랑하였읍니다 형(兄)을 유학(留學)시키기 위(爲)하야 처녀(處女)의 굳은 결심(決心)을 가지고 정성것 실행(實行)할때 그이면(裏面)에는 아름답고 눈물겨운 값비싼 장면(場面) 장면(場面)이 많이 있었거니와 자랑같어서 약(略)하고 다만 형(兄)을 얼마큼이나 애모(愛慕)하였다는것은 형(兄)에게 보낸 나의 글에 잘 나타났을것이라고 믿습니다

형(兄)의 유학(留學)과 함께 시작된 나의 시련(試鍊)의 3년간(間)을 모지(某地)에서 지낼때 그 첫번겨울에 형(兄)에게 보낸 'ㅎ표형(兄)께'라는 설월야(雪月夜)의 편지는 지금도 설월(雪月) 그 자체(自体)의 차고 힌빛 밝고 생々한 인상(印象)그대로 내머리에 신선(新鮮)한 조각(彫刻)이 되어가지고 있읍니다 설형(雪兄)의 짓구진 작난으로 부인지(婦人誌)에 활자화(活字化)까지 된것을 잃어버리고 말었기때문에 아모리 지금다시 그 전문(全文)을 반추(反芻)하려하나 해볼길이 없읍니다 그 이듬해 봄에 어느학생(學生)이 백합(百合) 한 뿌리를 뜰에다 심으더니 그것이 꽃이 피기시작하면서 어찌나 우아(優雅)한 자태(姿態)가 되며 고상(高尙)한 향(香)내를 풍기어 주는지 형(兄)에게 글을 쓰지않고는 견대지 못하겠기에 이런 시(詩)를 써보냈지오?

아 그대여
백합(百合)이 지기전에 오시지오
고요한 황혼(黃昏)의 뜰에
가득이 찬
아찔한 그 향(香)기에
미소(微笑)를 흘리는
내 입을 보시려거든

아 그대여
백합(百合)이 지기전(前)에 오시지오
히고도 연(軟)한 그의 뺨이
누릿 하게도 파리해가고
그윽한 향기 줄어 갈때
사랑을 보내려는
애달븐 이가슴에
타는 불ㅅ길에
피 믈이 어리는
내 눈을 보시려거든

아 그대여
그대가 오시기도 전에
백합(百合)은 나를 두고 갔읍니다
지금은 내 입과 눈에
싸늘한 비애(悲哀)가 흐릅니다
다만 남기고 간
옛날의 향내만이
알뜰이도 이 가슴에
저저 있읍니다

아 그대여
백합(百合)이 지기전(前)에
왜 오시지 않으셨읍니까

그러고 그해 겨울에 형(兄)이 K군(君)과 함께 다녀간후 '눈거리'라는 제
(題)로 이런것을 썼읍니다

그대와 거닐든 이거리
가만한 속삭임
즐곳 흘리며
아련한 반달빛
안고 지(負)면서
정답게 거닐든
이 골목 저 새ㅅ길

골목이 열개나 넘은들
큰길이 몇갈래나 된들
먼줄도 치운줄도
몰랐지오?
다만 너무도 가까워
아아 안타갑기만 하더니

지금은 이몸 홀로
하―얀 눈길을
헤매이면서
그날에 흘리실
임의 얘기를
주으며 모으며 간직하려니

웬일입니까 보이지않어

오 오 애달버라

눈속에 묻혓네

이상(以上)의 두편(篇)을 누구가 읽으면 거이 자기(自己)의 애인(愛人)에게 향(向)하는 감정(感情)의 흘음이라고 할만큼 애모(愛慕)의도(度)가 심절(深切)하지 않습니까?

어머니를 뫼시고 객지(客地)에서 자취생활(自炊生活)을 면(免)치못하면서도 힌무리떡을 쩌서 말려서 밀수가루를 작말해서 고기를 볶아서 소포(小包)로 보내기와 '말없이 이는 구름 무엇을 지으려나'라고 수놓은 책표(冊票)를 공부 잘 하라는 암시(暗示)의 챗직으로 또 '백절불굴(百折不屈) 영웅기개(英雄氣槪)'라고 수놓아서 골벼개를 만들어 초지(初志)를 달성(達成)하라는 격려(激勵)의 몽동이로 계속하야 꾸준히 보내기를 잊지않고 3년의 매일(每日)을 오직 형(兄)의 건강(健康)과 성공(成功)을 위(爲)하는데만 일심(一心)을 바처 보냈읍니다. 그럴때마다 형(兄)은 두주먹을 다시 한번 힘차게 쥐면서 누이를 위(爲)하야 모든것을 희생(犧牲)하겠다고 철석(鐵石)같은 결심(決心)을 하샜다고요

형(兄)은 기어코 금의(錦衣)의 환항(還鄉)을 하고 나는 다시 누년(累年)의 숙원(宿願)이든 취학(就學)의길에 나갔으나 형(兄)을 맞이하는 고항(故鄉)의 객관적(客觀的)정세(情勢)는 형(兄)으로 하여곰 개인적(個人的) 호구(糊口)의자리를 안일(安逸)하게 직히지못하게 하야 형(兄)은 이내 노동자(勞働者)의 이익(利益)을 위(爲)하야 싸우는 그 단체(團体)의 간부(幹部)로써 활동(活動)하다가 영어(囹圄)의 몸이되고 말었지요 그리하야 복역중(服役中) 치근염(齒根炎)이라는 그 몹슬 병마(病魔)에 걸려 1년을 옥중(獄中)에서 고통(苦痛)하다가 [아아 지금도 면회(面會)하러 나와서 누어있든 형(兄)의 붓고 부어서 참혹(慘酷)하게 변형(變形)된 얼굴과 아주 샛깜앟게 타버린 그이(齒)들과 말을 못하

나 신음(呻吟)할때 풍기든 그 흉한 냄새와 질질 흘리는 피섞인 침물을 생각
할때는 몸서리가 처지면서 호흡(呼吸)이 막힘니다] 만기출옥(滿期出獄)을 해
서야 병약(病弱)의 몸을 끄을고 경성(京城)S병원(病院)에서 대수술(大手術)을
하셨지오? 아아 형(兄)! 하악골(下顎骨) 전부(全部)를 치아(齒牙)채로 온통 빼
어버린 사람은 그렇게 역사(歷史)가 오랜 병원(病院)에서도 처음 보았고수술
(手術)도 처음으로 했다니 그 많고많은 사람중(中)의 괴병(怪病)의 신기록(新
記錄)이 하필 내형(兄)에게 떠러질줄을 그 누가 알었□리□ 연단(演壇)에 서
서 사자후(獅子吼)를 발(發)할때는 더욱 미남자(美男子)로 보이든 그 좋은 얼
굴과 턱은 여지(餘地)없이 비뚜러지고 찌그러지고 입조차 그러하매 말소리
까지 제대로 나오지 못하였으니 형(兄)은 완전(完全)히 육체적(肉體的)으로
폐인(廢人)이되고 말었읍니다

그러나 형(兄)은 꿈만은 버리지않고 먼 앞날의 큰준비(準備)를 게을리하
지 않으려고 하였으나 조석(朝夕)으로 닥치는 아귀(餓鬼)와 맹렬(猛烈)히 싸
우지않으면 안되었고 어름장같은 냉돌(冷突)에서 무릎을 세우고 손을 불지
않으면 안되었든 것입니다

그몸으로 일을 시작해보겠다고 경성(京城)으로 그것을 실패(失敗)하고 동
경(東京)으로 다시 고향(故鄕)으로 전전유리(轉々流離)하면서도 패기(覇氣)와
낙관(樂觀)은 버리지않고 초인(超人)의 정력(精力)으로 무엇이나 파고 뚫어
일거리를 빚어내고야 마는때는 경탄(驚嘆)하지 않을수 없었읍니다.

압해도(押海島)에서 무슨 배급소(配給所)를 해보겠다하야 그때로는 정도(程
度)에 넘치는 거액(巨額)을 만들어 드렸어도 형(兄)은 그것까지 실패(失敗)하
고 말었오그려 아마도 실패와 형(兄)과는 떠러지지못할 숙연(宿緣)인듯이 하
는일마다 실패(失敗)만당(當)하였으나 큰것을 연구(硏究)하고 그것만을 직히
려는 형(兄)에게는 적은 실패(失敗)쯤은 아무것도 아니라는듯이 태연(泰然)하
셨읍니다

형(兄)은 밤낮 전문적(專門的)으로 드□다보고 궁리하는 세계지도(世界地

圖)를 걸어놓고 7년전(前)부터 예언(豫言)을 하셨지오? 세계강국(世界强國)의 정치적(政治的) 대세(大勢)를 지리적(地理的)으로 경제적(經濟的)으로 상세(詳細)하게 해설(解說)하고 그각국(各國)의 물자(物資)와 영토(領土)의 획득(獲得)의 일로(一路)로써 필연적(必然的)으로 생길 침략적(侵略的)수단(手段)의 피차(彼此)의 알력(軋轢)의 진전(進展)이 반다시 전쟁(戰爭)으로써 나타나되 몬저 영독(英獨)이 붙으면 삼국(三國)의동맹(同盟)인 이국(伊國)과 일본(日本)이 독일(獨逸)편으로 나설것 이쪽으로는 지나(支那)를 넘겨다보지않코는 자국(自國)의 수명(壽命)을 연장(延長)할수 없을 일본(日本)이 지나(支那)와 싸우게된다는것을 구체적(具體的)으로 손갈피같이 말하면서 그러면 미국(米國)은 대세(大勢)를 관망(觀望)하다가 예약(豫約)대로 친의적(親義的)으로 영국(英國)의 편으로 나설것 그러면 세계대전(世界大戰)은 버러지고 마는데 일본(日本)은 사면초가(四面楚歌)로 좌우강적(左右强敵)이나 그러나 워낙 큰대적(大敵)은 바로 머리우에서 큰 손을 버리고 자칫하면 웅켜쥐여 버리랴고 하는 소련(蘇聯)이라고 소련(蘇聯)은 가만 있는척하다가 갑작이 독일(獨逸)을 처부시고 이어 일본(日本)에게 덤빌것이라고 그렇게되면 그야말로 그때가 일본(日本)의 최후(最後)이오 조선(朝鮮)의 독립(獨立)은 되고야 말것이라고

아아 형(兄) 그때말로 형(兄)이 손가락을 곱으면서 "7년후(後)이다. 7년후(後) 지금부터 두싸움은 버러졌으니 두고보아라 미소(米蘇)의 차후(此後) 태도(態度)를 그러기에 나는 조선인(朝鮮人)으로써의 지조(志操)와 절개(節介)만을 잃지않으려고 이 고초(苦楚)를 겪는다. 그때만 오면 구구이 아껴두었든 이 병신(病身)을 던져 완전독립(完全獨立)의 초석(礎石)이 될터이다" 하고 흥분(興奮)하셨고 3년을지나서는 4년이 남었다고 좋아하면서 소위(所謂) 사회주의자(社會主義者)들의 사상전향(思想轉向)을 극도(極度)로 뮈워하고 전향자(轉向者)의 성명(聲明)이나 모함을 보면 침을 배알었고 광주(光州)서 열리는 무슨회(會)이니 목포경찰서(木浦警察署)에서 열리는 좌담회(座談會)이니에 출석(出席)하는자(者)들을 저주(咀呪)하고 욕(辱)하면서 "더러운자식들 차라리

뒤여저라 이제 4,5년후(後)이면 독립(獨立)이 될터인데 그놈들이 그때는 무슨 낯작으로 주의자(主義者)이라고 할려고" 하고 통탄(痛歎)을 마지않았지오?

그러나 일미전쟁(日米戰爭)이 시작되든 그해 9월28일에 의외의 중독(中毒)으로 병석(病席)에 누은지 3일만에 오오 원통하여라. 형(兄)이죽다니 세상(世上)사람이 다 죽어도 내형(兄)만은 살아서 그뜻을 펴고야 말려니 하고 꼭 믿었든 내형(兄)이 '주검'이라는 무상(無常)한명목(名目)아래 우리의 안계(眼界)에서 사라저 없어지고말다니…….

형(兄)! 형(兄)의 주검이 이렇게 내게 치명적(致命的)의 큰 상처(傷處)가 될 줄은 진정 몰랐오이다. 내친적(內親的)으로 단 하나 남은 형(兄)을 잃었다는 것과 80세(歲)의 노모(老母)가 없어지면 천애(天涯)의 고아(孤兒)가 될 내신세를 생각함보다 앞으로 나타날 형(兄)의 사회적(社會的) 일터의 손실(損失)을 생각하며 냉기(冷飢)에 시달리고 부닦이다가 그대로 죽어버린 그형(兄)이 뼈끝마다 사모치게 구곡간장(九曲肝腸)이 녹아나게 불상하고 불상했읍니다

큰 꿈 안은채로 연기(烟氣)인양 사라지다
단풍(丹楓)잎 마자지고 섯달이라 첫눈오네
흙지붕 얼마나칩소 떨고있을 내형(兄)아

설음이 끝이 없고 추억(追憶)도 가지가지
이산(山)골 저물ㅅ길에 가슴이 메여메여
형(兄)의집 들어가면서는 쓰러지고 말었오

골육(骨肉)의 사십년(四十年)이 지기(知己)의 일평생(一平生)을
뜻두고 가신자최 자욱자욱 피눈물이
저마다 얻다하리라 새록새록 솟치네

이따위것이 비애(悲哀)의 만분(萬分)의일(一)도 표현(表現)되지못하나 형(兄)

이 가신후 처음으로 형(兄)의 계시든집에 가면서 그렇게 읊어졌고 형(兄)의 초기(初忌)에는 밤새도록 형(兄)의집 뒷산을 거닐면서 고시체(古詩体)의 한시(漢詩)랍시고

星河耿耿萬年珠 (성하경경만년주)
松風瑟瑟千歲律 (송풍슬슬천세율)
今夜三祥下弦月 (금야삼상하현월)
江山風樂都是愁 (강산풍락도시수)

이렇게 읊어보지않고는 못견디었읍니다. 그 후(後)로 형(兄)의 예언(豫言)은 착착(着着) 드러맞기시작하야 1945년8월15일에 드디어 우리 조선(朝鮮)은 해방(解放)이 되고야 말었읍니다

형(兄)! 그후 며칠 안되어 나는 형(兄)의 흙집을 찾아가 풀을 쥐여 뜯고 땅을 치며 몸부림하면서 울고 울었읍니다

"아— 아— 형(兄) 기다리든 해방(解放)은 왔오이다 형(兄)이 예언(豫言)하신대로 조선(朝鮮)은 독립(獨立)이 되겠읍니다 왜 3년을 못기다리셨오? 왜 3년만 더 못 살았오? 굶고 얼고 헐벗으면서도 이날을 위(爲)하야 살아간다든 형(兄)이 왜 이날을 못보고 죽어버렸오? 일터는 형(兄)을 기다리고 형(兄)의 자리는 텅 뷔여 있오이다 어서 이러나서 형(兄)의 적년(積年)의 정략(政略)과 계획(計劃)을 실행(實行)해보시오 아아 불행(不幸)한 형(兄)아 불운(不運)한 형(兄)아!"

하고 울부짖으며 종일(終日)을 흙투성이가 되어 울었읍니다 그러나 혁명(革命)의 피가 혈관(血管)마다 사모치든 형(兄)은 종내 아모 반응(反應)도없이 뷘산(山)에 석양(夕陽)만 가득하야 갈길을 재촉할뿐이었읍니다

형(兄)! 형(兄)이 "저놈들이 저렇게 사상전환자(思想轉換者)로 자처(自處)하고 저놈들과 야합적(野合的) 태도(態度)를 취(取)하다가 조선(朝鮮)이 독립(獨

立)되면 무슨 양심(良心)으로 주의자(主義者)라 할터인고” 하며 저주(咀呪)하든 그사람들은 도로혀 위대(偉大)한 투사(鬪士)로써 소위(所謂) 민족반역자(民族反逆者)들을 상대(相對)로 잘들 싸우고 있답니다

위대(偉大)한 정치가(政治家)의 소질(素質)을 풍부(豊富)하게 가졌든 시풍(時風) 내형(兄)이여 적은 사적(私的)일에도 실패(失敗)만 하든 형(兄)은 크고큰 형(兄)의 평생(平生)의 일에도 완전(完全)이 주검에게 패배(敗北)하여버린 불운(不運)의 인(人)이었읍니다

그러나 형(兄) 나의 가슴에는 선지자(先知者)로써의 형(兄)이 때를 만나지 못한 영웅(英雄)으로서의 형(兄)이 영원(永遠)이 살아 있을것이외다

(一九四六年 一月三十一日, 새벽 六時에, 외로운 누이드림)

『예술문화』 3집(2·3월호), 1946.2, 44-51면.

손소희 ●●●

손소희(孫素熙, 1917-1987)

- 1917년 함경북도 경성 출생
- 1936년 함흥 영생여고 졸업
- 1961년 한국외국어대학교 영문과 졸업
- 1942년 『재만조선시인집』에 시 수록
- 1946년 단편 「맥에의 결별」(『백민』 10월호)로 등단
- 주요 경력—1939년 《만선일보》 학예부 기자, 1946년 『신세대』 기자를 거쳐 여성신문사 기자, 1949년 전숙희·조경희와 종합지 『혜성』 창간하여 주간, 1951년 육군 종군작가단 가입, 1956년 한국문학가협회 이사, 1961년 서라벌 예술대학 대우 교수, 1974년 한국여류문학인회 회장, 1979년 대한민국 예술원 회원, 1981년 한국소설가협회 대표 위원 역임 1961년 서울시 문화상, 1982년 대한민국 예술원상 수상
- 대표작—소설 『리라기』(1949), 『태양의 계곡』(1959), 『그날의 햇빛은』(1960), 『남풍』(1963), 『갈가마귀 그 소리』(1971), 『사랑의 계절』(1977) 등 다수

·수록 작품

오열(嗚咽)의 거리 ‖ 혼란(混亂)의 봄 ‖ 경계선(境界線)에서 ‖ 횡설(橫說) ‖ 『풍류(風流)잡히는마을』 최정희씨(崔貞熙氏) 단편집(短篇集)을 읽고 ‖ 작가일기(作家日記) ‖ 초조(焦燥)한 날들 ‖ 상(像)과 상(想) ‖ 좋은 글을 쓰고 지고 ‖ 소설위도(小說緯度)의 일절(一節) ‖ 여자(女子)의 자랑 ‖ 독백초(獨白抄)

●●●

오열(嗚咽)의 거리

8월 15일 — 거대(巨大)한해방(解放)의 종소래가 삼천리강토(三千里疆土) 방방곡곡(坊々曲々)에 울리여젓다. 태양(太陽)은 우리를축복(祝福)하여 해방(解放)의거화(炬火)를들어 피와원한(怨恨)에 저저진 눈물을 말리여주엇고 훈풍(薰風)은 우주(宇宙)의향기(香氣)를 몰아다감격(感激)에흐느끼는 호흡(呼吸)속에 자유(自由)를고취(鼓吹)시켜주엇다.

자유(自由)와해방독립(解放獨立) 마술(魔術)에 취(醉)하듯 갈망(渴望)의꿈은컷섯다. 선각자(先覺者)와지도자(指導者)를 마지해서 아낌업는 갈채와 감격(感激)의꽃다발을역거서 정성(精誠)것 환영(歡迎)의봉화(峰火)를올엿다. 적은싸홈이 자아(自我)를버린 큰목적(目的)아래 뭉처지기를 바라는 삼천만(三千萬)의 간절(懇切)한기원(祈願)속에 — 이해도저믈려는 27일 호외(號外)의적은 조이조각은 비수(匕首)가되여 희망(希望)에빗나는 광복조선(光復朝鮮)의 산혈(山血)과 지맥(地脈)을 함부로 찔으고쌔고 이리하야 교란(攪亂)된 두뇌(頭腦)에는 암담(暗澹)한빙하(氷河)가 첩첩(疊々)이 노혓스니 누가이빙하(氷河)를 건널용력(勇力)을 가젓으며 허무러트릴재조(才操)를 가젓단말인가?

28일! 헐벗은 가로수(街路樹)아래 소리업는 삼천만(三千萬)의 곡성(哭聲)을 들엇고 쇠망치로 각자(各自)스스로를 난타(亂打)하는 쎠아픈 고함성(高喊聲)을들엇다.

오조선(朝鮮)아! 삼십유육년간(三十有六年間) 너는 가진모욕(侮辱)과 온갓체형(體刑)을 바든남어지 8월 15일이후(以後)의 양지(陽地)를 밟어서 멫보(步)

의전진(前進)을하엿으며 몃옥큼의자유(自由)를 향수(享受)하엿으며 몃자욱의 기꺼운 자취를 인(印)첫단말인가?

남북(南北)의두조각으로 나뉘인 원통(怨痛)하고도 어굴한 가지가지의 불행(不幸)을감수(甘受)하며 이 조각진쌍이 어서 한뭉텡이로 이어지는날을 손곱아 기다린 우리의심사(心思)를 삼십팔도선(三十八度線)에접(接)한 하늘이나 알어줄짜? 한몸둥이에 두날개를 억눌러안즌 사람몸둥이를 타고안즌사람!

우리에게 자유(自由)와 광명(光明)을 주는 사도(使徒)로 자임(自任)한열강(列强)의선물(膳物)! 해를먹는사람 담을삼키는사람은 신화(神話)의주인공(主人公)만이아니고 아직도 이지구(地球)우에현존(現存)해잇다면 우리는 쏘다쓴 광명(光明)을등진 생활(生活)의제물(祭物)로서 노예(奴隷)가되어야 한다는말인가 선량(善良)한양(羊)의목자(牧者)로서 천사(天使)를상징(象徵)하는 힌'미사'를쓴 평화(平和)의사도(使徒) 자기선언(自己宣言)을 배반(背反)하고 독립(獨立)을약속(約束)한다는 미명(美名)아래서 우리에게 빌려준다는 '힘'은 해방(解放)시켜준 보수(報酬)의납세(納稅)를위(爲)한 권리(權利)의행사(行使)에 불외(不外)한것이 아니기를 빌고 바라는 무리

남의 '힘'에의탁(依託)해서 서볼려는 우리는 남의속모르는행복(幸福)의 성탄제(聖誕祭)를마젓고 희망(希望)의마루턱에서 이쌍의 이민족(民族)의 자유(自由)를기원(祈願)해서 역사적(歷史的)인 일각일각(一刻一刻)을 의의(意義)깁흔인내(忍耐)로서 절치(切齒)하며기다리든 비약(飛躍)의꿈은 옥쇄(玉碎)의 잔소리도 서글프게추락(墜落)해버렸다.

꿈—꿈! 감주(甘酒)를 담은유리컵을 보고 미소(微笑)를지은 일순후천만(一瞬後千萬)길깁고 깁흔골자구니에서 최후(最後)의 발악(發惡)과 자립(自立)을절규(絶叫)하는 목메인 오열(嗚咽)으로 새해를 마지하는 발자취 소리를 눈감고 음미(吟味)하는 여유(餘裕)를가진 노예(奴隷)의 근성(根性)을 미워해야올 탄말인가 사랑해야 올타는말인가.

오—얼마나 기다리든 해방이냐 얼마나 외여보고십든 자유(自由)더냐 마음껏되푸리하여 외여보든 자유(自由) 노예(奴隷)의 사슬은 끌러지고 두억개를 억누르든 무거운 명에도 나리여저 해방(解放)을 구가(謳歌)하는 벽찬깃븜속에서 왼갓찬란한 설계도(設計圖)를 꿈이든거리!

그러나 오늘 사중(四重)의 튼튼한 그들속에서 벙거지쓰고 칼춤추는 초라한 자기(自己)를다시본다 이벙거지 속에 자저잇는 노예(奴隷)의근성(根性) 소리만 정그락거리는 위신(威信)업는 녹쓰른 칼이나마 이칼의 쟁탈전에서 수(數)만은 불꽃이뛴는 음명의 거리!— 그거리그곳에는 무수(無數)한 신음성(呻吟性)이 비장(悲壯)한 호곡(號哭)이 들린다 오—해방(解放)은? 자유(自由)는? 어듸로—어느곳에서 엇더케 어드란말인고—　(一九四五年 十二月 卅一日)

『신세대』 1권1호, 1946.3, 109면. [수필(隨筆)]

혼란(混亂)의 봄

북창(北窓)에 해가 빛외는기적(奇跡)을 계절(季節)은 또 한번 갖어왔다. 소개지의 폭신한흙의 감촉(感觸)이 새삼스레 생존(生存)이란 즐거운것인듯 거리의잡다(雜多)한 향취(香臭)보다 다정(多情)스러워진다.

추위에 동결(凍結)되었든 하늘과 따와 산(山)과 물이 태양(太陽)의열(熱)을 흡수(吸收)하누라 햇볕 깃뜨리는곳마다 더운김이 무럭무럭 피여오른다.

봄 봄은왔다. 지난날 수(數)없는 찬사(讚詞)를 봄에게 드렀고 무한(無限)한 감격(感激)을 봄에게 바처서임앤지 인제는 추위에서 풀려난것만이 어름사슬에서 풀려난듯이 장(壯)하기는하나 짙은꿈의 아롱진 설계(設計)란 갖어볼수 없다. 격랑(激浪)에 지친목선(木船)은 매일(每日)같이 육지(陸地)를 그리여 내일(來日) 내일(來日)이야 하든 희망(希望)에 지친것이나 아닐까, 감격(感激)과 흥분(興奮)을 잃은 거리는 서리마진 장미처럼 싸늘이 도사리여 열어 제치어질창(窓)의 단속을 조곰도 늦우지않는 회의(懷疑)에 찬 현명(賢明)을 시현(示顯)하고있다. 마음의 창(窓)이기는 하지만.

— ◇ —

먼산(山)에 아지랑이가 끼었으리라. 눈감고 그리는곳. 엷은휘장이기나 했으면 뫼마다 칭칭감어놓고 조선(朝鮮)의명운(命運)을 천신(天神)께 빌어나 볼것을— 끼였다 살어지는 아름다운 구름은 잡을수없는 지구(地球)의증기(蒸

氣) 계절(季節)의 새로운 호흡(呼吸)이언만 대개는 그속에서 턱을 고이고 앉었고 노인(老人)은 담뱃대통에 정감록을 접어넣고 더러는 남의빈틈을노려 새여나릴 액수(額數)를 따지고 때로는의(義)로운피의 행사(行事)가 눈물로 마금하여 버리는 비극을 항다반(恒茶飯)인듯이 촉각(觸角)없는 신경(神經)은 철박은 소발처럼 아픔조차 잊었다.

— ◇ —

고요히 봄비나리여 일체(一切)를 씻어가고 빛나는 아침에 어서 새움이트는 보다 새날이 오라 빌어지는 마움 마음
어름이풀린 길에는 흙냄새나는 향수(鄕愁)가서리나 찾을수없는 고향(故鄕)이요 어롬이풀린 개천가 흘으는물은 풋나물캐여다 씻누라법석이든 어린시절(時節)의 꿈을 실려보내기앤 너무나 속(俗)된 서울의 개천이로구나.

— ◇ —

소설(小說)이라는 기피를 몰으는 바다속에 발를 디려놓기는했으나 자욱을 옮기기 어려움을 비로소 알었고 시간(時間)을 탐내는 허욕(虛慾)은 무거운짐이되여 물심양면(物心兩面)으로 생활(生活)의 여유(餘裕)을 가질수없음을 긍지(矜持)라 했으면 좋을지 궁상(窮相)이라 했으면 좋을지 스스로 헤아리기도 건방진노릇같이 창(窓)아래 시름없이 유유(悠悠)히 흘러가는 호(豪)사스런 여인(女人)의 치마자락을 언제까지고 보고있는 그림자를 발견(發見)한다. 유상(有像)의 뚜렷한선(線)이 생명(生命)을 과장(誇張)하여 생활(生活)을 강요(强要)해서 나는 오늘도 또 치욕(恥辱)을 몰으는듯 산다는 살어있다는 것에 대(對)한 행복(幸福)한 노력(努力)이 필요(必要)한 것이다.
분(分)마다 초(秒)마다 신비(神秘)스러운 운명(運命)의괘(掛)가 굴러가고 굴

러오는 마음조이는 거리의호흡(呼吸) 이거 큰일났오 정말 큰일났오, 어떻가면 좋을지 라는 망연(茫然)한 의시(視)의초점(焦點)은 맘때에저른 지(紙)에 네가 만일(萬一) 넙직한 면(面)을 가젓든들 너는벌서 수(數)많은 군중(群衆)의 복수의 돌팔매를 맞었을것이어늘 신약(神藥)처럼 쥐면 효력(效力)이 비상하여 손들면 자(自)동차가 멈추고 청하면 산해진미(山海珍味)가 몽여드는 비방(秘方)에 이같은 원수를 또다시 신주(主)처럼 모시는 사람들은 한사람도 정신병자(精神病者)는 아니리라.

햇빛은 너무히여 눈부시고 달빛은 푸드러 마음뛰고 별빛은 신비(秘)로워 아름다웁고 이렇게 자연(自然)이 골고루 인간(人間)에게 아무런 보수도없이 향수(享受)시킴을 나는 공정(公正)하다 할밖에 우러러 주(主)여 불으는 머릿속에는 감사(感謝)이전(以前)의 불평(不平)이 앞서는것을 제어(制禦)할수없다.

나는 주(主)를 모르노라 한 배신자(背信者) 유다인가보다 사는데의 위협(威脅)이 이토록 크다면—산다는 공포(恐怖)가 이렇게 무서운 전율(戰慄)을 준다면 나는 또 빌리라 주(主)여 죽엄을

그러나 설마 내일(來日)은—이 요물(妖物)이 항용 팔방미인(八方美人)의 역할(役割)을 하여 어즈러지는 기력(氣力)에 희망(希望)이라는 손색(損色)없는 어휘를 가면(假面)처럼 뒤집어쓰고 인생(人生)의 추하고 아름다운 비단을 짠다. 매일(每日)가치

— ◇ —

내게있어 가장 진실(眞實)한 순간(瞬間)이 있다면 허무(虛無)를 투시(透視)할수있는 순간(瞬間)이 아닐까한다. 완전(完全)을구(求)하는 어리석은 익천몽(翊天夢)의 파편(破片)을 주으며 가장 빈틈투성인 자기(自己)의 성격(性格)에 야유와 갈채와 애착과 증오를 동시에 느끼는 영(零)의순간(瞬間)이 내게서 몰리어 나가면 나는 세사(世事)와 더부러 타협(妥協)하는 강(强)하고 약(弱)한

여인(女人)이 되고 만다.

　남이 의심(疑心)하는 이상(以上) 나도 남을 의심(疑心)해야하고 남이 허례(虛禮)를보내면 나도 그것을 갑허야하는 이것이 싸우는 아름다운 나의 생존(生存)이다.

— ◇ —

　어머니는 나를 그리시다가 임종시(臨終時)에 눈도 못감으시고 내이름을 불으시고 돌아가시었다한다. 고생(苦生)많으신 어머니의 최후(最後)가 해방(解放)되고 바키여버린 삼팔선(三八線)을 얼마나 원망하시였을것인가, 그어머니에게 있어 해방(解放)은 차라리 없음만 같지못하다고 생각하신 시간이 있었다면 나는 어머니에게는 나라보다 귀중한 딸이였을것이다. 그러나 이와가치 개인(箇人)이사는곳에 왼—운없어 이 가슴가슴에 속구치는 조고마한 자아(自我)를 보다 큰것을위(爲)해 죽일줄아는 훈련(訓練)을 자연(自然)은 우리에게 보여주고있다.

　그리하여 어름이풀린 봄이왔다. 어름속에 잠자든 말라든 잡초(雜草)가 자연(自然)의 품에서 각자(各自)의 조고마한 생명(生命)을 고집(固執)할때 태양(太陽)은 보호색(保護色)을 웃음으로서 나누어주고 있다. 북창(北窓)에 햇볕이 깃드렀다. 봄이왔다. 큰빛에 싸여서. 　(筆者는 女流小說家)

『백민』 3권3호, 1947.4 · 5, 29-30면. [수필(隨筆)]

경계선(境界線)에서

―새해와 묵은 해의―

아직 흘린 피가 채 말러들지 않은 그 생생한 기억속에 려수의 참혹한 정경(情景)이 눈에 서언하게 뵈여진다.

물론 가서 목격은 못했지만 뉴―쓰면의 사진을 통해 그수많은 젊은 죽엄의 나열(羅列)앞에 애끓는 호곡(號哭)의 모습을 어떻게 잊을수 있으랴 어떻게 그렇게 쉬 잊을수 있으랴.

어쩌면 이렇게 슬픈 사실이 우리가 살고있는 가까운곳에서 우리들손으로 비저 지었을까.

할머니 할아버지 어머니 아버지 그리고 안해와 남편 아들과 딸과 누이와 동등생과 그리고 젊은 사랑하는 사람들.

집과 옷과 그외의 일체를 잃어버린 슬픈 행렬(行列)의 떼가 목메여 울부짖는 우리의 남쪽에도 새해는 오려는가.

― ◇ ―

바로 영시십분(零時十分).

한발을 새해에 디려논 시계(時計)의 분침(分針)을 눈역여 보면서 그어떤 슬픔이 내 전신을 휩싸않고 몸부림 하는것을 나는 가만히 손끝으로 느끼고 있다.

매일같이 쫓기는듯 마음은 무었을 해야 겠는데를 부르지즈면서도 일과 웃음과 말과 거름과 잠과 먹는것으로서 그리고 또 임의(任意)롭지 못한 표정(表情)으로서 생존(生存)의공식(公式)을 밟느라고 애써온 달과 낮과 밤.

상머리에 앉어 보지못한 두달동안은 흡사소녀시절(恰似少女時節)의 아련한것을 동경(憧憬)하던 때처럼 상머리가 그리웠으나 전등(電燈)없는 밤을 탓하고 분주한 대낮을 빙자하여 날이날마다 일에만 쫓끼여 살어온상싶은 달과 낮과 밤.

없는듯이 있으면서도 그럴듯이 애끼는 시간(時間)이길내 어느하로를 마음놓고 놀아본 기억이 없는 달과 낮과 밤—

— 가버렷읍인가 방(房)에는 오래간만에 전등(電燈)이 켜 지었다.

마음속에 지닌 지난한해의 누구와도 이야기 하기싫은 많은 말들을 머리속으로 추려보며 무엇인지 모를 숱한 빗을 갚어버릴 속셈으로 원고지(原稿紙)를 댕겨놓고 잉크병을 흔들어 놓았다.

그러나 도모지 쓸말이없다 그저 귀기우리고앉었누라니 새해의 사자(使者)가 그 거대(巨大)한 날개를 땅에 끌면서 조고마한 썰매를 한발에 디디고 닥어 오는것 같다.

점점 가까이 오는것 같다. 인제 저 사자(使者)가 우리집 문턱을 지나면 우리는 새해에 복(福)많이 받으소서하고 태연이 웃을수 있음이 얼마나 다행한 일이랴 슬픈 하늘아래 피와 눈물이 배인 땅우에 이밤을 축(祝)하는 전등(電燈)이 켜지었드시 새해는 부디 밝음을 가저오라 웃음과 평화(平和)를 가저오라. 일 지구(地球)우에 우리의 하늘아래 웃음과 평화(平和)를 보내라.

웃음과 평화(平和)를 소박(素朴)한 소바리에 실어 보내라.

— ◇ —

지축(地軸)을 돌리는 천신(天神)에게 지구(地球)를횡단(橫斷)하는 인신(人神)에게 부탁(付託)할말이 너무 많어서 인제 그만 두겠다. 천정(天井)에 쥐도 잠든걸보아 분명(分明) 새날은 막이 나는 모양이다.

『부인』 4권1호, 1949.1, 24-25면. [신춘여인수필집(新春女人隨筆集)]

횡설(橫說)

　그때 퍽도 기달려지고 자상스럽던 우리말 두신문중의 하나인 조선일보의 폐간 인삿말을 읽고 아버지의 상여를 따르듯이 슬프던것이 기억난다

　그때 우리말 말살을꾀한 일본인의 횡폭한 무도(無道)가 밉고 분하기 보다는 각개각층의 함구침묵이더욱 밉고 분하던것이 기억난다

　아무런 예고도 또한기한도없이 세월이 슬픈매장(埋葬)을 억울이 당했것만 억울한 가슴가슴에 매츤 숨소리하나 전할길이 없든날에 매일(每日)신보라는 신문이 동업자 두 신문의 폐간은 심이유감되다고 조의(弔意)를 표했던것도기억난다

　그조(弔)가 또한밉고 얄밉고하야 몇달을두고 그냥 그 신문을 거절하던것도 기억난다

　그러나 역사(歷史)의수레바퀴는 어떻게 굴렀는지 해방이오고 수많은 신문이 쏘다저나왔다 나는피난민열차(避亂民列車)를타고 만주(滿洲)에서 서울에왔다 물론(勿論)삼팔선(三八線)을 넘어왔다 그후 4년—

　오늘 조선일보에서 수필을 쓰랍시고 하시기에 애초부터 못 쓸것이라고 생각하고 있던것이 잠들어지지 않는 밤을 타서 문득 고향이 그리운 생각에 무엇인가 써보고싶어서 상머리에 앉으니조선일보가 눈에 띄였다

　아득한 날에 아득이 그리던 제호 조선일보! 그러나 이제 그리운것은제호도 신문도 아니고 그저 함경선 연선이다

　차가 통하면 매엔 처음 열차(列車)로 고향을 찾어 들고 싶은 충동이 문득

문득 마음속에서 꿈틀거린다

차에서 네려서 친지(親知)의 집에달려가 보고 싶기도 하고 손목을 잡고 있기만 해도 좋을것 같은생각도 든다 그러나 정말은 차에서 네리면 곳장 어머님 무덤에 달려가서 오오래도록 그 무덤까에 앉어 있고 싶은것이 언제 나 서려있는 머릿속의 염상(念像)이다

색이듯이 우러나온 진실(眞實)로서 비문(碑文)을 지어 석공(石工)에게 뱆여 서 반듯이비석(碑石)은 내가 세운다고 자위(自慰)를 삼어오던 그□의 슬픈 맹서도 흐지브지 해지기 시작할 무렵 의리(義理)있는 어떤분이 비석(碑石)을 세웠다고 기별이왔다 이기별은—

어쩐지 남에게 우선권을 빼앗긴듯한 느낌을받었다 그래서 나는 또하나 의 훌륭한 비석을 반듯이 세운다고 마음먹고 있기는 하지만 차(車)는 어느 날에 통(通)할것이며 삼팔선(三八線)은 어떻게 허므러 질 것인가

하늘에 구름은 무난이 넘나드는곳 인제 제비는 그곳에도 날어갈수 있는 때언만—

"그토록 에미게 편지쓰기싫으냐 어떤땐 며느리 부끄럽다"고

보내는 정(情)은 자신을미루어살필수 있는것이나 마음이통하지않는사람 들을(爲)해서 예(禮)를차려 달라고하시던 부탁(付託)도 다시는드를수없는날 에 하늘이 가르마키고 산 첩첩 물첩첩 놓여있어 영영가신것도몰랐다

자유(自由)와 평화(平和)의 산성(山城)이 모래로 되였던가 독수리에게 채였 던 아픈 상처가이렇게도 오래 치료가 필요(必要)한 것일가

그예전에 기차가 지날때면 시골학동(學童)들은 "풍풍 칙칙 풍풍 칙칙 밭 을팔고 논을팔아 조선돈을다 먹읍세"

하고 일제의 착취를야유하던 마을엔 논도 밭도 제대로 놓여있을것만같다

언제나 차들타고 철로연□에 논과밭을 구경하면서 그곳으로 곳장달릴수 있을것인가

아득한 기한(期限)이여기약(期約)이 있으라 즐거운추억과 슬픈회상의 어

굴들이여 한결같이 즐거운모습을 가지라

— ◇ —

　닭이 우렀읍니다 어머님 내 반드시 당신의무덤앞에 정성(精誠)의비석을
세우겠나이다
　날이 밝으면 신문은 새소식을 가져옵니다 하늘이열리고 길에티이면 반
드시 매첫 앤차를 타고 당신이 누어게신곳을 찾겠읍니다
　모든 이야기는 그때하겠읍니다

《조선일보》 1949.4.19.

『풍류(風流)잡히는마을』
최정희씨(崔貞熙氏) 단편집(短篇集)을 읽고

최정희(崔貞熙)씨를 처음 만났을 때 손이 자주 입에가 닿고 말을 슬슬 내 놓게 못하므로 가만히 최정희(崔貞熙)씨를 지키고 앉아있으려니까

"나는 마음이 내키지 않으면 통 말이 나오지 않아요" 하기에 그의 마디 마다 말을 끊는 어조(語調)는 상대방인 내가 나무 무리같이 호흡이 통하지 않기때문이라는 것을 알았다

그뒤로 나는 최정희(崔貞熙)씨의 『점례(占禮)』에 잡았고 『풍류(風流)잡히는 마을』에 잡혔고 『우물지는 풍경(風景)』에 잡혔다

그리고 또 붙잡고 울고 싶도록 회한(悔恨)을 품은 빛나는 눈에 잡혔다

이해(理解) 없는 사회(社會)의 냉시(冷視) 속에서 그의 정열(情熱)은 오롯문 학(文學)을 지켜왔고 예술(藝術)과 더불어 살아 온것이 아니었던가

슬픔과 고뇌(苦惱)의 격랑(激浪)속에서 조각배같이 밀려 다니면서도 꽃과 별과 하늘을□에품고 가슴에지니고 살아온탓으로 지난날의슬픔과고뇌(苦惱) 의 격랑(激浪)은 오늘은 오히려 그의문학(文學)을위(爲)한 걸음이요 또한 가난 하고 헐벗고 굶주림에시달린 우매(愚昧)한사람들과 또한현명(賢明)하고 아름 답고 소박(素朴)한 모든인간(人間)을 알아낸 지식(知識)에의 과정(過程)이었을 것이다 길이와 넓이와 깊이와무게를가진 그의작품(作品)은 암만흔들어야 흔 들리지않는 세계(世界)의것이어서 이미여류이상(女流以上)의작가(作家)를 이 룬오늘 여류(女流)라함은 외인부대(外人部隊)거나 혹은 손가락곱을성도(程度)

의 극소수(極少數)를 놓고 이름인듯하니 나는 모든 남성작가(男性作家)를 □
덜어놓고말하고싶은때문에 여류이상(女流以上)이라 붙여본다

　그 최정희(崔貞熙)씨의 제2창작집(創作集) 『풍류(風流)잡힌마을』이 이번에
아문각(雅文閣)에서 김환기화백(金煥基畵伯)의운치있는장정으로세상(世上)에나
왔다

　그안에수록(收錄)된 열두편의단편(短篇)가운데는 헐벗고 굶주리는사람들
을 대변한 작품(作品)이 그 대부분(大部分)이다 이것은 해방후 점차(漸次)그
를이해(理解)하려는사회(社會)에보내는 그의꽃다발일수도 있을것이다

　그가보내는 꽃다발 그꽃다발을 품어 꽃마다 냄새를 맡노라면 우리는좀
더인간(人間) 최정희(崔貞熙)씨를 알수있을것이고 그의작품(作品)을통해 그가
사회(社會)에보내는 온갖소리를들을수있을것이라 믿어진다

≪서울신문≫ 1949.8.19.

작가일기(作家日記)

5월 ×일

마음이 잽히지 않는 날이다.

문득 보릿집이 쌓여진데서 열번도 스므번도 설흔번도 넘게 곤두박질 하던 생각이 난다.

문득 난 이런 생각이 처음에는 엷은 미소(微笑)를 가저오고 다음은 그 높이쌓여진 보릿집 덤이에서 마구 곤두박질 했으면 꼭 좋을것 같다.

이것은 오늘 내게 있어 별로 새로운 생각은 아니다. 그것은 동대(東大) 예술제의 앵화원 무대에서 보릿집 덤이를 본 이후로 였다 금식 느끼는 무엇을 해야겠는데 바로 드러맞지 않을때면 쓰는 혼자만의 떼요 투쟁인 것이다.

매일(每日)같이 아무것두 못하면서 무엇인지 하여야 할것같은 생각만으로 머릿속이 꽉 찾는가 하면 텅 빈것 같고 텅 비었는가 하면 무슨 생각을 부여 잡고놓지 않는다.

이것을 나는 소설(小說)을 쓰기 위한 준비라고 할수 있지만 문학(文學)하는 마음이라고 하기엔 자신에 대(對)해 부끄러운 노릇이다. 그것은 문학(文學)이 무엇인지 모르기 때문이다. 모른다는 것은 자신(自信)이 없는 거와 통(通)하는 것일 것이다.

모른다는 것으로 인(因)해 내가 보는 하늘 구석 구석이 어두어져도 할수 없는 노릇이다. 글을 쓴다는것이 문학(文學)인지 사유(思惟)하는것이 문학(文

學)인지 생(生)을 구명(究明)하는것이 문학(文學)인지 혼(魂)을 다스리는것이 문학(文學)인지 나는 정말 모르기 때문에 모른다는 것이다.

5월 ×일

하늘은 몹시 다정(多情)하게 푸르러 보이는데 마음은 웨 이리 비인 터가 많은 것일까,

웃는것 짓거리는것 걸어 다니는것 모두 분명 내가 하는 동작일것인데 어쩌면 내 아니 딴 사람인건 같기도 하다.

이러한 날엔 술을 취(醉)토록 마시고 주정을 싫건 했으면 나를 찾을런 지도 모른다.

5월 ×일

어제와 다름없는 하늘인데 신록(新綠)이 유난히 홍청 거린다.

마음은 부질없이 주름이 잡히여 안으로 굽어 들려고 한다.

이런땐 누가 꼬이기만 하면 실없이 죽어 버릴것도 같어 가만이 직장에 앉어 있으려니까?

이(李)××선생(先生)이 한턱 내신다고 기동(起動)을 하시라고 하신다.

행길에 나와서 "어디로 가실까요"하고 묻기에 "신아(新雅)로 가십시다. 삐-루가 있으니깐" 기위 나선 걸음에 우물 쭈물 하기 싫어 이렇게 선뜻 잘러서 대답하고 그분들의 뒤를 따를때 부터 내 자신이 까닭모를 웃음이 웃어졌다.

일행 다섯이 자리를 잡고 앉은뒤 삐-루가 나오고 안주가 나왔다.

"웨 저를 먼저 주십니까"

"오늘 저녁 주빈이시니까"

"그럼 마시지요"

나는 그들의 기대에 어그러짐없이 술을 마시기로 작정하고 이(李)××여사(女史)와 박(朴)××여사(女史)에겐 권하지도 않고 그저 작구 삐—루를 마시었다.

숨이 마키도록 쓴 탕약(湯藥)도 단숨에 쭉 디리켜기를 무려 수년(數年)을 했는데 까진 물보다 조금 다른 삐—루쯤 웨 못 마실것이냐고 혼자서 자문(自問) 자답(自答)하면서 주는대로 받어 마시었다. 뿐만 아니라 그렇게 마시는것이 권하는 편에서 퍽 흥미있어 하는것 같고 중간쯤 해서는 주정이 나오길 바라시는것 같고 내종엔 마개가 자조 빠지니개 주머니 예산타협에 약간 곤난해 하시는듯 한게 재미나서 나는 기쓰고 마시엇다.

그러면서도 내가 상대하는 사람은 나뿐이 었다. 한사람의 나는 담배를 피어 물고 멋떠러진 포—즈로 선채 내 마시는것을 구경하면서 어디 안 취하나 두고 바야지 식으로 노려보고 있고 또 하나의 다른 나는 팔장을 끼고 서서 잔을 비일때마다 절대 취하지 않을 테니까, 안심하고 마셔도 좋다고 장담하고 섰고

또 하나의 나는 이 까진 물마시는것이 그렇게 신기하고 놀랍고 재미난다면 얼마던지 마신다는 뱃심으로 술이 잔에 마루어 지기 무섭게 입에 갔다 대여 준다.

비인속에 상당한 량의 삐—루가 윗속을 채웠다.

"얼굴에 도모지 오르지 않는데"

"참 잘 하는데"

첫번째의 나는 담배 연기를 내 얼굴에 뿜으면서 이렇게 야유하고

둘쨋번의 나는 끼였던 팔장을 풀어서 술이 올리려는 메—터를 기쓰고 제지하고 있다.

"취 하긴 웨 절대 취하지 않을 테니까."

둘째 번의 나는 정신과 결합되려는 알콜의 기운을 큰 손으로 작구 밀처 버린다.

셋째번의 나는 조곰도 늦움없이 술을 마신다 첫째번의 나는 점점 담배

연기를 더 뿜고 둘째번의 나는 되도록 술을 육체에만 디려 보내려 하지만 셋째번의 폭음에 견딜수 없어 차츰 버티고 섰던 다리 기운이 빠지면서 첫째번의 비웃음을 받기 시작했다.

머릿속은 아무렇지도 않은데 이마 중간이 세전 두푼짜리 동전 만큼 정신이 흐릿해 지면서 눈을 감고 있었으면 좋을것 같이 느껴졌다.

"취하신것 같은데 이애기 좀 해야 취한 재미 나지요"

이(李)××선생(先生)과 윤선생(尹先生)이 소기의 목적을 달했다고 생각 하신 나머지 부쩍 말을 하라고 졸른다.

"아마 분명 취한것 같습니다 그러나 이얘기가 없읍니다. 어딘지 죄 숨어 버 린것 같습니다"

이런 대답이 나왔다. 그것은 둘째번의 나다.

"웨 이렇게 술을 함부로 마십니까"

이(李)××여사(女史)의 말인 동시(同時) 항의기도 했다.

"처음이자 마지막으로 취하기 위해 서입니다."

셋째번의 나는 이렇게 변명한다.

"정녕 그렇습니까?"

첫째번의 나의 윤(尹)××선생(先生)의또 질문한다.

"정녕 취하지 않았으니 이이상 말이 없는게지요"

대답하는 순간 삼자분립(三者分立)의 나는 완전이 하나가 되여 이상 더 견딜수가 없었다. 속이 울렁거리여 이상 더 앉어 있을수가 없었다.

이리하여 오늘의 나는 술에게 완전(完全)히 패배(敗北)하고 말었다. 그러나 정신은 그대로 말뚱 거리는채 슬프지도 깃브지도 않다.

취한다는건 정신을 의의하는줄 알었는데 육체만 취해서 견디지 못하고 정신을 제대로 사유(思惟)의 구름을 잡고 있는것은 무슨 까닭인지 이것도 또 모를것 중에 접어 두기로 하자.

6월 8일

벌써 거진 한달동안을 두고 두고 구상(構想)이 랍시고 하는데 아직도 끝머리와 중간이 연락(連絡)되지 않을뿐 아니라 끝을 짜 낼수가 없다.

어쩌면 조고마한 반도(半島)가 절반이 가로 매킨 탓도 같고 또 육체(肉體)가 자꾸 안일(安逸)을 탐하는 남어지 체내(體內)에서 연소(燃燒)되던 불행(不幸)한 정열(情熱)들이 아주 타버린 탓인지도 모른다.

6월 ×일

그 어느날 삐―루 폭음 이래 술 잘마신다는 소문이 널리 선전되 였다고 나를 애끼는 사람들의 주의를 여러번 받으면서도 나는 애매하기 웃을수 밖에 없는게 한편 재미있고 불안하고 한편 다행하고 또 싫고 했는데 모 오락 잡지에 실린 음주자계위(飮酒者階位)에 냄새만 맡어도 쓸어진다고 급이하(級以下)로 추락되자 이렁 저렁 소문(所聞)이 말소(抹消)된 모양이다. 나를 위해 얼마나 다행한 기사(記事)였는지 모른다. 신록(新綠)을 녹음(綠陰)으로 행세(行勢)케 할려 함인지 하늘이 자주 흐려지는 날이다.

6월 ×일

무척 더운 날이다.

물만 마셔도 체하기만 한다.

내가 있는데 내가 있는것 같지 않다.

의사가 진맥하는것도 웃읍기만 하다 이런날엔 가만이 버드나무 욱어진 모래밭우에 드러 누어서 물소리를 드렀으면 좋을것 같다.

약첩을 않고 자동차에서 네리는 내가 또 내 같지 않다.

내란 가만이 앉어서도 1, 2, 3 으로 나뉘여 행동하는 이외의 나는 없는 것일 것이다.

가장 현실(現實)에 충실(忠實)한듯이 움즉이면서도 웨 이렇게 길가에 주저 앉고 싶도록 헛트러 지는 내가 있는 것일까.

『문예』 1권1호, 1949.8, 130-133면.

초조(焦燥)한날들

무척 시(詩)를 좋와했읍니다. 언제나 시(詩) 속에서 살고 싶었읍니다. 시(詩)란 무엇인지도 모르고 그저 아득한것 영원(永遠)한것을 시(詩)와 연결 시켜놓고는 혼자서 좋와 한것입니다

무슨 몽임 무슨 구경도 그닥 흥미도없고 재미도 없었읍니다

그대신 언제나 내 손 가까이 책이 있어야 했읍니다 책이 없으면 낡어 빠진 신문장이라도 있어야 했읍니다

마음이 왼통 공허(空虛)만으로 차 있을때에도 눈으로 활자(活字)를 주으면 안정(安定)을 얻을 수 있었고 시간(時間)을 보내기에 초조(焦燥)하지 않었읍니다

되는대로 닥치는 대로 아무 책이고 소독(素讀) □□을하다가도 간혹 바느질이나 빨내 같은것에 많은 시간(時間)을 보내게 되면 마치 뒤에서 무엇이 쫓어 오기라도 하는듯이 작구 숨이 가뻤읍니다.

방맹이 질 하면서 나는 흔히 뒤돌아 보는때가 있었읍니다.

무엇인지 모를것이 또 다른 내가 방맹이를 잡고 나를 쫓어 오는것만 같었기 때문입니다

어떤땐 동무들 하고 휩쓸려 놀다가도 내가 논다는 것은 거짓말만 같었읍니다 그것은 놀면서도 있다금식 '이게 무슨 재미 있다고' 이렇게 반문 하면서 내 속 사람이 내게 묻기 때문이 었읍니다 그리고 그 분위기에 어울리려고 하는 나를 '빨리 가 빨리 가'하고는 흔들어 댔읍니다

그래서 집에 도라오면 대체 집에 무엇이 있는데 그렇게 안절 부절을 못하게 구는 마음이 었을까 하고 혼자 물어봐도 이유는 없었읍니다

다시 책을 잡으면 안정이 되고 내가 하는일에 대한 불만은 없여지고 마는 것이 었읍니다 단 읽지 않더래도 책이건 신문이건 잡지건 그저내 손 가까이 없으면 견디지 못했읍니다 그렇지만 나는 무었을 읽었는지 모릅니다 그저 수없이 눈으로 주은 활짜가 그대로 다 살아저 버렸을 뿐입니다 그리고 또어렸을때를 지난 이 후는 늘 병과 가까히 지냈기 때문인지 나는 죽엄이 조곰도 무섭지 않았읍니다

좀 먼저 죽었다는 것이 그닥 원통할것 같지 않았읍니다

고구나 한 세기(世紀)도 채 살지 못하는 유한(有限)한 생명(生命)을 가졌는데 10년이고 혹은 50년이고 더 산다는것이 죽은 사람에게는 아모 소용도 없는 셈 일것이고 또 50년 뒤에나마 결국은 다 죽고 마는것이니까 지구(地球)의 긴 수명(壽命)앞에는 70년도 웃우운것만 같았읍니다 그래서 나는 언제나 죽을수 있다고 자처했읍니다 그 언제나 마음 내킬때면 죽을 수 있다는것이 내게는 정말 다행한 신조였던것입니다

내 뒤에는 억만원군(億萬援軍)도 같은죽엄이라는 위대(偉大)한 힘이 벌이고 선건을 느끼면서 은밀한 자랑으로 삼었던 것입니다

기실 죽어 버릴 용단은 없으면서도 그저 언제던지 죽어도 좋다는 생각만으로 병마도 대수롭지 않게 역였고 그외의 모든 살기 힘든 조건들과 맞설 수 있었던 것입니다.

그러면서도 다름없이 슬프고 아득하고 못견디게 초조(焦燥)한 마음은 변함없이 나를매질 했읍니다

이렇게 숨가뿐 세월(歲月)은 거이 십유여년(十有餘年) 어떤때는 논자(論字)부튼 책만 뒤적여 보기도하고 또 어떤땐 단테의 신곡(神曲)을 성□(聖□)처럼 읽으려다 못 읽고 또 영어자전(英語字典)을 송두리채 외인다고 A부(部)의 몇개 단어(單語)를 외이다 말고 또 로어(露語)의 '알파 벹'도 몇자(字) 쓰다

말고 자수실도 바늘에 뀌였다 말고 때로는 천자(天字)책을 뒤지고 먹을 갈아 붓에 찍어 보기도 했읍니다

간혹 어머니 곁에 있을때엔 어머니는 꼭 정신에 고장이 생길것 같다고 소풍을 권해서 안들으면 밖에 놀러 나가게 해 달라고 동무에게 밀사를 부탁한것도 한두번이 아니었읍니다

그러면 내 속에 있는 또 하나 내가 혼자 웃군 하는것이 었읍니다

그러는 사이에 알뜰이 외이누라고 한 작자불명(作者不明)의 시(詩)들을 모다 잊어버린게 수요 수확이 었읍니다

그러나 이렇게 모든것을 잊어 버리면서도 모르는새 머릿속에 남어 있는 것이 하나 둘 있읍니다

그것은 두만강(豆滿江)이남(以南)의 국경부근에서 차창(車窓)을 통(通)해 보는 키낮은 버드나무에 어린 불빛이었읍니다

두번 세번 나는 그곳을 지날때 마다 아지랑이 서린 그 나무들이 정말 밎일듯이 좋았읍니다 그저 바라보기만 해도 내 정신 전부를 그 나무들이 빨어 가는것만 같었읍니다

그리고는 내 언제나 저 풍경을 삿삿치 그려 보리라 하고 마음 먹었고 또 그런 날이 앞으로 꼭 올것이라고 믿어 졌읍니다

웨 그렇게 믿어졌는지 나는 그 이유(理由)를 지금도 모릅니다

또 어던때 혹 낯선 고장의 거리를 걷누라면 눈에 들어 오는것 모도가 무슨 전설도 같고 이애기도 같어 그냥 멋없이 혼자 발을 멈추고 구경하면서도 이러한 장면을 봐 두기를 잘했다고 생각되여 지는때가 앞으로 꼭 올것만 같었읍니다.

무엇을 하겠다는 계획도 전연 없으면서 혼자만의 생각을 맞을 점(點)이라고 믿었던 것입니다 이런 엉뚱한 마음이 해방후 시세(時勢)를 얻어 소설(小說)이라고 하는것을 쓰게된 원인(原因)이 아닌가 합니다

요즘도 책상과 멀어지면 역시 초조하고 분주한것이 예나 다름없는 마음

입니다

  그리고 또 가끔 이렇게 변변치 못한 작품(作品)을 쓰기 위(爲)해서 그 오
랫동안 그렇게 쫓기는듯 바쁘고 못 견디게 초조(焦燥)한것이 었던가 생각하
면 한없이 억울한 느낌이 드는때가 있습니다

    편벽의 죽장 내던지고
    긴 옷자락 거두어 부치고
    초연의 갓 글러보리
                ※
    꾸겨진 오만스러운 고집과
    가시 돋친 웃음을 아는 너
    해바라기의 파멸의 밤은 가라
      편자주 (編者註) ＝ [孫素熙創作集 「梨羅記」에서]

                『해방공론』 1949.10, 23면. [나의 문학자서전(文學自敍傳)]

상(像)과 상(想)

上

　요즘 어떤분들이 나를 맞나면흔이 "바쁘시지요" 하는 인사(人事)를 한다 나는 그분들의 인사말과 속맘을 재이면서 "웨 바쁘겠어요" 이렇게 대답하고 좀더 친근하다고생각되는분에겐 "거저 마음이분주 합니다" 이쯤대답하여버린다

　그러나 그대답에 나자신(自身)은 무척 불만(不滿)이다

　"아무것두 안하면서바쁘긴 웨?" 이런반문(反問)을하는 나 자신(自身)과 아무런의의(意義)도 의미(意味)도 없이 보낸 그 숫한 날들을 언제나 초조(焦燥)하게 살어 왔어도별반 한일이 없지 않었는가 무슨 빈정대는 또하나의 내가 입가에 쓴웃음을 띠고 제법 바쁜척또 그렇지 않은척하고대답하는 나를 잇치개로잇사이를 쑤셔 가면서 노려보기 때문이다

　이 또하나의나는 니힐의옷을 입은내다

　그 옛날 소녀시절(少女時節)에나는 몇촌 오빠의게서 "너는 그 떼까단적인 인생관을 버려라"하는 주의(注意)의 편지를 받은 일이있는데 요즘 또어떤 문학선배(文學先輩)의게서 "당신은 그떼까단적인 니힐한면을 버리시요" 하는 주의(注意)를 받었다

그래서 나는그떼까단적인 니힐한 면을가진 나를슬적 건드려보았다 그는내 귀에랑랑한소리로 버젓하게 속삭이였다 "이렇게 항시 쪼겨야만되는것일까

이렇게 항시끌려살어야만 되는것일까 무거운 실로 무거운우수(憂愁)가 거미줄같이 나를열거매여놓고종시놓아주지않는때면 나는꾸밈도 거짓도아니고 진정산다는 것이싫다

어떻게 막을수없는 거센물결이 감정을 휩싸안고 내이성(理性)과 겨루며 쇠ㅅ덩이보다도 무거운 슬픔을 디리받친다

그래서 나는 가만이앉은채 이 디리닥치는 슬픈물결이 고이는 바닥을 디려다본다

하나하나조건(條件)을 끄집어 내보면 내가 살어가는데 따르는 필요(必要)한 조건(條件)들이 나와이해(利害)를 달리한다

이것들이 마치 숙명(宿命)의 그림자기나하듯 나와꼭붙어있어 나는 그속에서 빠저나올 도리(道理)가없다 나는 이 니힐한 나의 고백(告白)을듣고 머리를 끄덕였다동무와의 이야기중에도 또다른 사람들과의 사무적(事務的)인 혹은 외교시(外交時)에도 되지도 않는 사념(思念)을하고있는 나는 그화제(話題)속에 귀를기으리지않고 미간을 잔뜩짚으린채 아무의미(意味)도 없이 생각을 하고앉었다가 그중 어느 한마디가 귀에들어오면 이야기 줄거리 다시 묻지 않을수 없는 경우가 많다 그럴때마다 나는 무안(無顔)하면서도 그옛날 선생(先生)의 강의(講義)를 한번도 정신차려귀담어듣지않던나를문득회상(回想)해내군한다

이러한 나를 나는 어떤 글에다 이렇게 변명해 놓았다

늘 마음속에 그 자락만 들추며 앉아있는 공허(空虛)가 어느 일정(一定)한 기한(期限)이오면 계절(季節)보다도 더욱 정확(正確)하게 나를점령(占領)하고는 세상(世上)과 정(情)담게 혹은 비루(卑陋)하게 속삭이며 타협(妥協) 하는 내 잔등을 두들기며 "여보게" 하고 아주 당당한 드높은 소리로 나를불르고 뒤 흔들어서 한창신이나는 내 인간(人間)을 그만 여지없이 우□하게 만들어 놓고는 또 바람같이 살아저 버리곤 한다.

≪조선일보≫ 1950.1.12. [신정수상(新正隨想)]

中

이러한 때면 나는 흔이 무척 남에게 오해를 산다 번연이 아는 사람을 헛보고 인사(人事)를 안한다던가 남의 이얘기를 들으면서도 엉뚱한 딴 생각을 하고 있다가 "네?"하고 반문(反問)해서 이얘기 하는 사람의 감정(感情)을 상하게 하던가 또 괜이 마음이 분주해서 초조함을 색이지 못할뿐더러 기실은 죽지도 못하면서 "죽었으면"하고 헐값으로 삶을 팔아 보기도한다

그러나 이 주기적(週期的)으로 닥처오는 공허(空虛)한 허무기(虛無期)가 물러서면 나는또 좀 더 악착하게 살려는 계획(計劃)을 세우는 것이다

이와같이 여럿으로 항상 분열(分裂)되는 나를 통솔(統率)하려는 자(者)는 악착하게 살려는 계획을 세우는 나인것이다그는미장원(美粧院)에가서곳잘 머리도 빗고 옷도하루같이 가러입고 싶어하는 어쩌면 허영(虛榮)과 욕심(慾心)을 담북 무거운 짐같이 질머진 나인지도 모른다

그러기에 값싼 반지모 끼면 남이 고것만큼 밖에 나를 평가(評價)해 주지 않을께라고 살어온 반생(半生)동안 아직 손가락에 반지를 끼여본일□ 없다 기왕 낄려면 제일 좋은것으로 끼고 싶어하는내허영심(虛榮心)을 충족(充足)시킬 경제적조건이 나와 상반(相伴)하지않음에 서이다

이러한 맹당한 현실(現實)과 부합(符合)되지않는날 높은감정(感情)이 요즘은 또기복(起伏)과굴곡(屈曲)이있는 파동(波動)을 요구(要求)하는 것같다

요즘 나는 가끔 이런 생각을 한다 왜 조선문인(文人)들은 자살(自殺)을 안하는것일까 왜자살(自殺)을 못하는것일까 일본에는 해방(解放)뒤에도 디자이 오사무씨(太宰治氏)도 있었고또 최근(最近)에는 어떤 여류문인(女流文人)이 내가 죽거던 디자이 오사무씨(太宰治氏)의 무덤곁에 파 묻어 달라 이렇한 유서(遺書)를 남기고 자살(自殺)했다는데 우리는 웨 못죽은것일까 만약 문인중(文人中)에서 누가 자살(自殺)을 했으면 어떨까 또 그런 유서(遺書)를 남기고 죽을수있는 여류문인(女流文人)은 혹(或) 최정희(崔貞熙)씨일는지도 몰라 나

는? 절대로 안죽고 또 못 죽을꺼야

죽을려고 막상 한강철교(漢江鐵橋)쯤까지 가서 그푸르게 흐르는 물결을 바라보며 뭘 아무때건 반듯이 죽을것인데 기왕(旣往)이면 좀 더 살아보지 이렇게 중얼거리며 다시도라올것만 같다

그언제나 죽고야만나는것과는 달리 나는 언제나 죽을 수 있다는데굉장한 자신(自信)을 퍽은 오래전부터 지녀왔고 그자신(自信)때문에 건방지다는 말도많이드른상싶다

─≪조선일보≫ 1950.1.13. [신정수상(新正隨想)]

下

그러나 나는어떻한 떼까단적인 또 니힐한나라도 나를자살(自殺)에 이끌 수는없을 것이라고아주자신(自信)을갖인다

그러한 나를 나는또이렇게 썼다 "나는 이저므는계절(季節)의 밤하늘과 그하늘아래 길위에 딩구□ 낙엽(落葉)과더부러 영원(永遠)한유희(遊戱)를 이야기 하는가 또 내가살고있는 집골목을 나도모르는새 접어든다 골목안에 접어들면 나는하늘을 처다보지도않고 낡어빠진 부엌문을 자신있게 열어제친다

아련한 밤하늘과 하야케 뜬 달이 창밖 집웅우에 제대로 떠 있을□□ 생각 하면서─

─◇─

새해─ 이 해에는 모든 건실치못한 나의 상(像)을 처다 보지 않기로 마음먹고 악착한 생(生)의 애착을 좀더 악착하게 가지려하는 나를 볼수있다

누가 무엇이라던지 스스로 인정(認定)할수있는— 정말 자기자신(自己自身)이 사랑할수 있는 작품(作品)을 보고 싶기때문이다 물론(勿論) 이것은 의욕(意慾)이니까 누구나 신년(新年) 벽두에 가짐즉한 생각이지만 왼갓 회의(懷疑)와 방황(彷徨)에서 어둡고 차고 아득한현실(現實)을 이겨내지 못하는미숙(未熟)한생(生)의허영(虛榮)과 욕심(慾心)을뿌리채 뽑아 버릴려고 나는 더한칭 굳게 마음 먹어 본다

그러나 이런 망욕(忘慾)이며칠을 혹은 몇달을 내안에 머물어 줄지 또하나 다른 □가 저만치서 벌서 그림자 처럼 어른거린다

그러나 변(變)함 없는것 아무튼 쓰는것 만이 내가 할수 있는일의 전부(全部)이니까

나는 이것만이 그여럿으로 분열(分裂)된 나를 통솔(統率)할수 있는 힘이라고 생각된다

그래서 이목적(目的)을 위(爲)해 받칠수있는 정열(情熱)을잃지않겠노라 맘속으로 수없시 수없이 약속(約束)해둔다

≪조선일보≫ 1950.1.14. [신정수상(新正隨想)]

좋은 글을 쓰고 지고

새해란 언제나 해마다 있는것이니까 올해 새해라고 별다른것이 있을리 없다 늘 어려서부터의 막연(漠然)한 초조(操)와 불안(不安)에 속(屬)하는 불만(不滿)을 어떻게 풀 수 없을 것인가? 하는 생각을 하여본다.

해방(解放)뒤 그 보잘것없는 소설(小說)을쓰기 비롯해서는 금년(今年)엔 꼭 좋은작품(作品)을 쓰되많이써야겠다고 스스로 이지듯 마음먹고 새해를 맞은 것도 벌서 세번째이다.

그러나 그해마다를 나는역시(亦是) 언제나와 꼭같은초조와 □□에 속(屬)하는 불만(不滿)으로 맞고보내버렸다.

그중에도 지난 일년(一年)은 더욱 그러한 해였다

그래서 나는 이 올해만은 내자신(自身)에 더욱 충실(充實)할수 있는 일을많이 하고 싶다. 그럴려면 나는 역시(亦是) 쓰는 길 외에 또 다른 아무런 일도 없는것 같다 그냥 무짝고 쓸수 있던 때의 정열(情熱)은 이미 날러가 버린듯 한 지금 어떻게 하면 내 자신(自身)이 사랑하고 애낄 수있는 작품(作品)을 쓸 수있을것인가를 앉어서도 길을 걸으면서도 생각하여보곤한다이것은 쓸 수도 없고쓰지도 못하니까 마음만그렇게 벼르고 드는것이리라생각한다 (小說家)

《연합신문》 1950.1.18. [영춘포부(迎春抱負)]

소설위도(小說緯度)의 일절(一節)

第一信

먹물 같이 진한 검은 비였읍니다.

우박 같이 굳은 큰 빗방울이 였읍니다. 집웅우에 깔린 기왓장 이거나 창문에 끼운 유리창이거나 맞으면 맞는대로 부서질수 밖에 없는 쇳덩이 같은 굳은 빗방울이 였읍니다.

그 크고 굳고 검은 빗방울이 마구 내몸우에 퍼부어집니다.

나는 주위를 살피지 않을 수 없었읍니다. 머 주위에는 몇사람의 지인(知人)이 앉어 있었읍니다.

내가 서 있는 곳은 한강(漢江)이 나려다 보이는 길우였읍니다.

길아래 경사(傾斜)진 검은 풀섭에선 풀냄새가 옛 고향(故鄕)의 흙냄새 같이 풍기고 있읍니다 비는 멎은 것입니까?

시간(時間)은 이렇게 분초(分秒)의 변화(變化)를 가저 오는 것일까요

어느쪽에서인지 철랑철랑하는 헴치는 소리같은 삿대질 소리가 들립니다.

아마 모래 밭도 같고 힌 넓은 길도 같은 한강에서 나는 소리 같읍니다.

손으로 어깨를 쓰다듬어 봅니다.

그렇게 몹씨 때리며 내리던 비였만 옷에 배이지 않었읍니다.

나는 다시 귀를 기우려 봅니다.

아무 소리도 들리지 않읍니다.

오직 강(江)물과 하늘과의 사이에 내 숨소리보다 큰 호흡(呼吸)이 있을 뿐입니다.

오랜 실로 무한(無限)히 오랜 세월(歲月)을 두고 한양(漢陽)의 심장(心臟)이였든 한강…… 그품에 숨은 수많은 비화(秘話)를 지닌채 강(江)물은 언제가지 밤과 더부러 저렇게 소리도없이 흘러갈것인지 유구(悠久)한 한강(漢江)의 생명(生命)과 비기어 하잘것없이 짧은 생(生)의 유한(有限)한 수명(壽命)을 지닌 한 사람으로서 한강(漢江)의 밤모습을 바라보고 서 있는것입니다.

태풍이 지나간뒤의 해변같이 마음속은 멀겋게 비여 있읍니다.

지금은 그 검고 모진 빗방울이 내 발아래로 쏠린것 같읍니다.

일어서서 나는 몇거름 옮겨 봅니다. 분명 발엔 하얀 길이 밟히었읍니다.

나는 다시 하늘을 쳐다 봅니다.

검고 흐린 하늘이나마 그 속에는 분명이 달이 떠 있는것 같읍니다.

먼 추억(追憶)을 더듬을 사이도 없이 달빛이 내 심장(心臟)에 와서 닿기 때문일 것입니다.

— ◇ —

혼(魂)의 부르는 슲은 노래를 타고 넘어 몇 고개 몇 구비를 돌았는지 모릅니다.

장식(裝飾)[生活]의 가치(價値)란 보는 자(者)에 의(依)해 달리 판정(判定)된다고 생각되어 지지 않읍니까.

당신의 진실(眞實)은 어떠한 것입니까.

당신은 몇개의 심장(心臟)을 지녔던 것입니까.

웃고 살펴 보시지요.

진실(眞實)은 발에 채이도록 흔해 빠졌읍니다. 오릇 다른것은 시간(時間)뿐인것 같읍니다.

그래서 나는 구태여 여인(女人)의 붉은 연지를 비방치 않겠나이다.

그것은 지가난 추억(追憶)에의 그늘을 없이하는 수단(手段)이며 앞으로의 진실(眞實)을 얻기 위(爲)함이라 생각되어 지기 때문입니다.

하나에서 백가지 세고나면 일체(一切)의 물질(物質)과 또한 왼갓 의욕(意慾)을 웃읍게 밟고 설수 있는것입니다.

그래서 나는 당신이 그 여럿을 지닌 심장(心臟)을 빼여 버릴 용의(用意)를 하였던 것입니다

하나에서 백까지 세는 기간(期間) 그것은 하룻밤이라 해도 좋읍니다.

짠발잔의 하룻밤은 70년에 해당(該當)하였던것이 아닙니까

하루밤 하루밤 사이에 짠발잔의 머리는 완전(完全)이 백발이 되었다고 분명 레미제라불의 작자(作者)는 그렇게 썼읍니다.

그것은 하룻밤이 그에게 있어 검은 머리가 셀수 있도록 말하자면 70년간(間)의 고뇌(苦惱)를 꽁꽁 뭉치여 하룻밤에 겪고 났다는 고뇌(苦惱)의 농도(濃度)를 상징 한것이 아닐런지요.

나는 또 풀섶에 앉아 봅니다.

멀리 불빛이 명멸(明滅)하는 어느 마을이 보입니다.

어디냐고 물었더니 뚝섬이라고 일러 줍니다.

깜박 어리는 불빛 하나가 혼자서 달려 옵니다. 아마 자전거 불인듯 합니다.

혼자서 저렇게 불을 켜들고 저사람은 어디로 달리는 것일까요 대체 강(江)물도 소리 없이 흘러가는 밤에…….

다른 불들은 조곰도 움즉이지 않읍니다.

모다 평화(平和)로운 밤의 포옹 아래 그대로 움즉이지 않읍니다.

나는 문득 저 안윽한 평화(平和)에 쌓인 불빛 깜박이는 어느집 문(門)을 열어보고 싶어 졌읍니다.

몹시 더러울것 같은 문 설주에 기댄 머리털이 하이얀 노인(老人)들이며 또 헌옷과 굶주림에 쌓여 잠든 여인(女人)네들이 얼마나 슬프게 고단하게

저 불빛 아래 잠드러 있는가 알고 싶었기 때문입니다. 그리고 또 매끄런 대리석(大理石) 문설주와 눈부시는 자개장 의 거리에 달린 체경속에 있는 아름다운 여인(女人)들의 자랑스러운 모습을 엿보고 싶기 때문입니다.

멀리 하늘과 맛다은 검은 산(山)은 그림같이 움직이지 않읍니다.

묵화(墨畵) 그대로의 검고 짙은 회색(灰色) 하늘엔 더욱 검고 짙은 구름이 떠 있읍니다. 기다려도 기다려도 떠야할 달은 뜨지 않습니다. 아마 구름이 그 위를 가린 때문이겠지요.

— ◇ —

第二信

언어(言語)가 끄닌 시간(時間)이 있더이다.

슬픔에 지친 시간(時間)이 있더이다.

전신(全身)의 피가 용광로 속의 철물같이 히끗 히끗 뒤 눕으면서 끓는 소리를 대는것을 나는 숨소리 조차 없이 가만이 듣고 있었읍니다.

듣고 있을수 밖에 없었읍니다.

신(神)의 배정(配定)한 지옥(地獄)이 이 시간(時間)의 아픔과 같은 정도(程度)의 아픔을 준다면 나는 평생(平生) 바늘 방석 우에 앉아서라도 내세(來世)의 아픔을 덜기 위(爲)한 준비(準備)를 하여야 될것 같이 생각 되어 졌읍니다.

창밖엔 달빛이 푸르고 히게 왼 누리를 덥고 있읍니다.

나는 일어나 앉았읍니다.

바작 바직 타드는 등심(燈心)같이 조이는 심장(心臟)이 아닙니다

악마(惡魔)의 속을 상상(想像)해 보신 일이 있읍니까. 주홍(朱紅)같이 싯뻘 건 그리고 말초리 같이 센 털이 가득 돋힌 무섭게 큰 손 말 입니다.

그런 무서운 손이 제 심장(心臟)을 쑥 뽑아내는것 같읍니다. 그냥 뽑아

내는게 아니라 전신(全身)에 거미줄 같이 느러져 있는 핏줄이란 핏줄을 모조리 당기여 뽑아 내는것 같읍니다.

나는 그대로 앉어 있었읍니다. 앉어있을수 밖에 없었읍니다.

아픔에 지치고 슬픔에 들먹이는 심장을 그 크고 털 돋힌 손은 그양 오그러지고 으스러지게 쥐었다 폈다 하는것 같기 때문입니다.

그 심장에서 짜내는 피 그것은 붉어야 할것이지만 너무 아프기 때문에 멍이 들어 먹물같이 시커멀것 같았읍니다.

그러나 붉은 털 돋힌 악마(惡魔)의 손도 또 내 심장(心臟)에서 짜낸 멍이 든 시커먼 피도 내 눈엔 보여지지 않았읍니다.

그저 하얀 달빛만이 창백하게 웃고 있을 뿐이었읍니다. 나는 문득 일어나서 설합이란 설합은 모조리 빼여 동댕이 첬읍니다.

이것은 내 마음속 구석구석을 뒤지여 당신을 내몰기 위(爲)해서입니다.

그리고 또 부서진 당신의 심장(心臟)의 조각이라도 두어두지 않기 위(爲)해서 입니다.

설합속에는 오래된 허접쓰레가 그대로 간직되어 있었읍니다.

나는 사정없이 두손으로 그 허접 쓰레기를 마구 들추어 봤읍니다. 그랬더니 그속에 당신의 낙서(落書)가 있었읍니다.

혹 기억(記憶) 하실런지요.

여기 당신의 낙서(落書)를 옮겨 봅니다.

그의 방(房)

산호(珊瑚)빛 스탠드……정열(情熱)

희랍(希臘)의 고전(古典)―꽃병……랑만

야광주(夜光珠)의탁자(卓子)……지성(知性)

비밀(秘密)을 간직하듯한 책(冊)장……수집음

달빛 새여드는베일―커어틴……애수(哀愁)

그의 방(房)을

미래의 종(鐘)이 직히다……예술(藝術)

나는 또 창밖을 내다 봤읍니다.

달빛만이 혼자서 푸르고 히게 밤을 직히더이다. 왼 누리를 호올로 차지하고 푸르고 히게 밤을 새더이다.

나는 시계를 디려다 봤읍니다.

2시 20분

이어 닭의 우름 소리가 들렸읍니다.

새날이 왔던 것입니다.

나는 달빛과 더부러 울었읍니다.

그리고 또 시계(時計)를 봤읍니다.

5시 20분

나는 그리고 거울을 디려다 봤읍니다.

달빛과 더부러 웃었읍니다.

아아 내 머리털은 세지않고 검은대로 있는것이라고

그리고 그 먹물같이 검고 쇠뗑이 같이 굳은 비도 다시는 내마음속에 있지 않을 것이라고

그리고 어떠한 무서운 악마(惡魔)의 손에라도 내 심장(心臟)은 끄집어 낼 수 없는것이라고

아침 나는 국경(國境)을 넘을 기차(汽車)를 타야 합니다.

안녕(安寧)히 계십시오.

『민성』 6권2호, 1950.2, 74-75면.

여자(女子)의 자랑

여성(女性)의 자랑!

이렇게 써 놓고 생각 하니 얼핀 머리에 떠오르는 첫재 항목이 불행(不幸) 그것이 었다

하필 여자(女子)만이 불행(不幸) 할수 있고 또 불행(不幸)을 느낀다는 것은 물론아니다

그렇지만 여자(女子)란 가장 불행(不幸)할수 있는 제도와 위치와 감성이 이미 세상에 나기전 부터 마련되어 있기때문이다.

지금까지의 여자(女子)란 싸워서(生存競爭) 자신(自身)이 얻는것이 아니라 언제나 자기(自己)아닌 다른 사람에게 추종(追從)하여야만 되는 운명을 타고 났고 또 그 추종에서 오는것이라야만 행복(幸福)이라고 자신(自身)도 남도 그렇게 느끼고 알고 하기 때문이다.

(단 이것은 조선의 현실(現實)이긴하지만) 그러니까 언제나 여자(女子) 자신(自身)이 모체(母體)가 아니오 그 모체(母體)의 움을지김에 따라 좌우(左右) 되는 인생(人生)을보 — 내야만 한다. 그럼으로 여자(女子)들의 소녀기(少女期)(대략결혼전)란 굉장히 찬란하고 아름다운 꿈속에서 살수있다 이 굉장히 찬란하고 아름다운꿈 이것을 지니기 때문에 여자(女子)는 그와 정 반대의 무서운 불행(不幸)을 찾이 할수 있는것이다.

모체(母體) 이는 즉 남성(男性)이다. 여자(女子)란 반듯이 남성(男性)에 매여 살도록 마련된 것이여서 조선의 현실(現實) 또는 자기(自己)에게 배정(配

定)된 이 남성(男性)의 액수여하(額數如何)에 따라 여자(女子)의 인생(人生)은 결정(決定)되고 마는 것이다.

그러므로 이 자기(自己) 아닌 남의운명이 곳 자기(自己)의 운명이요 경우에 따라서는 그 배정(配定)된 남의 불행(不幸)이 곳 여자(女子) 자신(自身)에게 몇승(乘)의 불행(不幸)을 갖어 오는 것이기 때문에 이우주(宇宙)의 왼갓 슬픔을 청승 맞도록 아주 타고 난것처럼 자기(自己)의 것으로 하여 버린다.

뼈를 깎고 살을 점이는 아픔과 슬픔을 물론 남자(男子)들도 경험하기는 하겠지만 그율(率)에 있어 이는 거이 여자(女子)만이 찾이할수 있는 불행(不幸)한특권(特權)이 아닌가 한다.

누구나 불행(不幸) 하기를 싫어 한다 그러나 여자(女子)의 슬픈사실(事實)과 사실(史實)의 이얘기가 없다면 인류역사(人類歷史)의 흥망성쇠(興亡盛衰)에 아무런 흥미(興味)도 없을것만 같다.

채색(彩色) 문(紋)이를 놓듯 간간이 여성(女性)들의 금삼(錦衫)에 배인 눈물 흔적으로 얼룩진 사화(史話)를 우리는 무엇 보다도 신(神)이 나도록 좋와 하는것을 미루어 보아도 우리의 생(生)을 향락(享樂)함에는 여성(女性)들이 불행(不幸)해야만 할것같다. 그래서 나는 이불행(不幸)이란 것을 여성(女性)의 갖인 자랑의 첫재 항목으로 하고 싶다.

다음은 모든 자연(自然)을 우리여자(女子)들은 그어떤 부류(部類)에 속(屬)하는 남종족(男種族)보다 수십배(數十培) 향락(享樂)하는 점(點)이다. 그구체적(具體的)인 예(例)로써 우리는 하늘빛 물빛 짙은 나무빛 그리고 그외(外) 의 모든꽃빛을 이미로 우리의 몸에지닐수있기 때문이다. 우리의 시각(視覺)으로 찾이 할수 있는 왼갓 색채(色彩)를 우리는 주저 없이 몸에 감으로써 즐길수 있고 자랑을 가질수 있다

이것은 정말 그어떤 대가(代價) 로도 누릴수 없는 여성(女性)의 □□인것이다

다음은 화장(化粧)을 하는것이다.

남성(男性)들 모냥으로 바탕 그대로남의 앞에 얼굴을 내어 밀기 힘들은 여자자신(女子自身)이 상품적(商品的)인 역할(役割)을하기 때문이다 그러나 이것도 여자자신(女子自身)이 나기전(前)부터 마련된 제도와 위치에 속하는 것이어서 새삼 분노를 느끼기보다는 오히려 다행으로 화장술(化粧術)은 이미여성(女性)이 지녀야될 불가결(不可缺)한 교양(敎養)으로 되어있다.

뿐 아니라 여자(女子)에게 있어선 화장(化粧)하는 시간(時間)이 가장 즐거운 시간(時間)인것이다.

머리도 역시(亦是) 그렇다. 긴 머리를 마음에 맞는 형(型)으로 빚는다는것은 얼마나 즐거운 일인지 모른다.

다음은 또 한번 자연(自然)을 남성(男性)보다 마음대로 향락(享樂)할수 있다고 예(例)들수 있으니, 금강석진주 금은 비취 구슬등 이루 손곱을 수 없는 이 별 보다도 찬란하고 눈 부신 지상(地上)의 빛들을 우리는 몸에 지닐 수 있음이 얼마나 자랑스럽고 좋고 다행(多幸)한 읽인지 모른다

『부인』 5권2호, 1950.4.

독백초(獨白抄)

비와 바람을 잉태(孕胎)한 검은 구름이 나를 둘러 쌌다. 그속에서 나는 태양(太陽)을 등지고 앉았다 눈을 감고 앉았다 눈, 눈, 눈, 위치와, 성격과, 체질과, 부문과, 교양을 달리하는 수없는 눈이 나를 본다. 나를 쏜다. 나는 돌아 앉았다. 마찬가지로 나를 본다. 나를 쏜다. 나는 그 헤아릴 수 없이 많은 무수한 눈들과 대결 할려고 눈을 떴다.

거기에는 무수한 내가, 어느때, 어디서, 보아 둔 기억을 가진 내눈을 한 내가 나를 둘러 싸고 있는것이었다. 그 눈들이 박힌 얼굴들이 차츰 저마다의 모습을 보여주었다. 더러는 입을 꼭 다물고 더러는 반쯤 벌리고 더러는 놀란듯이, 기가 막힌다는듯이, 더러는 빗죽거리며, 고약 하다는듯이, 둘러서서, 내 눈을 하고 나를 보고 있는 것이었다.

숨이 막히듯 사위가 잠잠 했다 이제 태풍을 몰아 올 저기압이, 기류(氣流)를 타나 보다고, 나는 또 무수한 내가 나를 에워 싼 주위를 둘러 봤다.

창공 같이 광활한, 거울면 □이 잔잔한, 청자빛 보다 오히려 푸르고 맑은 호수(湖水)가 거기 있었다. 나타나 보여졌다. 그 여러 내 눈을 한 내 모습이, 그 호면(湖面)에 또렷이 떠 있었다. 호면(湖面)이 또렷이 그 눈들을 빚어주고 있었다.

실바람이 호수(湖水)를 건넌다고 보았다. 맑은 구름이 호수(湖水) 위를 지난다고 보았다. 동경(憧憬)은 하늘빛을 지니고, 언제나 초연(超然)히 그 여러 자연(自然)속을 떠 간다고 알았다. 역사(歷史)는 윤회(輪廻)의 바퀴 밑에서 비명(悲鳴)과 환성(歡聲)을 교차(交叉)하며 어느국가(國家)의 운명(運命)을 어느사회(社會)의 질서(秩序)를, 어느 개인(個人)의 흥망(興亡)을 모른체 하지 아니하고, 그리고 湖水(호수)를 건넌다고 알았다.

거기 햇볕이 여과(濾過)하는, 다채(多彩)로운 수향(水香)이 일었다. 수향(水香)은 승화(昇華)하여, 증기(蒸氣)가 되었다가, 구름이 되였다가, 비 바람을 잉태하고, 하늘을 덮고 줄기 비를 내리 쏟았다.

그 속에 내가 있었다. 한 방울 비로, 땅 위에 뿌리어 졌다 우장(雨裝)도 없이, 내 던져 지었다.

그리하여 어느듯 황토 빛 물 위에, 떠 있었다. 황토 빛 물 위에 떠 있는 나를, 나는 똑똑이 보았다.

붉은 산과 검은 골짜기를 씻어 내린 황토빛 물은, 그 청자(靑磁)빛 보다 맑은 호수(湖水)에 범람 했다. 나는 그 황토빛 물결이 범람하는 호수(湖水)에 잠겨 있는것이었다. 잠기여 있어도, 무수한 내 눈이 나를 따랐다. 나를 따르는 것이었다. 그 여러, 내 모습속에 있는 내 눈을, 나는 피하지도, 외면(外面)하지도 않고 정면(正面)으로 받았다. 반항(反抗)을 시도(試圖)해서도 아니다 의지를 용납(容納)해서도 아니다. 쑥스러워서도 아니다.

□만 나는 나를, 똑똑히 보기 위해서이다.

그 여러 내 모습속에는 착잡한 내풍모(風貌)의 특징들이 숨박곡□을 했다. 그속에는 은(銀) 30량(兩)에 스승을 팔아버린 기독의 제자(弟子) 가롯유다의 내가 있었다. 석가모니(牟尼)의 오백나한(五百羅漢) 중(中)의 어느 나한(羅漢)을 닮은 내가 있었다. 붉은 가사(袈裟)를 드리운 그속에서 또 다른 얼굴을 내미는 파계(破契)의 승(僧)과도 흡사(恰似)한 내가 있었다. 염주를 손에 들고, 신의(晨衣)로 몸을 싸고, 힌 미사를 머리에 싼 수녀(修女)의 모습을 지닌 내가 있었다. 신사임당(申思任堂)을 자처(自處)하는 내가 있었다. 황진이(黃眞伊)를 자처(自處)하는 내가 있었다. 속칭(俗稱) 만고열녀(萬古烈女) 춘향(春香)이를 자처(自處)하는 내가 있었다.

야단스레 뿔란 모자에 테안경을 쓴, 신사(紳士), 손마디에 다이야를 번쩍

이는 숙녀(淑女), 장삿치 아즈머니, 남의 주머니가 내 주머니인 소매치기, 만병통치약(藥)으로 선전□는 능구렁이 이간을 임의(任意)로 붙이는 빨쥐, 요행이 달아나서 메를 안 맞은, 도적괭이 같은 내가 알맞은 위치(位置)에서 적당히 복면(覆面)을 하고, 위장(僞裝)에 맞는 호기(豪氣)와, 호기심(好奇心)으로 번득이며 나를 비방하고 긍정하고 힐란하고, 타 일르고, 비웃고 돌때를 친다. 입에 거품을 문다. 검은 입술에 힌 이빨이 말린다. 새촘한 여인(女人)이 치마 꼬리를 접어 올리며, 침을 삼킨다. 의관(衣冠)을 정제(整齊)한 노인(老人)네는 탄식(嘆息)이 길다. 이 또한 나의 모습이요, 나의 동작이요, 태도요, 표정이다.

나는 새삼 놀랄것도, 당황할것도 노여울것도 분개할것도 없이 그 여러 내 모습을, 내 눈을, 내 동작을 태도를 표정을 옳은것이라고, 의당한, 표현(表現)이요, 의사(意思)라고 긍정(肯定) 했다.

나는, 압축(壓縮)될 내 시간(時間)을 펴 본다. 그것은 회화적(繪畵的)인 것이 아니고 조각적(彫刻的)인 것이다. 그 조각(彫刻)으로 이룬 내 시간은 무수한 칼날을 마쟀다. 무수한 바늘이 꽂혀 있었다 그 무수한 칼날과 바늘을 모다 내 신경(神經)의 소산(所産)이다. 그것들이 나를 위해 마련된 길에 솟은 준령(峻嶺)이기도 했다.

다만 평탄(平坦) 하기만을 기원(祈願)한 길 위에 준령(峻嶺)이 □고, 으릇 맑기만을 익구(翼求)하던 호수(湖水)에 뜻하지 아니한, 황토(黃土)물의 범람을 보았을 뿐이 고 일찌기 내 스스로 저질르려 들지 않은, 업원(業冤) 앞에서 번뇌(煩惱)는 차□리 결손(缺損)을 보태는 안가(安價)한 매소(賣笑)에 지나지 않았다고, 마련된, 산과 들과 볕과 그늘이 나를 몰아넣는 길 또한 내 스스로 선택했던 것이다.

행복(幸福)이라는 것에 질서(秩序)를 생각해 보지 않은 것은 아니다. 그러나 나는 행복(幸福)이라는 것을 생각해 본적은 없다. 다만 내가 가는 곳에, 나를 따르는 내 목숨이 있을 뿐이었다.

나는 내 목숨이 가는 긴 위에서도 또 나와 마주쳤다.

거기서 나는, 선(善)과 악(惡)을 구별(區別), 못하는 패덕(敗德)의 나를 향(向)해, 소리도 드 높히 징을 울리며, 발을 굴르며, 불협화음(不協和音)의 야지와, 갈채(喝采)를 보내는 나를 둘러 보고, 만족(滿足)한 웃음을 짖지 않을 수 없었다.

너그러워서도 아니다. 자랑스러워서도 아니다. 영광스러워 서는 더욱 아니다. 맨물 같이 심심한, 자갈 밭을 끌려 가는 소 걸음 같이, 지리한, 하품이 이는 시간(時間) 위에 탄환(彈丸)이 우박 같이 쏟아지며, 피에 젖을 흙이, 피 비린 내를 풍기는, 살벌하고 참담한 시간 위에 꽃 피울 수 있는 화제(話題)를 던지어, 구간(區間)을 쳐 놓은 공적을 웃는 것이다. 그 제화에 뼈를 세우고, 살을 붙일 뿐 아니라, 붓끝을 글자를 익여, 멋대로 나를 만들고 요리(料理)하여 어부(漁夫)의 이(利)를 취(取)하는 상품(商品)이 된 나와 흥정을 하는 나를 보고 웃는 것이다.

나는 왜 많은 나의 속에서 나를 분리(分離) 시켰을까. 나는 왜 그 많은 나를 떠나 혼자 서게 되었을까.

나는 이제금 본시 내, 삶의 목적(目的)이란 것을 생각해 본적이 없다 그러한 나에게 행복(幸福)이란, 또한 얼마나 쑥스런 사치품(奢侈品)인가. 내가 살아간다는것은 언제나 내 앞에 가로 놓인 죽음과 싸운다는것 이외(以外)의 아무것도 아니었다. 또한 아무것도 아니다. 다만 나의 하로 하로는 죽음과 싸우고, 죽음을 위(爲)하여 받쳐질 뿐이다. 또 이것을 위하여 나는 모든 나에서 나를 고립(孤立) 시키고 자학(自虐)의 구렁속에 나를 울릴지라도 최후(最後)의 나는 역시(亦是) 나의 죽음과 싸우는 내가 아닐 수 없을 것이다.

(一九五三年七月十一日)

『문예』 18호, 1953.10, 106-108면.

윤금숙 ●●●

윤금숙(尹金淑, 1918–?)

- 1918년 함경북도 회령 출생
- 1936년 간도 용정 광명여고 졸업
- 1946년 『대조』에 작품을 발표
- 주요 경력—1938년 일본 명고옥(名古屋)에서 교편생활, 1940년 만주에서 ≪만선일보≫ 문화부 기자를 지낸 뒤 해방 후 귀국, 1953년 『민생공론』 편집위원, 1955년 『주부생활』 주간 역임
- 대표작—단편소설 「파탄」(1949), 「불행한 사람들」(1950), 「들국화」(1951), 「절도」(1953), 「폐허의 빛」(1954), 「여인들」(1958), 「정」(1959), 「젊은 주변에서」·「단짝」(1964), 「정의 기록」(1965) 등과 소설집 『여인들』(1976) 등 다수

•수록 작품

진통(陣痛) ‖ 별을 따라서

●●●

진통(陣痛)

　어느 '유-모어' 소설에 가을김장걱정 겨울장작준비를 하지못하여 애태워 우는 안내를 비우서 '올 가을은 귀뜨라미도 울기전 빈한한 시민의 아내가 먼저 울었다' 라는 짓굳고도 무정한 조롱이랄가를 읽고 나도 울고 있든 가난의 울음을 그만 뚝 끈치고 쓰디쓴 웃음을 웃고말었읍니다

　이와 일맥상통되는 이야기로 어느 쥐굴속같은 골방생활을 하는 가장 한 분이 "나는 못 한개라도 삭을주어 박고싶지 내 손수 하기 싫다" 라는 대기염을 토하여 나를 몹시 감격케하였는데 이렇게 가정이란 남편의 잠시 머믈은 하숙집에 불과한곳일까요. 쪼들린 생활이 주는 한 탈관(脫觀)인지는 몰라도 그러한 가장 밑에서 숨을쉬고 자녀를 길러야하는 아내의 고생과 설음이란 그저 비참할뿐이지요.

×

　고루거각이 즐비한 거리와 골목에는 백옥같은 힌쌀이 탐스럽게 쌓였고 고기깐 유리창속엔 누우렇게 기름진 소고기가 얼마든지 매달려있는데 웨 모두들 굶주리고 헐버서 배곺으다 춥다 할까요 거리를 걷다가도 문뜩 화려한 '쇼-윈도' 속 고급옷감에 눈이가면 내가 지금 몸을 의지하고 발을딛고 있는 이거리가 갑작히 서먹해지며 나와는 아무 상관없는 딴세상을 걷고 있는듯한 공허감을 가끔 느끼게돼요 아마 가난한 시민의 아내가 느끼는 설거

픈 한착각(錯覺)이겠지요. 내가 이용할수없는 문명의 이거리는 불탄자리와
도 같이 비참합니다

×

해방! 그칭칭감겼든 일제의 쇠사슬이 풀렸으면 응당 자유로워야할 이 마
을이 매일같이 피비린내 나는 싸홈으로 밝었다 저믈고 그 무시무시한 총뿌
리와 전투모가 또다시 등장하여 불앞의 하로사리와 같은 목숨을 지녔으니
많은 결속의 정치세태는 무엇때 문에 이렇게 싸호지 않으면 안됩니까. 암
만 기를 펴고 잘 살어보려고 애를써도 도모지 갈피를 잡을수없이 어지럽고
우울합니다.

×

올해도 첩첩이 얼어붙은 어름장 밑에서는 샘들이 맑게 고요히 흐르고 있
을겁니다. 새봄은 봄수레에 히망의 꽃다발을 가득히 실고 소생(蘇生)의 숨
결도 가쁘게 이 마을을 굴러 들겠지요. 절정(絶頂)에 달한 괴롬으로 이그러
지고 뒤틀린듯한 이땅의 진통(陣痛)이여! 오는 봄과 더부러 그대는 울음소
리도 우렁찬 자유와 평화의 애기를 낳어주기를—.

『부인』 4권1호, 1949.1, 24-25면. [신춘여인수필집(新春女人隨筆集)]

별을 따라서

이루 헤아릴수없는 낮과밤이 물레도는 그사이 삼라만상(森羅萬象)은 각각 제갈길을 바뻐하는 그가운데 천재(天才)와 지사(志士)가 나오고 펄벅, 큐―리, 심프손이나타나 또 하나의 다른태양(太陽)인양 사람사는마을을 황홀케한다.

삶의목표(目標)를 어느곳에 둘것인가? 나의애지중지(愛之重之)하는 몇 권(卷)의 책과더부러 1950년이란 카렌다―를 앞에 놓고 해마다 굵어만가는연륜(年輪)이 자꾸 초라한 내생명(生命)을 빼았기나하듯 초심(焦心)한다. 그러한나를 잡어일으키기나하듯 여러 선배(先輩)들은 "글을쓰라" 하신다. 내가 밥보다, 미려(美麗)한옷보다 더 좋아하는 '소설을' 쓰라 하셨다. 나는 굶주린사람이 기름진음식(飮食)을 집어삼키듯, 그렇게 단숨에 숨도 크게 못쉬면서 몇편(篇)의글을 써 보았더니, 분수(分數)에넘치게도 여류신인(女流新人)이라는 영광(榮光)스러운 패를 내 가슴에 채워주었다.

지난번 여류신인(女流新人) 환영회석상(歡迎會席上)에서 K선생(先生)은 우리들을 가르쳐 "봄볕에 싹터오르는 어린 풀들이라" 하였고 P선생(先生)은 "언제까지나 기성(旣成)이 되지말고 신인(新人)으로써 분투노력(奮鬪努力)하라"는 말씀을 들려 주었다.

그날밤 흥분(興奮)된 가슴을 안고 모질게 추운거리를 돌아 집으로 온 나는 환영(歡迎)을 받아서 기쁘다기보다 슬픈마음 아니 통곡(痛哭)이라도 하고 싶은 마음이었다. 이불위에 아모렇게나 얼은몸을 내여 던진 그대로 몇번이고 거듭되는 뉘우침에서 밤 깊는줄도 모르고 쓸어저 있었다.

―소녀시절(女流新人) 책상앞에 마조앉으면 밤늦게까지 책속의 온갖 진리(眞理)를 내것으로 맨들고 저 시선(視線)의 초점(焦点)에서 새파란 불꽃이 튀여나올 그때 까지 파고 들다가도 문득 벽(壁)에얼른거리는 검은 제 그림자에서 이상(異常)한 신비(神秘)를 느끼는대로 동요(童謠)를 지어보고 혹(或)은내가 공부하는 옆에서 입을버리고 코골며 주무시는 아버지가 미웁다못해 '코고는 아버지'라는 제목(題目)의나작문(作文)을짓고 또는 여름밤 행길 전봇대밑에 옹기종기 모여있는 거지아이들의 지절거리는 소리를 몰래 엿듣고 동화(童話)라는것을 맨들어 보내던 그시절(時節)의 팽창(膨脹)된 정신력(精神力)과 탄력적(彈力的)인 육체(肉體)의 요소(要素)는 다 어느곳에 쓰레기처럼 값없이 내어버리고 또는 갈갈이 찢기우고 말었던고 하는 뉘우침 그것이었다.

천성(天性)이 약질(弱質)이고 소심(小心)하여서 어려서부터 어머니한테까지도 억지를 부려가며 나의 소원(所願)하는바를 관철(貫徹)하여 보지 못하던 나는 그동안 ― 나의 정열(情熱)은 ― 내가 동경(憧憬)하는바문학(文學)의 길을 걷지 못하고 뭍(陸地)에 튀어오른 물고기처럼 헛되이 나 이외(以外)의 사람들을 위(爲)하여 펄덕어리다가 은(銀)빛 비눌을 다 떨구고 난 지금 기진맥진(氣盡脈盡)한 지금에야 비로소 나의 세계(世界)인 물속으로 환원(還元)하였지만 얼마마한 여력(餘力)이 또는 여맥(餘脈)이 남어있을는지 두려웁다.

나 이외(以外)의 사람들 ― 아니 심지어(甚至於)는 굼틀거리는 버러지에게서나, 혹(或)은 미풍(微風)에 나붓기는 풀닢에서까지라도 나보다 더 강(强)하고 훌륭하고 도도(滔々)함을 느끼는 나는 작품(作品)을 씀에 있어서도 번번이 부끄러움과 실망(失望)이 앞서서 그 어려운 문학(文學)을 한다고 덤벼든 자기(自己)가 퍽으나 주제넘은 것 같이만 생각되어 간신이 붓잡은 짚프레기 같은 희망(希望)을 앞에 놓고 쓸쓸히 비관(悲觀)할 때가 많다.

주부(主婦)가 똑같은 재료(材料)로 반찬 한가지를 맨들어도 그 요리(料理)한 솜씨에 따라 각가지 맛이 나오듯 소설(小說)도 같은 소재(素材)를 가지고 작자(作者)에 따라 인생(人生)에 빛도 어둠도 줄 수 있음을 알 때 사막(砂漠)을 호을로 헤메는 나그네처럼 나는 자꾸 목마름을 느끼군 한다.

그러나 배움의 문(門)을 두들김에 있어선 젊고 늙음의 구별(區別)이 없을 것만 같아 이제부터라도 나의 침침하던 눈을 활짝 뜨고 나의 어둡던 귀를 활짝 열어 심혼(心魂)을 기우려서 써 보련다.

다시 한번 어려서 꿈꾸던 하늘 높이 반짝이는 별(文學)에 홀리어 걸어 보련다.

『부인경향』 1권3호, 1950.3. [新人의 辯]

이명온 ●●●

이명온(李明溫, 1911–1981)

- 본명은 현숙(賢淑)
- 1911년 서울 출생
- 1925년 숙명여고를 거쳐 1926년 도쿄문화학원 양화과 중퇴
- 1955년 『흘러간 여인상』을 ≪자유신문≫에 연재하면서 문필활동 시작
- 주요 경력 ― 1929년 ≪매일신보≫ 문화부 기자 역임. 1952년 해병대 문관으로 『해군』을 편집하면서 종군, 수필과 참전기 등을 발표
- 대표작 ― 수필 「한국과 여성의 생활문제」(1952), 「민주여성의 진로」(1954), 「금남의 출입구」(1956), 「내일의 유혹」(1956), 「아류적인 것」(1957), 「애욕의 삭상」(1957), 「낭만벽」(1958), 「어느 탐미주의자」(1958), 「소운에게」(1958), 「문화적인 넌센스」(1959), 「낙인」(1959), 「죽음의 찬가」(1959), 「시가의 입장에서 본 친정 대 시가의 갈등」(1961), 「길」(1962), 「와병사우기」(1963) 등

• 수록 작품

한국(韓國)과 여성(女性)의 생활문제(生活問題) ‖ 나의 여기자(女記者) 생활(生活) 회고(回顧)

●●●

한국(韓國)과 여성(女性)의 생활문제(生活問題)

一 여성(女性)과부덕(婦德)

어떤 부인(婦人)을 가르쳐 나에게 '현모양처(賢母良妻)'라고 누가 말한다면 나는 그 부인(婦人)을 존경(尊敬)할것이며 그부인(婦人)이 마땅이 갖었으리라고 생각(生覺)하는 부덕(婦德)의 빛을 눈부시게 우러러 볼것이다 여성(女性)이재색(才色)을 겸비(兼備)하였다고 할때에는 듯기에 대단히 매력적(魅力的)이기느하나 무엇인가 그운명(運命)이 박복할것같은 예감(豫感)을 받게되지만 현모양처(賢母良妻)라는말은 아름답고 숭고(崇古)하다 우리는 부도(婦道)의 거울이 되기 위하야 열녀전(烈女傳)의 가르침을 받고 맹모(孟母)의 삼(三)천지수(之數)의강석(講釋)을 귀에 몷이백힐 정도(程度)로 가훈(家訓)에서 학교교실(學校敎室)에서 받어온것이다 출가(出嫁)한 여성(女性)은 남편을받드러야되고 자녀(子女)에게 어머니로서의 모든 교양(敎養)을 갖우운 투명(透明)한거울이되여야한다는것이 지나간 날의 여성(女性)의 수신독본(修身讀本)이였든것을 누구나 잘기억(記憶)하고 있을것이다 이러한 과거(過去)동양도덕(東洋道德)의 철칙(哲則)에 빛우어본다면 여성(女性) 한남성(男性)의조강지처(糟糠之妻)로서 반려(伴侶)에게 내조(內助)를 하여가며 일생(一生)을 동고동락(同苦同樂)한다는것은 의당한일이요평범(平凡)한사실(事實)이다

불치(不治)의질환(疾患)을 갖인 남편 불구자(不具者)의 남편 또는 일즉이 남편과 사별(死別)한 여성(女性)이 인생(人生)의 쾌락(快樂)을등지고 그불우(不

遇)한 환경(還境)을 인내(忍耐)하고 극복(克服)하여가며 평생(平生)을 마치는 여성(女性)이야말로 그절조(節操)와부도(婦道)를 비로소 찬탄(讚嘆)할수 있을 것이다 지금 나는 부도(婦道)에 있어 가장 평범(平凡)한 인식(認識)을 갖어야 할 이때 이러한 윤리(倫理)의 근본문제(根本問題)를 들추운다는것이 시대(時代)의 착오(錯誤)인지는 모르겠으나 오날의 문화(文化)와 과학(科學)이 여성(女性)이갖인 특색(特色)과 부흥(附興)된 천장(天藏)으로부터 분리(分離) 식힐수없는 기성적사실(旣成的事實)로보와 여성본질(女性本質)의 입장(立場)을 말하고 싶은것이다

여성(女性)이 남성(男性)과 모든 위치(位置)를 받굴수 없는 동시(同時)에 남성(男性)도 영원(永遠)히 타고난 그 '업'을 여성(女性)과 교대(交代)치못할것이다

이것이 자연(自然)이요 인간(人間)의 윤리(倫理)라면 우리는 생활자체(生活自體)에있어 부자연(不自然)이 없어야될것이며 자기의 말은바 '업'에 순응(順應)해야만 할것이다

二 생활(生活)의위기(危期)

현하전시하(現下戰時下)에있어 여성(女性)의 생활도덕(生活道德)과 관념목표(觀念目標)는 궤도(軌道)우에 오르고있으며 지도자(指導者)들의 시대인식(時代認識)에대한 섭취방법(攝取方法)과 전체여성(全體女性)들의 자아주관(自我主觀)과 생활관념(生活觀念)은 어느 정도(程度)로 가져야하는가 ―

이것은 제도전문기(制度轉問期)에 있어 소(小)하고 경(輕)한 문제(問題)는 않일것이다 지금 한국여성(韓國女性)들의 생활위치(生活位置)는 과거(過去)의 여성(女性)들과같이 한가정(家庭)을 사수(死守)하고 남적(的)이 보장(保障)하여 주는생활비(生活費)로서 가계표(家計票)를 세우며 각자(各自)가 갖일수있는 생활범위내(生活範圍內)에서 자녀(子女)들돌보며 생활(生活)를 향락(享樂)하고

사러갈수있는 단순(單純)한 조건(條件)과 체제(體制)를 갖우지못한 환경(環境) 속에서 대부분이 살고있다 선량(善良)한가정부인(家庭婦人)들의 생활(生活)의 지주(支柱)는 졸지에 불안정(不安定) 하여졌으며 닥처오는 생활(生活)의불안 (不安)은 한 가정(家庭)의 파란(波亂)과 생활습성(生活習性)을 파괴식힐 우려 를 주는것이다 이처럼 심각(深刻)한 생활문제(生活問題)를 지도(指導)하는 선 배(先輩) 혹(或)은 친지(親知)는 이것을 한여성(女性)의개인적문제(個人的問題) 로만 취급(取扱)하여서는 아니될것이다 한국여성전체(韓國女性全體)의현실적 입장(現實的立場)과 여성자체(女性自體)가 외부(外部)로 생활(生活)도하야 종래 (從來)의 생활(生活)의 변동(變動)이 었는 한도(限度)의 지도방법(指導方法)이 라야 할것이다

첫거름을 받그로 내드듸랴는 여성(女性)은 수없이 주저하여 수집어한다 가정이외(家庭以外)의 장소(場所)에는 모든 유감(誘感)의 손이 노리고 있으며 생활난(生活難)은 물질(物質)을 요구(要求)한다 물질(物質)에대(對)한 갈망(渴 望)은 자제력(自制力)이부족(不足)한 여성(女性)에게 모험(冒險)과허영심(虛榮 心)을 조장(助長)식히며 욕망(慾望)의 결과(結果)는 자신(自身)을 멸망(滅亡)식 히게하는 원인(原因)이 될수있는것이다

우리는 어떠한 길이 가장 현실(現實)에 정확(正確)한 본질(本質)을 띄였으 며 어떠한 선택(選擇)이현대여성(現代女性)으로서 필요(必要)한것인지 그원칙 문제(原則問題)를 생각(生覺)할것이다 쓸데없이 A의 주의(主義)를 따러가고 B 의 양식(樣式)를 모방(模倣)하려고 헤매일 필요(必要)는 없는 것이다

三 여성(女性)과직업(職業)

생활의 위협(威脅)은 모든 정신면(精神面)을 떠나 경제문제(經濟問題)에중 점(重點)을 두게되었으니 이것은 여성(女性)에게 고민(苦憫)과타격(打擊)이 않 일수없다 여성(女性)이 내직정도(內職程度)의 경제협조(經濟協助)를 떠나 남성

(男性)과 동일(同一)한 직업록상(職業綠上)에 나서는데 있어서 여러갖이 지장(支障)과 고통(苦痛)을 받어야한다 하로 한사람이 갖일수있는 체력(體力)과 소모(消耗)되는 시간(時間)과 '에너—지'에는 한도(限度)가 있는것이다 직(職)장에서 가정(家庭)으로 돌라와 남편(男便) 혹은 자녀(子女)를 돌보와줄 여력(餘力)이있다면 이것은 의무(義務)에대(對)한 피곤(疲困)뿐일것이다 가정(家庭)과 직업(職業)의 양립(兩立)은 불가능(不可能)한일이다

그러함으로 사회(社會)는 기혼여성(旣婚女性) 또는 가정(家庭)을갖인 여성에게 되도록 직업(職業)을 주랴고 하지않는다 이것은사무(事務)의 능률문제(能率問題)를 생각(生覺)하는 동시(同時)에 개인적입장(個人的立場)을 고려(考慮)하는 까닭이다 전쟁(戰爭)을하는 이나라의 여성(女性)의수(數)는 총인구(人口)의 70%를 점령(占領)하고있으리라고한다

그러면 전쟁피해(戰爭被害)를 입게된 수(數)많은 여성(女性)은 과연어떻한 생활방식(生活方式)에서 부도(婦道)를 직힐수있으며 앞날의 '쎄컨제네레슌'을 위하야 모성(母性)의위업(偉業)을 완수(完遂)할수 있을것인가? 각자(各自)는 침착(沈着)한 위치(位置)에서 자기(自己)의 생활문제(生活問題)를 재고(再考)하지않으면 아니될것이다 오늘의 한국여성(韓國女性)은 임이 부여(附與)된 천직이외(天職以外)에 생활문제(生活問題)가 또한가지 부가(附加)되었다 이것은 남편 자식양친(子息兩親)을 잃은 여성(女性)들이 등지고 나아가지않으면 아니될 비극적운명(悲劇的運命)이다 가정(家庭)에서험(險)한사회(社會)로 여성(女性)의 본업(本業)을떠나 남성(男性)의 일터로— 진출(進出)하게 되는것은 불가피(不可避)한사실(事實)이다 그러나 남성사회(男性社會)가받아드리는 여성(女性)이라는 동료(同僚)는 어듸까지나 이성(異性)의색채(色彩)와 여성적(女性的)인 특이성(特異性)을 사무(事務)에 있어 이용(利用)하며 남성(男性)의 본업(本業)을 보좌(補佐)하는 정도(程度)의 역할(役割)바께는 못하게 되어있다 여기에 있어 여성(女性)은 또한가지의 사회생활(社會生活)의 자기(自己)를 갖어야한다 이것은 또 새로운 여성(女性)의과업(課業)이다 직장(職場)에대(對)한

언어(言語), 행동(行動), 복장(服裝), 사교(社交)의 모든 직업적(職業的)예의(禮儀)가 필요(必要)한것이다 생활(生活)에 대(對)한 적은 보수(報酬)를 받기위하야 여성은 필요이상(必要以上)으로 과로(過勞)해야되고 대산(大産)의 시록(視錄) 속에서 자기주변(自己周邊)의 항상신경(神經)을 쓰게된다

四 여성(女性)의직업(職業) 범위(範圍)

어느 특수(特殊)한 여성(女性)을 제외(除外)하고 직업부문(職業部門)은 적은 범위내(範圍內)로 국한(局限)되어있다 사회(社會)는 여성(女性)의 본무태(本舞台)가아니요 일터가아니다 시대(時代)와 환경(環境)이 여성(女性)을 사회(社會)로나아가게 만든것이며 사회(社會)가여성(女性)이 필요(必要)하다고 느껴는것은 어느특수직업(特殊職業)에한(限)하여서다 그렇다고해서 실력(實力)있는 여성(女性)의 사회생활(社會生活)을 방지(防止)하는것도 아니요 출세(出世)를못하게하는것은 아니다 능력여하(能力如何)에 있어 얼마든지 여성(女性)도 사회적지위(社會的地位)를 획득(獲得)할수 있는것이다 그러나 일반적(一般的)으로 사회(社會)에 날하나는 여성(女性)의 존재가치(存在價値)라는것은— 더욱이 한국(韓國)에서는 차저보기 어려웁니다 사법행정(司法行政)은 물론(勿論)이요 예술(藝術) 과학(科學) 실업(實業) 기타(其他) 기술방면(技術方面)에 이르기까지 남성(男性)과 병행(竝行)할수없다는것은 물론(勿論)실력(實力)의 차이(差異)가 이것을여실(如實)이 증명(證明)하는 동시(同時)에 과거(過去)의 여성교육제도(女性敎育制度)가 현모양처(賢母良妻)를 목적(目的)으로한 일종(一種)의 가정(家庭) 여숙식(女塾式)의 교육(敎育)이였다 동양도덕주의(東洋道德主義)의 봉건사상(封建思想)을 함양(養)해온 철창(鐵窓)없는 감화원(感化院)이였다고 하여도 과언(過言)은않이다 더구나 여성(女性)은 가정생활(家庭生活)를 하라는 여성적생리(女性的生理)가 모든 조직(組織)에있어 남성(男性)과같은 힘과 용기(勇氣)와 역량(力量)과 기백(氣魄)을 선천적(先天的)으로 타고나지못하

였다 성적(性的)근본문제(根本問題)는 여성(女性)의 위치(位置)를 항상 내적(內的)으로 이끌고있다 따라 경제부문(經濟部門)에 있어서는 도저(到底)히 남성(男性)을 능하할수는없을 것이다 물론이러한 나의소극적관찰(消極的觀察)을 논(論)박하고 항거(抗拒)할여성(女性)도 있을것이다 그러나 우리가 모—든 외관적(外觀的)산업(産業)을버서나 냉정(冷情)한위치(位置)에서 자신(自身)이 갖이고있는 또발표(發表)할수있는 재능(才能)과 지성(智性)이여성(女性)이라는 적은한계(限界)를 버서나 인간평등(人間平等)의입장(入場)에서 대중(大衆)과 항쟁(抗爭)할때에 과연(果然)손색(遜色) 없는 실력(實力)을 발휘(發揮)할수있을 것인가? 나는 위선(爲先) 내자신(自身)에게 먼저 자문(自問)하지않을 수없다

五. 직업여성(職業女性)의 국가적시설(國家的施設)

여성(女性)이 여성(女性)의 본질(本質)을상실(喪失)치아니하고 올바른생활(生活)과 직업(職業)을 붙들고 나아갈 경우(境遇)에는 적어도 국가(國家)나 사회(社會)가 무리(無理)하지않을 정도(程度)의 편의(便宜)를 보장(保障)하야주어야 할 것이다 이것은 여성이게특별(特別)히 후대(厚待)하라는뜻은 물론 아니다 적어도 문명국가(文明國家)와 수준(水準)을 가치하랴는 한국(韓國)에 있어서 문화행정(文化行政)의 중추도시(中樞都市)라면 조국(祖國)에 이바지를한 순직(職)유가족(家族) 또는 사변(事變)으로 말미아마 참(慘)화를당한 불행(不幸)한 여성(女性)들의 생활(生活)을 수호(守護)하여주기위하여 여성요(女性寮), 탁아소(託兒所), 공동취사장(共同炊事場)의 시설(施設)이 몇々도시(都市)에 하나식은 있어야할것이다 이것은 여성생활(女性生活)의 동요(動搖)와 무질서(無秩序)를안정(安定)식히는 방법(方法)인동시(同時)에 국가(國家)의 위신(威信)을 자랑할수 있는 국가사업(國家事業)이요 부도(婦道)의 건전(健全)과 여성(女性)이 장래발전(將來發展)을 갖어올수있는 길이 될것이다 국난기(國難期)의 정부(政府)가 여기까지 여념(餘念)을 갖일수 없다는것도 이해(理解)할수있는 일

이나 외국(外國)의 구호물자(救護物資)가극빈자(極貧者)들손에 떠러지기도 전
에 시장(市場)한복판에서 정당(正當)매々가되며 공무원(公務員)의 놀날만한
수학(數學)의 공금급물자착복(公金及物資着服)외 불상사(不祥事)가 빈번이 있
음을 볼때 국가(國家)는 좀던 여성사회(女性社會)를 위하여온정(溫情)을 베풀
수 있으리라고생각한다

六 여성(女性)의궐기(厥起)와 교육방침(敎育方針)

한국(韓國)에있어 무엇보다도시급(時急)한 문제(問題)는 생활대책(生活對策)
이다 우리는 생활(生活)의 합리화(合理化)가없이는 도덕(道德)과 예의(禮儀)를
갖울수없는 것이다 최저한도(最低限度)의 의식주(衣食住)의 안정(安定)을 우
리는가저야만한다. 그러나 이 삶의 필연목적(必然目的)의 세가지조건(條件)
의하나인 식생활(食生活)만도 개인생활(個人生活)에 있어서 해결(解決)되어있
지못할뿐더러 이사활문제(死活問題)는 국민(國民)으로하야 모든 비양심적(非
良心的)인 거치(擧恥)와 악덕(惡德)을 인도(人道)우에 펴게되는것이다 과거(過
去) 양반(兩班)이 신주(神主)를 할스고 살지는 못하였을것이며 오늘의 우리
가 민족(民族)의 프라이드와 국가도덕(國家道德)을 더렂이는 최대(最大)의 원
인(原因)은 생활(生活)이해결(解決) 되지못하는 까닭이다

『여성계』 1권3호, 1952.11, 110-114면. [여성시평(女性時評)]

나의 여기자(女記者) 생활(生活) 회고(回顧)

20년전 이나라 민족(民族)이 일제(日帝)의 잔악(殘惡)한 탄압(彈壓)을 모든 생활면(生活面)에서 받은 그때의 잊어지지 않는 고락(苦樂)의 발자취가 오늘 나와 함께 이곳에 실존(實存)해 있으니 기억은 멀고 아득하나 인연(因緣)은 어제와 같이 나를 따르고 있다.

다만 그동안의 파란중첩(波亂重疊)의 숨가쁜 운명(運命)이 거듭 국토(國土)를 싸고 돌았고 아직도 피눈물이 새로운 공명(鞏命)의 자취가 나와함께 육성(育成)해온 서울 거리 거리에 남아 있으니 흘러간 모든 추상(追想)은 지평선(地平線)을 바라보는듯이 아득할 뿐이다.

지금 나의 김빠진 술회(述懷)는 이즈음 사람들의 예리(銳利)한 감각(感覺)의 한모퉁이를 자극(刺戟)시킬만한 스릴도 흥미도 없을 것을 잘 알고 있으나 그 시대(時代)의 언론인(言論人)들이 어느 불행(不幸)과 주검을 제외(除外)하고는 모두를 건재(健在)하여 있고 오늘 그들의 대부분(大部分)이 신문(新聞) 그타 언론계(言論界)의 중진(重鎭)이 되어 있으니 헛된 회고(回顧)가 아닌상도 싶다. 그 당시(當時) 우리 한국말 신문이라면 동아(東亞) 조선(朝鮮) 중외(中外) 매신(每申)의 네가지 신문뿐이다. 일반(一般)이 잘 알고 있는 바와 같이 한국인(人) 출판물(出版物)에 대(對)한 조선총독부(朝鮮總督府)의 검열(檢閱)은 문장(文章)은 말할것도 없고 '제목(題目) 같드' 사진(寫眞)하다못해 광고문(文)에 이르기까지 출판물(出版物) 활자(活字)우에 돋뵈기 렌스를 대고 민족적(民族的) 냄새와 사상적(思想的) 색채(色彩)가 빛인듯만 해도 트집을 하고 정간(停刊)이다. 폐간(廢刊)이다. 위반(違反)이다 하고 책임자(責任者)를 끌어갈때이다 아마 사설(社說)이나 논설(論說)을 쓰는 사람쯤이면 거의다 서대문형무소(西大門刑務所)밥을 먹어 보았을 것이다. 이러한 극도(極度)의 언론구속(言論拘束)은 오히려 민족적(民族的)인 울분과 피의 파열(破裂)을 줄뿐이 아니었는지? 이 시대(時代)의 신문사(新聞社)는 전문화인(全文化人)의 집결소(集結所)이며 혁명(革命)투사들의 사랑(舍廊)이며 사회운동(社會運動)이나 문화운동(文化運動)이나 민족(民族)투쟁의 선구자(先驅者)들이 신문인(人)으로서 투족(投足)해온 것이다. 그런고로 이즈음의 신문기자(新聞記者)와는 근본적(根本的)으로 그 위치(位置)와 질(質)이 달랐을 것이며 신문사(社)를 중심으로 겨우 혈맥(血脈)을 통(通)할수 있는 사람들이 모여서 호흡(呼吸)의 교류(交流)를 가졌던 곳이라 하여도 과언(過言)은 아닐게다.

×   ×

　행복(幸福)된 위치(位置)에서 여성(女性)이 직업(職業)의 필요성(必要性)을 느끼지 않는 것은 오늘과 다름이 없다.

　더구나 그때 여성(女性)의 직업이라면 여교원(女教員)정도(程度)였다고 할까 대남성사회(對男性社會)에 입문(入門)한다는것은 실로 중뿔난 짓이다. 더구나 이십을 겨우 넘어선 젊은 여성(女性)이 여기자(女記者)를 지망했다는 것은 아무리 생각해 봐도 당돌(唐突)하고 변(變)스러운 일이다.

　구태여 이것을 호의적(好意的)으로 비판(批判)한다면 어지빠른 문학적(文學的)인 허영(虛榮)과 우월감(優越感)이 여기자(女記者)가 된 동기(動機)라고 밖에 볼수 없다. 왜냐하면 내집은 완고(頑固)한중에도 완고(頑固)한 가정(家庭)이었으며 물질적(物質的)으로 생활(生活)에 지장(支障)이 없었고 여성(女性)된 나의 모든 조건(條件)이 도저히 직업 여성(女性)이 될수 없었기 때문이다

　생각해보면 그때 내가 여기자(女記者)가 되겠다는 사건으로 하여 집안에

서 가정회의(家庭會議)를 열든일 추방당하듯 집을 쫓겨 나든 일 무려 30명(名)틈에 끼어 시험을 보든일 시험과목 중에 '금조(今朝)에 가두소견(街頭所見)'이라는 논제(論題)같은것이 또렷또렷하게 눈에어린다 그날 오후(午後)로 채용(採用)의 속달(速達)이 오고 이튿날 출두(出頭)하라는 명령(命令)이 있으나 집에서 내 신발을 모조리 감추어 버려서 나설도리가 없었다. 금족령(禁足令)이 나린 것이다. 이렇게 집안이 소란하고보니공연한 짓을 했다싶어 후회도 났으며 하여든 나가서전말을 애기하고 고만둘 작정을 하고 첫새벽같이 아무의 신짝이던 발에 뀌고 내 집에서 제일 가까운 동무집을 찾아가 구두를 빌려신고 아침을 얻어 먹고 태평통(太平通)으로 향(向)했다. 그때 학예부장(學藝部長) 최독견씨(崔獨鵑氏)를 만나 집안 사정(事情) 애기를 하고 고만두겠다고 말했다 그러나 씨의 말은 지금 사(社)에서 재모집(再募集)도 할수 없고 한 1년쯤은 사회(社會)경험으로 좋은 공부도 될것이니 있어 보라고 권유를 했다 허는수없이 이날부터 호주다리[지금의 수송국민학교부근(壽松國民學校付根)]에 월세(月貰)25원 짜리세집을 얻고 집에서 나와 버리게 된 것이다.

매신(每申)은 구한국시대(舊韓國時代)에 발족(發足)한 정부기관지(政府機關紙)로서 초대(初代)에 신문기관(機關)이며 그만큼 오랜 역사(歷史)를 가진 신문이다. 내 선배(先輩)로는 춘원부인(春園夫人) 허영숙여사(許英淑女史)와 일엽(一葉) 김정숙(金貞淑)[지금 여승생활(女僧生活)을 하는]여사(女史)가 초대여기자(初代女記者)였음을 기억(記憶)한다. 그후 오랫동안 끊기었다가 1929년에 입사(入社)한것이 본인(本人)일 것이다. 마침 그때는 매신(每申)이 혁신적(革新的)인 기(機)구편성(編成) 할때였다

재정이 풍부한 매신(每申)에서는 기자(記者)의 생활보장(生活保障)을 미끼로 우수(優秀)한 인사(人士)를 모아 드렸다. 부사장(副社長) 박석봉씨(朴錫鳳氏)를 비롯하여 성해(星海) 고(故)이익상씨(李益相氏)가 편집국장으로현(現)합동(合同)의 양정(兩亭)남상일씨(南相一氏) 염파(波) 정인익씨(鄭寅翼氏) 최독

견씨(崔獨鵑氏) 고(故)최서해씨(崔曙海氏)가 각부장급(各部長級)으로 군림(君臨) 했었고 시인(詩人) 김소운(金素雲) 유도순(劉道順) 최창규(崔昌圭) 이춘득(李春 得) 씨등(氏等) 소장인사(小壯人士)들의 활기(活氣)있는 멤버－였었다 이때 한 국(韓國)에서 처음으로 매중(每中)이 한글'구포'활자(活字)를 수입(輸入)했었 고 동판(銅版)은 경일사진반(京日寫眞班)에서 인쇄(印刷)는 경일윤전기(京日輪 轉機)로 매일(每日) 조석간(朝夕刊) 6면(面) 일요(日曜)어린이 특집(特輯)을 겸 하여 화려하게 내노았다는것은 지금 어느 신문지(新聞紙)편집이나 체재(體 裁)에서 조금도 손색(遜色)이 없었을 것이다. 불행(不幸)이도 내용(內容)에 있 어 기사(記事)가 국한(局限)되었었다는 것은 일(日)치하(治下)의 어쩔수 없는 사정이었으나 신문사업(新聞事業)에있어서는 인적(人的)으로나 물적(物的)으 로나 완비(完備)에 가까웠었다고 볼수 있던 그때이다.

× × × ×

편집국(局)은 경일(京日) 매신(每申) 서울 푸레쓰(英字新聞)) 40여명(餘名)의 사원(社員)이 콩나물 백이듯 우굴 우굴 했다. 담배냄새 설넝탕 냄새 사나이 냄새 인쇄냄새 시내전화(市內電話) 장단거리(長短距離)전화 가진 괴벽(怪癖)과 잡담농담 세멘트 바닥의 휴지통인 이러한 속에서 어떻게 지내 왔는지? 일 점홍(一点紅)이라는 가련한 존재(存在)는 이 악마구리 판에 이리쫓기고 저리 거더채면서 그래도 모지락을 쓰고 무사히 붙어있었다. 나는 신문사(社)를 그만두는 그날까지 단 한번도 긴장(緊張)을 풀고 마음놓고 웃어본 기억이 없다 또는 점심이나 저녁을 같이 하자고 청(請)하는 사람도 있었으나 수십 알맹이 눈알이 무서워 문자(文字) 그대로 옴짝 달싹도 못하고 연애(戀愛)라 는 연자(戀字) 옆에도 가보지못했었다 그러나 지금(只今) 생각해 보니 모두 통쾌(痛快)하고 자미스러운 때 였다 특히 그 생활(生活)속에서 기억(記憶)나 는중에 하나는 1930년도에 파리(巴里)에서 개최(開催)되었던[국제경제회의

(國際經濟會議)라고 기억(記憶)한다]의 일본대표(日本代表)로 다카라베씨(財部氏)가 전권대사(全權代士)로갔다가 서백리아선(西伯利亞線)을 거쳐 부인(夫人)과 같이 입성(入城)한다는 뉴―쓰가 들어왔다, 이때 일인각신문사(日人各新聞社)에서 할빈까지 특파(特派)하지 못한것은 정부(政府)에서 그 일자(日字)를 발표(發表)하지 않았기 때문이며 다카라베씨(財部氏)가 일체(一切)의 기자회견(記者會見)을 거절(拒絶)한 관계이다, 그러나 씨(氏)가 입경(入京)하며 사이토총독(齊藤總督) 관저(官邸)에 투숙(投宿)한다는 소식(消息)을 듣자 각신문사기자(各新聞社記者)는 왜성태(倭城台) 뜰 앞으로 물려가 다카라베씨(財部氏)의 출입(出入)을 노리고들 있었다. 그러나 회견(會見)은 절대로 불가능(不可能)하였다. 이따 경성일보(京城日報)의 키다(奇田) 편집국장은 여기자(女記者)인 나를 보내게 했던 것이다. 표면적(表面的) 구실(口實)은 다카라베부인(財部夫人)에게 정치회견(政治會見) 아닌 파리담(巴里談)을 듣겠 다는 것이며 어쨌던 토픽 뉴―쓰를 경일(京日)이 차지하려는 심산(心算)이었을 것이다. 나는 그때만 해도 외근(外勤)나가는것이 죽기 보다 싫었다. 첫째는 여기자(女記者)라는 나의 존재(存在)를 색안경으로 보는것이 싫었고 둘째로는 젊은 여자(女子)로 넉살좋게 남성(男性)을 방문(訪問)해서 수작을 부치기가 싫다. 그러나 일단(一段) 부탁을 받은 바에야 아니 갈수는 없는 일이나. 남산(南山)쪽으로 황급히 달리는 사용차(社用車)속에서 여러번이나 인터뷰―의 조목(條目)을 꾸며 보았다. 그리고 구라기(己)에서온 그 부인(夫人)보다 못지 않을만한 자연적(自然的)인 사교(社交)속에서 담화(談話)할 수 있는 여기자(女記者)의 체면을 생각한 것이다. 그때 나는 한복(韓服)을 입고 다닐때이나 아마 서울에서 둘째가라면 서러워할만치 사치를 했을 때이다 심심하면 사원(社員)들이 조롱삼아 봉급(俸給)은 화장품대(化粧品代)밖에 아니 될 것이라고 비우슬정도이니 가(可)히 추측할수 있을 것이다. 나는 관저현관(官邸玄關)에서 집사(執事)를 만나 내의(內意)를 통(通)해 보았다. 모―닝 코―트를 입은 깡파른 집사(執事)는 어찌 보았든 간에 ― 경성일보(京城日報) 여기자(女記者)라는 견

서(肩書)에 흥미를 가졌는지 다카라베씨부인(財部氏夫人)과 동성(同性)끼리의 무난(無難)한 방문(訪問)이라는데 안심(安心)을 하였는지 내통(內通)해 보겠다는 말을 하고 일단 현관(玄關)옆에 붙은 응접실에서 기다리게 하였다. 그러나 총독관저 안에 타인(他人)이 들어 왔다는 사실은 내가 변소(便所)를 갈때도 순경이 따라와 지켜서있었다. 나는 그속에서 얼마를 기다려도 안내를 받지 못했다. 집사(執事)에게 물어보니 부인(婦人)이 아직도 돌아오지 않았다는 보고(報告)이다. 그러자 밖에서 현관문을 박차고 기자(記者)들이 떼를 지어 몰려와 집사(執事)와 싸움이 벌어졋다. "아노 죠세이오 다세 아노조세이오다상까(女記者를 내놔라)"하는 아우성이었다. 지금의 나라면 여하(如何)한 수단을 써서라도 찬쓰를 노치지 않았을 것이나 나는 유치장안에 감금당한것 같은 총독 관저(官邸)속이 무섭기만 했다. 결국은 아귀(餓鬼)떼 같은 기자(記者)들의 시비로 불성공(不成功)에 돌아가고 말았으나 회견(會見)야 어찌 되었던간에 그속을 나와 마주 부다치는 북악산(山) 바람이 시원스럽기만 했다.

×   ×

이즈음 양후죽순(兩後竹筍)처럼 쏟아지는 온갖 간행물(刊行物)은 호불호(好不好)를 막론(莫論)하고 좋은 경향(傾向)이다. 따라서 각(各)잡지사(雜誌社) 신문사(新聞社)의 여기자(女記者)의 수효도 상당히 많아졌다. 그러나 문화면(文化面) 가정면(家庭面) 아동면(兒童面)이 거의 없다고 볼수 있는 오늘 여기자(女記者)의 직무(職務)는 일종(一種)의 원고수집(原稿收集)과 통신기사정리(通信記事整理) 정도의 심부름꾼노릇 밖에 아니된다. 또 이들은 이것이 여기자(女記者)의 역할(役割)이라고 생각하고 있을는지도 모른다 그러나 20년전에 비(比)하여 오늘날 남녀동권(男女同權) 또는 여권주창(女權主唱)을 하는 좋은 환경(環境)과 넓은 활약범위(活躍範圍)에서 진실로 신문기자(新聞記者)의 역할

(役割)을 할수 있는 위치(位置)에 어찌하여 자기를 두지 않는가? 나는 같은 여성(女性)인 입장(立場)에서 불만(不滿)한 느낌을 가지지 않을수 없다. 이왕에 여기자(女記者)를 좋와서 선택한 직업(職業)이라면 활자호수(活字號數) 제목 편집의 체재(體裁)는 물론이며 공장(工場)에 내려가 판을 짤수 있을 정도의 견식(見識)은 가져야 할것이다 또한 편집국장이나 그 사(社)의 지도자(指導者)라면 여기자(女記者)에게 이러한 지식(知識)을 계몽시킬 책임(責任)이 있지 않은가 생각(生覺)한다. 그때의 학예부장(學藝部長) 최학송씨(崔鶴松氏)는 이러한 의미(意味)에있어 친절(親切)한 지도자(指導者)였다. 나는 매일(每日) 그를 따라 공장(工場)에 내려가 판(板)짜는 구경을 하였고 어느 정도(程度) 눈에 익었을때 나더러 짜보라고 시켰었다. 그러나 그때 공장에있던 노련(老鍊)한 기술자는 편집자(編輯者)이상(以上)의 숙련공(熟練工)이었음을 나는 제목(題目)으로 선택(撰擇)해줄뿐이었으나 그가일주일간 결근하였을때 판을 짠 기억이 있다 지금 그래도 신문편집의 호불호(好不好)를 감히 입밖에 내서 지꺼려 보는것은 실로 서해씨(曙海氏)의 덕택(德擇)일것이다. 또 하나는 이 커다란 세대(世帶)속에서 치어난 문견(聞見)이 모르는 사이에 내 생리(生理)에 숨여 들어 이것이 오늘 나의 생활(生活)에 도움도 되고 괴로움도 되고 있다.

×　　　　×

　곰팡이가 피도록 오래 덮어 두었던 책장을 뒤적거리듯이 지난 일을 펼쳐 보니 아닌게 아니라 별에 별생각이 다난다.
　하루는 일은 아침 사(社)에 들어가니 씨(氏)가 책상에 붙어 앉아 오정(午正)이 되도록 꼼짝도 아니하고 무슨 책인지 열심히 읽고 있다. 이곳 저곳에서 그 책 좀 빌리라고 야단법석이다 이만저만하게 재미나는 책이 아닌 모양같았다. 나도 물론 책이라면 안주없이 좋와하는지라 읽고 싶은 호기심(好

奇心)에 "무슨 책야요? 다 보시면 좀 빌려주세요" 하였다.

씨(氏)는 태연히 나를 쳐다보며 "××씨(氏) 정말보실랍니까? 참 자미있는 책야요 내있다가 슬며시 싸드릴테니 아무도 모르게 감춰가지고 가세요" 한다.

나는 X씨(氏) 말대로 책을받아서 열어보지도 못하고 살짝 가방에 너어 버렸다.

집에 들어서자 불이야 살이야 펴보니 아주 지독한 에로 출판물이었다. 아닌게 아니라 불유쾌(不愉快)할 정도로 자미 있게 읽기는 하였으나 이튿날 이 책을 돌려보낼것을 생각하니 얼굴에서 쥐가날 지경이다. 나는 사(社)에 나갈 용기가 안나서 이튿날 하루를 고스란히 놀아 버렸다. 그러나 이튿날 또 결근(缺勤)을 할수도 없는지라 신문사(社)로 들어가 흘끔흘끔 여러 사람의 눈치를 보고 혼자 제면쩍어서 쩔쩔매다가 신문지에 싼책을 소사(小使)를 시켜서 X씨(氏)에게 돌려 보냈다.

그날 오후(午後) X씨(氏)가 빙그레 웃으면서 내게로 와서

"XX씨(氏) 어제 어디 편지않으셨든가요?" 하고 물어보는데 나는 고만 내 무안에 취해서 "몰라요 —" 하고 화를 벌컥내고 외면(外面)을 했었다 그날오후(午後) 경일사장(京日社長) 이케다씨(池田氏)가 부른다는 전화가 경일사장실(京日社長室)에서 왔다. 올라갔더니 이전창립축하회(梨專創立祝賀會)의 야외연극(野外演劇)을 동반(同伴)해가자는 명령(命令)이다. 나는 끽소리도 못하고 씨(氏)와 같이 신촌(新村)을 나갔다. 연극의 대사를 그의 옆에 앉아 물어보는대로 번역을 해주었다. 하나도 나에게는 흥미없는 일이었다. 돌아오는 길에 차는 두말없이 조선(朝鮮)호텔로 향(向)하였다. 저녁을 먹고 가자는 얘기이다 나는 그의 위엄에 눌려 싫다 좋다 소리도 거절도 못하고 촌 닭 관청(官廳)에 끌려 가는 형상으로 따라들어 갔다 그때 내가 놀랜것은 그의 세련된 태도이다. 마치 나를 딸처럼 사교적(社交的)인 예의(禮儀)와 여기자(女記者)가 가져야할 직업적(職業的)인 태도에 대(對)하여 명랑하고 인자(仁慈)하게 식사(食事)를 하면서 시종여일(始終如一) 들려 주었고 소위(所謂) '레

듸-훠-스트'의 미국식(美國式) 에지케이트를 자연스럽게 행동할줄 아는
신사(紳士)이다. 그러나 도무지 긴장(緊張)에서 풀릴 도리없는 나는 식사중
(中) 팔소매에 걸려 포-크를 하나 떨어뜨렸다. 그는 얼핏 자기(自己)의 것
을 내게로 놓코 급사(給使)에게 자기(自己)의 것을 청(請)했다. 이날 나는 양
식(洋食)을 먹었기 보다도 큰 의식(儀式)을 치룬 것처럼 피곤(疲困)만 했다.
바로 그 이튿날 사장(社長)집에서 파-틔가 있다고 '서울푸레쓰'에 있던 고
(故)김용주씨(金用柱氏)를 통(通)해서 초대(招待)가 왔으나 나는 딱 거절(拒絶)
해버렸다. 시집살이같이 짐스러운 생각에서 ― (隨筆家)

『문화세계』 1권4호, 1953.11, 110-114면.

임옥인 ●●●

임옥인(林玉仁, 1911-1995)

- 1911년 함경북도 길주 출생
- 1939년 일본 나라여자고등사범학교 문과 졸업
- 1939년 「봉선화」, 1940년 「고영」, 「후처기」가 『문장』에 추천되어 등단
- 주요 경력―1939년 영생여자고등보통학교 교사, 1945년 함경남도 혜산진 대오천에 가정여학교 창설, 농촌여성 계몽운동에 투신, 1946년 월남하여 창덕여자고등학교 교사, 1950년 ≪부인신보≫와 『부인경향』 편집장, 1969년 크리스찬 문학가협회 초대회장, 1970년 건국대학교 여자대학장 겸 가정대학장, 1972년 한국여류문학인회 회장 역임 1957년 「월남전후」로 자유문학상 수상, 1968년 한국여류문학상, 1982년 대한민국예술원상 수상
- 대표작―단편 「후처기」(1940), 「풍선기」(1947), 「나그네」(1948) 등과 장편 『월남전후』(1957), 『힘의 서정』(1962), 『일상의 모험』(1968-69), 『젊은 설계도』(1957) 등 시집 『새벽의 대화』(1976), 『기도의 항아리』(1986) 등
수필집 『문학과 생활의 탐구』(1966), 『지하수』(1973), 『빛은 창살에도』(1974), 『나의 이력서』(1985), 『가슴 아픈 사이』(1989), 『생명미』(1990) 등 다수

·수록 작품

풍진세상(風塵世上) ‖ 바늘 ‖ 허공(虛空)에 부치는 글 ‖ 내길을 나다웁게 ‖ 남성작가(男性作家)에게 보내는 글 ‖ 만일(萬一) 우리들(女人)만의 나라가 슬수있다면? ‖ 노―트에서 ‖ 새로운 작품구상(作品構想) ‖ '밋첼'여사(女史)와 나 ‖ 때 묻은 시인(詩人)에게

●●●

풍진세상(風塵世上)

　‘이 풍진세상(風塵世上)을 맞났으니 나의 희망(希望)이무엇인가 부귀(富貴)와영화(榮華)를 누렸으면 희망(希望)이 족(足)할까?’ 풍진(風塵)의거릿길에 나서서확확 끼쳐오는 몬지를마시니 마음속에 이노래가불려진다이노래는 내가소학교(小學校)적에 무척유행(流行)하였다 청년(靑年)들이 많이불렀었다 왜정(倭政)은 점점(漸漸)본격적(本格的)으로 조선(朝鮮)에 지반(地盤)을닦고빈부(貧富)의차(差)는격심(激甚)해 가고조선청년(朝鮮靑年)은 그젊은이다운패기(覇氣)와희망(希望)을 어디다펴볼길이없었든것이다 그러메로 ‘나의희망(希望)이무엇인가?’라고 탄식(歎息)하지 않을수없었다 몹시퇴폐적(頹廢的)인향(響)이울리는가하면 처량(凄凉)한감개(慨)의 기분(氣分)이넘치는그런 노래였다곳그때의 ‘그시대(時代)’를반영(反映)한노래였든것이다

　지금(只今) 길걷는내맘속에 이몬지가 이사람의잡답(雜踏)가 내게 이노래를불러준다 내가 어렸을때에 듣던노래가 체험(體驗)을통(通)하야 내맘에호소(呼訴)한다 참말풍진세상(風塵世上)이다 물을뿌리고 길을쓸어야 몬지가아니일것인데 그대로 길도깨끗히못쓸면서 몬지만이르키는 사람이있다 정계(政界)에서 단체(團體)에서 길거리에서 어디서나풍진(風塵)만이르키는 사람이있다 나자신(自身) 그런사람일는지모른다 좀가만있었음……웬사람이 이러케 쏘다저나와 웨이리어지럽히나? 우리는몸도마음도 굉장히분주하다. 정리(整理)되지못한 개성(個性)이에기는신경병적소란(神經病的騷亂), 괘니분추하다지곳히탄력(彈力)있는 영위(營爲)가 진정그립다 선풍시대(旋風時代)냐? 맴을

돌아야하느냐? 이런땔수록 저력(底力)을가꾸어 고요이하자 몬지이는 길에맑은 물을뿌리듯이 우리속풍 비장(秘藏)해둔청소제(淸掃劑)는 없는가?

지난 시대(時代)엔 희망(希望)이하기나 했지 또그런여유(餘裕)나있었지 그러나 보시다 여러분 가두(街頭)에나가 보시다 길가는사람들의 표정(表情)을보시라그어느 누구에게서나 평화(平和)과 안심(安心)과윤택(潤澤)과청신(淸新)을 읽을수 있는가 우리는 우리들의 배경(背景)을 잘알고 있다 삼팔선(三八線)이 주는 분노(忿怒)와 슬픔을 안다 국제정세(國際情勢)의 우울(憂鬱)을 잘안다 그러하되 우리속엔 생명(生命)의전통(傳統)에서솟아나는 일체(一切)를 기극(起克)하는 기운을 창조(創造)할수는없을까 바람이 불면부는데로 비가오면 오는데로 물리치며 또순응(順應)하며 본연(本然)의 '맑음'을 잃지않는 그런 생명력(生命力)을 우리속에 길려내자 허턱 길을걸으며 불쾌(不快)한 몬지투성인 거리ㅅ길에서 나의생각은고리를 이어끗이없었다. 여성(女性)들은몬지이는길에 물뿌리는역할(役割)을해야하고 비나리는 세상에우산이돼야겠다고 괘니 공태(空態)인가 하면그것이우리전체(全體)의 꿈이요 실천(實踐)이어야 쓰겠다고어린애같은 생각을해본다 답답하고몬지일고 피곤(疲困)하고 □□□□ □□□실(實)우에싱싱한 생활(生活)이 창조(創造)되고전개(展開)된다면

몬지많이 풍성(豊盛)한서울의거리! 행인(行人)은우울(憂鬱)한표정(表情)으로 훅훅끼치는몬지를맡으며 찌프린채걸어야한다

몬지속이라도 자꼬길어야한다 아니몬지속인까닭에 다급히걸어야한다 계절(季節)이벌서 소리없이걸어간길을 나는염원(念願)과염노(念怒)와 슬픔을가슴터지게 안고걸어간다

'이 풍진세상(風塵世上)을 맞났으니 나의 희망(希望)이무엇인가?'

나는집에돌아가면 한바탕 소리높이 불너봐야 하겠다

≪여성신문≫ 1947.7.30. [수필(隨筆)]

바늘

　몇일만 바느질을 안 하면 어쩐지 생활(生活)이 싱거워진듯한 생각이 드리
만큼 내취미(趣味)는 역시(亦是) 여성적(女性的)인 것인듯 싶습니다. 슬픈 일
이 있을 때나 즐거운 일이 있을 때나 바늘을 들고 앉으면 그 매끄럽고 간
얇흔 촉감(觸感)이 나의 괴롭고 어지러운 영혼(靈魂)을 어루만져 주는듯 합
니다. 우리의 어머니와 할머니와 또 그 윗대의 할머니들이 얼마나 많은 한
숨과 눈물을 이 바늘 끝을 통(通)해서 삭여(刻)왔는지 모를 일이며, 아득한
옛날 우리들의 조상(祖上)이 선악과(善惡果)를 먹게 된 직후(直後)부터 무화
과(無花果) 잎을 따서 알몸을 가리게 되었을 때부터 이미 우리 이부할머니
의 슬픈 바느질은 시작 되었던겐지도 모를 일이외다. 그야말로 우리 여성
(女性)은 바늘과 함께 하소 하고 바늘과 함께 눈물 짓고 바늘과 함께 웃으
며 우리의 모든 감정(感情)과 생활(生活)을 바늘로 꿰매면서 살아 온 듯 합
니다.

　내 머리엔 아득한 옛 자장가와 함께 무릎팍우에 바느질가음을 높고 한땀
두땀 떠가면서 가슴이 꺼지게 한숨 짓던 어머니의 영상이 떠 올읍니다. 울
음에 떨리던 그 음성, 안개 자욱한 골짜기속에 홀로 갇힌듯 한깊이 불으던
그 노래가 귀에 남아 있습니다. 여성(女性)은 여성(女性)만이 가진 세계(世界)
의 고뇌(苦惱)를 바늘과 함께 순응(順應)하며, 반역(反逆)하며 살아 왔습니다.
서리서리 쌓인 삶의 탄식(歎息)을 바늘 끝에 애기하며 분노(忿怒)를 잠재우
며 살아 왔습니다.

나는 여섯살때부터 바느질을 배웠습니다. 무척 좋아 했고 또 어른들은 이런 재간은 첨 보겠다고들 칭찬 해 주었읍니다. 밖음질 호각질 감치각질 등 퍽이나 자미 있었읍니다. 각씨노름보다 뵈헌겁에 색실로 골무밖는 일이 더 좋았습니다. 어머니의 치마 끈을 감쳐 드리는것이 무척 즐거웠던 것입니다. 어린 영혼은 벌서 운명적(運命的)으로 어머니와 함께 숨쉬고 그의 세계(世界)의 분위기(雰圍氣)를 알았읍니다. 세월이 흘으는 사이에, 나는 공부하는 소녀(少女)가 되었읍니다. 색실과 고운 헌겁 바늘, 이런 내 세계(世界)의 세간대신, 공책과 연필과 교과서가 나의 소중한 세간이 됐습니다. 그때부터 내손에는 바늘보다 연필이 더 많이 쥐여졌습니다. 내손에는, 아모것도 안 쥐여졌을 때가 별로 없었읍니다. 바늘 아니면, 연필, 연필아니면, 바늘이 쥐여져 있었던 것입니다. 즐거운 원족회(遠足會)에서도동무들이 웃고 떠드는 속도 피하여 나는 남 없는 조용한 곳을 찾아 가 무엔가 자꾜 쓰고 있었읍니다.

바느질과 쓰는 일, 이 손끝으로 되는 두가지 일중에 어느 방면(方面)이 더 두뇌적(頭惱的)이오, 또 사상적(思想的)으로 나의 개성(個性)을 얘기할수 있을까? 나는 오랜 습성(習性)속에, 또는 끊임없는 창조(創造)에의 희구(希求)속에 아직까지 평행선(平行線)으로 따라오는 자기(自己)의 생명적(生命的) 기호(嗜好)에 대답(對答)을 못내리고 있습니다. 그만큼 내 바느질과 글 쓰는 일은 동일(同一)한 것인 동시(同時)에, □시간(時間)과 정력(精力)을 서로 빼앗으랴는, 상극적(相克的)인것이기도 합니다. 사는 일에 중요(重要)한 부분(部分)을 다 낭비(浪費)하는 매일매일(每日每日)의 고달픈 영위(營爲)에서, 엄연(儼然)한 생(生)의 절규(絶叫)를 어떻게 표현(表現)하느냐? 벌서 이 마당에선, 내가 글쓴단 일은, 어려서 여성적(女性的)인, 운명(運命)을 자연적(自然的)으로 지고 왔듯이 바느질과 꼭 같은 의미(意味)를 가지고 내 생활(生活)에 육박(肉迫)하는 것입니다. 나는 바늘 대신 사극사극 조히우를 달리는 펜을 부짭고 내 한(恨)을 엮어 갑니다. 눈물어린 가슴의 써도 써도 다함없는, 인생

(人生)의 한(恨)을 엮고 싶습니다. 꿰매어도 꿰매어도 끝이 없을 우주(宇宙)의 한끝까지 드리운 필육과 같이 다함없는 삶의 교향악(交響樂)을 누비기엔 예각적(銳角的)으로 묘(妙)하게 나타낼수 있는 바늘에 비(比)하면 내 펜은 너머나 무디어 안타깝습니다.

오늘날 우리는 새교육(敎育)을 받으면서 부터 모든 점(點)에 있어서 거칠어 졌다고 합니다. 차근차근 하고 알뜰하고 여무진 솜씨를 잃었다고 노인(老人)들은 말씀 하십니다. 그것은 곧 바느질 하는 정신(精神)의 결여(缺如)를 의미(意味)한것이 아닐까요? 또 여성(女性)의 한(恨)을 추구(追求)하고 얘기 하는 글쓰는 치밀성(緻密性)의 결여(缺如)를 의미(意味)한것이 아니겠습니까? 그렇다면 우리는 여성적(女性的)인것을 곧 바늘을 펜으로 혹(或) 딴것으로 밖우는데 있어서도, 우리만이 가지는 빛과 소리와 향기(香氣)를 잃어서는 안되겠다고 생각 하게 됩니다.

'늘 견디어만 왔습니다. 가슴 하나로 눈물의 샘을 안고 소곳이 걸어만 왔습니다. 침묵(沈默)과 무표정(無表情)이 어디서 오느냐고요? 이러한 무한(無限) 좁은 바늘과 씨름하는 소우주(小宇宙)에 나는 견디고 또 우주(宇宙)보다 더 큰 고독(孤獨)과 공허(空虛)에 길들어 오논 사람이 아닙니까? 돌을 던져도 파문(波紋)없는 슬음의 고체(固體), 나는 굳어버리랴는 노력(努力)을 꿈과 현실(現實)을 혼동(混同)하는 합리화(合理化)앞에 부끄러워 아니합니다. 침묵(沈默)하면서 고독(孤獨)하면서 내 손끝을 사뭇 응시(凝視)하는 것이었습니다.'

한(限)이 없이 이으는 독백(獨白)……

말초신경(末梢神經)에 와 닿는 바늘의 탄력(彈力)있는 감촉(感觸)— 삶의 울적(鬱積)이 바늘에 찔려 솟아 나는 손끝의 핏속에 발산(發散)하는듯 나는 그 따끔한 핏방울을 쾌감(快感)을 느끼면서 물끄레미 바라만 봅니다. 분노(忿怒)를 한대의 바늘이 되어 반역(反逆)하여도 봅니다. 차고 넘치는 봄빛속에 나의 푸른 하늘을 덮는 애허(哀虛)를 어이 합니까?

　문창이 푸르러 오고 새가 짖어겁니다 성당(聖堂)의 종(鐘)소리 오늘도 또 소음(騷音)이 시작(始作)되고 싸움이 벌어 집니다.

　그윽한 마음의 향(香)불을 돋우고 그저 이 부여(賦與)된 운명(運命)앞에 엄숙한 합장(合掌)의 자세(姿勢)를 헐고 싶잖아 또 눈물을 생키며 바늘을 움직이는 시간(時間)도 있습니다. 사각사각 조히우를 달리는 펜에 내 혼(魂)을 기우려도 봅니다. 모다 끝이 없는 노릇 입니다. 아득하게 끝이 없는 일입니다. 그러나 호흡(呼吸)은 거기서 자유(自由)롭고, 생명(生命)은 거기서 자라가는 염원(念願)을 안았습니다.

　나는 무슨 생각을 정리(整理) 해 보려고 이즘도 가끔 붓(펜)을 들게 됩니다. 무어라고 얘기 하지 않고는 백여나지 못할듯한 슬픈 운명(運命)의 속삭임 같은것이 있습니다. 그러나 이것이 시(詩)나 수필(隨筆)이나 소설(小說)이 되어 나올수 있는 경우(境遇)란 지극(至極)히 드뭅니다. 대개(大槪)는 실패(失敗)하고 맙니다. 거기엔 아마 바느질의 유혹(誘惑)이 있기 때문이 아닌가 생각합니다. 글쓰기 보다는 행결 손쉽고 마음 가뜬한 것이 바느질입니다. 보채는 마음을 잠재우는 바늘끝입니다.

　거기엔 아마 우리 어머니, 할머니 그리고 그 윗대 할머니들의 슬픈 숨결이 서리인 까닭인가도 합니다.　(筆者는 小說家)

『백민』 3권4호, 1947.6 · 7, 40-42면. [수필(隨筆)]

허공(虛空)에 부치는 글

　자리에서 깨어나던 참으로 머리도 만지는둥 마는둥 세수도 하는둥 마는둥하고 길에 나섰다. 딴은 중요(重要)한 용건(用件)으로 누구를 찾아 가는 것이오 어저께 늦게 가서 허탕을 친까닭에 이렇게 일즉 길에 나선것이 아니겠느냐고 뜨거운 물 한잔이라도 속에 드러가야 덜 떨리는 법(法)이지 이건 참 냉독(冷毒)한 아침이구나. 철아닌 안개 연기처럼 덮쌓여 지척(咫尺)을 분간(分間)할수가 없다. 호된 바람이 뺨과 코끝을 어여 가는듯 순전(純全)히 심리작용(心理作用)을 제외(除外)하고도 생리(生理)만으로 눈물이 찔금찔금 흐른다. 이렇게 이른 아침을 꽁문이에 변또를 차고 바쁜거름으로 직장(職場)으로 향(向)하는 젊은이들도 있다. 찰하리 오지나 말걸 인종(人種)의 쓰레기통이요, 추할대로 추해 보이는 서울에 대(對)한 나의 절망(絶望)은 내 개인생활(個人生活)의 허막(虛漠)함에서만 오는 것이냐? 참아 못떨칠 눈물의 보금자리를 독부(毒婦)와같이 가장(假裝)하고 떠난 아침이 아니냐? 파열(破裂)된 심장(心臟)의 고동(鼓動)을 마지막으로 무장(武裝)하는 나의 위선(僞善)을 세상(世上)은 비웃을 자격(資格)도 성의(誠意)도 없이 무표정(無表情)하구나.

　나는 모든 감각(感覺)을 잃어버린 사람모양 지향(指向)없이 신산(辛酸)한 아침거리를 거져 걸어만 본다. 그래도 발은 여전(如前)히 시리고 뺨은 차겁구나. 그리고 못 놓을보물(寶物)을 원수에게 빼아끼는 사람모양 잠시(暫時)도 내 자의식(自意識)은 쉬어 주지않는구나.

　백치(白痴)와 같은 단순(單純)과 어리석음. 나의 절통(切痛)은 그런것에서 오는것이냐? 내가 나기전(前)부터 어디서고 별처럼 깜박이며 지켜 보아주는 영롱(玲瓏)한 눈동자. 찰하리 내꼴이 네눈동자에 그다지 눈물을 고이게 하는것이라면 이런 자욱한 차거운 안개가 너와나와 사이에 드리워 줬으면 좋겠다. 세상(世上)이 보기엔 서푼어치 않되는 유치(幼稚)한 문학(文學)때문에 일부러 불행(不幸)을 창조(創造)해 오다싶이하고 현재(現在)는 더군다나 미래(未來)도 이런 절망(絶望)을 사랑해야 하느냐?

찾아 가는 시간(時間)은 터문이 없이 일르다. 늘 들러 다니던 먼친척집에 들려 전화(電話)로 연락(連絡)이나 취(取)해 보자.

거기 전화(電話)도 고장(故障), S신문사전화(新聞社電話)도 불통(不通). 수화기(受話機)를 덜컥 놓고 이번엔 군정청(軍政廳)으로 향(向)한다. 안개는 더욱 무거히 나려 드리우고 공기(空氣)는 차나. 모든 의식(意識)을 잃어버리고 싶으면싶을사록 가슴에 끓어 오르는것이 있다. 목이 메인다. 안개속 어름판우에 나덩굴고 싶은 마음을 눌으며 눌으며 이력서(履歷書) 맡긴 옛스승을 찾아 간다.

"입술이 갈라 터지고 얼골이 까칠해 그다지 고생(苦生)되나?"

20년의 세월이 흐르는동안

"선생(先生)님 다 잃어 버렸습니다. 공상(空想)마져 꿈마져 잃어 버렸습니다"

"특별(特別)한 촉망(望)을 갖었던 너의 오늘을 보기가 가슴앞으구나!"

은사(恩師)와의 대화(對話)는 육성(肉聲)을 통(通)한 것은 아니었다. 왜 부모(父母)와같이 눈물을 휘뿌리며 할말도 못하고 헤어졌는지, 이력서(履歷書)의 말은 하지도 않고 제법 해퍼진 길에 나섰다.

고향(故鄕)서 온 R과장(課長). 그는 나의 오빠의 친구(親舊). 나는 이분을 통(通)해 S청(廳)에 오늘부터 관리(官吏)가 된것이다. 쓴우숨을 지으며

"입원료(入院料)가 밀려서 그래요 ××원만 융통해 주서요" 그는 배급(配給) 쌀탈 돈뭉치를 내게 내밀었다. 위선(爲先) 숨을 돌렸다. 취직(就職)을 하

고 돈을 융통(融通)하고.

S신문사(新聞社)에 들리니 방송국(放送局)에서 고료(稿料)얼마가 나왔다. 안주머니가 제법 두둑해 진 것이다. 정오(正午) 원고건(原稿件)때문에 K씨(氏)를 P다방(茶房)에서 만났다. 거기 잡지사(雜誌社) S씨(氏)도 오고. 훈훈한 방(房)에서 차(茶)한잔을 마시니 좀 몸이 녹는다.

아모것에도 굴복(屈服)않는 전투혼(戰鬪魂), 고행(苦行)인줄 알면서 버리지 않는 의욕(意慾). 그리고 세상(世上) 침해(侵害)나 입들이 더럽힐수없는 혼(魂)의 진실(眞實)―.

내맘에는 불꽃과같은 것이 다시 튀긴다. 그런가하면 조용한 체관(諦觀)과 겸허(謙虛)가 마음에 깃드린다. 나는 잠시(暫時) 묵연(默然)히 나의 마음의 초상(肖像)을 바라본다. 그립구나, 설구나, 당장 나를 지켜보는 눈동자를 따라 신산(辛酸)한 현실(現實)을 잊어버리고싶다.

D다방(茶房)에서 나의 가슴앞은 영상(映像)을 벽화(壁畫)에서 느낀다. 사랑한다면서 왜 대상(對像)을 괴롭히나? 이 세상(世上) 사람들은 다 그 병증(病症)을 극복(克服) 못하고 사랑하는날부터 사랑의높은 본질(本質)에서 추방(追放) 당(當)해 왔구나.

여자(女子)의 우정(友情)이란 제목(題目)이 자꾸 마음에 떠오른다. 조히 한 장만도 못한 엷은 우정(友情)이라고 그런 독백(獨白)을 나는 삼팔선(三八線)을 넘어온 이후(以後) 늘 되푸리해온것이다. 살을 버혀먹일듯한 인정(人情)의 소유자(所有者)인가하여 진정(眞情)을 기우리면 언제 보았든가 어름같이 싸늘한 표정(表情)이 아니면 요부(妖婦)같은 중상(中傷)으로 화(化)한다.

그렇다고 나의 이런 표백(表白)은 발표(發表)할수있는 기회(機會)에 나의 친지(親知)를 할퀴랴는 악마성(惡魔性)에서 오는것은 아닐것이다. 탁류(濁流)에 휩쓸리며 오직 강렬(强烈)하게 향수(鄕愁)처럼 그립게 떠오르는것 다만 거짓을 벗기고싶은 나자신(自身)의 몸부림에 불과(不過)한것이다.

몇달채 밤잠도 잘 아니오던 빚을 갚고, 또 새빚에 얼골이 뜨거워 지누나.

이래서 고되게 연명(延命)이 되는 셈이다.

휴식(休息)도 활동(活動)도 선명(鮮明)치않은 생리(生理)를 가진 나의 삶이라 죽엄에 통(通)하는 멸망(滅亡)이라도 사는것임엔 틀림없을것이다.

지하(地下)와 지상(地上)에 원수가 느러가는 긴장(緊張)한 삶에 있어서, 나는 또 모든것을 포기(抛棄)하여도 좋다. 무장(武裝)이 없는채 나는 찢기고 듣기고 마러도 좋다.

그래서 나는 실신(失神)한 사람모양 거울속에 나의 얼빠진 눈동자를 마조 대(對)하고 있는것이다.

바람이 창(窓)을 때린다.

눈보라는 밤을 두고 끝이지 않는다.　(一九四八, 二月二日記)

『백민』 4권2호, 1948.3, 48-49면. [수필(隨筆)]

내길을 나다웁게

소설(小說)을 쓴다는 일은 그야말로 알몸으로 십자로(十字路)에 나설수있는 용기(勇氣)없이는 못할 노릇이라는 어느 외국작가(外國作家)의 말을 빌것도없이 자기표백(自己表白)이오 결국(結局)자기(自己)의 인간폭로(人間暴露)임에 틀림없을것이다.

더구나 여자(女子)면 남의 안해가 되고 어머니가 되어 살림을 사는데 보람을 느껴야 하는것이오 또 그에서 더한 다행(多幸)이 없으련만 한 가정(家庭)을 거느리는 기능(技能)보다 훨신 못한 나의문학적소양(文學的素養)을 가지고 이미 문단(文壇)이라는데 이름을 어지롭혔다는 일부터도 나의 남다른 역운(逆運)이 주는 여러가지 조건(條件)을 저주(咀呪) 아니 할수없다. 그러나 어떤 아득한 생활(生活)에서도 작품행동(作品行動)없이는 수수(須叟)*도 견딜수없는 병적(病的)이기까지한 나의 문학(文學)애의 의욕(意慾). 그렇다면 나는 이 범속(凡俗)이 주는 가진 고행(苦行)도 내가 묘파(描破)하려는 창작적(創作的)견지(見地)에서 보면 모다 다행(多幸)이고 혜택(惠澤)으로 여기지 아니할수없다. 어느 골상학자(骨相學者)가 나의 관상(觀相)을 개평(槪評)하여 '전화위복(轉禍爲福)'이라하였다. 그래서 생긴 관념(觀念)은 아니나 나는 이 깊은 한(恨)에서 분노(憤怒)에서 회의(懷疑)에서 모색(模索)에서 어디에나 도전(挑戰)하고싶은 투지(鬪志)를 오로지 이길만을위(爲)하여 목숨기우린 생물

---

* 찰나(刹那)보다 더 짧은 순간(瞬間).

(生物)이 되어버리리라.

감정(感情)의마찰(摩擦)과 생활(生活)의 부조(不調)에서 오는 협위(脅威)때문만으로 지금(只今) 아모것도 못쓰는것은 아니다. 어느 시각(時刻) 어느 장소(場所)에서고, 나의 머리속에서 팬이 움직이지않는때는 없다. 그러나 나는 한개 만년문학소녀(文學少女)처럼 도모지 자신(自身)이없다. 그러나 초조(焦燥)할것도 없다. 나는 내길을 나답게 걸어갈것 뿐이다. 문단(文壇)을 한 사교장(社交場)으로 나 알고 여자(女子)라는 특전(特典)을 가지고 매명행위(賣名行爲)를 꾀하거나 성실성(誠實性)의 결여(缺如)와 실력(實力)없이 출세(出世)하랴는 터문이없는 표정(表情)들을 볼때 차라리 나는 정당(正當)한 채찍을 바라는자(者)가되리라. 인생(人生)을 그리기에 위악가(僞惡家)이리만큼 자기(自己)를 숨김없이 드러내서 모든사심(私心)우읫 심판(審判)을 바랄것이오 나의 작품(作品)에 관련(關聯)되는 세계(世界)라면 어디든지 그렇게 대(對)해 나갈것이다. 영원(永遠)한 불명예(不名譽)도 영원(永遠)한 행운(幸運)도 나는 무릇 내인생(人生)이 끝난뒤에 바라리라.

『예술조선』 3호, 1948.4, 8면. [女流二題 (2)]

남성작가(男性作家)에게 보내는 글

조곰 말이 격조(激調)를 띠면 중학교(中學校) 수신강의(修身講義)냐고 꾸중을 드를것 같읍니다만, 노골적(露骨的)인 진실(眞實)을 얘기하는 것을 용서하십시요.

저는 당신네들에게서 조선문화(朝鮮文化)의 최고수준(最高水準)을 찬란(燦爛)히 구경하고 싶은 까닭입니다.

가령 어떤 시인(詩人)의 시(詩)를 무척 애송(愛誦)하면서 그 시인(詩人)을 십년래(十年來) 동경(憧憬)의 표적(標的)으로 시(詩)의 저쪽에 보는 우상(偶像)과 같이 숭앙(崇仰)했다고 칩시다. 우리의 심금(心琴)에 와 닿는 그 선율(旋律)이 혼(魂)과 더부러 호소(呼訴)한 지고(至高)의 정신(精神)이없을때, 일반(一般) 독자(讀者)와도 달리 소위(所謂) 창작(創作)의 진통(陣痛)속에 몸부림치는 저같은 사람인 경우엔 그 공감(共感)의 농도(濃度)는 측량(測量)할 길이 없는 것입니다.

처음 보입는다고, 인사(人事)를 하기가 오히려 서운 할만큼.

벌서 상식세계(常識世界)에서는 상상(想像)도 할수없으리만큼 그시인(詩人)의 생명(生命)의 비밀(秘密)에까지 여행(旅行)하고 있는 우리들에게는 실제인물(實際人物)의 코나 눈이 아무렇게나 생겨도 그런 것은 상관(相關)이 없었읍니다.

나는 그 모습속에 우리문화인(文化人)의 대변자(代辯者)인 전폭(全幅)을 구경하고 싶은것입니다.

‘시(詩)보다 사람이 났다’

혹(或) 이말은 예술가(藝術家)로서 불복(不服)일지 몰라도 진실(眞實)로 인간(人間)이 인간(人間)에의 희구(希求)는 너머나 절실(切實)한바 있는 까닭에 취중(醉中)에서도 가장 신사적(紳士的)이며 세련(洗練)된 거동(擧動)을 한다고 드르면 작품(作品)보다 앞서 반갑고 기뼛음니다.

단연(斷然) 작가(作家)는 인간전반(人間全般) 우주전폭(宇宙全幅)을 다스린다는 자부(自負)에서라도 무한(無限)한 활기(活氣)와 정열(情熱)속에 조용한 유열(愉悅)을 지녀야 하지 않을까요? 그야 숙명적(宿命的)으로 채울길없는 공허(空虛)와 고된 노역(勞役)의 연속(連續)일지라도 살아있는 인간(人間)은 곧 우리들의 풍부(豊富)한 양창(糧倉)이 아니겠음니가?

절망(絶望)에 흐린 무표정(無表情)한 눈들이 해방이후(解放以後)에 불꽃과 같이 제작의욕(製作意慾)에 타오를줄 알았더니 시세(時勢)와 더부러 침체(沈滯)와 방황(彷徨)속에 휘몰리고 말았읍니다.

1949년은 루네쌍쓰의 해라야 되겠음니다. 문학(文學)이외(以外)에 더 소중(所重)한 것을 담아 가지고 다니는 이들은 청신(淸新)한 와야할 조류(潮流)를 위하야 문패를 떼 주셨으면—.

왕성(旺盛)한 의욕(意慾)만이 불복(不服)하는 영혼만이 탁류(濁流)속에 엄연(嚴然)히 살아 이길수있는 불굴(不屈)의 손만이 무성(茂盛)한 새 날을 가저올 것입니다.

다방(茶房)에서 무위(無爲)하게 보내는 시간(時間)을 절도(節度)를 넘은 음주(飮酒)를 비문화적(非文化的)인 회화(會話)로 당신네들 속에 보고듣고 느끼는 일은 슬픔니다.

‘문인(文人)치고 생활(生活)을 아는 사람이 없다’

영예(榮譽)이며 동시(同時)에 불명예(不名譽)인 이사실(事實)을 거부(拒否)할 역시(歷史)붙어 못 갖었읍니다. 톨쓰토이나 떠수트엎수키―나 수토린드베리― 나 다 좋은 남편이나 아버지나 시민(市民)이 아니었다지만……

도저(到底)히 표현(表現)할수 없는것을 생각하고 있는 때문만이 아닐것입니다. 자기(自己)의 사상(思想)을 구체화(具體化)하기엔 기교(技巧)와 지식(知識)이 부족(不足)한 탓도 아닐것입니다. 우리 말의 발굴(發掘)과 개화(開花)는 작가(作家)의 손을 기대려야 하지 않겠읍니까?

문화인(文化人)의 수난(受難)은 하필 이 시대(時代)의 특징(特徵)만은 아닐 것입니다만은 이렇듯 원고(原稿) 한장 바른 자리, 안윽한 분위기(雰圍氣)에서 못쓰게 되는 작가(作家)의 생활(生活)의 불편(不便)을 어떻게들 생각하십니가?

자유(自由)를 존중(尊重)하는 이쪽 하늘아래서야 말로 정당(正當)한 투쟁(鬪爭)을 필봉(筆鋒)으로 전개(展開)해야 하지 않을까요? 비용(費用)이 생기면 우선 한잔 마시자는 습관(習慣)과 주의(主義)가 당신네들의 무기력(無氣力)과 아울러 생활(生活)을 부조화(不調和)에로 부조화(不調和)에로 이끄는것 같습니다.

어서 붓끝을 놀리는 골샌님에 끝이지 말고 요구(要求)할것을 당당(堂堂)히 요구(要求)하고 주장(主張)할것을 올바르게 주장(主張)하야 □작(□作)을 위한 아늑한 서재(書齋)와 늠늠히 여행(旅行)이라도 할수 있는 생활자(生活者)의 모습을 보여주셨으면 싶습니다.

흙투성이 신발과 해여진 옷이 우리 생활조건(生活條件)으로는 수치는 아닐런지 몰라도 자랑은 못될것입니다.

단정(端正)한 풍모(風貌)에 할수만 있으면 윤택(潤澤)한 모습을 보고 싶읍니다. 너머나 생(生)을 괴로움의 영위(營爲)라고만 녁이는것은 이런 최악(最惡)의 생활조건(生活條件)을 이겨나갈 우리의 태세(態勢)가 아닐것입니다.

인간(人間)이상(以上)의 작품(作品)을 나올수 없는 것이 사실(事實)이라면 어떻게 사느냐의 마음의 양태(樣態)와 생활형식(生活形式)에서 창작(創作)의 보탬을 기(期)할수는 있을것입니다.

이미 자유(自由)로 쓸수 있는 우리말과 글을 인제는 한줄의 발표(發表)에도 세계(世界)란 넓은 무대(舞臺)를 상정(想定)하지 않을수 없게 됩니다.

세계문단(世界文壇)에 당당히 나갈수 있는 재질(才質)과 노력(努力)과 그 배경(背景)에서의 격려(激勵) 편달(鞭撻)이 절대(絶對)로 필요(必要)한 이 마당에 섰습니다.

눈부신 신인(新人)의 태동(胎動)을 느끼거니와 정녕 이 해는 당신네들 속에서 세계(世界)에 크게 웨치는 소리가 있을것을 믿습니다.

여류(女流)는 여류(女流)의 개척(開拓)할바 터전이 있고 길이 있을 것이기에 자기(自己)의 혈질(血質)을 따라 그렇게 가 보고져 합니다.

순수(純粹)하면서도 대중적(大衆的)인 조선적(朝鮮的)이면서도 세계(世界)인 작품(作品)을 나는 당신네 작가군(作家群)에게 기대(期待)합니다.

(一九四九.一.卄八, 記)

『백민』 5권2호, 1949.3, 54-55면.

만일(萬一) 우리들(女人)만의
나라가 슬수있다면?

글세올시다 그런것은 상상(想像)도 해본일이 없음니다만 소위(所謂) 내가 이상(理想)하는 그런 나라는 아닌것 같습니다 여자(女子)만의 집도 우환(憂患)이거늘 여자(女子)들만의 나라가 설수 있다는것은 바라지도 않거니와 있을수도 없는 일. 옛이야기에 나오는 여왕(女王)의꿈은 혹(或) 동화시절(童話時節)에 찬란하던 무지개라고나 할까요? 왕(王)보다도 더 높은데 야심(野心)이 있던 사람이 한거지에게 따뜻한 동정(同情)의 손길을 베프는데 인간(人間)으로의 만족(滿足)을 느낀다면 주권(主權)이 문제(問題)가 아닐줄 암니다.

그야말로 집안을 꾸려가듯 아이를 기르듯 오밀조밀한 배포에 있는 것이 아니라 훨신 국민(國民)의복리(福利)에 기점(基點)을 둔다면 여성(女性)의 천직(天職)과기능(技能)을 마음껏 발휘(發揮) 할수있도록 사회(社會)나 국가시설(國家施設)에 있어서 유의(留意)하지요.

현실사회(現實社會)나 국가(國家)가 기형(畸型)으로 이상적(理想的)이 아니듯이 여자(女子)들만의 나라가 선대도 역시(亦是) 제대로 된것이 아니 겠기에 요(要)는 사람은 조화(調和)속에 호흡(呼吸)하기를 원(願)하는 동물(動物)인 까닭이 나의 소원(所願)이라면 그런 조화(調和)의 나라를 이룩해 보자는것이지요.

능력문제(能力問題)를 놓고 볼때 우리는 우리자신(自身)의것을 자부(自負)합니다만 나라보다도 우리는 더 모체(母體)가 되는 가정(家庭)의 주권자(主權者)로 현재(現在)보다 엄연(嚴然)히 존귀(尊貴)한 위치(位置)에서 남성사회(男

性社會)의 일체(一切)를 조종편달(操縱鞭韃)해야지요.

주권(主權)을 우리에게 맡긴다면 우리의 성능(性能)에 의(依)한 훈련(訓練)의 교묘(巧妙)로써 각자(各自)의 기능(技能)대로 적재적소(適材適所)에 등용(登用)하여 현재(現在)같은 남성본위(男性本位)가 아니요[여성본위(女性本位)가 아닌] 기형적(畸型的)이 아닌 나라를 만들지요. 역사적(歷史的)인 보복심(報復心)에 불타서 법률(法律)을 만들되 재외식(在外式)으로 전도(轉倒)된 형태(形態)를 거부(拒否)합니다. 인간(人間)은 항상(恒常) 향수(鄕愁)와 함께 죽엄도 미화(美化)하듯이 남자(男子)니 여자(女子)니 부귀(富貴)니 빈천(貧賤)이니 할 것없이 나라와 인류(人類)의 훨씬저 위에 인간본연(人間本然)의 자태(姿態)로 우리의생(生)을 향유(享有)할수있는 조건(條件)에 놓아둘수있는 그런 상태(狀態)에의 희구(希求)가 간절합니다.

"밝은 미소(微笑)와 따뜻한 눈물로 엉기이는 사람과사람이 사는 사회(社會)와 나라를" 하고 염원(念願)함으로 허영(虛榮)이 많으리라는 여자(女子)들만의 나라에서 넓은 우주(宇宙)를 전망(展望)하렵니다.　(女家作家)

『신여원』 1권1호, 1949.3, 21면.

노—트에서

　그것은　낯익은　종로연선(鐘路沿線)이었다.　5리(里)나되는산(山)기슭을따라
꾸브러진　길을걷노라면　흰눈이　부실부실나리고　하늘은　무거히　나려　덮여있
었다.　걷는　사이에　산(山)도　들도　길도　눈으로　뒤덮이고　내발은　그　속을　헤매
고있었다.　다시　하늘은　활짝개이고　해빛이눈부시게　퍼졌다.　흰눈이　깔린　무
역한　벌판에서서　한참　바라보노라면　또좁은길이　내　발거름을　재촉했다.　나는
어째서　눈속을　그렇게　가야하는것이며　또어디로　그렇게　갔던것인지　모른다.

　발꼬락은　아직도　어름같이　차디　찼다.

　"쏴—쏴—"

　나는　무슨　소음(騷音)을　드렀다.　드렀다기보다　아주　희미(稀微)하게　느낀
것이었다.　그소리는　언제　어느때에　아니항시(恒時)　귀에　익게　드러온소리요
느껴온　속사김　같았다.

　"쏴—"　하다간　소근소근　속사기며　흐느끼며　나즉히나리는　소러었다.

　나는눈을　번쩍　떴다.

　금시　내가　눈길을　헤매고있었는데　그것은　분명히　밖에나리는비소리에
잠을깬것이었다.　흰눈길에　고무신　한짝을　잃어버리고나는　그고무신짝을　더
듬어　미끄러운　철길위에서뜀박질　하고　있었던것인데…….　내가슴은　애수함
에저린것　같았다.　아직도　눈길위에　헤메는것같았다.

　어떤　좋은　음악(音樂)보다도　정(情)다운　말소리보다도새벽에　잠속에서부
터　가슴에파급(波及)되어　오는비의　리듬은　어머니의　자장가　이전(以前)에　든

던 혼(魂)의 위무(慰撫)인것이었다. 좋다. 좋되 설게 슬프도록 좋은것 ―

어려서부터 나는그런 시간(時間)에 내숙명(宿命)을 축시(逐視)하는것같은 생각속에 잠겨있는것이었다.

한줄 의식(意識)의 경계선(境界線)은 눈길에서 빗소리속에 나를 이끌었다. 무슨 비약(飛躍)일까? 나는 암흑(暗黑)속에 내 심장(心臟)의 고동(鼓動)을 드렸다. 나는 아모것에도 침해당(侵害當)하고 싶지않은 나의 흐느낌을 오래 게속 하였다.

문창이 푸르러 오는것을 보고나는어느 틈엔가 다시 잠속에 나의 의식(意識)을 잃어 버렸다.

×

이렇게 오래 가물어 매마른 땅에 몬지만 폴폴 일고 숨이 턱턱 마키는 더위에 휘몰리게 되면 저 뜰악 마른 나무와 풀위를 흠뻑 적시어주는 비줄기가 그립다. 땅도 나무도 풀도 마른속에 마음을 적시울 음향(音響)이 더욱 그리운 것이다. 시간(時間)과 정력(精力)과 그리고 사는 보람을 놓고 저울질 할때 오늘의 우리의 현실(現實)은 그대로 모순(矛盾)이오 갈등이다. 한시간(時間)인들 자기분열(自己分裂)을 느끼지 않고 생명(生命)의 충일감(充溢感)에 젖을수 있느냐?

비오는 거리를 거러 다니고 싶다. 머리로 부터 발끝까지 함뿍 젖어 일체(一切)의 몬지와 잡음(雜音)과 매마른 꼴을 잊고 오직 한 음향(音響) 한 풍경(風景)속에 통일(統一)되고 싶은 마음이다.

작품(作品)하는 생활(生活)이 늘 잡무(雜務)에 눌리우고 보면 온갖것에 대(對)한 반발(反撥)과 기피(忌避)가 농후(濃厚)해 갈 뿐이다. 자유인(自由人)의 너그러운 호흡(呼吸)을 한 기계(機械)속에 모라 넣기엔 저마다 억울하지 않을수 없다. 우리는 우리의 생활(生活)을 그렇게 매마른 속에 보내고 있는 것이다.

사색(思索)하며 창조(創造)하는 정신(精神)은 늘 현실(現實)로 더부러 질식(窒息)할것 같은 부자연(不自然)속에 함몰(陷沒)되려 한다. 요(要)는 베－토벤이 가장 중요(重要)한 청각(聽覺)을 빼아껴 외부(外部)로부터의 유열(愉悅)을 기대(期待)할수 없을때 그는 그의 마음속에 환희(歡喜)를 창조(創造)했다 드시 참말 끈임없는 내적세계(內的世界)의 창조성(創造性)의 함양(涵養)이야말로 우리를 이 기갈(飢渴)에서 구출(救出)해줄 활력소(活力素)가 아닐까?

더듬고 보면 한가닥 사는 힘의 밧줄은 그런 자기세계(自己世界)의 충실(充實)에 있는것이 리라.

극도(極度)로 자기(自己)의 주위(周圍)를 정리(整理)하고 자기(自己)를가두고 고독(孤獨)을 자유(自由)하는 일이야말로 자기신장(自己伸張)의 길일것이다.

한가지에 미치는일한소리에 팔리고한 풍경(風景)속에 젖어 드러 자기(自己)를 드를수(聞)있는 생활태도(生活態度)를 속임없이 가지기를 노력(努力)하고싶다. 살아간다는 표준(標準)을두기에 달렸을것이다.

수(數)없이 머릿속에 떠오르는 상(想)! 썼다지웠다 또 쓰고 짓고길위에쓰는 낙서(落書)도 무수(無數)하고 꿈속에펴는 이야기도 무한(無限)하다. 결실(結實)없는 제목(題目)이 불쑥 불쑥나타난다. 어떻게 뼈를가꾸어 윤색(潤色)할 것인가? 답답(畓畓)한 현실(現實)이 고달프게 가로놓여있어 숨매킨 시간(時間)에도 늘한세계(世界)를 집짔고 살수있는 저력(底力)을 조용히지니고 싶다.

꿈과삶과 죽엄이표현(表現)이 다른한가닥 인생(人生)의 소리인가?

감우(甘雨)를 기대린다. 함벅 젖어서 싱싱한 나무잎위에 피로(疲勞)한 시각(視覺)을 달래고 싶다. 아모도 빼았지 못할 그윽한소리속에 전신경(全神經)을 쉬이고 싶다

써서는 덮어 두고 덮었다간 펼치는 낙서(落書)마냥 줄곳 생각은 이어 닿으며 끊어지며 그래서 산다는 의지(意志)를 표기(表記)해가는것일까 (끝)

『민족문화』 1권1호, 1949.9, 93-94면.

새로운 작품구상(作品構想)

바쁜 시간(時間)과 거친 환경(環境)속에서 빚어지는작품(作品)들이라 의욕(意慾)과는 달리 항상(恒常) 서글픈 결과(結果)를 낳아버리는것을 부끄럽게 생각합니다 그 구상(構想)이야 어떻든줄기찬 연속선(連續線)을 가질수없는 생활(生活)의 부조화(不調和)와 역량(力量)의 부족(不足)으로인(因)한 보잘것없는 작품(作品)들을놓고 볼때 문학생활(文學生活) 10년이 다만 한심(寒心)하고 공허(空虛)할뿐입니다. 숙명(宿命)과같이문학(文學)을 하지아니치 못하되내가 가진 인생(人生)의 배재(配材)는왜 이다지 가난한것인가? 모든것이 소재(素材)아닌것이없고모든것에 소설적흥미(小說的興味)를 느끼면서도 상(想)은 피곤(疲困)하게 분주(奔走)한 영역(領域)을 달릴뿐입니다 그것들을 정리(整理)하고 올바른 체계(體系)를 세워 묘사(描寫)해 보고 싶은것은 비단 새해나서그런것만도 아닙니다

우리같은 환경(環境)에 새해라고 새해다운 설계(設計)가 있을것도 아니지만 여기서 또 새로운것을 힘찬것을 기원(祈願)하지 않을수 없는것입니다

모든것은 이제부터라고 마음을 도사리고 꾸준해 보려고 합니다

여러햇동안—그것은 내가 문학(文學)하고 싶다는 의식(意識)을가지는때부터 이미 커다란과제(課題)로서 항상(恒常) 마음에 왕래(往來)하던것을 이제부터 실천(實踐)에 옮겨 볼까합니다 전(全)혀 발표(發表)를 문제(問題)삼지말고 자기(自己)의 위치(位置)를 몰각(沒覺)하고라도 소위(所謂) 순문학(純文學)이라는것을 구상화(具象化)해보고싶습니다 파고들어 사람의 영혼을 잡아 흔

드는 진실(眞實)의추구(追求)를 어떤형식(形式)을 빌리느냐의 문제(問題)를 떠나서 거기 사람이 겪을수있는 최대(最大)의 시련(試鍊)을 겪으면서 끝내 인간(人間) 그자체(自體)를 사랑하는 '인간(人間)'을 묘파(描破)해봤으면 ― 어떤 공간(空間)에도 제약(制約)되지말고 인간(人間)이 갈수있는 마지막길까지 가보는 탐구(探求)를 나의약(弱)한 힘이 어찌 감당해낼것이겠읍니까? 여기 거대(巨大)한 민족(民族)의시련(試鍊)과 개인(個人)의 번뇌(煩惱) 그대로를 심각(深刻)하게사실화(寫實化)한 한편(篇)의 마음에드는 작품(作品)도 얻어보기어려운 현실(現實)에서 간절(懇切)한희구(希求)가 없을 수 없읍니다

과연(果然) 적나라(赤裸裸)하게 표백(表白)할 수 있을까? 주저(躊躇)없이 인간(人間)을 요리(料理)할수있는가의능력문제(能力問題)보다는 열(熱)과 성(誠)의문제(問題)라고 생각합니다

전(前)부터도 그러했지만 요새 궁리해보는일인즉『젠에어』나『바람과 함께가다』나『대지(大地)』나모두그것이 여성(女性)을 통(通)하여 생산(生産)되었다는 점(點)에 경이(驚異)와공명(共鳴)을 느낍니다 들뜬 피상적(皮相的)인생(人生)이 아니라 거기찬찬한 생(生)의 영위(營爲)가있고 탐구(探求)가있고 고뇌(苦惱)와 즐거움이 □폭(□幅)으로보다심도(深度)에 있어서 절실(切實)하다는 것은 애인(愛人)으로모성(母性)으로 여성(女性)으로 그리고한 인간(人間)으로서의 심화(深化)를보여주어 좋습니다 '모팟상'의『여자(女子)의 일생(一生)』은 서양(西洋)에있어서는 거대(巨大)한 비극(悲劇)인지 몰라도 그것은이미 우리나라의 여성(女性)이받는 수난(受難)에비(比)하면 하나의 상식(常識)에 지나지않습니다.

해방후(解放後)에 겪은 체험(體驗)은어떤 창조(創造)의형태(形態)를 빌어 묘사(描寫)되든 일찌기 상상(想像)도 못하던 거센 파도(波濤)였읍니다그 물결을 타고 하나의 인간(人間)이 하나의 여성(女性)이 어떻게 생활(生活)하며 지향(指向)해 가는가를 다시 말하면 현실(現實)을 어떻게 파악(把握)하며 명일(明日)을 어떻게 설계(設計)하는가 새시대(時代)의인간형(人間型)을 그려보고 싶

습니다.

그런 반면(反面) 전(全)혀 꿈같은 진실(眞實)을 즐겁게 기록(記錄)해보고 싶은 종래(從來)의 플랜도 실천(實踐)해보고 싶은것 한 원천(源泉)에서 두가지의 지류(支流)를 형성(形成)하고싶은 욕심(慾心)을 가지고새해를맞이할까 합니다

문학(文學)을 몹쓸고역(苦役)으로 알고 심(甚)히 불행(不幸)을 느낄때도 있읍니다만 역시(亦是)나는 문학(文學) 자체(自體)를 사랑한다는 뜻에서 퍽 행복(幸福)을 느끼게 되었읍니다

즐겁게 제작(製作)할수있겠다는 애착(愛着)이 뚜렷해지는데서 거친바람속에서도 유열(愉悅)의미소(微笑)를 안을수 있을것같습니다

긴것을 쓰고싶다 가는 역시(亦是) 단편(短篇)의 매력(魅力)을 잊을 수가 없읍니다 겹겹이 인생(人生)속에 묻친 단면(斷面)을 해부(解剖)해보고싶은 즐거움에서 내 눈은 항상(恒常) 무엇을 찾고 내 귀는 무엇을 들으랴고 긴장(緊張)해 있는것 같습니다

어떤 의미(意味)에서든 문학(文學)은 내게 있어서 무기(武器)가 될수 있다는 확신(確信)을 가다듬어 볼까 합니다

≪서울신문≫ 1950.1.6. [신춘단상(新春斷想)]

'밋첼'여사(女史)와 나

—『바람과함께가다』를 통(通)하여—

上

어떤 신경(神經)의소유자(所有者)인지 나는길눈이 몹시어둡다 아무리 시골길이라도 찾아가는집은 무척애를먹는 것이고 도회지(都會地)에이르러서는 한번갔던 집이라도 서슴지 않고 찾아가기란 거의불가능(不可能)한일이다 이렇게길눈이어두운것은 또길에나서면 어리둥절한속에 전차(電車) 자동차(自動車) 더욱 '추럭'에 치일염여가 있기때문일것이다 나는거의 본능적(本能的)으로 추럭을무서워한다 왜그런지 길에나서면무조건 무서운것이다. 사실(事實)이때까지도 몇번(番)이나나는치여서죽을번한경험(經驗)까지갖고있다

그것은 아마 『큐리-부인전(夫人傳)』에서 '큐리-'박사(博士)가 '추럭'에 치어 직사(直死)했다는기사(記事)를 본것에도기인(起因)되는듯싶다

그런 위대(偉大)한 두개골(頭蓋骨)이산산(散散)히바사져 피투성이가 된것을 '큐리-'부인(夫人)이 오열(嗚咽)하면서 주서모으는 장면(場面)이생々(生生)히 기억에 남아 있는 까닭도 있으리라

몇달전(前)에 『바람과함께가다』의작자(作者)'밋첼'여사(女史)가 자동차(自動車) 사고(事故)때문에 그 치밀(緻密)하고 아름다운 두뇌(頭腦)를 담은 몸을 노상(路上)에 피로 물들인 기사(記事)를 보고 실(實)로 놀라고 슲었다

'큐리-'부인(夫人)과'밋첼'여사(女史)— 다 나의 존애(尊愛)하는 여성(女性)이다 그런이들위에 직접(直接) 혹(或)은 간접(間接)으로 이렇게 자동차(自動

車)로 말미암은 참변(慘變)이 있고보니 나의 공포심(恐怖心)은 더할수밖에 없다 길눈이 어두운데다 명석(明析)치도못한 머리로 줄곳 무엇을 생각하면서 다니니까 언제 어떻게 될른지 모르겠다고 혼자 고소(苦笑)한다

내가 '밋쳘'여사(女史)의작품(作品)을 처음으로 접(接)하기는 지금(只今)으로부터 약10년전(前) 일이었다. 일본번역물전4권(日本飜譯物全四券)을 단숨에 내려 읽으면서 그 구성(構成)의묘(妙)와 필치(筆致)의 능숙묘사(能熟描寫)의 절실(切實)함에 감화(感話)된바 컸었거니와 나종[바로 해방(解放)하였다고 생각되는데] 나는 광음여류(光陰如流)의 빠른 시간(時間)도 더디다고 앙탈을 하던 답々(沓沓)한 세월(歲月)속에있을때에 아모 책(冊)을읽어도 이 '밋쳘'여사(女史)의 작품(作品)만큼 구미(口味)가 안댕겨 다시 구득(求得)해 본일도 있었다

전(前)달에는 다른 필요(必要)에서 다시 얻어놓고 아직 통독(通讀) 못했거니와 대관절 이 작품(作品)의 매력(魅力)이 어떤것이기에 나는 이다지 이 작품(作品)에미치나 하고 생각하게된다

주인공(主人公) 스카—르렡으나 렡으 파틀라 메라니— 아슈레 할것없이 너무나 생々(生生)하게 묘사(描寫)되어있는것은 물론(勿論) 남북전쟁(南北戰爭)의경위(經緯)와 사세(事勢) 그후(後)의가진 사건(事件)을 통(通)해 거기에 인간(人間)의 생동(生動)하는적나々(赤裸裸)한 모습과모든것을 종합(綜合)해 본다면 확실(確實)히 흥미진々(興味津津)한 작품(作品)이다.

더욱이 마지막대목에와서 스카—르렡으가오랜아슈레에게 대(對)한미몽(迷夢)을깨고결혼(結婚)한남성(男性) 렡으만이자기(自己)가사랑하고 싶은 대상(對象)이라는걸 깨달을 때 때는 이미 늦어서남성(男性)의 마음엔 그여성(女性)이 싫여하는 오직 두가지[연민(憐愍)과 이상스런 친절(親切)]만이 남아있었다고한다절통(切痛)할노릇이다

"결혼(結婚)한때에도 그대가나를 사랑하지 않는다는건 알고있었어 그러나 나는 어리석게도 그대로하여금 사랑하게 하리라고 믿고 있었오 웃겠으

면 웃어도 좋아 그러나나는 그대의 힘이되어 귀여워하고 그대가 원(願)하는 것이면 무에든지 다주고싶었어 나는 결혼(結婚)해서 그대를 보호(保護)하고 그대를행복(幸福)되게 하는 일이라면 뭐든지 마음대루 버려두구 싶었어 죽여버린 딸년 보니―와같이 그대는 고민(苦悶)의 도가니에 있었으니까. 스칼―렡이……그대가 괴로워한건 누구보다도 내가 잘알고 있었어. 그런까닭에 나는 그대가 싸우는것을 그만두고 대신(代身)나로하여금 싸우게해 달라고 싶었어나는 그대를 어린아이와같이 놀려주고 싶었오 그대는 그시절(時節)에 전연(全然) 어린아이같았으니까…… 용감(勇敢)하고 게다가 겁(怯)많은 트집이센 아이같았어 나는지금(只今)도 그대를아이라고 생각하고 있어…… 어린아이가 아니면 어떻게 그다지 철없는짓을 한단말인가?"

≪국도신문≫ 1950.1.26.

下

냉담(冷淡)한게 '렡으'는 표백(表白)하고있다 그러나그렇게 사랑하던 마음도 지금(只今)은 가시었다는것이다 현실적(現實的)이요 선(線)이 굵고 부랑자(浮浪者)이기도하며 조롱(嘲弄)속에 진실(眞實)을 감추고있던 '렡으'와는 아주다른 몽환적(夢幻的)인 '아슈레'의 환영(幻影)을안고 '스카―ㄹ렡으'는 그것을 집요(執拗)히 추구(追求)하는 동안에 이거대(巨大)한 사랑과 진실(眞實)을 잃고야말았던것이다 '스카―ㄹ렡으'의 마음을 항상(恒常)사로잡고 있는 '아슈레'의 동양적(東洋的)인 현숙(賢淑)한아내 '메라니―'의 죽음과 더불어그의 생(生)의의욕(意慾)을 상실(喪失)하고 만다 '아슈레'는 그자신(自身)의 힘으로살아온것이 아니라 항상(恒常)

사랑의 폭(幅)넓은치마로 둘러싸고 보호(保護)해주던 '메라니―'의 힘으로 지탱해 온것임을 아내가슴을짓자 알게된다 곁에서 바라보던 '스카―ㄹ렡으'

는이정체(正體)를 발견(發見)한다 과거반생(過去半生) 자나깨나 꿈의대상(對象)이요 삶의고동(鼓動)이던 '아슈레'에게대(對)한 환멸(幻滅)이급짝이 오자이때까지 소홀(疎忽)히알던 '렛으'에의사랑이 샀트고 숨가쁜유열(愉悅)을 느낀다.

"흥 그럼 우리는 늘어긋나는 인간(人間)들인가봐 그러나 지금(只今) 이런 말이무슨 소용(所用)이 있느냔 말이야 모든것은 지나갔어나는 이이상(以上) 자기(自己)를 위험(危險)한 구렁텅에 빠뜨리고싶지를 않아!"

'렛으'는 예(例)의 조롱적(嘲弄的)인 태도(態度)로서가 아니라 극(極)히 온건(穩健)한 표정(表情)으로 애기하는 것이었지만 그것은확실(確實)히 사랑의 준거(峻拒)였다 '스카―ㄹ렛으'는 몸부림을 치고 울고 싶었다 그러나그는 또 조금 남은 자존심(自尊心)과 당혹(當惑)때문에그러지도못한다 사랑은 못받을지언정

존경(尊敬)만은 받고싶다고 마음속으로 웨친다 그는 결국(結局) 두남성(男性)을 다이해(理解)못했다 '아슈레'를 진정(眞情) 이해(理解)했던들 그렇게 치사스럽게 추구(追求)하지 않았을것이고 '렛으'를 이해(理解)했던들 그다지 소홀(疎忽)히는 하지않았으리라고 후회(後悔)한다 후회(後悔)한때는 이미 '렛으'가 격렬(激烈)한 감정세계(感情世界)에서 속이고 속고 울고 불고 하는 젊음에는 권태(倦怠)를 느낀 뒤였다 아내의 사랑을 고대(苦待)하다가 지친 뒤였고 희랍예술(希臘藝術)과같이 완전하고 균형진것 46세(歲)의 남성(男性)이 원(願)하는 온건(穩健)한세상(世上) 그것이라고 확실(確實)히 말한다

속에는 조선전래(祖先傳來)의 불굴(不屈)의정신(精神)과 끊임하는투혼(鬪魂)을지닌'스카―렛으'는 이것을 또최후(最後)의패배(敗北)이라고 받아드리기엔 아직29세(歲)의 젊음이있고 명일(明日)에의 용의(用意)가있으리라 는신념(信念)이 있었다

"모다 내일생각하기로하자 내일이면 생각할힘이 있는것이다 명일(明日) 어떻게 저사람을 도리킬 방법(方法)을 생각하자 뭐니뭐니해도 명일(明日)은 또명일(明日)의 태양(太陽)이비치는것이다"

이책(冊)의 종장(終章)이 이렇다나는 '명일(明日)'을두고 '스카ー르렛으'와
더불어 이인생(人生)에서 전부상실(全部喪失)한것을 다시 포획(捕獲)하기로한
다 거기엔 민족(民族)이나 국가적(國家的)인 고뇌(苦惱)보다도 한인간(人間)이
버티어가는 힘의원천(源泉)을 솔직하게 그려놓았다

나는인간(人間)을사랑한다. 그싸움을그진실(眞實)과 사랑을! 그 숨김없는
일체(一切)의구도(構圖)를……

내가 물질적(物質的)인 격리감(隔離感)에서 그다지 탐탁하게 생각지않던
미국(美國)을 아주 그의 인간묘사(人間描寫)로써 직접적(直接的)으로육박(肉迫)
해온 매력(魅力)을 놓고 나는 '밋첼'여사(女史)의 수법(手法)에 무상(無上)한
선망(羨望)을 느끼는것이다

'렛으'와같은 남성(男性)을! 나는 비슷한 주인공(主人公)을 조선(朝鮮)의현
실(現實)에서 채굴(採掘)하기에늘 긴장(緊張)해있다 근육적(筋肉的)이고 탄력
(彈力)있고 음영(陰影)이 농후(濃厚)한 인간형(人間型)을! 그리고 '스카르렛'와
같이 다른모든 결함(缺陷)을가졌어도 '명일(明日)'을가질수있는

투혼(鬪魂)의 여성형(女性型)을 발견(發見)하기에애쓰겠다.
그치밀(緻密)하고 아까운 두뇌(頭腦)를 싼몸이 노상(路上)에 피로물들인 사고
(事故)를 슬퍼하면서내가꽤니 자동차(自動車)추럭이 무서워지는것은 기우(杞
憂)일것이다차라리그런 위대(偉大)한 머리었기에 그다지참혹(慘酷)한 죽음을
가지는 영광(榮光)을 가질수있거늘 나야 길눈이어둡기로 남이 죽어달라고
저주(咀呪)한다기로교통사고(交通事故)때문에는 쉽사리 세상(世上)을잊는 행
복(幸福)도 못 가질 것이라고 생각하는적이있다　(筆者는 女流小說家)

≪국도신문≫ 1950.1.28.

때 묻은 시인(詩人)에게

R씨!

언젠가 지상(紙上)에 발표(發表)되었던 『비가(悲歌)』는 퍽 감명(感銘)이 깊었읍니다 참으로 한 생명(生命)이 진실(眞實)되게 싸운다는건 아름다운 일이었읍니다. 나는 그때 무조건(無條件)하고 당신의 운명(運命)을 시인(是認)했고 당신의 비가(悲歌)에 공명(共鳴)했던 것입니다. 그것이 어떤 동기(動機)로 어떻게 맺아진 맺아서는 안 될 운명(運命)의 사람들이 고뇌(苦惱)에 엉켜들어 영혼의 몸부림을 역력(歷歷)히 보□주었을때 나는 세상(世上)사람들과같이 당신을 부덕한(不德漢)이니 색마(色魔)니 하고 비난(非難)할 생각은 없었읍니다. 그 결과(結果)가 여하(如何)히 불미(不美)할지언정 어느 한점(點) 자기(自己)의 감정(感情)에 충실(充實)했다는 점(點)만은 높이 사고싶었던 것입니다. 참말 초기(初期)에 당신은 그 여인(女人)을 사랑함으로 대상(對象)의 가치(價値)야 여하턴 훌륭해 보였던것만은 사실(事實)입니다. 과감(果敢)하게 세상(世上)과 혈육(血肉)을 초개(草芥)같이 웃어버리고 오로지 자기(自己)의 생명(生命)이 열렬(熱熱)히 불 붙을 수 있는 대상을 향(向)하여 당신은 틀림없는 용사(勇士)였읍니다. 여인(女人)이 남의 아내로서 소박을 맞은 다감(多感)한 미인(美人)이요 문학애호가(文學愛好家)요 그리고 당신은 이미 약혼(約婚)한 처녀(處女)가 있는 몸이라 했읍니다.

당신은 머리와 수염을 자라는대로 버려두고 고뇌(苦惱)에 피곤(疲困)한 눈이 민망스러웠읍니다.

"나의영혼 나의 샘"

당신은 비가(悲歌)에서도 그렇게 읊으셨읍니다만 그 당시(當時)의 당신은 그 연연한 자태(姿態)의 그 여인(女人)이 없으면 한시각(時刻)도 못살겠다고 부르짖었던 것입니다. 여인(女人)은 특별(特別)히 정숙(貞淑)하고 그위에 정열적(情熱的)이래서 그런것이 아니라 한 남성(男性)에게 기울어지면 요부형(妖婦型)이 아닌 바에야 실없은 바람에 나부낄 이(理)야 있읍니까?

그 후(後) 당신은 여인(女人)에게 가진 누명(陋名)과 치명상(致命傷)을 남긴 채 딴 사람처럼 표변(豹變)하는 것이었읍니다. 이상도 하지요 당신은 한 소녀(少女)에게 미쳤는지 향락(享樂)하는지 까닭 모를 사람이되어 내눈에 띄이드군요 불행(不幸)히도 그도 아마 문학소녀(文學少女)인상싶어 당신에게 바치는 수첩(手帖)을 보니까 이건 또 키쓰니 포옹이니 임이니 사랑이니 얄궂인 문구(文句)만으로 나열(羅列)되었더군요. 거기에 보면 당신은 소녀(少女)와도 또 불작난을 하는 것이었읍니다. 그럴수가 있을까고 당신을 갑짝이 보기흉한 세상(世上)에 추(醜)한것이 되어 버리드군요 모처럼 비가(悲歌)에서 얻은 당신에게 대한 지식(知識)은 악몽(惡夢)이 되어버렸읍니다 당신의 여인(女人)은 이중(二重) 삼중(三重)으로 고뇌(苦惱)를 삼키다가 득병(得病)해서 얼마 전(前)에 세상(世上)을 떴다는 소식(消息)을 듣고 있읍니다.

"한 계집을 속인 남자(男子)는 두 계집 세 계집 얼마든지 동시(同時)에 속일 수 있다"고

어느 선배(先輩)가 하는 얘기를 들었 읍니다만 혹 세인중(世人中)에 긁어 말하는 이는 시인(詩人)이란 감정(感情)이 분방(奔放)해서 그럴수도 있는것이라 합디다만 나는 그렇게만 해석(解釋)하고 싶지않습니다. 여기에 특(特)히 말하고 싶은것은 다름아니라 당신이 당신의 여인(女人)을 배반(背反)하고 그 K라는 소녀(少女)를 농락(弄絡)하는 태도(態度)와 그 소녀(少女)의 태도(態度)를 들어 얘기 하고 싶었던 것입니다.

'남자(男子)의 마음이란 이렇게 포착(捕捉)해야……'

소녀(少女)는 그렇게 쓰고 있었읍니다. 무에든 능동적(能動的)으로 척척 내미는 적극성(積極性)에 있는것 이라나요? 당신은 그 소녀(少女)를 세상(世上)에서 순결(純潔)한 처녀(處女)로 아시는 모양이나 내가 알기에도 실업가(實業家) K씨(氏)나 모(某) 책방주(冊房主)P씨(氏)나 그런 사람을 걸친 말하자면 이 사람에게서 저 사람으로 마치 꿀을 찾아 자리를 옮기는 나븨와같은 존재(存在)인것을 확실(確實)히 알았읍니다 요(要)는 다름이 아니라 겉으로는 똑똑한체 하면서도 그러는 사이에 이사람 저사람의 때가 묻어 저 사창(私娼)들이나 기생(妓生)의떼보다도 더 구원(救援)못 받을 악질(惡質)의때(垢)가 묻는다는 말씀이에요. 걸핏하면 예술(藝術)과 과학(科學)을 논(論)하고 인생(人生)과 자연(自然)을 말하는 교양(敎養)을 풍기려는 가증스러운 현상(現象)까지 보게됩니다.

당신은 당신자신(自身)이 사랑의 고뇌(苦惱)를 겪음으로 당신과대상을 정화(淨化)할 시인적(詩人的) 실력(實力)은 없으신것이 분명(分明)합니다. 자신(自身)이 망(亡)하고 상대(相對)을 망(亡)하게하고 그리고 더럽히고 때를 묻히고……. 만일(萬一) 속에 품은 영혼의 숭고(崇高)한 정열(情熱)이 있을진대 불행(不幸)을 좀 더 고도(高度)의 의미(意味)에서 불행(不幸)의 보람을 내이게 될 것입니다.

한가지에 성실(誠實)치못한 인간(人間)의 모든 일에 춤배알고싶은 것은 비단 나뿐이 아닐것입니다. 나는 뭇사람과 더부러 참으로 하잘것없는것에 마음을 기우렸더라도 그것이 진실(眞實)에 통(通)하고 영원(永遠)에 이어 닿는 길이었으면 하고 바라는 마음입니다.　(끝)

『민성』 6권2호, 1950.2, 73면. [여인서한(女人書翰)]

장덕조 ●●●

장덕조(張德祚, 1914-2003)

- 1914년 경상북도 경산 출생
- 1932년 이화여전 영문과 중퇴
- 1932년 「저회」(『제일선』 8월호)로 등단
- 주요 경력—1932년 『개벽』사 기자, 1950년 ≪영남일보≫ 문화부장, 1951년 육군 종군 작가단 가입, ≪평화신문≫ 기자, ≪대구매일신문≫ 문화부장 겸 논설위원, 1976년 통일 주체국민회의 대의원 역임

    6·25전쟁 종군기자로 활동하며 휴전협정을 취재한 공로로 문화훈장 보관장 수상
- 대표작—『은하수』(1937), 「함성」(1947), 「저회」(1949), 「삼십년」(1950), 『여인상』(1951), 『광풍』(1953), 『다정도 병이련가』(1954), 『벽오동 심은 뜻은』(1963), 『이조의 여인들』(1968) 등의 역사소설과 『우후청천(雨後晴天)』, 『연화촌(蓮花村)』 등의 방송소설, 『누가 죄인이냐』(1957)와 소설집 『훈풍』(1951), 『여자삼십대』(1954), 『격랑』(1959), 『지하여자대학』(1969), 『이조의 여인들 1~8』(1972) 등 다수

    75세가 되던 1989년 『고려왕조 5백년』 14권 출간

• 수록 작품

●●●

장마 개이는날

마루에서 마주 바라보이는 언덕 우에 칭칭으로 닦아놓은 집터가 있다.

그전 일인들이 무슨 사택을 지으려고 지경을 닦아놓은것이라 한다.

해방후 동네 여인들이 이땅에 돌맹이를 걷어 내고 거름을주고 밭을 부쳤다.

손바닥 만한 공지(空地)를 다투는 낭자한 싸움이 날마다 우리집 앞을 소연하게 했다.

그러든것이 이 며칠 전부터 그 탐스럽든 고추밭 호박밭을 파 헤치고 공사(工事)가 시작되었다. 적산(敵産)가옥에 들었다가 미인(美人)에게 쫓겨나는 조선사람들을 수용하려는 가옥(假屋)이라한다.

밭을 부치든 여인들은 울상이되여 원통해 했으나 할수없었다.

그 대신 그들은 공사에쓸 돌을 깨기위하여 아침마다 어린것들을 들처업고 나왔다.

한마차에 삯이 80원

이제 그들은 자기네가 그렇게도 그악스럽게 싸우고 거름을 내였든 흙우에 느러앉아 묵묵히 돌을 깬다.

사람들이 묵묵하기 때문에 돌깨는 망칫 소리만이 더욱 처량하게 능안 숲에 울렸다.

게다가 장마도 좀처럼 개이지않고 연일 퍼붓는 빗발이 일하는 여인들의 머리우에 쏟아진다.

고개를 거진 직각이 되게 뒤로 젯긴 어린것의 조고만 얼굴도 빗줄기를 그대로 두들겨 맞는다.

오정이 지나면 그들은 흔히 우리문 앞 개나리나무 그늘에서 점심들을 먹는다.

이북에서 왔다는 마누라가 목메인 목소리로 신세한탄도 했다.

앞뒤로 매달리는 어린것들을 우드리며 공연히 악을쓰는 어멈도 있었다.

"세상 살기가 이렇게두 힘이 들어 어떻건 다우. 글세 돌은 반 마차두 못 깨구 벌서 기운은 없으니……"

"웨 아니어 젓빨리는 아이 어멈이 먹는건 부실허구허니 무슨 기운이 있을라구"

"해방되문 잘산다드니 원 언제나 잘살아본담"

그리고는 모다

"암만 살려구 애써도 살도리가 있어야지. 그렇다구 생목슴 끊을 수두 없구. 가늘게 나마 내 벌어서 내손에 쥐여지는게 내것 아니우"

"암, 죽지못할 바에야 어린 새끼들허구 땅을 할퀴여가면서라두 끝장을 바야지"

이같은 소리가 들려올때 마다 나는 가슴 속이 알알이 메여오르며 눈 앞이 뜨거워오는 것이다.

불상한 우리 조선의 여인들 믿고 기다리는 우리들

대체 이 마음 의 탄식을 어데다 부처보내야 옳단말인가.

그들에게도 믿고 히망하든 시절이 있었다. 팔을 휘둘으며 굳세고 아름다운 나라를 세워 보겠다든 경건한 맹세가있었다.

그러나 지금은—죽을래야 죽을 수도 없다 살래야 살수도 없다. 이 마음 이 몸을 대체 어떻게 했으면 좋은가 하고 그들은 날마다 개나리나무 밑에서 화만 내고 있다.

모다 정직하고 선량한 사람들이다.

도둑질이나 속임질도 할줄 모른다 폭력으로 남을 해치고 이익을 얻을 줄

도 모른다. 그저 살기는 괴롭고 죽기는 힘든다는 사람들이다

    지나간 그날
    왼 누리를 뒤덮었든
    우뢰같은 그 만세소리를 들었느냐
    바다의 성난 물결같은
    그 깃발의 나부낌을 보았느냐
    독립만세 독립만세
    체중 마른 누른 얼골들이
    푸른 하늘을 향하여 부르짖었다.
    ―해방이 되다니
      해방이 되다니
      나는 오늘 죽어도 한이 없겠오―

    서른여섯해
    무척도 빼앗기고 굶주렸다.
    옷 바로입은 어른이 있었드냐
    신발 옳게신은 아이가 있었드냐
    사나이도 여인도
    이를 갈며 이를 갈며
    땅을 향해 머리를 부디친다.
    ―어디 보아라
      어디 보아라
      내땅 찾는 날 두고 보아라―

    그 우뢰같은 만세소리를 생각하느냐?
    노한 파도같은 그 깃발의 나부낌을 기억하느냐?
    ―인젠 잘살날이 왔구려

　　　정말 잘살날이 돌아왔구려

　　　우리땅이 우리손에 돌아왔구려—

　　거리에서 밭가운데서

　　피를 끌이며 발을 굴으며

　　맹세하고 또 맹세하든날

　　아, 만세, 만세 해방이 되다니

　　울어야 할찌 웃어야 할찌

　　다만 두손 부비며 어쩔줄 모르든 그날.

　　그날의 감격.

　그러나 그 같은 감격은 벌서 어대로 가고 말았단 말인가.

　잘살기를 맹세하든 여인들은 네번째 8월15일에도 아이들을 업고나와 한 마차 80원 짜리 돌을 깨고있다.

　신(神)을 믿고 사람을 의지하며 기다리고 있든 그들은 주린배 밖에 꿈같이 모든 일을 잊어버렸다.

　맹세도 잊었다.

　기쁨도 잊었다.

　식거멓게 되여 고국을 찾아온 동포를 위하여 눈물을 흘리며 구제금을 모으든일도 물논 잊었다.

　그리하여 그들은 옷가라 입고 해방기렴식전에 간다는 사람들을 심히 공허한 눈으로 처다보는 것이다.

　그리고는 다시 고개를 숙여 3년 전의 자기를 돌아본다.

　3년전, 그때는 얼마나 복된 시절이 었든가.

　20대의 처녀처럼 맹목적인 감정에 젖을수 잇은것은 아즉 마음이 깨끗한 증거이다.

　그러나 이렇듯 마음의 껍질이 굳어버린 지금 누가 울며 애국가를 배우든 그날의 적극적인 감격을 기억할것인가.

다만 숨을 모으는 사람이 약해가는 자기 맥박을 스스로 헤이듯 사람들은 막연히 쇄잔해 가 는그날그날의 생활에 이끌려가고있다.

쓸쓸하고 비장한 일이다.

나는 며칠 전 신문에서 3천원의 생활비로하여 자살한 청년의 기사를 읽었다.

스물네살된 청년이었다.

뼈가 제리도록 비통한 생각이났다.

같은 청년의 주검이라도 그것이 연애 사건이나 사상적 고민같은것이 원인이라면 아즉도 그 가운데는 아름다움이 있고 향기로운 여유가 있다.

그러나 생활난으로 순전한 생활난으로 젊은 사람들이 그 생명을 끊는다면 그것은 너무나 비참한일이다.

그는 필시 선량하고 소심하고 무능한 사람이었으리라.

그가 정직하지 못하고 선량하지 안았다면 그는 주검을 택하는대신 살기 위하여는 수단을 가리지 않는 사람—모리배나 폭력단이나 다른 범죄인이 되었을 것이다.

약하기때문에 생을 부정하는것과 생존권을 위하여 수단을 가리지않으려는 강한 의사를 가지는것과 어느것이 나으리라고는 단정치 못한다.

그러나 나는 오늘도 쏟아지는 빗소리 속에 돌을깨는 망치소리를 듣는다.

좁은 논 두던의 잡초처럼 구박받고 짓밟히우면서도 살아가는 우리의 여인들이다.

한줌의 흙도 없는 바윗돌 우에도 일음없는 풀을 뿌리를 붙이고 자라나 꽃이피고 하찬은 열매를 맺는다.

불상한 우리조선의 여인들 살아보자.

살아보자. 털끝 만큼이라도 살수있는 여지만 있거든 이를 악물고 살아가보자.

조선에 아즉도 가난한 우리 여인들이 있고 그 여인들의 가슴 속에 '삶'에 대한 노력이 있는 동안 우리는 결코 실망할 것도 슬퍼할 것도 없는것이다.

팔월도 다 갔으니 멀지 않아 장마도 걷히리라. 비가 걷히면 일 하기도 한결 수월할 것이다.

모든 리론도 감격도 정치적 분열도 우리들 가난한 여인은 이제 아득히 알지못한다.

그들이 생각하고 있는것은 어린 자식들과 자기자신의 주린 배밖에 — 꿈 같이 모든 것을 잊어버렸다.

피가 숨인 손톱으로 땅을 할퀴어 가면서라도 살려는 노력. 그들이 그때까지 넘어지지만 아니하고 생명을 유지해 간다면 장래의 조선은 노력하는 그들의 손으로 돌아갈 것이다.

장마는 정말 언제 개일려나.

오늘도 여인들의 돌 깨는 소리 능안숲속에서 메아리를 불러 이르키고 있다. (끝)

『대조』 3권3호, 1948.8, 86-89면. [수필(隨筆)]

부인과 독서

「부인과 독서」란 제목으로 말씀을 드리려고하니 무엇보다 먼저

"아이 우리들한테 책읽을 시간이 어디있어"

하시는 여러분의 표정이 보이는것같아서 붓이 나아가지를 않습니다

사실 우리 한국의 가정부인들에게는 진종일 할일이 너무많아 빨래우랴 비누질하랴 집안치우랴 손님 치닥거리하랴 여간 능률적으로 시간을 별르지 않고는 좀체로 독서할틈을 얻기어려운것이사실입니다

그러나 독서는 시간보다도 한개 습관이라고 생각합니다 우리가 거리에 나가서

극장 앞에서 한가히 장사진을 치고 있는 부인들과 미장원에나 다방에서 시간을 보내는 부인들이 얼마나 많은것을 볼때 독서할 시간이 없다는것은 일종의 구실같이도 생각됩니다

더군다나 이집저집으로몰려다니며 이야기로 시간을 보내는 일부유한층 마담들은 그같은여가에 한장의신문이라도 정확하게 읽음으로써 국가사회 에 대해서올바른 인식을 갖게되고 인격의 향상을 얻을것이라생각됩니다 사 회를해치는 유언비어나 낭설도 이같은부인들의 독서하지않고 헛되히 말많 이하는데서 생긴다 할수있는것입니다.

그러면 일부 부유계급을 제하고 우리들 일반부녀들은 손에책을 들지않 아도무방할것입니까 절대로 그렇지 않습니다. 우리들의 시간이 불비하고 환경이 불리하면 그럴쑤록 우리는무리를 해가면서라도

책을 읽어야할것입니다. 왜 그러냐하면 독서는어떤때에는 괴로운 인생

도피(人生逃避)의전당(殿堂)이기도하고 또 어떤때에는 미지(未知)의 세계를향한 비약이기도 하기때문입니다

그러면 대개 독서하는데 대해서 유의할 몇가지를 말씀드리겠읍니다

첫째로 어떤종류의 서적을 읽을가를 생각할 필요가 있읍니다

아까도 말씀한바와 같이 우리 가정부인들은 우선틈이없는 사람들임으로 조그마한노력으로 큰효과를 얻을수있는 그러한종류의 독물(讀物)을 선택해야할것입니다 그러한의미에서 나는 우선 그날그날의 신문과 주간신문 '뉴—스'잡지 같은것을 읽기를 권합니다

신문과 주간지 같은것은 많은사람들이 각각 그예리한 관찰과 섬세한 두뇌로 보고들은바를 종합해서 조화된 한장의 신문 혹은

잡지를 만들어낸것임으로 이것을 주의하여 읽으면 우리가 항상 눈으로 보면서도 미처 인식하지못했던 여러가지 상식을 습득할수가 있읍니다

그러나 우리부인들에게는 자칫하면 신문이나 주간잡지같은것을 빼놓지 않고 읽는 습관조차 지속하기가 어렵습니다

신문 가져온 기척이 납니다 바깥양반께서 우선신문집어오라고 아이들을 시키십니다 아이들이집어온 신문은 바깥양반의손에서 아드님의 손으로 다시딸의손으로 그러다보니 우리는신문읽을기회를 놓쳐버리는것입니다

그러므로 부인들은 조간이면 조간 석간이면 석간을 주인어른손에 전하기 전에 단 오분이나 십분의시간을 얻어서라도 먼저 읽는 습관을 부치십시다

바쁜날이면 바쁜대로 전체를 다 통독하지는 못하드라도 이같은 습관만은항상 간직하고 싶습니다

그다음에 권하고싶은것은

문학서류입니다문학이 그 독자에게주는것은물론 단순한지식은아닙니다 학문에의해서구할수있는 것과는 전혀판이한것입니다.

그러나 그 학문아닌것가운데서 우리는 학문이 가르쳐주지않는 진실을 배울 수가 있는것입니다

문학은 인간생활의 현실을 복잡미묘한 방법으로독자에게 전달합니다

그렇지만 요새 책사에나와있는 소위문학서적이라는 것이 모두가 이렇게 유위한 것은 아닐것입니다 그것은 해방후 홍수같이 밀려나온 출판물가운데 문학을 빙자한 저급속악한 저서가 많이있기때문입니다

일전 어떤 출판하는분이

"요새는 에로 그로 넌센스면 영낙없이잘팔린다"

하는말을 들었읍니다.

심히 경계할일입니다 그러므로 우리는 문학서적을 고를때에

우선 그 저자가양심적인 사람인가 그 출판사가 영리만을 위하는곳이 아닌가를 미리 알아볼 필요가있읍니다

둘째로 유의할것은 책을 읽는 자세입니다 우리는대개 밤 어린것을 끼고 누어 책을 보다가 그대로 잠이 들어버리는데 이렇게하면책도 많이 상하고 독서에대한 관념도 저하됩니다

그러므로 우리는 언제나 단정한 자세로 독서하는버릇을 부치십시다

그리하여 독서하는것이얼마나 우리생활에 중요한것인가를 깨달아 정신의 수양을 도모하시기 바랍니다 끝으로 말씀드릴것은 독서하는것을 조금도 어색하게 생각하지말아야 할것입니다

우리는 누구를기다리거나

여행같은것을 할때에도 멀건히앉아 시간을 보내는데 외국에서나 가까운 일본같은 나라에서도 이런 일은 절대로 없다합니다

우리는 흔히 많은사람들 앞에서 손에 책을 들고앉았으면 검방지게도 보일까 저어하나 이같은 관념이야말로 우리들의손으로 타파해야 할것입니다

험수리한 가정부인들이손에손에 책들고 독서하는아름다운 풍경을 우리들의실행으로 이 시대에 실현하지 않으시렵니까.　(筆者는 小說家)

≪서울신문≫ 1949.12.26. [가정]

전락(轉落)하는 모성애(母性愛)

上

지난 3월12일부(附)어떤신문에는'돈에환장한어머니'란제목(題目)으로 문둥이에게 10만원을받고 그 딸을 살해(殺害)하여 간(肝)을 제공(提供)했다는 기사(記事)가났읍니다 영천군청통면신학동(永川郡淸通面新鶴洞)에사는 이선동(李先童)의처(妻) □말조라는 여인(女人)은 자기의 소생(所生)인 이녀(二女) 자정(自丁)[大]의 간(肝)을 동내(洞內)에사는 문둥병자 황□규(黃□圭)의 약으로 팔아 황(黃)의 모친으로부터 10만원을 받을약속(約束)을하고 지난2일(정월 보름날)밤 딸을 다리고 나와 동내 뒤ㅅ산속에서 이를 살해(殺害)하였다 는 것입니다 나는 이 기사(記事)를 읽으며 심(甚)히흥분(興奮)하였읍니다

사실(事實)로써 믿기조차 어려웠읍니다 그러면서도 무슨 이유(理由)가 있으려니했던것입니다

과연 그보담 늦게 배달된 다른 신문에서 그렇게 되기까지의 이유(理由)의 하나로 극도(極度)의 생활난(生活難)을 들고있는 것을 다시보았읍니다

다른 자녀(子女)와 가족(家族)들을위해서 한소생(所生)을 희생(犧牲)시킨셈입니다

나는흥분(興奮)한 가운데서도한가닥 구원(救援)의 길을 발견(發見)한듯 비로소 한숨을내쉬고눈을감아 보았읍니다

물론(勿論) 부모(父母)가되어내자녀(子女)를 살해(殺害)한다는것이인도상(人

道上) 법률상(法律上)도저히용서(容恕)할수없는죄악(罪惡)임에는틀림없읍니다

　　그러나 모지(某紙)의 보도(報道)와같이극도(極度)의빈곤(貧困)에빠진 무력(無力)한여자(女子)로서 각가지노력(勞力)을다해본끝에 드디어저이같은악행(惡行)에까지손을 대지않을수없었다면 나는이사건(事件)을 입을모아로□□만할것이 아니라 이것을한개 사회문제(社會問題)로써논의(論議)해볼필요(必要)가 있을것이라 생각합니다

　　애정(愛情)의 갈등도아니요 사상(思想)의 □대동□(□大同□))도아니오 단순(單純)히 금전상(金錢上)의관계(關係)만으로사람이 사람의 생명(生命)을뺏는다는것은 참사중비참사(慘事中悲慘事)입니다

　　더욱이 그것이 가장신성(神聖)해야하고 본능적(本能的)으로도 가장살뜰해야할 어미와자식(子息)의 사이에있어서 겠읍니까

　　재래(在來)로부터 어느 나라를 물론(勿論)하고 그자녀(子女)를위해서는 수(數)많은 모성(母性)이피를 흘리며 생명(生命)을바처왔읍니다

　　더욱이 우리한국(韓國)의 가족제도(家族制度)는 혈통(血統)의 존중(尊重)에부수(附隋)하여몹씨 정조관념(貞操觀念)을 발달(發達)시켰으니 여성(女性)의 정숙순결(貞淑純潔)은 극단(極端)으로 실현(實現)되고 동시(同時)에그연장(延長)으로써 모성애적감정(母性愛的感情)이비상히발전(發展)되 었던것입니다

≪국도신문≫ 1950.3.14. [시사수감(時事隨感)]

下

　　그러나 나는 이 여인(女人)이 자식(子息)을 죽이기전에 장사로 혹은 품파리로 그 '극도(極度)의 빈곤(貧困)'을 타개(打開)할려고 무척 애썼을것을 상상(想像)해보려합니다

　　남과같이 먹이지도 입히지도 못하는내자식이기 때문에 항상가슴아파 했

을것도 생각합니다

그렇건만 생활타개(生活打開)의 길은 막연(漠然)하고 아이들은 나날이 더 파리해 갔을는지 모릅니다

그리하여 결국그는 자기가 직접(直接) 무슨 힘을 가(加)하여 죽이지아니하더라도 가령 영양불량(營養不良)이나 □으로하여 어린것들이 머지않아불망(不忘)의 죽엄을 당하고 말것을 깨달았을는지도 모릅니다 그래 결국(結局)이 모든

곤경(困境)을 피(避)하려할진대 무능(無能)한 그는그자식(子息)들과함께 그 몸까지 죽어버릴것을 생각했을 것입니다.

이때에 문둥병자의 모친(母親)으로부터 10만원의 유혹(誘惑)을 받았습니다 물에빠진 사람은 짚으래기라도 붓든다 합니다

무능(無能)한 어미는 한사람의 자녀(子女)를 희생(犧牲)하여 다른 여러 가족(家族)을 구(救)하기로 결심(決心)했을것입니다

이렇게 생각하는것은 나의 어떤 감상(感傷)일런지도모르겠읍니다

그러나 날적부터 악인(惡人)이 어디 있겠읍니까

□도(□道)□의 이

독부(毒婦)도 20년전(前) 연지찍고 곤지찍고 이(李)씨문중(門中)으로 시집을 올때에는 결혼생활(結婚生活)에 대한 무지개같은동경(憧憬)과 장차 태어날 어린것들에게 대(對)한 꿈같은□□이 있었을것입니다

그렇던것이 20년이 지난오늘 그가 소생(所生)을 죽인 야차(夜次)같은 악인(惡人)으로 만인(滿人)의 분격(憤激)을 사가며 법정(法庭)에 설줄이야 어찌 뜻하였겠읍니까

그 자녀(子女)를 사랑하지 않는 모성(母性)은 세상(世上)에 없을것입니다

아무리 갖난 피덩이의목을졸라 질식(窒息)케하고 어린자식을 칼로찔러 살해(殺害)하는무정한 어미라도 본래적(本來的)으로 보았을때는 모두 같은인간(人間)입니다

난산(難産)의 고통(苦痛)을참지못하고그새끼를잡아먹는 어미개(犬)□ □□에 새끼를 빼았길까 두려워하여 밤잠을 자지않고 지키는것과같이 인간(人間)의 어미도 어떤때는 동물(動物)이되어 또 어떤때는 □과 □□할 모성애(母性愛)의 화신(化身)도 되는것입니다

세상(世上)의 모성(母性)을 신(神)의지위(地位)로부터 동물(動物)의본능(本能)으로 전락(轉落)시키는것은 곧 환경(環境)의힘입니다

악마(惡魔)같은 어미□도(道)의 희생녀(犧牲女)도 달밝은 보름밤 어린딸을 죽이러 산(山)으로 끌고 가기전에 허트러진 머리를 다시 빗겨주며 조고만 목을얼싸안고 □□하지 않았다고 누가 □□하겠읍니까 손이떨려 참아 어린것의 생명(生命)을 끊기 어려웠을때 밥을 달라고 아우성치는 다른 자식(子息)들의 모양을 눈앞에 그리고 다시금이를악물었는지도모릅니다

그렇다고 나는 결(決)코 이

잔악한 여인(女人)에게 동정(同情)하는것이 아닙니다

다만 한가지 사건(事件)이 일어났을때 우리는 그□의 사건(事件)을 살펴보자는것입니다 오로지 우리를 모성(母性)이 부르짖는것은 이것뿐입니다 '모성(母性)으로 하여금 안심(安心)하고 그 소생(所生)을 양육(養育)케 하라

그렇게 하기에 필요(必要)한 모든 경제적(經濟的) 사회적(社會的) 보장(保障)을 주라' (筆者는 作家)

≪국도신문≫ 1950.3.17. [시사수감(時事隨感)]

전숙희 ●●●

전숙희(田淑禧, 1919–2010)

- 1919년 함경남도 원산 출생
- 이화여자고등학교를 거쳐 이화여자전문학교 문과 졸업
- 1938년 단편 「시골로 가는 노파」(『여성』)를 발표하면서 창작활동 시작
- 주요 경력—1954년 아세아문화재단 후원으로 1년간 미국 문화계를 시찰하고 컬럼비아대학교에서 비교문화를 연수. 1959년 문화사절단의 일원으로 대만 방문, 그 후 일본·독일·미국·프랑스 등의 국제 펜클럽 세계대회에 참석. 1970년 동서문화교류를 목적으로 월간지 『동서문화』 창간. 국제 펜클럽 한국본부 명예회장, 계원조형예술대학 이사장 역임 금관문화훈장 추서
- 대표작—첫 수필집 『탕자의 변』(1954), 기행수필집 『이국의 정서』(1957), 전기 『여수상 깐디』(1966), 두 번째 수필집 『밀실의 문을 열고』(1969), 『삶은 즐거워라』(1972), 네 번째 수필집 『나직한 발소리로』(1973) 등 다수

• 수록 작품

가두소감(街頭所感) ‖ 어느날의 일기(日記) ‖ 눈 오는 거리에서 ‖ 문학소녀(文學少女)때의 추억(追憶) ‖ 지향(指向) ‖ '고모라'의 성(城) ‖ 여자(女子)의 마음 ‖ 어제의 나 오늘의 나 ‖ 우수기(憂愁記)

가두소감(街頭所感)

　요지음은 전차를 타려도 줄, 영화를 보려도 줄, 배급을 타려도 줄, 이렇게 아츰부터 밤까지 줄을느려서야만 무엇이나 할수있는 세상이고 보니 따라서 '새치기'란 새로운 처세술이 유행하지 않을수도 없게끔 되었다.

　쌀배급을 좀 타먹으려도 배급날은 새벽부터 부산을 떨고 나가서지 않으면 못 타고 마는수가 많다.

　하긴 우리집 색시는 어떻게나 영악스러운지 나가기만 하면 영낙없이 잘 타 오긴하지만 하로는 옆집 부인네가 와서하는 말이

　"어쩌면 댁의 식모는 고렇게 똑똑해서 번번이 새치기도 잘한다는 우리집 명텅구리는 새치기를 하기는 커녕 밤낮새치기를 당해서 종일 느러 썼다가도 그냥 덜렁덜렁 오는수가 많으니 글세 그 바보 때문에 내가 답답해 죽겠군요" 했다. 참으로 답답하기도 할 노릇이다 이렇게 새치기 잘 하는것을 욕 하기커녕도리혀 부럽게 생각하게쯤 되었으니 세상된꼴을 알아봄직도한 노릇이다.

　내가 번번히 새치기의 중동을 절실히느끼는 것은 전차를 탈 때이다. 애당초 남의 앞을 시침이를딱 띠고 가로채 드러슬만큼 앙큼스럽거나 혹은 답차지 못할 바엔 언제까지고 느러서서 누굿이 기다리기라도 했으면 마음 편하련만 이것도 저것도 못되는 나인지라 설대로 서 있으면서도 공연히 마음은 분주 하고 불안 하다. 며츨전 일이다. 용케 을지로행 전차를 집어 타고 4시50분 기동차를 타려성동역으로 향하는 도중 동대문 종점에서 네리자

마춤국민대회를 마치고 서울운동장에서 쏘다저 나오는 각 청년단체들 때문에 통단이 금지 되고 말었다 시각은 이이 4시를 지나 속히 이 길을 건너가 청량리행 전차를 바꿔 타야만 기차를 탈수있는데 청년단체의 행렬은 끝이 없고 경관들은 한간통 만큼씩 서서 행단을 감시 하고 있었다 이쪽에 둘러 선 군중은 모두가다 그 길을 건너야 할 사람들이었다. 그러자 한 청년단체 의끝과 또 다른 청년단의 처음이 연결되는 조그만 틈을 타서 수십명의 사람들이 와—하고 뛰어 건너가 버렸다. 나는남어 있는 사람들을 휘이 둘러 보았다 모도가 다음 기회에는 나도 새치기를해 빠저 나가겠다는 표정들이었다.

한 행열이 끝나고 또 다음 행열이 이어젔다. 대기 하고 있던 수십명의 사람들이 또 와— 하고 그 틈으로 빠저 다라났다. 나도 양산과 핸드빽을 옆에 꼭 끼고 발을 띠여 놓았다. 그러나 순간 옆에 섯든 경관이 흘깃 처다. 보는바람에 나는 훔칫 발을 멈처 버리고 마랐다. 다음 행열에도 또 다음 행열에도 사람들은 훔흠이 잘 빠저 다라났으나 나는 그 행열이 다 지나도록 그냥조바심만 하고 서 있을 수 밖에 없었다. 행열이 끝났을 때는 이미 4시반이 훨신지나 있었다. 나는 남 다 하는 새치기하나 못해서 이렇게 기차 시간을 놓지고랑패를 보지 않으면 안되는 나 자신을 한탄 하며 헐득 헐득 왔든 길을 되 돌아갈수 밖에 없었다. 그것도 질서를 엄수하기 위해 중요한 일을 랑패 시키면서라도 일부러 끝까지 기다리고 섰다가 시간을 놓젔다면 오즉이나 떳떳 하랴만은 이미 고런 종류의 질서를 문란 시키는 것쯤은 일상 다반사로 생각하는 나자신이 아닌가. 극장 같은데도 그렇다. 문앞에 다리가 빠지도록 느러섰다가 겨우 드러 가면 또앉을 자리가 없어 끝까지 서서 보지 않으면 안되는가하면 제 볼일 다 보고 유유히 와서라도 슬쩍 표파는 창문 앞으로 옆질러 드러스기만 잘하면 편안히 앉어 볼수도 있는 사람도 있다. 이렇게 약빠르고 대담해야만 제대로 살수 있는 세상이라는데 문제가있다. 새치기는 물론 전차정 유장이나 극장문 앞에만 유행되는것은 아니다.

출세(出世)를 하는데도 돈을 버는데도 심지어 학교입학을 하는데 까지도 이 '새치기'는 얼마든지 필요한 처세술이어서 그러므로 우리들의 주위에는 그 소위 새치기 신사나 새치기 고관들이 무수히 범람 하고 있는 것이다 그 앞 뒤를 돌볼사이 없이 '나' 하나만의 욕망이나 야심을 책우기 위해 파염치하게도 옆질러드러스는 무리들 때문에 얼마나 많은 우리들의 동족이 도탄에 빠저 헤매고 있는 것이랴 아모리 훌륭한 재질과 실력과 또 인격이 구비해도 이러한 새치기의 수완이 없이는 아모리 기다리고 참어도 그기회란 좀처럼 와주지 않는것이 아닌가 이 사회에서는 이러한 재주를 부리지 못하고 질서나 실력을 고수하는 사람만이 뒤떨어지고 또 손해를 보기 마련이 아닌가. 그러므로 저마다가 다 실력을 기르기 보다는 오히려 이 새치기의 재주를 부리려고 애쓰는 바람에 우리들의 질서와 통일은 점점 혼란해 가고 있는것이아닌가. 우리 사회의 모—든 부문에서 이 새치기의 악습이 물러가고 모—든 질서와 규률이 정돈 되는날 우리 국민은 안심하고 살수 있으며 또한 행복 될수 있을것이 아닌가. (六月十日)

『문예』 1권1호, 1949.8, 180-181면.

어느날의 일기(日記)

9월 14일

참으□ 오래간만에 일기(日記)를 쓴다는 것이 무척 즐겁기도 하고 또 한 편 아련히 서글프기도 하다.

그처럼 밤마다 쓰기를 즐겨하던 일기! 선생님께 칭찬을 받고 즐거운 날도 동모와 쌓와 슬프던 날도, 아모에게도 말 못할 가슴 속까지 숨김 없이 펜끝으로 속삭일 수 있던 일기기에 하로도 쓰지 않고는 그 날의 생(生)이 온통 공허해 견뎔 수 없던 일기(日記) 생활(生活)을 나는 언제부터 잊었는지, 이제는 까마아득한 옛일처럼 오직 그리움 속에 희미하다.

결혼하기 며칠 전 나는 오직 평화(平和)와 진실 속에 안기고 싶은 내 새로운 생활을 어둡게 할까 두려워 나는 그 귀중한 일기장(日記帳)을 다— 태워버리기로 결심 했다. 실로 매정스런 결심이었다.

아궁지 앞에 앉아 나는 한장씩 또 한장씩 즐겁던 하루하루 또 슬프던 하루하루를 찢어 새빩안 불길 속에 태워버렸다. 일기장(日記帳)은 지나간 날들처럼 자최도 없이 연기 속에 사라지고 말았다. 나는 마치 사랑하는 사람의 몸둥아리를 불 속에 태워버리고 재마자 바람에 날려버린듯 너머도 허무함과 서글픔에 내심장까지 빼내서 태워 버리고 싶던 안타깝던 기억만이 어제처럼 새롭다. 추억은 참으로 즐거운 것 또 아름다운 것이다.

오늘은 삼일 저녁 목사님의 설교가 몹시도 지루하고 남학생들과 같이 하는 코어러쓰 연습만이 기다려지던 낡은 일기장의 어느 페이지가 그리웁다.

9월 15일

아 일찌기 다방엘 나갔다.

'모―닝 커피―'를 마시러 온 두어 손님이 앉아 있다. 나는 의자에 걸터 앉자 버릇처럼 부채질을 한다.

"마담! 커피 좀 빨리 주시요"

먼저 오신 손님이 소리를 친다. 나는 방안을 휘휘 둘러 보다 내가 참 마돈나의 마담이었던가 하고깜짝 놀란다. 결혼 전 나는 누구든지 날 보고 "덴상!" 하고 부르는 남자가 제일 싫던 생각이 난다. 조곰 있다 소설가 P 씨 일행이 들어 오신다. 아침 일찌기 이렇게 나타나시는걸 보니 아마 또 어제밤에 어디 이 근처에서 합숙이라도 하신가 보다 그렇게 소년들처럼 합숙을 즐길 수 있는 것이 재미 있어 나는 혼자 웃는다. 예술가란 영원히 소년이고 또 소녀일 수 있는가 보다.

"근데 '마돈나'는 암만 봐도 우동집 같군요!" 그 중 한 선생의 말씀이시다.

"글세요, '마돈나'의특징은 그 우동집 같은데 있지 않을까요? 너머나 장치와 색채에 피로한 현대인의 머리를 쉬는데는 우동집 같은 게 도리혀 효과적이 않일가요"

이것도 일종 괴변이라고나 할가 그저 지기 싫은 마음에 일부러 우동집 같이 꾸며 놓기라도 한듯이 우선 자신 만만하게 대답한다.

조곰 후에 난영이와 옥인이가 오래간만에 나왔다. 영이는 이때까지는 번역을 주로 했지만 앞으로는 창작을 하고 싶다고 말했다.

몇 해 전, 점심시간만 되면 코스모스 피는 잔디 밭에 둘러 앉아 미래를 꿈꾸던 것이 어제 같다.

"나는 시인이 될테야 순수한 문학 찌꺽지 없는 문학의 정예는 역시 시야!"

"천만에 본격적인 문화을 하려면 역시 소설을 써야 해, 소설도 위대한 장편소설을!"

그러나 몇 해 후인 지금 우리는 시 한줄 소설 한편 써내는 작가가 되지 못했다. 꿈은 역시 꿈이기에 즐거운 것이었던가, 그러나 이제라도 늦지 않았으니 분발하라는 선배 천명언니의 격려의 말씀이 늘 귀에 새롭다.

영이와 나는 참으로 오래간만에 확교 시절로 돌아간듯 맘대로 지꺼리고 웃고 소녀들처럼 즐기었다. 그리고 우리는 죽는 날까지 공부하고 또 해서 진보할 것이라고 희망에 가슴이 불붙는다.

『여학생』 1권1호, 1949.11, 41–43면.

눈 오는 거리에서

금년 들어서서 처음으로 퍼붓는 함박눈이였다.

하늘에서 땅 사이를 굵은 눈 송이가 목화라도 뿌려논것 처럼 꽉 차 있다 쉴새없이 펑펑 쏘다지는 눈송이 때문에 지나가는 전차도 자동차도 사람도 모—다 유니홈 처럼 하—얀 보호색에 쌓여 그저 큰 덩어리들이 한뭉치가 되여 분주히 달리고 뛰고 움즉이고 있는것 밖에는 무엇인지 앞에 달겨들기 전에는 자세히 분간조차 하기 어렵다. 란이와 나는 머리수건들을 잔뜩 동지고 을지로 한 복판 그 복잡한 거리를 걸으면서 자꾸 미끄러지려는 구둣발을 조심조심 팔을 꽉 끼고 부즈런히 걸었다.

"애 나 오늘 가서 취직 안되면 어떡허니 너 꼭 말 잘해야 한다……"

"내가 말 잘하고 못하구가 어디 있니 그이 마음에 달렸지……"

둘이는 웃으면서 을지로를 빠저나와 인사동 길을 자꾸자꾸 올라갔다.

"해방후 차라리 교편이나 꾸준히 잡었던들 나두 지금쯤은 어디 여자대학 강사 한자리쯤 얻었을지두 모르구 자리두 잽혔을텐데 공연히 번역인지 뭔지 한다고 쫓아 댕기다가 이 지경 아니야"

란이는 원통한드시 이렇게 중얼거린다.

"웨 번역도 니가 못 났으니까 그렇지 그만한 실력 갖이고 왜그렇게 썩니, 무슨 좋은 책이라도 번역해서 출판하면 좋치 않니?"

"애 모르는 소리 말어라 번역 하는건 그렇게 쉬운 일인 줄 아니 암만 실력이 있어도 소용 없단다,

책 한권 번역 할만한 것이 나오면 자기(自己)네들 친한 끼리 싹싹 논아다 해 버리고 어디 나 같이 가만히 있는것 한테는 차례나 오는 줄 아니,

그 속도 다 그렇고 그렇단다,

그러게 난 교편이나 잡을걸 참 허송세월한게 분해 죽겠어……”

“건너다 보는 풀밭이 항상 무성해 보이는 법이란다.

교편을 잡고 있으면 신성하고 좋을것만 갖지만 또 거기두 있어보면 무슨 불평이 있을지 누가 아니……”

“그야 그렇겠지만 그래두 남을 가르치구 내가 배우구, 그러누라면 서로 끼치는 것이라두 있구 남는 것이라도 있지 않어……”

이렇게 주고 받고 지꺼리는 사이 어느 틈엔가 벌써 우리는 목적(目的)하는 ××고여정문(高女正門) 앞에 다달었다.

우리는 머리에서 외투로 이고라도 온 것처럼 싸인 눈을 탁탁 다 털어버리고 사무실 문을 찾어 들어갔다.

방학이 되서 그런지 직원실 안에는 당번인듯한 몇분의 선생님 외에는 텅 비여 있고 더구나 우리가 목적(目的)하고 온 ××선생은 나오시지도 않었다.

우리는 할수없이 말도 못 부처보고 그 대로 동안올수 밖에 없었다.

“얘 이왕 왔든 길이니 이력서라도 두고 갈까?”

란이는 잔뜩 도꾸었던 희망이 갑작이 꺼진 사람 처럼 어두운 얼굴로 이렇게 말한다.

“그렇치만 이력서를 두구 간다구 네가 누군줄을 알고 써줄듯 싶으냐? …… 위선 선을 보이고 기초공작 붙어 해야 잔어?”

란이도 할수 없다는 듯이 힘없는 발거름을 돌리었다.

“참 그럴줄 알었드문 차라리 결혼이라도말걸 쓸대없이 해갖이구 짐만 늘어 어떻게 살어 갔으면 좋을지 모르겠어……”

“그이 한테서 아직두 소식이 없니?”

“소식이 다 뭐야, 인젠 차라리 단념해버리는게 날까봐……”

란이의 목소리는 약간 떨리는듯 했다.

"잘 생각 했어,

아주 잊어버리구 죽도록 일속에나 푹 파묻처 버려……"

나도 약간 분개하는 어조로 이렇게 란이를 위로했다.

둘이는 한참을 말없이 오든 길을 되걸어 나려 왔다 눈은 쉴새없이 쏘다 저 어느듯 머리수건 으로 어깨위로 소복하다

"이렇게 나때문에 추운데 거름을 많이 거러서 어떻게 하니?"

란이는 아직도 우울한체 격에 맞지않게 인사말을 꺼낸다.

"예의를 직히는 셈이냐?

나는 눈나리는 거리가 좋와서 걷는단다 아직도 얼마라도 것고 싶다.

걷다 잊어버리고 너하고 둘이서 애기나 하며 자꾸자꾸 걸었으면 좋겠다"

"눈 나리는 날은 어린애 하고 강아지 — 나 좋아 한다는데 너는 뭐냐?"

"나? 글세 어린애는 아니니까

그럼 강아진가?"

"강아지? 그래 차라리 강아지나 되여 아무 번민없이 살어 봤으면 좋겠어!"

둘이는 팔을 꽉 끼고 서로 처다보고 깔깔 웃었다.

눈은 여전히 펑펑 쏟아저 눈으로 코로 쉴새없이 뿌린다.   (끝)

『문예』 2권2호, 1950.2, 183-184면.

문학소녀(文學少女)때의 추억(追憶)

—시인(詩人)Y선생께—

지금은 추석 을 지난 이튿날밤!

하늘은 푸르르게 유난히도 드높아 동그란 추석달이 눈동자만큼 적어 보입니다. 오늘밤 선생님과 낮도 채 익기전 헤여진후 달빛이 하도 맑어 저는 K선생과 S씨와 함께 밤길을 걸어 왔읍니다.

한없이 뻗은 하—얀 길!

양쪽에 느러선 가로수만이 때때로 바람에 살랑거릴뿐이었읍니다.

"두분이 바다위를 거러가시는 것 같애요." 조금 뒤떨어저 걷던 S씨가 갑작이 이렇게 소리를 질렀습니다.

그러고보니 참말로 침묵에 잠든 고요한 밤거리는 달빛을 먹음어 바다물처럼 온통 새—파랬읍니다. 내발거름은 정말 갑작이 바다위를 걷는 것처럼 조심스러웠습읍니다. 베드로가 예수님을 따라 바다 위를 건느던때의 심경이라고 할까요.

그러나 저는 K선생과 같이 나란히 거르며 사실은 엉뚱한 옛추억을 더듬고 있었읍니다.

그러니깐 그게 벌써 십오륙년전이었지요. 제가 처음 Y선생을 담배연기 자욱한 어떤 다방 한구석에서 뵈옵던 날! 문학에의 정열이 불꽃처럼 피여올라 오직 문학과 함께 생활하고 문학과 함께 죽으리라든 한개 열열한 문학소녀이 었던만큼 저는 시로서만 대할수 있던 시인선생을 마조 뵈옵고 또 말을 건넬수 있다는 일이 무슨 신(神)과 대면이라도 하는일처럼 못 견디게 가슴 설레이고 신비한 일이었읍니다.

그러나 앉아 계신 선생님을 흘낏 뵈옵고 마조 앉은 저는 감히 머리를 들어쳐다보지 못한채 무슨 말씀을 하셨든지 오직 몇마듸 영남사투리의 미묘한 악쎈트만이 귓곁에 남은채 밖으로 나와버리고 말았읍니다.

그날밤은 달도 없고 먹물처럼 새까만 하늘에서 비가 부슬부슬 떨어졌었지요. 선생님은 마침 가지고 나오셨던 커다란 지우산을 펴서 저를 받쳐 주셨읍니다. 그러나 저는 선생님과 같이 우산을 받는다는 일이 어찌도 거북했던지 차라리 비를 맞으며 혼자 걷고 싶었으나 선생님은 또 선생님대로 제가 우산에서 비껴나면 비껴날쑤록 비맞을것을 염려하여 작고 따라오며 받쳐 주셨지요.

그날밤의 그 질식할듯이 어렵고 부끄럽던 기억이 어제처럼 새롭게 머리에 떠오릅니다. 그렇게 비오는 거리에서 인상도 똑똑이 남지 않은채 서먹서먹하게 헤여진후 참으로 십오륙년간을 어쩌면 그렇게 신통하게도 다시 만나뵈올 기회가 없었든지요.

그러다가 우연히도 오늘밤 거기서 선생님을 뵈올수 있었다는건 생각 할수록 신기한 일만 같읍니다.

15년의 세월! 더구나 제 일생의 심장부인 그 15년의 세월이 갖어온 수많은 역사! 세계의 역사가 바뀌고 나라의 역사가 지여지며 저의 역사가 수많은 이야기를 짜놓은 그 긴—세월동안! 선생님은 어쩌면 그렇게 꾸준히도시의 세계 시의역사를 직히시고 싸와나오셨든지 다만 감격에 가슴이 메여 옵니다. 오직 한길을 위해 꾸준히 걸어 온다는 것 싸와 온다는 것! 그것이 비록 어떠한 길이거나 저는 그를 한없이 존경하고 또 감탄하고 싶습니다

하물며 제가 죽는순간 까지라도 이루지못하고는 그 미련에 잠들지 못할 문학의 길을 피땀과 함께 걸어오신 위대하신 선생님의 반생은 저의 잠든 혼을 흔들어 주듯 희망이 먼동처럼 이 가슴에 티였읍니다.

선생님! 오늘은 달이 밝기에 가슴이 이처럼 복바칠까요!

혹은 영원히 다시 뵈올길이 없을지도 모를 선생님께 처음겸 또 마즈막인 이글월을 이처럼 대담하게도 올릴 수 있다는건 이밤에 달이 유난히도 밝은 까닭일까요.

길이 길이 뻗으소서.

길이 길이 행복 하소서.

숙(淑) 올림

『민성』 6권2호, 1950.2, 73 / 75면.

지향(指向)

집과 땅과 세간과도 모든것을 다아버리고 와서도 사람들은 또 여전히 총력(總力)을 다해 먹고 마시고 미워하고 사랑하는 풍속(風俗)에만 담뿍 잠겨 있읍니다 거리거리에는다방과 음식점 캬바레들이 범남하고 뒷골목에는 사랑하는사람들이 쌍쌍이 짝지어 도라갑니다

젊은이거나 늙은이거나 온통 그 눈동자들이 허공에 들뜬양 두리번거립니다

한곳을 응시할줄을모릅니다 지침(指針)을 잃은 떼처럼 갈팡질팡합니다 이것은 우리모다가 우리들의 집과땅과 세간들과함께 우리들의 '지침(指針)' 조차를잃어버린 까닭이 아닐까요

우리가 어데를 가나 우리와 함께 영원히 지닐수 있는것 그것은 오즉 높은뜻으로써 각자(各自)의 길을향(向)해나가는 '지향(指向)' 그것이 아니겠읍니까?

나는 어떤 길까에서 한여학생(女學生)이 책고비몇개에 고본서점(古本書店)을 벌려놓고 그옆에 앉어 열심으로 책(冊)을 읽고 있는것을 보았읍니가 이 얼마나 아름다운 풍경(風景)입니까 많은 여학생(女學生)들이 육체(肉體)의 안일(安逸)을 위(爲)해 타락과윤락의 길을 걷고 있는동안 이여학생(女學生)이뽀오야케 이러나는 먼지를마셔가며 오고가는 사람들 틈에서오로지 그에게 빛나는 '지향(指向)'이 있기 때문이라생각합니다

아무렇게 해봐도 가난하게 살수밖에 없는 우리들 그러나우리 마음마

음에 이높은'지향(指向)'을 꾸준히간직해 나갈때 비로소 우리는 그것으로 인(因)해 가장 떳떳하게윤택하게 가난하지 않게 살수도 있지않을까요? (筆者 隨筆家)

≪경향신문≫ 1951.10.14. [화제(話題)]

'고모라'의 성(城)

1

어느 나라 어느시대(時代)를 물논하고 악(惡)에 대항하는 선(善) 또불의(不義)에 대항하는정의(正義) 이 종류(種類)의 커─다란 투쟁은 인류역사에 때로는 영원히 씨ㅅ지못할 오점(汚點)을 또때로는 영광(光)과 승리(勝利)의자욱(道)을 기리 남겨놓았건만이두개의 투쟁이 그 민도(民道)와 정의(正義)가 나날이 좀먹어가고 썩어가는 부산(釜山)한복판네거리에 엄연히 존재하고있는 것을 새로운사고(思考)와 또감격으로 나는보았다

우연한 용건(用件)으로 나는 평소에는 그존재(存在)조차 별관심이 없던고시위원회(委員會) 사무실을 찾았다

'시(試)'짜가 붙었으니 아마무슨시험치는것과 관계되는 곳인가보다고 어렴풋이 생각했던대로 안내를받아 들어가보니 아닌게아니라 어떤점잔케 생긴 중년신사한분이 조심스럽게 안자 마주안즌 두분의 고시위원(委員)의 질문에 대답을하고 있었다

위원장(委員長) 사무실이자 바로 또시험장인 이방에는 두개의 초기(器)테─블과 몇개의 나무의자 그리고 기─다란 장의자(長椅子)가 하나 있을뿐 그것은 위원장(委員長)사무실 이라기보다는 차라리 어느 학교(學校) 교실을 연상할수 있는 곳이었다

이미 학창을 떠난지 오래되어 이러한 장면도 서투르어진나는이 시험을

친다는 정신과 분위기조차 몹시 신성하고 엄숙한것 같애 가만이 숨을 죽이고 그들 대화에 귀를 기우렸다 학술시험은 어제 마치고 오늘은 구술시험이라고 한다 몇가지 전문적(的)인 질문이 있은다음 한 위원이 이런 질문을 말했다 "그대가 가령 이재(理財)국장의 자리에 안는다고 하자 그럴때 재무장관으로 부터 그것이 불법인데도 불구하고 어느 기관이나 개인에게 무리한 대출(出)을 강요한다면 그대는 어떠한 태도를 취하겠는가?" "아무리 상사(上司)의 명령일지나 불법인 경우에는 복종할수없읍니다"

극(極)히 당여ㄴ한 답변인듯 위원이 머리를 끄덕이자 그옆에 또 한 위원이 곧 이어 이렇게 물었다

"그대가 가령 수십명의 부하를 거느린 상사(上司)의 자리에있다고 하자 그러자 우연히신병으로 누었을때 부하된 인정으로 그들은 제각기 정성꺼스 또 형편껏스 과일이고 과자고 계란이고 그런것들을 가지고문병을 온가고하자 그럴때 상사는 이런 소위 위문품을 받아야 옳은가?"

수험생은 얼피스대답을 했다

"받아도 좋다고 생각 합니다"

"그건 어떠한 이윤가?"

"물론 뇌물을 받아서는 안되지만 문병으로 가져오는 그런것 쯤이야 서로 인정인데받아도 무방하다고 생각 합니다"

"그럼 부하가 가난해서 겨우 카스테라쪽이나 계란꾸러미쯤밖에 못가져오는 사람도 있을테지만 또 형편이 넉넉해서 인삼이나녹용을 갖다드린대도 인정으로 가져오는 위문품이라해서 받아도좋은가?"

수험생은 대답이 없었다

"그럼 그답엔 그상사는 그부하가 혹시 지각을 하더라도 인삼 녹용을 받아 먹었으니 야단도 못칠게 아닌가?"

'유―모어'와 '센쓰'로 알려진이법원위원은 시침이 딱떠고농담처럼 유―모러쓰하게한마디 코ㄱ찔렀다 수험생은 또 잠잠하다시험관은 피우던 담배

를 끄고 엄숙한 음성으로 이렇게 말을이었다

2

"한방울의 물샐틈만 준조그만 모래구녕이 결국은 거대한방죽을 무너뜨리고 마는것이요 가까이 예를 들어 이번국제시장의 그비참한 불바다도 조그만 담배ㅅ불이 원인이된것이요 좀전의 대소는 논할 필요가 없소 요(要)는 마음의 태도에 있는 것이요 철석(鐵石)같은 마음의 준비를 가지고도 사방팔방(四方八方)에서 갖은수단 방법으로 침투해오는 유혹에 자기도 모르게빠져 국가민족에 해를 끼치는 일이종종 있소 하물며 인사행정을 책임질공무원으로 그런 나야ㄱ하고 애매한 마음의 태도는 공무원으로서 단여ㄴ 배격해야만 할 온당치 못한 태도요"

방안의 공기는 자못 긴장했다 아무도 말이없다 나는 얼피ㅅ옆에 놓인 수험자의 이력과 지원서를 흘깃 봐ㅅ다 정부 모기관 상당한 요석에 안즐 사람이었다

다음은 체신부 모 직책을 지마ㅇ하는 몹씨 진실해 보이는한 청년이 들어왔다 체신부 관계의 전문적인 몟가지 질문이 있은다음 시험관은 이런말을 물었다

"사람이란 개인개인 거의다아 비밀을 가지고 또 가지기를 좋와한다 그래서 사람들은 그비밀은 형편과 사정 또심정을 멀리 있는 상대에게 알리고 싶은때 이것을 지면을 통해 봉투에넣고 남이 못보도록 풀로 붙여 보내는 것이다

우편국에선 이러한 개인개인의 문통(文通)의 비밀을 보호할 의무가 있다 그런데 만야ㄱ 어떤 우편배달부가 호기심이랄까 혹은 요새 봉투편지 속에 더러 딸라들을 부처 보낸다니 그런 것도 있으면 꺼내 가질까해 배달하기전 몰래 도중에서 편지를 뜨ㄷ어 봐ㅅ다고 하자 그럼 자네는 상사의 입장으로

그배달부를 어떻게 생각하나?"

"배달부가 남의 편지를 뜨ㄷ어 봐선 안되지요!"

"그래 안되기에 어쩌문 좋게나 말일세"

이 수집은 수험생은 두손을마주 싹々비비며 그편지를뜨ㄷ어본 배달부가 마치 자기나 된것 처럼 황송해 어쩔 줄을 몰라ㅅ다

"그건 참 배달부가 잘못 했읍니다 그래선 안되지요……"

시험관은 딱한듯이 담배를한목음 빨며 "허 — 그사람 말을 잘 못알아 듯는 모양이로군 — 잘못이야 물론 잘못이지

그러길래 자네가 그 배달부의 상관이라면 그 부하를 어떻게 처리하겠느냐하는 말일세 더 똑똑히 말하자면 가령 데려다 볼기를 치겠느냐 목을자르겠느냐 혹은 상을 주겠느냐 하는 말일세"

수험생은 그때야 아르아 들은 듯이

"네에 — 그건 해당한 공무원법에 의해처리하겠읍니다"

"그야 물론 공무원이 잘못했으니까 공무원법에 의해서 처벌하는건 당여ㄴ한 사실이겠지만대채 배달하라는 남의편지를 제가 가로채 뜨ㄷ어본 그런 배달부에 해당하는 법이 무어 있는가?

그 배달부가 자네 밑에있는사람이라면 자네는 그를 어떻게처리 하겠느냐 말일세"

수험생은 또 황송한듯이 두손을 싸ㄱ싸ㄱ마주 비벼ㅅ다 그리고 한참이나 머뭇거리드니

"글쎄요 — 공부는 참 많이 했는데 고만까ㅁ빠ㄱ 잊어버렸읍니다"

방안에는 긴장을 깨트리고 파르르우슴이 터졌다

이 순진한 청년은 아마 이시험을준비하기위해 적어도 몇달은 잠을자지 못했을게다 그리고 시험이란 투자를 무척 가장어려운 공식같이만 생각하고 있다

完

마지막 훈화를 듣는 세사람도 굳은 결심을 맹서하는 듯근엄한 얼골들은 숙으리고 있다

시청 삼층 높직한 이 방안에서 나려다 보니 창밖 네거리엔 제각기 생을 도모하기 위해 전차가 달리고 달리고 줄을 이은듯 자동차가 느러스고 그 사이사이이론 개미떼 처럼 사람들의□□이 지나간다 저 많은 사람들의 운명 과 행복을 질머진 이세상은 없었다고 아우성을친다 그러나 헌 쇠부치 라도 불에 □두드리면 다시 쓰게 되듯 □□에겐 이렇게 믿음직한 때장□이 있다

조그만 맑은 샘이 쉴새없이 흘러 든 웅뎅이 흐린물을 맑히듯 우리에겐 이런맑은 샘이있다

다 굴머 죽게 되어 다 되어도 한사코 썩지만이라도 않고남으리란것이 우 리의 제일 못도─라고 위원장은 말씀했다

그옛날 '소돔, 고모라'의 성(城)에 의인(義人)이 열사람만 있었어도─ 아 니 단한사람의 뚜렷한 의인이 있었든들 그 성(城)은 멸망하지 않았을것이다

이제 이기관이 반석위에 충전히서 열사람 백사람아니 천사람이라도 방 부제를 칠한 미일처럼 어떤 진흙 구뎅이에서라도 썩지않을 인재를 자꾸 자 꾸길러내어 썩은 가둥은 떠내 버리고 이 새기둥으로 가라넣는다면 썩었다 고 한탄만 하는 우리 기관들도 머지 안아 훌륭한 새기둥위에 견고히 서지 않을까!

따 라서 우리 다 같이 좀더 맘놓고 잘살아 질때가 오지않을가 하는 희망 을 아우성 치는네거릴르 나려다 보며 낮 설은사무실에 안자 어렴푸스이가 져아보는 것이다 (끝)

≪연합신문≫ 1953.2.13─14/2.16. [여류수필(女流隨筆)]

여자(女子)의 마음

어쩌다 장보구니를 들고 야채나 생선이나 그런 것들 을사러 시장엘 나갈 때면 나는 으례 다아만 몇푼씩이도 에누리를 해야만 속이 시원한 버릇이 있읍니다. 가령 호박 한개에 팔백원씩이라고 부르면 나는 꼭 육백원이나 칠백원으로 깎아 주지 않으면 사고 싶질 않읍니다. 또 가령 배추 한통에 삼천오백원이라고 하면 하루 종일 승갱이를 해서라도 삼천원에 깎어내리고야맙니다. 하다못해 시금치 천원어치를 사드래도 이러건 값은 깎지 못할지언정 한우큼이라도 덤을 더 받아야만 맘이 시원합니다. 이런 내 고약하다고 할까 영악스럽다고 할까 하는 버릇을 잘 아는 동생이 하루는 보다 못해 언닌 어쩌면 마음이 고렇게 못되졌느냐고 합니다. 그 촌 여자들이 호박을 심어 한푼이라도 더 받으려고 그 무거운 임을 이고 몇십리씩 걸어나오는 수고를 생각해 보라고 — 또 배추씨를 뿌려 손질하고 솎아서 길러내 그렇게 곱게 다듬어서 먹을 수 있게까지 해내오는 그 공을 좀 생각해 보라고 —. 만약 그렇게 심우고 거두고 땀 흘려 꼭댁이가 빠져나가도록 여내다 팔아 주는 사람들이 없다면 언닌 어떻게 하겠느냐고 —. 그땐 배추랑 호박이랑 꼭 먹고 싶으면 팔백원은커녕 팔천원이라도 주고 살 수만 있으면 사 올게 아니냐고 —

그런 사람들을 고맙게 생각하고 동정하는 맘은커녕 고까짓 일이백원 깎으면 뭘하겠다고 하루종일 서서 쌈 싸우듯 깎아 내리고야 마는 고 못된 마음이 실로 정떨어진다고 했읍니다.

나는 물론 동생의 맘이 그럴듯 하다고도 생각은 했으나 그렇다고해서 또 그렇게 에누리를 하라 드는 나도 뭐 그리 나 혼자만 못할 일을 한다고는 생각 되지 않았읍니다. 그래 나는 말하기를 호박 하나 배추한통 사는데도 그렇게 꼬치꼬치 유래 까지를 생각해야 한다면 이 세상은 신경쇠약이 돼서 살지 못할꺼야, 했읍니다.

그러든 어떤날 나는 핸드빽을 거꾸로 활활 털어 내용에 버릴것은 버리고 간직할것은간직하고 깨끗이 정리를하고 있었읍니다. 쓸데없는 종이쪽들 명함쪽 들과 함께 나는 핸드빽 속에 지저분하게 굴러 다니든 다아 떨어진 백원짜리 서너장을 한데 집어내 그 헌 종이쪽들과 함께 아궁에 던져 버렸읍니다. 이것을 본 동생은 그렇게 단돈 백원에 치를 떨고 악착스럽게 에누리를 하는 사람이 어떻게 아까워서 그 백원짜릴 몇장씩 아궁에 던져 버리는 건 또 무슨 취미냐고ㅡ.

차라리 됐다가 에누리하고 싶을 때 장사꾼이라도 그냥 주면 언니도 에누리 하누라고 애쓰지 않고 장사꾼도 좋아할게 아니냐고 합니다. 나는 역시 그것도 그럴듯 하지만 당장 보기가 더럽고 일껏 맘먹고 정리한 깨끗한 핸드빽 속이 꺼림칙해서 두기가 싫다고 했읍니다.

동생은 고건 또 무슨 못된심뽀냐고 했지만 나는 그건 나도 모르는 심뽀지만 하여튼 그렇게 해야만 맘이편하다고 했읍니다

나는 또 가끔 비가올때나 시간이 늦일 때면 택시를 잡아탑니다. 그런 경우 꼭 팔천원이면 적당한 거리이건만 나는 곧잘 이천원을 더 보태 만원을 집어주고 네립니다. 이런걸 소위 일본말로 기마에 라고 하는가 봅니다. 또 대구에선 커피ㅡ한잔에 이천오백원을 합니다. 그러나 나는 대개 커피ㅡ한 잔을 마시고 삼천원을 놓고 나오는 것을 한개 예의(禮儀)로 알고 있읍니다. 이런 경우 나는 그 기마에로 더 집어주는 이천원이 숙녀(淑女)다운 예의라고 생각해 놓고 나오는 오백원이 절대로 아깝다거나 낭비라고는 생각키지 않습니다. 더구나 가끔 머리손질이라도 하러 미장원엘 가는 때 한번 빗는

데 칠천원이 정까이나 대개의 여성은 서슴치 않고 삼천원을 더 보태 만원을 놓고나오는것을 상례(常例)로 압니다. 이런 것을 미용사의 팁이라고 하지요. 그러나 배추 한통에 일이백원을 다투는 어떤 여성도 이 미용사의 팁 삼천원을 아깝다고는 생각지 않을것입니다. 그것은 물론 전문적인 솜씨로 정성껏 손질한 머리 때문에 갑자기 돋보이는 것도 사실이지만 대개는 자기 자신의 미(美)에 어느정도 자신이 없던 여성들도 한번 미장원엘 다녀나오면 신기하게도 자신이 생기는 때문일 것입니다. 미용사들의 심미안(審美眼)이란 대개 무척 관대한 것이어서 머리털이 굵고 뻣뻣해 비관하는 여인에게는 머리털이 굵어 파아마가 오래가고 머리모양을 맘대로 만들 수 있어 좋다고 위로하고 또 머리털이 가늘고 보드러운 여인에게는 머리털이 보드러워 머리 빗은게 외국여자들처럼 몹시 자연스럽고 또 머리털이 보드러운 여성은 맘씨까지도 무척 곱다고 칭찬해 줍니다. 그뿐입니까, 얌전한 부인네에겐 마아나 로이 같이 가정부인다운 고전미가 있다고 하고 멋지게 생긴 여인에겐 잉그릿·버어그만 같은 이트가 있어 이 머리모양이 몹시 아울린다 하고, 또 어떤 요부형(型) 여인에게는 싱고아라 같은 정열적인 매력이 있다는둥 이렇게들 치켜줌으로 자기자신이 몹시 가치없고 못난 줄만 알던 여인들도 한번 미장원엘 갔다오면어느정도 자신을 얻게되는 것입니다. 그래서 그네들은 삼천원이고 오천원이고 거침 없이 소위 기마에를 쓰게 되는것입니다. 그러나 이 삼천원이나 오천원으로 그들이 받는 위안과 만족을 비겨볼 때 절대로 그 가치를 비난할 필요는 없다고 생각합니다. 이렇게 미장원에서 날개처럼 즐겁게 들뜬 맘으로 자신있게 걸어나오느라면 대개 거리에는 축축한 방구석에서 벼룩이 튀여나오듯 구석구석 어디가 백여있다 고렇게도 잘 보고 튀여나오는지, 영낙없이 꾀죄죄한 거지새끼들이 쫓아와 고 더러운 손으로 붙들고 문질르고 야단입니다. 이런땐 참말로 모처럼의 기분이 여지없이 상해버리고 말지요. 나는 한때 거리를 나올 때면 으레 백원짜리 몇장씩은 준비해 가지고 다녔읍니다. 그러나 차라리 안주면 몰랄도 한놈을 주기 시작하면 그다음 놈 또 그다음 놈하고 꼬리를 물고 차례로 드러뎀비기 때문에 결국은 내가 어수룩하고 못난 여자밖에는 되지 못하는 것을 알았읍니다. 그 다음부터 나는 백원짜리를 준비해 가지고 다니기는커녕 거지아이들이 좇아만오면 알며서 요놈색끼들 고아원에나 가지 왜 요렇게 남을 귀찮게 구는거야 하고 소리를 빽 지릅니다. 그러나 그럼 그럴쑤록 거지아이들은 떼를 지여 나를 잡아 먹을듯이 덤벼들므로 그 다음 부터는 나는 거지새끼들이란 애당초 챙견을 말고 피해 다녀야만 제일이라고 생각해 이제는 거지아이들이 좇아오는 눈치만 있으면 얼핀 옆골목 같은데로 피해다라나곤 합니다. 이건 백원짜리가 일으키는 비참한 사건이라고 하겠지요. 호박, 배추, 시금치, 택시, 커피ー, 그리고 사면에 거울과 외국여배우들의 사진이 으리으리한 미장원, 거리거리에 헌 걸래쪽 처럼 차던져 악다구니만 늘어가는 어린거지아이들, 백원짜리, 천원짜리 ー, 그러나 이런것들을 다아 꼬치꼬치 집어내 시비를 가린다면 우린 다아 신경쇠약이 돼 미쳐 죽을꺼야요.

나는 사회사업가도 아니요 전도부인도 아닙니다. 누가 나더러 어쩌면 고렇게 못되졌느냐고 한들 나는 정말 대답할 말이 없읍니다.

그저 그건 요즘 여자(女子)들의 마음이랍니다 하는수 밖에.

(空軍從軍文人團圓)

『코메트』 3호, 1953.2, 5-7면.

어제의 나 오늘의 나
—일기(日記)에서—

7월 25일 (토)

오늘 거리에 나갔다. 『학원(學園)』지(誌)에 계신 분을 만나 부탁 받았던 원고 이야기가 났다. 분명 그 쪽의 청탁대로 나의 여학생 시절의 추억을 써 보냈는데, 정작 『학원』지(誌)에선 받지 못하고 연락이 잘 못 되어 중간에서 딴 데로 줘버렸다고 한다. 그리고 할 수 없으니 여학생 시절의 9월 일기초(日記抄)를 새로 써 달라고 하신다.

일기란 자기 생활 기록이니 쓰기 쉬울 것 같지만 또 일부러 쓰랴들면 어렵기도 한 글이다. 더구나 머언 여학생 시절의 또 현재와는 계절이 다른 9월 일기초(日記抄)를 쓰라는 건 나로선 여간 어려운 일이 아니다. 나는 집에 들어오자 책상 위에 원고지를 펴 놓고 펜을 들었다. 그러나 일기는 도모지 써지지 않는다. 일기는 그날 그날의 정직한 생활과 생각의 기록이다. 그러므로 지금 이렇게 맹숭맹숭하게 책상 앞에 앉아 갑자기 지나간 날의 추억을 더듬든가 거짓말을 꾸며 본댔자 억지로는 되지 않을 노릇이다. 나는 할 수 없이 일기를 단념 하고 학생을 주제로한 콩트라도 하나 써 볼까 생각한다. 그러나 그것 역시 맘대로 구상이 얼핏 되어지지 않는다.

나는 부탁 맡은 책임을 완수하기 위해 한참이나 책상 앞에 앉아 머리를 짜내다싶이하고 손에 땀을 쥐어 봤으나 도저히 한자도 써지지 않는다. 나는 드디어 붓대를 던져버리고 차라리 벌떡 들어누어 부채질을 하며 하늘이나 쳐다보고 만다.

역시 글이란 부탁을 받았다고 해서 혹은 책임이 있다고 해서 억지로 써지는 건 아니다. 비록 조그만 소품(小品)의 한 가지라도 감흥이 일지 않으면 쓸 수 없는 것이 원칙이다. 그러기에 글 쓰는 이들이 밤낮 다방으로 거리로 밀려댕기며 놀고 게으름을 피우다가도 어떤 정열이 북바치게 되면 며칠이라도 밤을 새며 써 내려가기도 하는 것이 아닌가! 도저히 한 자도 억지로 짜내고 맨들어서는 좋은 글이 될 수 없는 것이다.

그렇기 때문에 작가 생활에는 항상 자극이 필요한 것이다. 생활 면에서나 독서 면에서나 새로운 자극이 무엇보다도 큰 힘이 되는 것이다. 이 샘솟듯 하는 자극과 수양에 의해 그는 생활 하고 또 창작 하는 것이다.

내가 어제 읽은 '지이드'의 『좁은 문』은 그가 사십이 넘어 쓴 작품이라고 한다. 그렇건만 '아리사'와 젊은 '제롬'의 감정을 어쩌면 그렇게도 여실히 그려냈을까. 이것이 작가의 역량(力量)이란 것이겠지, 그러고 보면 여학생 시절의 일기 하나 지나간 일기라고 해서 써지지 않는 나의 메마른 감정을 슬프하지 않을 수 없다.

작가의 감정이란 영원히 젊고 푸르러야 하고 또 아름다워야만 하는 것인가 보다. 그의 감정과 생각이 또 생활이 자지러지고 노쇠(老衰)하고 때묻고 탄력을 잃을 때 그의 작품은 또한 타작으로 떨어져 버리고 마는 것이 아닐까 '문즉인(文卽人)'이란 여기서 오는 말이겠지.

그러므로 좋은 작가가 되려면 위선 독서를 하고 습작을 하고 문장을 다듬기 전 먼저 자기를 다듬어 항상 감정과 생활이 풍성 하고 건전해야만 하리라 생각한다.

아까 받은 『학원』 8월 호의 「기압」이니 「운동화」니 한 입선 작품들도 이러한 의미에선 그들의 솔직하고 건전한 생활과 감정의 반영이어서 즐거웠다. 망서리는 『학원』 원고는 현재의 일기에서 몇 줄을 끊어 여학생 일기에 매진하기로 생각 했다.

7월 27일 (월)

내일이 중복이란다.

어쩐지 몹시 더웁다.

중복날은 개장을 먹으면 그 해가 다 가도록 건강하다고 해서 이 날은 개장을 많이들 먹나보다. 이건 어느 고장 풍속인진 모르되 나는 도대체 개장 먹는 사람이 싫다. 개장 먹는 사람 하고는 한상에 앉아 밥만 먹어도 구역질이 난다.

오후 신문엔 오늘 오전 10시에 휴전조인이 됐다고 보도해 왔다. 며칠 전부터 엄연히 와질 결과인 줄 뻐언히 알면서도 어쩐지 막상 당하고 보니 가슴이 뭉클하다. 평화가 아니라 우리 각자의 운명에 또 하나의 새로운 불안이 생겨진 것만 같다. 그렇게 온갖 고초로써 겪어 온 6·25 당시의 모든 괴로움이 또 지나간 삼 년 간의 허공을 밟 듯 허무한 날들이 쓰라린 회포로써 내 추억 속에 다시 한 번 살아 오는 것이다.

동란이 터지자 그렇게 씩씩하게 전선으로 행진해 가던 우리 젊은이들은 다 어디로 가버렸나.

피땀 흘려 세워 논 내 집은 어디로 갔나? 내 손때 묻은 방 세간들, 애끼고 애껴 농 속에만 두었던 내 고운 옷들은 다 어디로 가버렸나?

삼 년 간의 산하(山河)를 이룬 젊은이들의 피의 흔적은 오직 물거품처럼 사라져버리고 우리에겐 수 많은 고난의 상처와 빈곤과 허무만을 남겨 놓았다.

거리거리엔 팔 다리 짜르고 눈 먼 젊은 불구자들과 부모도 집도 먹을 것도 다 잃은 양 떼와 같은 수 없는 어린 고아들만을 남겨 놓았다.

우리는 누구 때문에 싸우고 무엇 때문에 이처럼 집을 잃고 부모 형제를 잃고 젊은이들은 생명을 잃고 수 많은 여인들은 사랑하는 이를 잃고 눈물의 주인공들이 되어 버렸는지 알 수 없다.

정치라는 괴물의 물결에 휩쓸려 우리 죄 없는 백성은 불과 피의 심판을

까닭도 모르고 받았을 따름이다.

오늘은 웬일인지 마음이 심란해 밤늦게 까지 잠이 오지 않는다. 머리맡 유리 문으론 달 빛에 하늘이 있는 대로 꼭 차진다. 밤낮 보는 달이요. 하늘이요. 하건만 그는 때와 곳을 달리해 마음에 사모치는 정서를 일받아준다. 더구나 이처럼 사방이 잠든 고요한 밤중엔 더욱 그러하다.

달빛은 사뭇 새파랗다. 유리 창문 앞에 흰 홑이불을 쓰고 누은 내 몸도 왼통 추월 색으로 물들었다.

나는 가만히 누어 그 달을 내 머리 위에 쳐다보며 문득 내가 이화(梨花) 기숙사에 있을 때 바로 내 침실 머리에서 유리 문으로 보이던 어느날의 그 달과 어쩌면 색갈이며 표정이며 분위기며가 그렇게도 같은가 하고 생각해 보는 것이다. 저렇게 푸르고 저렇게 둥글고 또 저렇게 아득한 달빛이었다.

그날 밤의 내 마음도 지금처럼 이렇게 무언지 안개 처럼 뽀오얀 슬픔과 아득함에 젖어 있었다.

지금 나는 환경도 모습도 또 생각도 변한채 곳을 달리한 여기 누어 그 머언 거리와 공간을 넘어 어제인양 그날의 마음으로 돌아가지는 것이다.

그 때 나는 무슨 까닭으로 그렇게 달빛이 유정하게 보이고 슬픔이 안개 처럼 가슴에 서리었던지 모르겠다. 그러나 분명 나는 그날도 일기를 썼다. 나는 문득 그날의 일기가 보고 싶어졌다.

그러나 애석하게도 나는 그날의 일기를 가지고 있지 않다. 결혼하던 날, 나는 새로운 삶(生)을 '스타아트' 한다는 의미에서 그 자칫하면 찌끄러기 처럼 가슴 속에 가라앉으려는 온갖 소녀 시절의 기쁨과 슬픔과 또 쓰라렸던 자욱을 지워버리기 위해 일기라는 그 생생한 기록의 자욱 조차 말끔히 불살려 버렸던 것이다. 그 때 그 티 없고 순결한 마음 또 새 생활에의 동경에서 오는 심정으로서는 당연한 일이기도 했으나 지금 생각해보면 애석하고 무지하기 짝이 없는 노릇이다. 일기라는 기록을 불살러 버린다고 해서 한 사람의 과거가 완전히 소멸해 없어질 수는 없는 일이다. 지금 생각해 보면 그건 순결이 아니라 비겁하고 소극적인 용기에 지나지 못하는 것이었다.

한 사람의 과거란 이미 그 사람의 반석이 되어 가지고 있는 것이다. 그의 생의 역사에 역역히 기록 되어 있는 것이다. 그것이 바르고 미끈한 돌이건 비뚤어지고 보기 싫은 돌이건 한 사람이 쌓아 온 그 한 개 한 개의 돌은 이미 그 한 사람의 과거라는 반석 위에 엄연히 쌓여져 있는 것이 아닌가.

오늘은 오늘의 의의(意義) 영광을 위해 있는 것이다. 내일은 오늘의 희망을 위해 있는 것이다. 그러나 또 어제와 그 어제는 오늘과 내일의 반석과 뚜렷한 역사를 위해 있는 것이다. 나는 진정 그날의 일기들을 공연히 없애 버렸다고 생각한다. 나라도 집도 이웃도 다 없어진들 한 사람의 살아 온 자취만은 그가 살아 있는 한 그 자신에게는 엄연히 존재해 있는 것이다. 모든 것을 다 잃은 우리에게 한 가지 남은 것이 있다면 오직 각자가 색여 온 이 지나간 발자욱 뿐이리라. 즐거움과 슬픔과 괴로움과 또 투쟁의 혹은 희망과 용기에 벅찬 자욱 뿐이리라. 달은 여전히 말이 없다. 그러나 지금 여기 누어 그 달빛 아래 기쁨과 슬픔의 추억을 씹고 있는 나는 여학생 <u>숙희</u>인지 어른이 된 <u>숙희</u>인지 자신도 분간할 수 없다. 자연은 이렇게 자신만이 영원한 것이 아니라 인간도 그가 텅비인 마음으로 이 자연 속에 파묻힐 때 시간과 공간을 초월한 기쁨과 아름다움 속에 곧잘 그를 귀의(歸依)시켜 주는 것이다.   (끝)

『학원』 2권9호, 1953.9, 108-110면.

우수기(憂愁記)

우리집에서 한3분 걸어나가면 바로 송도(松島)바다에 이르게 된다.

나는 훌쩍 외로워질때면 이 바다로 나간다. 무엔지 훌쩍 그리워질때면 이 바다로 나간다.

또 어쩐지 훌쩍 슬퍼질 때도 이 바다로 나간다.

새벽이건 밤중이건 그대로 나간다.

바다가 보이기 시작하면 나는 심심푸리삼아 잘강잘강씹든 껌도 탁 뱉어 버린다. 어쩐지 갑자기 경건한 마음이 들기때문이다. 옷깃을 단정히 하고 싶은 마음이다.

깨끗이 쌓어 올린 축대 위를 걸어 본다. 여기서부터는 그 궤짝 같이 늘어슨 판자집들도 지적분한 살림사리도 보이지 않는다. 쌓오는 소리도 우슴소리도 들리지 않는다. 다만 변을 따라 끝없이 뻗어□는 축대 아래론 크고 적은 시커먼 바위들과 그 바위에 쉴새없어 부디처 부서지는 파도가 보일뿐이다.

한참 걷다 지치면 나는 아무데나 그 자리에 앉이본다.

바다는 더욱 내 시야(視野)에 꽉 차진다 등뒤로 높은 산(山)턱이 가로막혔을뿐 앞을 보아도 왼켠을 보아도 또 오른편을 보아도 모두가 바다뿐이다.

검푸른 물결이 넘실거리는 망망한 대해(大海)뿐이다.

이것이 밤중인 경우엔 건너다 보이는 부산(釜山)시내엔 무대기 무데기 불들이 □을듯 깜박거리고 또 새벽인 경우엔 뽀오얀 안개 속에 바다 저쪽을 사뭇 허공인양 아득히기만 하다.

이 땅끝까지 맞닿 듯 묶어운 침묵에 잠긴 바다 내다보고 품었노라면 내 가슴속에 쉴새없이 설레이든 외로움도 그리움도 또 슬품도 그 고요한 물밑처럼 맑게 가라앉고 만다. 타오르든 내마음의 초조(焦燥)와 경동(憬憧)을 서늘하게 냉각(冷却)해 준다. 근심 걱정 번뇌 세상의 온갓 때문은 생각들이 신기하게도 깨끗이 씻겨버리고 만다. 눈에 거슬리는 아모것도 없다. 귀에 거슬리는 아모것도 없다. 거기 그렇게 앉어□는한(限) 나는 거이 완전한 안식(安息)을 향락할수 있다.

나는 무료한 남어지 옆에 굴러□는 조악돌을 주서 머얼리 던저본다. 돌은 소리없이 물속에 떨어지고 망대(汒大)한 수면(水面)에는 조그만 파문이 일다 이내 스러저 버린다.

물이랑이 출렁출렁 밀려와 오—랜 세월을 맑앟게 씻긴 바위 우에 쏴아— 부디친다. 하얀 포말(泡沫)이 높이 뛰여 오른다 비누거품 처럼 부서저 흐터진다. 그 거품이 사라지기도 전에 뒤따르는 또다른 물이랑어 출렁 바위에 부디친다. 하얀 물거품이 하늘 높이 부서진다. 뒤이어 나는 요란한 웅어림을 듣는다 귀를 기우려본다.

바로 쏴아쒜아 밀려오고 부서지는 파도 소리에 틀림 없다.

나는 어꺽 이 소란한 음향 속에서 정숙(靜淑)을 느꼈든□.

땅을 휩쓸고 하늘을 무찌르고도 남을 요란한 소리 그것은 바로 창세홍(創世紅)의 노래와도 같다.

바다는 이미 인간(人間)이전에 노래를 읊조리고 회화(會話)를 창조(創造)했다.

태고(太古)ㅅ적 부터 이 영원한 바다는 수없는 어리석은 인간들 □ 슬품을 말해주고 즐거움을 속삭여 주었다 동시에 인생의 무상(無常)함도 타일러 주었다.

그는 인간들에게 손쉽게 예술을 말해주고 종교(宗敎)와 철학을 이야기해 주었다. 이 위대한 존재! 바다 앞에 앉어 그누가 조그만 인생(人生)의 무상

(無常)을 슬퍼하지 않았으며 창조(創造)□ 아름다움을 감탄하지 않았으랴,

내마음 한구석 반딧불 처럼 남은 조그만 이성(理性)이 나를 재촉 한다.

나는 발을 옮겨 다시금 어지러운 사파로 가야만한다.

나를 아는 대개의 사람들이 나를 가장 행복한 여인이라 이름짓는다.

하긴 나에겐 어느정도 외형적(外形的)인 행복의 조건이 구비(具備)해 있는지도 모른다.

그러나 나는 일직이 내가 행복하다고 느껴본적은 없다.

여성(女性)이 스스로 행복할수 있다는 건 그가 어느정도 백치(白痴)에 가깝도록 감성(感性)이 우둔한□ 비로소 아무대서나 제위치(位置)에서 행복을 느낄수 있다고 나는 본다.

그렇지않고 또다른 경우엔 극히 총명하고 지혜로워 능히 자신의 위치에서 완전을 지향해 비약을 실천할수 있을때만 가능(可能)한 일이라고 생각 한다.

그러나 나는 백치(白痴)에 가깝도록 우둔한 여성은 아니라고 자처한다.

그렇다고 해서 능히 내 현실을 비약할 만큼 총명하지도 지혜롭지도 못한 여성이다. 그럼으로 나는 다만 운명적으로 노여진 위치에서 그 우둔하지조차 못한 감성(感性)으로 날마다 동화(同化)할수 없는 찝찌름한 현실(現實)을 약간의 공허(空虛)와 애수(哀愁)로써 씸고 있을따름이다.

나는 임이 이렇게 성격적으로 영원히 불행할수 밖에 없는 여성이다.

어느듯 내눈앞에는 지저분한 판자집들과 구멍가개가 즐비하다.

산송장들이 썩어가는 악취가 코를 찌른다. 착잡한 음향들이 귀에 시끄럽다 이 때묻은 사파에 나스자 내가슴은 다시금 무엔지 아련한 고달품과 아리—ㅅ한 그리움으로 출렁거리기 시작한다.

나는 휘청— 허전해오는 다리를 옮겨 내일이면 다시 돌아올 길을 걸어 간다.

『문예』 4권4호, 1953.10, 109−110면.

정충량 ●●●

정충량(鄭忠良, 1916–1991)

- 1916년 함경남도 고원 출생
- 1939년 이화여자전문 문과 졸업
- 주요 경력—1948년 ≪경향신문≫ 문화부 기자, 1956년 ≪연합신문≫ 조사부장 및 논설위원을 거쳐 1958년 YWCA 이사, 세계통신협회에서 주최한 논문 모집에 당선되어 1960년 미국 국무성 초청으로 도미(渡美), 백악관회의에도 참석. 1962년 여성단체협의회 상임이사, 1963년 신문윤리위원, 이화여자대학 교수 겸 출판부장, 대한 주부클럽연합회장, 여성단체협의회 부회장 역임. 1972년까지 ≪이대학보≫ 주간, 1983년 이후 숙명여고 교장 역임
- 대표작—수필 「여성의 오락과 취미」(1950), 「사이비 뱅커생활 시말기」(1956), 「조국의 이방인」(1958), 「세기의 여성 루즈벨트 여사」(1961), 「애국에 통하는 생활자세」(1961), 「여성과 직장」(1962), 「제주도의 여성미」(1963) 등과 평론집 『마음의 꽃밭』, 『여성과 에티켓』(1964), 『수문장의 변』(1977), 『문명의 얼굴, 미개의 얼굴』(1977) 등 다수

• 수록 작품

신년소감(新年所感) ‖ 주방과 독서 ‖ 역사(歷史)의 저류(低流) ‖ 직업여성(職業女性)의 현실(現實)

●●●

신년소감(新年所感)

　　새해를 맞이하야 지난 한해를 회고(回顧)해볼때, 그것은 체험(體驗)을 기초(基礎)로한 이상(理想)을 가질수 있는것, 즉 현실(現實)에 대한 냉정(冷情)한 비판(批判)을 나릴수있는 것이겠다. 내 과거(過去)의 의존(依存)의 생활(生活)로부터 지금과같이 현실사회(現實社會)의 파도(波濤)에 부닥처서 삶과 씨름하면서 부터 사회(社會)와 연관적(聯關的)인나를 볼수있는 자신(自信)을 가진다. 거리에 범람(汎濫)한 짙은 화장(化粧)의 여인(女人)이 한낮 구역질나는 존재(存在)로만 느끼기에는 나는 너무 단순(單純)지 못해젖다.

△　　　　　△

　　서울에 온지 2년도 모되서 5, 6, 차례나 이사(移舍)를 해야만될 나로서는 제법 집업는 서름 굶주리는 고통(苦痛)을 체험(體驗)했다. 초가(草家)한간이라도 내집속에서 내 자유(自由)로히 맘을펴고 살었으면 더할 기쁨이 없는것 같이 생각되는나는 거리에나서면 무었보다 먼저 눈에 띄는 것이 즐비한 건물(建物)이다.

　　그중(中)에서도 유용(有用)하게 사용(使用)되는 건물(建物)은 별문제(別問題)로하고 세인(世人)의 이목(耳目)을 끌려고 유난히 크게 형형색색(色色)의 짙은 색(色)갈로 쓰여진 무슨관(舘), ― 정(亭), ― 옥(屋), 하로종일독깨비당(堂)같이 뷔여있는 ― 당(黨), ― 단체(團體), 렜텔만 크게 부처서 느러논 백화점

(百貨店), 등등(等等)……눈에 거슬리는 건물 이런 어떤특수(特殊)한 계급(階級)만 상대(相對)로하고 일반시민(一般市民)의 생활(生活)과 거리가머ㅡㄴ 건물(建物)을 개방(開放)시켜서 굼주리는 서름도 큰데다가 겨울이 닥처와도 갈데없어 노두(路頭)에서 방황(彷徨)하는 무리를 수용(收容)하고 공동숙박소(共同宿泊所) 아파ㅡ트 한거름 나가서 탁아소등(託兒所等)으로 이용(利用)할수있다면?!

국가(國家)의 기본정책(基本政策)에 따라서 국민(國民)의 생활안정(生活安定)이 좌우(左右)되며 위정자(爲政者)의 영단(英斷)하나에 따라 사회(社會)는 어느정도(程度) 명랑(明朗)해질수있지 않을까?

『예술조선』 2호, 1948.2, 115면. [여류단상(女流斷想)]

주방과 독서

―여성의각성과 남성의협조―

과거 여성의 천직이 가장이었던것과마찬가지로 현대여성역시 가정이란 울타리속에서 부여된 직장을 지키고 부여된 직분가운데서도 가장 인간생활에 없지못할 식사를 조리하는주방이야말로 여성과 분리할 수없는 관계를가지고 있다 여성은 가정을안가질 권리는있어도 주방을 포기할권리는없다 그만치 주방은여성과 긴밀한 관계가 있다 주방이란 굴레를쓴 여성은 남성과 같이 시간을 내어서 평안히 서제에앉아서 독서할 시간의여유는없으나 주방구조개혁에따라 어느정도 독서시간을 짜낼수도있다

아마 조선여성처럼 그권리행사를 못하고 일년열두달 날이개이나 궂으나 생의 향락도 없이 가정에서만 헤매는여성은 어느나라에서도드물것이다 사회활동 정치운동은 일부여성에서 일시 미루더라도 일반여성들은 좀더 자신의교양을쌓고 한걸음 더 나아가 여성도남성과같이 문화의 혜택을입고 지식에의요구를 만족시키기 위해서는 사회와접촉할 필요도있지만 먼저 독서가 필요하다

독서는 마음의 양식이다 우리조선여성의 9할을 점령하고있는 문맹(文盲)여성은 더말할것도없거니와 나머지 1할의 눈뜬여성들도 대부분이 일에얽매이어서독서는커녕 하루한장의 신문조차 읽지 못하고 헛되이 시간없음을 한탄하는 여성이 얼마나 많은지 모른다. 더욱이 그것이 외국여성과같이 '파―티―'니 '클럽'이니하는 특별집회로인한 행사때문이 아니라 매일같이 되풀이하는 단조로운 식사조리나 빨래를그가옥구조의불편과 인습으로 해

서 종일 구질거랫이일하기때문이다

조선의 생활개선의 중책을 걸머지고있는 소수 인테리여성은 너무나 비과학적이다 몇천년내려온 생활풍습을 개선하기는커녕 인습도덕에 얽매여 그 시비를알면서도 비(非)를 시정하기에소심하고 신습(新習)을 구성하기까지의 험한 과정에 대개는지고만다

선진국 여성이 가지는 완전한주방 그속에서 넉넉히 주부의온갖일을 할수있고 독서도할수있고 식사가끝나면 남편이접시를닦아줄수도있도록 완비된 그런주방을 이상에두는것도좋지만 우리재래주방이라도우선 점진적으로 신을 안갈아신고도 부억으로통하게한다든지 하수관(下水管)을 주방에 연락시켜서 몇번씩 주부가 물버리러 밖에안나가게 한다든지 세탁하는곳을 주방에접근시킨다던지 해서 주부의일을 일정한장소에집중시킨다면 주부도 몇배의 휴식을 확실히 얻을수있고 동시에 독서력을 조장시킬 수도있을것이다 이렇게말하면 날더러 팔자늘어진소리를한다고할지 모른다 그러나 극빈아닌 중류이상의글을 읽을수있는 환경에처했다면 주방개선쯤 막대한비용이 필요치않는이상 그리 문제가 아닐줄안다 요는주부의 노력실행여하에 달린것이다

가령 김(金)씨집에 자녀가 셋이라고 해보자 이 자녀 셋이 밖에서 각시간에 들어올때 일일이 안방에서 일하던것을 놓고 마루를거쳐 툇돌에서 신을 신고 주방에가서 상을 채려다주고 다 먹은다음에 갔다치우고 또 갔다주고 또 치우고 이러한 코―스를몇번 되풀이해보라 제아무리 재조가 비상하고 재빠른

어머니라도 하루에 신문한장 읽기가 힘들것이다. 이렇게 여성자체가 겪어야하는 고초를제거하기 위해선 재래풍습의 개선도 급하지만 주방구조의 개혁이 더 급선무이다 그래서 주방의 독서로나마 배워야되고 알아야만 된다 뿐만아니라 가장 사회와접촉할 기회가 적은 주부일쑤록 독서조차못한다면 과거에 문맹세계에 살던 우리어머니들과 같이 우리새대에서도 남편은

물론 자식에게서 까지 멸시를 받게 되는것은 당연한일이다

더구나 요새같이 여성의 실력발휘가 가정이나 사회적으로 요망되는이때 더욱 독서는 여성의 생명이되어야하고 주방은 개편해야될 것이다

나는 수도서울에 20년가까이살고 각계각층 주부를 만났어도 부억에 다 대한관심을가진 주부를 단한사람도 본기억이 없는듯싶다 물론상류 부유계급에 한해서는 여러하인을 둠으로써 부억개조에 애쓸필요도 없이 자기의 명심에따라 독서할 수도 있겠지만 그래도 조선사회에 이런여인을 몇이나 세일수 있을것인가

우리는 입으로 남녀평등을 부르짖기 전에 실력을기르자 경제가 허락하는한 외국가정의 부억처럼 완비하지 못할망정 우리의 생활권안에서 가능한 주방을

간편화해야 할것이다 살풍경한 부억이더라도 조리(調理)의변화를 적을수 있는 정도의연필과공책 그리고 일의틈틈이 볼수있는 책을 상비하는것이 상식화되어야 될것이다 여기에 한가지 문제가있다

즉 딴것도 그렇지만 주방의개선 생활의간편화에는 주부의노력도 비상히 필요하겠지만 더욱더 필요한것은 남성의이해와협조다 가정의미화는 도저히 바라기 어렵다 여성의각성 남성의협조 국가시책의만전—이란 세콤비가 맞아야 비로소 우리는 아름다운 사회생활을 경영할수있다 그러나 여성의각성이 제일큰역할을 하는것은 더말할것도 없다 요는 여성의 산만한 노동을 일정한장소에 집중시키고 일을과학적으로 경영함으로써 여성은 독서에 더큰 여유를 가질수있고독서함으로써 우리여성도 인류의문화를 남성과 같이 즐길수있는 수준에까지 도달할수 있을것이다

투쟁없이는 승리가없다좋은생활을위한 여성의투쟁이 있어야 비로소 남성독존사회에서 남녀동등사회로 진화할수있는것이다

≪서울신문≫ 1949.10.2. [가정]

역사(歷史)의 저류(低流)

―내일(來日)이 없는 생활태도(生活態度)가 가져오는 것―

上

아름다운것에 대(對)한동정과동시(同時)에 자신(自身)이아름답게 보이려는 부지중(不知中)의 노력(努力)은인종(人種)과 계급(階級)의차이(差異)없이 가지는것이나 그중(中)남녀(男女) 특(特)히 여성(女性)에게 제일강한 잠재의식(潛在意識)의 하나일것이다 일선(一線)에선 조국통일(祖國統一)을 위해서 고귀(高貴)한생명(生命)을 유폐(流弊)와교환(交換)하는 이마당에 후방(後房)에선 매일대연회(每日大宴會)에 기대(期待)할뿐귀족(貴族)이나 귀부인(婦人)같이 근거(根據)없이 값진 주단과귀금속(貴金屬)을 몸에걸고 거리를만보하는 [특(特)히 여성(女性)에게 그경향(傾向)이 더 심(甚)하다] 무리들 번화(繁華)한 거리에서 순식간(息間)에 수(數) 많이 만날수있다는 사실(事實)은 싸우는 이나라앞날에 최대(大)의 비애(悲哀)가아닐수없다

선진국(先進國) 이고 부유(富裕)한 국가(國家) 에서도 이런 사치(奢侈)한 현상(現象)을 볼수 없었다고 '유―네스코'에서다녀오신분들의 이야기다

그럼 8할(割)이 농민(農民)인 가난뱅이 나라요 후진국(後進國)을 자인(自認)하고 더욱이 멸공(滅共)의전쟁(戰爭)터전이 되어 있는 대한민국(大韓民國)이 피폐(疲弊)하는농촌생활(農村生活)의 반비례(反比例)로 도시여성(都市女性)만이 사치의극치(極致)를 이룬 첨단(端)을 걷는다는것은 확실(確實)히병적(病的) 기현상(奇現象)이 아닐수없고 이렇게 백성(百姓)전체적(全體的)인 생활(生活)에

근거(根據)를 두지 못□ 사치는 예(例)를 들면 고양이가 제침을 발라서 얼굴을 단장하는모양과 하등(何等)의 차이(差異)가없을상싶다

　20세기(世紀) 문명(文明)의 혜택(惠澤)속에서 봉건(封建)탈을 벗지못하고 동양(東洋) 예의지국(禮儀之國)의 곰팡이 냄새나는 긍지(矜持)속에서 복종(服從)이라는 미덕(美德)을 몸에 붙이고감정(感情)의 발로(發露)을 삼가서석고(石膏)같은 얼굴들이 점점 자유의사(自由意思) 표현(表現)을가지고 개성(個性)을 지닌얼굴들이노상(路上)에 흔해졌다는 사실(事實) 그리고 자기(自己)의체구(體軀)와피(皮)부색(色)과 모습에 따라서 개성적(個性的)인 화장(化粧)과 의복(衣服)을 입는 여성(女性)이많아진다는 사실(事實)을 깁쁘게 바다들인다

　그러나……자기(自己)의 위치(位置)와 환경(環境)과 시대(時代)를 몰각(沒却)한 개성(個性)이란 존재(存在)할 수없다 또한 도(度)를 넘치는 단장(丹粧)이란 항상(恒常)역효과적(逆效果的)인 것이다 물론(勿論) 사실(事實)의진행과정(進行過程)이란 어느정도(程度)의 과도기(過渡期)를 인정(認定)치 않을수없으니 이런과도적(過渡的)인 현상(現象)의 대표적(代表的)인것이 오늘의 거리 젊은 남녀군(男女群)의 몸부림일 것이다

　과도기여성(過渡期女性)에게 있어서 그것은 또다른의미(意味)에서 과거(過去)에의 반항(反抗)일지도모른다 울면서억울하게 살아야하는 봉건주의제도(封建主義制度)에대(對)한 반항(反抗)일지도모른다

　자기(自己)반(反)발반역심(反逆心) 이런 것이 막연(然)히 얼켜서민주주의(民主主義) 자유사조(自由思潮)가구름같이 피여가는것을기회(機會)로 이런묘(妙)한 현상(現象)을낳게했을것이 아니었을가 과거인류(過去人類) 역사상(歷史上) 우리는 수(數)많은혁명(革命)을보았고 개혁(改革)을보았다 그리고그것은 건전(健全)한 다음세대(世代)를 잉태하는 바탕이되었었다 그러나 오늘의 사회현상(社會現象)중 심리(理)□인것 보다 그것은 시국(時局)의변동(變動)에서 오는 일시태풍(一時台風)일진대 또한 운명적(運命的)인 비극(悲劇)이 아닐까 그

것은 지(地)반도 근거(根據)도없는 뜬구름의 존재(存在)이다 이런 □경(境)에
사는 우리에겐 또 각부문(各部門)에 기현상(現象)이 많이 나타난다

비단 여성(女性)만의 사치문제(問題) 마니 아니고 관청(官廳)에 있어서 일에
충실(忠實)한 말단(末端) 관리(官吏)가굶는가 하면 고관(高官)은의식주(衣食住)
에극치(極致)를다한 생활(生活)이있고 먹을것이 쌓여서썩는층의인간(人間)이
있는가하면 하수도(下水道)에흘러내리는 찍걱지를 주□먹고도배가고파서굶
주림에허덕이는 걸민(乞民)이있고 쌀밥을 못먹는 농촌(農村)이있는가하면 모
리배(謀利輩)들의 호의(衣)호식(食)의 허다(許多)한 기현상중(奇現象中) 여성(女
性)의 사(奢)치문제(問題)도 그중(中)의 일부면(一部面)일것이다

대국적(大局的)으로볼때 여러 문제중(問題中)의 한부분(部分)인여성(女性) 사
치문제(問題)만을 보고 망국(亡國)을 한(恨)탄하는 무리가 있는가하면 또한 부
정소득(不正所得)으로 자기(自己)의 향락(享樂)을위해서 뿌려지는 돈의 결과(結
果) 소치(所致)로는 이런 폐습(弊習)을 조그마한양심(良心)의 가책(苛責)도없이
바라보는 일부(一部) 남성군(男性群)들이 관련(關聯)된 인과관계(因果關係)를
생각할때 우리는 한(恨)탄만으로서 이 닥쳐오는물건을 막기에는 너무나 벅찬
시국(時局)이다 여기엔정부(政府)의철저(徹底)한 대책(對策)이요청(要請)되는동
시(同時)에 각개인(各個人)들의 자중(自重)과 교양(敎養) □제(題)가 시급(時急)
하다 외부(外部)로 사치가 극진(極盡)한 여성(女性)일쑤록 시국(時局)이 어떻게
굴결치고 돌고 있다는 사실(事實)을모르고 내부(內部)론 우선(于先)식생활(食生
活)을 보더라도 최저생활환경(最低生活環境)에서 조직적(組織的)인방생활(房生
活)을 영위(營爲)하지 못하고 영양가치(榮養價値)를 살리는 100퍼―센트의 조
리(調理)를못하고 또한 그렇게하려고 노력(努力)도 하지않는현상(現象)은 어데
기(基)한것인가?

이렇게 타성적(惰性的)이고 죽은생활태도(生活態度)는 그들로하여금 애
련(哀憐)과공중도덕(公衆道德)을 망각(忘却)케하고 가능(可能)한한(限)의 미의
미식(美衣美食)을 탐(貪)하는파렴치한 행동을 조장(助長)시킨다 이런군상(群

狀)이 또한 그들자신(自身)의 묘혈(墓穴)을파는망국적(亡國的)인것이 되어버린다

≪경향신문≫ 1953.7.31. [시론(時論)]

下

세계적(世界的)인 2대진영(大陣營)의 대립적(對立的)인 정치여파(政治餘波)와정치적혼란(政治的混亂)이 무식무비판(無識無批判)이 결국(結局)일반(一般)으로 하여금 오늘과같은 찰나주의사조(刹那主義思潮)에로 인도(引渡)하지않았을까 특(特)히 가정(家庭)일에서 헤어나지못하고 외부세계(外部世界)와 격리(隔離)되어있는 부인(婦人)들의좁은시야(視野)는 더욱더 그들로하여금규모 예산(規模豫算)없는 호화를 부리게한다

인간(人間)은 사회동물(社會動物)이다 사교동물(社交動物)이다 인간(人間)은 사회동물(社會動物)이기때문에 또한 오랜인류역사(人類歷史)에서 인간사회(人間社會)의 생활영위(生活營爲)를 위(爲)한 범(範)주가 성립(成立)되고또한 이것을 지키는 한도내(限度內)에서 자기활약(自己活躍)을도모(圖謀)할수있는 동시(同時)에 개인(個人)의 악행(惡行)을 타인(他人)에게 미치지않도록 하는것이 사회인(社會人)된 의무(義務)요 인간협조(人間協助)의 미덕(美德)이 생겨야할 연유(緣由)다

다음으로 현재(現在)일반적(一般的)으로 찰나주의(刹那主義)에 흐르고 경거(輕擧)망동(動)한 행동(行動)이 많은 이유(理由)의 근본원인(根本原因)은 남북분열(南北分裂)에서 오는 민족적(民族的)인비극(悲劇) 즉(卽)통일소원(統一所願)을 기대(期待)하기 어려운 데서 빚어지는 절망(絶望)타락(落) 젊은남자(男子)에 있어서는 언제 소집당(召集當)할지모르는 불안(不安) 국내사회부패상(國內社會腐敗相) 생활난(生活難) 이러한것이 그들로하여금 생활(生活)의안정(安定)

을 가지지못하고 부동성(動性)을 지니게 하는 중요원인(重要原因)일것이다 이조시대(李朝時代) 속요(俗謠)에 "노세노세 젊어노세 늙어지면 못노나니……" 구절(句節)은 흡사(似) 오늘의 찰나주의풍(刹那主義風)조를 그려낸 적절(適切)한 가사(歌詞)일 것이다 퇴폐(頹廢)와 타락(墮落)과 난륜(亂倫)과 부패(腐敗)와 불안상(不安相)에 군림(君臨)하는 모―든감정(感情)에서 반동적(反動的)으로초래(招來)되는그것일것이다

일본(日本)사람은 백년후(百年後)의 일을 생각해서 산(山)에식목(植木)을한다고한다 그러기에 그들에게는 가는곳마다 삼림(森林)이 욱어지고 아름다운 경치(景致)를 이루워있고 그로해서 국가적(國家的)으로 큰이익(利益)을 얻을 수있다고한다

그러나 도리켜 우리의산(山)들을 보자 벌거숭이산들을볼때 우리의선조(先朝)는 너무나 우리세대(世代)를 위해서 무관(無關) 내지(乃至) 무심(無心)하지 않았는가

이러하백년후(百年後)의계획(計劃)을 세우지못하는데 한국(韓國)의 오늘의 고난(苦難)이 깃들어있지않을가 그렇다면 현대(現代)의 괴로움 괴로운것으로만 받아들이고 자(自)폭자(自)기의 생활(生活)을보낸다면 몇백년후(百年後)의 우리의 자손(孫)들은 또한자기(自己)네선조(先朝)의무모(無謀)를 원망(怨望)하지않을것인가 몇십년후(十年後)의자손(子孫)의 광영(光榮)을 위해서의 수고(手苦) 인간(人間)은결국(結局)이런원대(遠大)한 이상(理想)이 있기때문에동물(動物)과 구별(區別)되는것이 아닐가

과거(過去) 오랜세월(歲月)을두고 백의민족(白衣民族)은 서로물고찢고 할퀴고 죽이고 권력(權力)만었으면 무도(無道)하게반대파(反對派)를 몰살시키는 저속(低俗)한 인간성(人間性)이 있었다 이런 고염적(高厭的)인전제(專制) 정치(政治)밑에서 재산(財産)과 생명(生命)과행동(行動)의자유(自由)를 보장(保障)받지못한백성(百姓)은 결국(結局) 자포자기(自暴自棄)의 처세(處世)밖에 남은것이없었다

모―든 자유(自由)를 박탈당(當)하고 그위에 봉건적(封建的)인 사회제도(社會制度)는 온갖차별(差別)로 백성(百姓)을 구속(拘束)했다

이렇게 자유(自由)를 잊어버린 백성(百姓)들은 오직자기(自己)를 잊어버리려는 자기학대(自己虐待) 그것이오직 그들의지상(至上)의향락(享樂)이었었다

내일(來日)의 건설(建設)을 위해서 아무런 이상(理想)도 계획(計劃)도 노력(努力)도 필요(必要)치않았다 왜 평민(平民)에 있어선 이러한건설(建設)이 그들자신(自身)에게 하등(何等)의 희망(希望)도 가저오지 않았기 때문이다

이러한 역사적(歷史的)인 저류(底流)가 오늘에와서 시조(時潮)에합류(合流)되어 표면화(表面化)된것 즉(卽)그것이 오늘 이나라 백성(百姓)에게 찰나주의적(刹那主義的)인 생활태도(生活態度)를 가지게한것이 아닌가싶다

인간(人間)은 동물(動物)이다 그러나 만물(萬物)의영장(靈長)이인간(人間)이다. 인간(人間)이만물(萬物)의영장(靈長)됨이어디기인(基因)하는것인가 즉 내일(來日)을 구상(構想)할수있고 내일(來日)을위해서 이상(理想)을 세울수있고 아름다운 미래(未來)를 건설(建設)하려고 하는노력(努力), 내일(來日)을 위해서 오늘을 고생(苦生)내지는 희생(犧牲)하는정신(精神)의축적(蓄積) 이것만이 오직 인간(人間)이만물(萬物)의영장(靈長)으로처(處)하는 이치(理致)일것이다

미래(未來)를위해서 오늘을 건설(建設)하고 충실(忠實)하게이념(理念)을실(實)천함으로써 아름다운 내일(來日)을 우리의다움세대(世代)에게 계승(繼承)시킬수있고 고상(高尙)한노력(努力)에서 인간(人間)의미(美)를 구현(具現)할수있는 것이다

오늘만의하루를 영위(營爲)하려는 인간(人間)에겐 발전(發展)도없고 고귀(高貴)한생명(生命)의아름다운발전(發展)을 가질수없다 낡은세대(世代)는제처놓고 가는곳마다 산견(散見)되는젊은세대(世代)의 찰나적(刹那的)인향락(享樂)을 취(取)하려는태도(態度) 그것은 흡사(恰似) 하루살이의 무모(無謀)와도같다

인간(人間)은 유구(久)한 세월을두고 발전(發展)했다 유구(久)한역사(歷史)속에서 교묘(巧妙)한게 회전(廻轉)하면서 오늘의문명(文明)과 문화(文化)를이

루웠다

　좀더편(便)하게 좀더아름답게 자유(自由)롭게 살기위해서의 투쟁(鬪爭)이 있었다 오늘우리에게 부과(賦課)된사명(使命)은 지구(地球) 한구석에서 일어난 인간지(人間智)혜의 작난인 전쟁을 소멸(消滅) 시키는데 있으며여 기에는 반드시 피투성이의 노력(努力)이필요(必要)하다

　강인한 생활태도(生活態度) 가가 목을매여서 끌려오듯이 질질끌리우면서도 가장 살려는 의욕(意慾)이강(强)하던 일제시대(日帝時代)의 우리였다 오늘 이과정(課程)에서 신중(愼重)을 기하지못한다면 우리는 최대(最大)의 오점(點)을 우리자손만대(子孫萬代)의 역사(歷史)에 점찍어놓을것은 두말할것도없다　(完)

≪경향신문≫ 1953.8.1. [시론(時論)]

직업여성(職業女性)의 현실(現實)

아직 우리는 일반적(一般的)으로 직업여성(職業女性)하면, 딱딱하고, 모가 지고, 감정(感情)이 위축(萎縮)된 그러한 인간상(人間像)을 그리게 되는데 그 이유(理由)는 어디에 기인(基因)하는 것일까?

외국(外國) 사람들은 직업여성(職業女性)하면 자립적(自立的)이고, 활동적(活動的)이고, 쾌활(快活)한 그러한 여성(女性)을 연상(聯想)한다고 한다.

그러면 동서양(東西洋)의 여성(女性)이 같은 직업여성(職業女性)으로 처(處)하면서 왜 한국(韓國) 직업여성(職業女性)은 그처럼 딱딱하고 무표정(無表情)한데 서양여성(西洋女性)은 그처럼 자주적(自主的)이고 쾌활(快活)할까? 우선 이런 점부터 해명(解明)되어야 비로소 한국(韓國) 직업여성(職業女性)이 남자(男子)에 비(比)해서 일반적(一般的)으로 비능률적(非能率的)이고 지적(知的)으로 저열(低劣)했다는 점(點)을 분석(分析), 이해(理解)할 수 있고 한거름 나아가서는 직장(職場)에서 여성(女性)이 남자(男子)와 동등(同等)한 대우(待遇)를 받도록 개선(改善)될 바탕이 될수 있으며 질적(質的)인 향상(向上)을 지향(志向)하는데 좋은 참고(參考)와 지침(指針)이 될 수 있다.

같은 직업여성(職業女性)이라 해도 또 20대의 직업여성(職業女性)과 3,40대의 직업여성(職業女性) 사이에 흡사(恰似) 동서양(東西洋) 사이의 그것과 비슷한 차이점(差異點)을 발견(發見)할 수 있는 사실(事實)은 즉 생활환경(生活環境)에 따라서 직업관(職業觀) 내지(內至) 직업의식(職業意識)의 호흡(呼吸)이 달라진다는 것을 알 수 있다.

다시 말하면 서구여성(西歐女性)들이 직업의식(職業意識)이 강(强)하고 또한 그 생활(生活)에 호흡(呼吸)을 맞추는데 애로(隘路)가 적다는 사실(事實)은 생활수준(生活水準)이 높고 즉 여성(女性)이 사회적(社會的)으로 이런 지위(地位)를 차지한지 오랜 역사(歷史)를 가졌□며 또한 이 역사(歷史)는 산업혁명(産業革命)이 근거(根據)가 되고 급작한 혁명(革命)에 따라서 변천(變遷)되는 사회제도(社會制度), 기계문명(機械文明)의 발달(發達)은 자기 직업(職業)에 분야(分野)를 짓고 또한 이것이 여성(女性)의 산업진출(産業進出)을 가능(可能)하게 했던 것이다.

말하자면 18세기(世紀) 후반(後半)에 영국(英國)에서 산업(産業)이 대대적(大大的)으로 부흥(復興)함에 따라 소규모(小規模)였던 산업시설(産業施設)이 대규모적(大規模的)인 것으로 진전(進展)되고 따라서 약은 자본주(資本主)들로 하여금 가장 싼 대금(貸金)으로서 부릴 수 있는 여성(女性)을 가정(家庭)에서 공장사회(工場社會)로, 농촌(農村)에서 도시(都市)로 불러 냈던 것이다.

약석 빠른 자본주(資本主)들에게 지독히 착취(搾取)를 당(當)하여도 여성(女性)들은 먹고 살기 위해선 과거(過去)나 현재(現在)나 어수룩하였었다.

이렇듯 혁명(革命)으로 해서 사회(社會)로 진출(進出)한 여성(女性)을 선조(先祖)로 한 서구여성(西歐女性)들은 소지(素地)가 세련(洗練)되어 역시 직장(職場)에 임(臨)하는 각오(覺悟)와 또한 오랜 습성(習性)에서 틀에 맞는 생활(生活)을 엔죠이할 줄 아는 악착스럽고 슬기스러운 여성(女性)이 되었다.

그러나 우리 한국여성(韓國女性)의 사회진출(社會進出)을 본다면 직업(職業)의 어떤 분야(分野)를 물론하고 그것이 극(極)히 우연(偶然)한 기회(機會)에 온 것이었다. 즉 봉건주의(封建主義) 사회제도(社會制度), 대가족제도(大家族制度) 밑에서 여성(女性)은 그저 가풍(家風)을 존중(尊重)히 여기고 소같이 일하고, 말 없이 남편(男便)에게 순종(順從)하는 그것이 미덕(美德)이었었고, 따라서 도대체(都大體) 개성(個性)이라는 것을 여성(女性)에게서 발견(發見)할 수는 어려웠고, 설사(設使) 개성(個性)이 강(强)하다면 그것은 민비(閔妃)와 같은 비극(悲劇)의 주인공(主人公)이 되고 말았을 뿐이었다.

그러나 신종교(新宗敎)인 천주교(天主敎) 야소교(耶蘇敎)가 해외(海外)로부터 수입(輸入)되면서 비로소 선구적(先驅的)인 남녀(男女)가 신사조(新思潮)를 숭상(崇尙)하게 되고 또한 선교사(宣敎師)들의 활동(活動)에 따라서 여성(女性)도 종적(縱的)인 생활(生活)로부터 사교생활(社交生活), 즉(卽) 남하고 서로 횡적(橫的)인 연락인 모임을 갖게 되었다.

이렇듯 신종교(新宗敎)를 숭상(崇尙)하고 신교육(新敎育)을 받으므로서 세계정세(世界情勢)에 눈이 뜨이게 되자 여성(女性)도 스스로의 우매(愚昧)함을 깨닫게 되고 여기에 박차(拍車)를 가(加)해서 근 70년간(年間) 명목(名目) 여학교설비(女學校設備)가 여성교육(女性敎育)의 효시(嚆矢)를 이루게 되자 여교원(女敎員)이 필요(必要)하게 되었다. 교원(敎員), □ 여성직업(女性職業)의 톱이라고 할 수 있는데 그는 이러한 이유(理由)에서 생겨난 것이다.

또한 아직까지도 여성직업중(女性職業中) '선생(先生)님'을 가장 좋은 직업(職業)으로 인정(認定)하는 습관(習慣)은 이 직업(職業)이 가장 오랜 전통(傳統)과 역사(歷史)를 가지고 있기 때문이다. 이밖에 직업여성(職業女性)의 태반(太半)을 점(占)하는 여직공(女職工)의 시초(始初)는 제1차 대전후(大戰後) 일본(日本)의 경기(景氣)가 좋아서 그중 생계(生系)와 견직(絹織)이 세계(世界)에 진출(進出)됨에 따라 굉장(宏壯)한 공장시설(工場施設)과 함게 많은 여직공(女職工)이 필요(必要)해서 그 손이 한국(韓國)에까지 뻗치게 되어 농촌(農村) 소도시(小都市) 할것 없이 소녀(少女)들이 물밀듯 도일(渡日)하였으며 그 임금(賃金)을 고향(故鄕)에 송금(送金)해서 부모(父母)를 기쁘게 하던 시대(時代)가 있다. 이것이 여직공(女職工)의 시초(始初)며 일본공장측(日本工場側)으로는 일본국내(日本國內) 소녀(少女)보다 만만한 식민지(植民地) 여성(女性)을 임금(賃金) 적게 또한 소같이 부릴 수 있었는데 그들의 이윤(利潤)을 더했던 것이다. 이렇듯 한국(韓國)의 여성직업(女性職業)의 역사(歷史)는 짧다. 그것도 느닷없이 디리 닥치는 혁명(革命)의 힘이 아니고 미지근하게 이루어진 동기(動機)라 완전(完全)히 직업(職業)으로 생활(生活)하고 호흡(呼吸)하지를 못하고 확실(確實)히 봉건주의(封建主義)의 탈을 벗지 못하는 점(點)도 여기에 기인(起因)했다고 본다.

여지껏의 대부분(大部分)의 여성(女性)은 일가(一家)의 세대주(世帶主)되는 남편(男便)이 벌어다 주는 것을 먹고 의존(依存)하여 왔다. 아직도 남아있는 가족제도(家族制度)의 잔재(殘滓)는 여성(女性)으로 하여금 의존(依存)의 의식(意識)을 가시지 못하게 했고 그것은 여성(女性)으로 하여금 경제독립(經濟獨立)을 뼈아프게 느끼게 하지 못하는 동시(同時)에 또한 이러한 미지근한 생활태도(生活態度)는 여성(女性)으로 하여금 자주적(自主的)인 의식(意識)을 결핍(缺乏)하게 했다.

경제권(經濟權)에 대(對)한 자주력(自主力)이 없는데서 오는 타성(惰性)에 쌓인 과거(過去) 여성(女性)들 자신(自身)이 봉건제도(封建制度)의 비좁은 범주(範疇)에서 벗어 나려고 애쓰면서도 굳이 민주주의(民主主義)를 몸에 부치지 못한 수(數)많은 여지껏의 직업여성(職業女性)들은 어떤 이유(理由) 밑에서 직장(職場)을 갖게 했다.

배우면 곧 출가(出嫁)해서 배운 학식(學識)을 실생활(實生活)에 살리지 못하고 막연히 생활(生活)하다가 남편(男便)이 죽는다던가 그렇지 않으면 가정경제(家政經濟)를 꾸려나갈 형편(形便)이 못되어서 비로소 직장(職場)을 찾아 나오게 한다. 먹고 살기 위(爲)해서 취미(趣味)도 흥미(興味)도 없이 마음은 집아이들한테 가있고 몸만 직장(職場)에 앉아 있는 직업여성(職業女性), 독창력(獨創力) 없는 사무(事務) 로봇트, 그것이 과거(過去) 직업여성(職業女性)이 걸어 온 길의 대부분(大部分)일 것이다. 이렇게 직업(職業)이란 쇠사슬에 매인 여성(女性)의 생활(生活)이란 그리 즐거운 것이 못될 것은 정(定)한 이치(理致)이다.

더욱 의식주제도(衣食住制度)가 원시상태(原始狀態)를 벗어 나지 못한 특(特)히 주부(主婦)의 하루의 대부분(大部分)을 소비(消費)하게 되는 주방생활

(廚房生活)이 하나도 개선(改善)이 없고 보니 여지껏의 가정(家庭)을 가진 직업여성(職業女性)은 그야말로 인조인간(人造人間)처럼 휴식(休息) 없는 노동(勞動)의 연속(連續)이었다. 살림을 하고, 부부도(夫婦道)를 살리고, 어머니된 책임(責任)을 완수(完遂)하고 직장(職場)을 지켜야 하고, 얼마나 신산(辛酸)한 하루의 연속(連續)일까?

이렇지 않고 어머니가 치닥거리를 해주는 독신(獨身)의 직업여성(職業女性)도 있지만 그것도 대부분(大部分) 혼기(婚期)를 놓치거나 그렇지 않으면 가족(家族)을 먹여 살려야만 했다.

이렇듯 무거운 짐을 걸머진 직업여성(職業女性)들은 그야말로 그 이상(理想)을 이룰 수 있을 리 없고 그 생활(生活)이 명랑(明朗)할 리 없다. 여기에 우리는 과거(過去) 직업여성(職業女性)의 환경(環境)을 그리고 동서양(東西洋) 직업부인(職業婦人)의 환경(環境)의 차이점(差異點)을 해명(解明)할 수 있는 것이다. 상기(上記)한바 한국여성(韓國女性)이 자주독립성(自主獨立性)을 상실(喪失)하고 살았다는 것은 한국여성(韓國女性)만이 독자성(獨自性)이 선천적(先天的)으로 결핍(缺乏)된 것이 아니라 오랜 세월(歲月)을 두고 허울 좋게 삼종지덕(三從之德), 즉 어려선 부모(父母)에게, 출가(出嫁)해선 남편(男便)에게, 늙어선 아들 의사(意思)에 좇아야 되는 미덕(美德)이 여성(女性)의 개성(個性)과 자립성(自立性)을 잃게 했고 오로지 의존(依存)의 생활(生活)에서 만족(滿足)케 했고 경제독립(經濟獨立)이란 꿈에도 생각지 못하고, 이것이 결국(結局) 남존여비(男尊女卑)의 사상(思想)을 형성(形成)시켰던 것이다.

흔히들 아들을 낳으면 기뻐하고 딸을 낳으면 서운해 하는 것은 딸은 남을 주니까 싫다고들 하지만 물론 그것도 이유(理由)의 하나가 되겠으나 더 깊이 생각(生覺)한다면 여자(女子)는 경제권(經濟權)이 없고 따라서 자기(自己)를 노후(老後)에 만일의 경우(境遇)에 의존(依存)할 수 없다는 점(點)이 강(强)해서일 것이다. 즉 여자의 모든 약점(弱點)은 경제권(經濟權)을 소유(所有)치 못하는데 그 최대(最大)의 원인(原因)이 있다.

이처럼 가정(家庭)에서 천시(賤視) 받던 여성(女性)이 직장(職場)이라고 우대 받을 리 없다. 여지껏의 유교사상(儒敎思想)에서 오는 봉건주의사상(封建主義思想)이 가정(家庭)에서 딸은 멸시(蔑視) 받을 것이란 관념(觀念)의 연장(延長)이 직장(職場)에까지 연장(延長)되어 일반직장(一般職場)에서 남성(男性)이 맹목적(盲目的)으로 여성(女性)을 경시(輕視)하게 되는 경우는 태반(殆半)이 여기에 기인(基因)한다.

직장(職場)에서 때로는 여성(女性)이라고 해서 푼수 이상으로 좋게 대해 주다가도 막상 실질적문제(實質的問題)에 다달으면 여자(女子)를 한층 네려 놓는다. 실력여부(實力如否)를 막론(莫論)하고 여성(女性)은 남성(男性) 다음에 오는 것으로 인식(認識)하고 있다. 그들이 여성(女性)에게 호감(好感)을 보여 준다는 것은 대부분의 경우, 동료(同僚)로서보다 첫째 이성(異性)이기 때문에, 둘째 여성(女性)을 미성년(未成年)과 같이 모르기 때문에 어루만지는 식(式)의 친절(親切)로 본다. [물론 그렇지 않을 경우도 많다.] 일부(一部) 남성(男性)의 이런 여성관(女性觀)이 시정(是正)되지 않는 한(限) 여성(女性)은 직장(職場)에서도 예속(隷屬)의 존재(存在)에서 벗어나지 못하며 이런 환경에서 진정(眞正)한 남녀평등(男女平等)이 존재(存在)할 리 만무하다.

점점 이런 폐풍이 자최를 감추고는 있지만 아직 완전(完全) 남녀무차별(男女無差別)의 직장(職場)을 이루려면 전도요원(前途遼遠)하다. 왜? 직장(職場)의 대부분 주재자(主宰者)는 남자(男子)이다. 그러기 때문에 왕왕(往往) 같은 족속(族屬)들의 이익(利益)을 더 옹호하는 때가 무의식중(無意識中) 많게 된다. 한 예(例)를 들면 고용관계(雇傭關係)의 근본(根本)을 이루는 급료(給料)로부터 차(差)가 생긴다. 여자(女子) A와 남자(男子) B는 같은 대학출신(大學出身)이라도 남자(男子) B보다 여자(女子) A는 여자(女子)이기 때문에 급료(給料)가 적다. 또한 같은 연조(年調)의 직장(職場)을 가졌어도 B는 과장(課長)이 될 수 있어도 A는 좀처럼 과장(課長)에 진급(進級)되지 못한다. [그렇지 않은 파격적(破格的)인 직장(職場)도 간혹 있다.] 여지껏의 경험(經驗)으로 보아 사실상

(事實上) 대체적(大體的)으로 같은 중학교(中學校)를 나와도 여자(女子)가 그 실력(實力)이 저열(低劣)할 때가 많다. 그러나 특수(特殊)한 두뇌(頭腦)의 소유자(所有者)인 여성(女性)에게도 직장(職場)은 여자(女子)라고 해서 어떠한 이유(理由)를 부쳐서라도 남자(男子)와 동등(同等)한 대우를 거부(拒否)한다. 가족수당(家族手當)을 주더라도 남자(男子)는 늙은 부모(父母)의 생활수당(生活手當)을 받게 되어 있다. 여자(女子) A는 남편(男便)이 없이 늙은 시부모(媤父母)를 모시고 어린것을 데리고 가진 고난(苦難)을 격으면서 살아도 어째서 A는 부모수당지불(父母手當支拂)을 거부당(拒否當)하는지? 도모지 그 근거(根據)둔 바를 모르겠다. 이런 경우를 뒤집□ 생각하면 며느리는 시부모를 봉양(奉養)하지 않고 내어 쫓아도 좋다는 논리(論理)가 성립(成立)된다. 동양예의지국(東洋禮儀之國)인 한국(韓國)에서 이런 일이 있다가는 그 며느리는 독부(毒婦)의 렛텔과 악비평(惡批評)을 받을 것은 정(定)한 이치(理致)이다. 다시 생각하면 험악한 생활전선(生活戰線)에서 수 많은 일가족속(一家族屬)을 거느리고 악전고투(惡戰苦鬪)하는 며느리나 딸은 실질적(實質的)으로 그 부모(父母)내지 시부모(媤父母)를 모시는 경우 수당(手當)을 급여(給與)하는 것이 정당(正當)하지 않을까? 당국(當局)의 말인즉 아직 여자(女子)에게 부모(父母)는 법적(法的)으로 딸이 봉양(奉養)할 의무(義務)가 없어 안 주고 시부모(媤父母)에겐 부모(父母)로서의 수당(手當)을 준 예(例)가 없다는 것이다. 이렇듯 남성주재하(男性主宰下)의 직장(職場)에서 여성(女性)은 항상(恒常) 불리(不利)한 위치(位置)에 놓여 있다. 때론 시간적(時間的)으로 분(分)에 넘치는 대우가 있다면 그것은 미성년자(未成年者) 취급(取扱)의 경우와 같이 멸시(蔑視)에 족(足)한 것이요, 때에 따라선 경계(警戒)가 필요(必要)한 것이다. 왜? 그것은 동료적(同僚的)인 친절(親切)이라느니 보다 직장(職場)에서 여성자신(女性自身)이 화초적(花草的) 존재(存在)를 시인(是認)하게 되는 경우가 있기때 문이다. [물론 그렇지 않은 경우가 더 많다.]

　여지껏의 직업여성(職業女性)들의 활동(活動)을 살펴 볼때 대개의 여자(女

子)가 직장(職場)에서 능률(能率)이 오르지 못하는 사실(事實)은 도대체 남자(男子)가 꾸준히 한갈래 길을 가는데 반(反)해서 여자(女子)는 불연속적(不連續的)이다. 즉 처녀(處女)때 경험(經驗)으로나 소일(消日) 또는 출가준비(出嫁準備)로 있다가 혼처(婚處)가 생기면 그 직장(職場)을 폐복(弊服)와 같이 버렸다가 어쩌다 가정(家庭)에 불행사(不幸事)나 있어 상배(喪配)한다든지 가정경제유지(家政經濟維持)가 남편(男便) 혼자서 불가능(不可能)하다든지 하는 경우에 다시 직장(職場)을 찾게 된다.

출가후(出嫁後)도 계속 직장(職場)을 가지는 여성(女性)을 보면 (一)사업(事業)을 위한 것 [전직업여성(全職業女性)의 1%도 못된다. 이 부류(部類)의 여성(女性)은 대개 남편(男便)이 심신(心身) 양편(兩便)으로 그 부인(夫人)을 돕는 가장 행복(幸福)한 여성(女性)이다.] (二)일신(一身)의 불행(不幸)으로 해서 생계(生計)를 유지(維持)하기 위해서다. 따라서 3,40대의 직업여성(職業女性)은 그 반이상(半以上)이 확실(確實)히 여성적(女性的)인 행복권(幸福圈)내에 들지 못한다 해도 과언(過言)이 아닐것이다.

이렇게 불연속선(不連續線)에서 빚어지는 불리(不利)한 점(點)이 또한 몸은 하나되 정신(精神)을 세 갈래, 네갈래로 나눠야 하는 모순(矛盾), 직장(職場)에선 우량(優良)한 직원(職員)인 동시(同時)에 현처(賢妻)가 되어야 하고, 어진 어머니가 되어야 한다. 이러한 정신력(精神力)의 분산(分散)은 여성(女性)으로 하여금 100%의 능률(能率)을 올리지 못하게 한다. 그것이 외국(外國)과 같이 문화정도(文化程度)가 높아서 가정(家庭)에서 스윗치 하나 돌리면 빵이 구워지고 깡통을 따면 당장 식탁(食卓)을 장식하는 부식(副食)이 되고 직장(職場)에 갈때 아이는 탁아소(托兒所)에 맡기고 기타 헤아릴 수 없이 문화혜택(文化惠澤)을 입어 불과(不過) 1시간반 내지(內至) 2시간이면 하루의 가사(家事)를 처리(處理)할 수 있는 그런 정도(程度)라면 직장(職場)과 가정(家庭)을 겸유(兼有)해도 여성(女性)의 고뇌(苦惱)는 크지 않다. 대부분의 한국신여성(韓國新女性)이 신교육(新敎育)을 머리에 넣었으나 교육(敎育)과 실제(實際)

가 상반(相反)되고 문화정도(文化程度)가 얕으므로 해서 주부(主婦)는 가정(家庭)만 가지고도 24시간 노동(勞動)이어야 한다. 그렇다고 직업여성(職業女性)의 처지(處地)일수록 하인(下人)을 둘 형편(形便)이 못된다. 그들은 항상 수면부족(睡眠不足)이며 또 일을 구사(驅使)하는게 아니라 일에 구사(驅使)된다. 그렇다고 노동(勞動)을 천시(賤視)하는 봉건주의사상(封建主義思想)은 어느 남편(男便), 아들 자식이 부엌 어머니 심부름을 제대로 해주는 법이 없다.

하루 24시간 1년 열두달 그 머리와 육체(肉體)를 쉬지 못하는 직업여성(職業女性)의 얼골이 어찌 지지궁상을 띠어버릴 수 있으며 어찌 쾌활(快活)할 수 있을 것인가? 더욱이 시부모를 모시는 경우엔 예의범절(禮儀凡節)이 수반(隨伴)된다. 그야말로 삼중(三重), 사중고(四重苦)에 허덕이는 한국(韓國)의 직업여성(職業女性)임을 생각할 때 이제부터 국가대책(國家對策)으로 직업여성(職業女性)을 위해서 탁아소(托兒所), 공동취사장(共同炊事場)등(等) 시설(施設)이 긴급 하지만 더욱이 실질적(實質的)으로 남성(男性) 동보조(同步調)를 취하기 위해서는 더욱 치열한 여성 자신(自身)의 분투 노력(努力)이 요청(要請)된다.

국가(國家)에서 아직 손이 미치지 못한다 치더라도 우선 직장주재자(職場主宰者)는 좀더 이들에게 관심(關心)과 이해(理解)를 깊이 하는 동시(同時)에 우선적으로 여성(女性)을 위한 휴게실(休憩室) 하나쯤 있어도 좋을상 싶고 또한 유아(乳兒)의 젖먹이는 편리(便利)쯤 보아주는 아량(雅量)이 있어야 할 것이다. 물론 고용주(雇傭主)의 이런 호의(好意)를 악용(惡用)해서는 안될 것이다. 여기에 한 술 더 떠서 오락시설(娛樂施設)이 있으면 하는데 그것은 우리 형편으로 시기상조(時期尚早)라고 보면 그만이고 단 한가지 측간(厠間)의 위치(位置)를 고쳤으면 어떨까 한다. 즉 대변(大便) 보는 데를 먼저하고 그 안으로 남자(男子)들의 소변(小便)보는 데가 있었으면 한다. 이것은 나도 항상 생각하는 바였지만 해방후(解放後) 어떤 외국(外國) 사람이 나에게 이렇게 질문(質問)했다. 일찌기 나는 한국(韓國)은 예의지국(禮儀之國)이어서 남녀

칠세 부동석(男女七歲 不同席)이란 말을 들었는데 어째 변소(便所)는 남자(男子)의 용변소(用便所)를 지나서 여자(女子)가 들어가게 되었느냐고 물을 때, 나는 그것은 일제시(日帝時)의 풍습(風習)이 남아서 그렇다고 변명(辯明)한 일이 있다.

6·25동란후(動亂後) 수난(受難)으로 해서 급작(急作)히 늘어가는 직업여성(職業女性)들은 가진 고난(苦難)을 걸머지고 먹기 위해서 세파(世波)에 시달리며 남자(男子)와 어깨를 겨누고 싸우는 여성들의 모습은 싸우는 이나라에 어울리는 태세(態勢)다. 그래서 현재(現在) 여성(女性)이 무엇보다 절실(切實)히 느끼는 것이 경제적(經濟的) 독립(獨立)이다. 남녀동등(男女同等)을 부르짖기 전에 먼저 경제권확립(經濟權確立)을 숙고(熟考)하겠금 그들은 약어지고 현명(賢明)해졌다. 그들이 당(當)하고 있는 사정(事情)이 핍박(逼迫)하기 때문에 직업관념(職業觀念)도 옛날의 그것과 같이 미약한 것이 아니고 강(强)해졌다는 사실(事實)은 앞날의 발전(發展)을 위한 좋은 전조(前兆)라고 보겠다.

이런 직업관(職業觀)의 변천(變遷)□ 또한 진보(進步)된 자유(自由)로운 분위기(雰圍氣) 속에서 자라난 오늘의 20대여성(女性)이 명랑(明朗)한 것은 두말할 것도 없다.

그러나 이제로부터의 직업여성(職業女性)의 투쟁(鬪爭)은 여성(女性)도 남성(男性)과 동등(同等)한 레벨에 도달(到達)하도록 각자(各自)가 노력(努力)하는 동시(同時)에 동등(同等)한 대우를 받도록 할 것이다. 그러랴면 여지껏 가졌던 막연(漠然)한 행운(幸運)을 기다리는 낭만적(浪漫的)인 인생관(人生觀)을 버리고 좀더 대국적(大局的), 조직적(組織的)인 생활(生活)의 푸랜을 세워서 자기자신(自己自身)의 교양(教養)을 높이는 동시(同時)에 각(各)직장여성(職場女性)이 총체적(總體的)인 단결(團結)로서 차별대우(差別待遇) 철폐(撤廢)를 요청(要請)해야 될 것이다. 언제든지 개인(個人)의 힘보다 단체적(團體的)인 힘만이 성사(成事)를 가능(可能)케 하기 때문이다. 또한 각여성(各女性)이 이성(異性)의 친절(親切)에 너무 안이(安易)하게 의지(依支)하지 말고 좀더 적극적(積極的)인 생활의욕(生活意欲)을 가지고 과거(過去)의 타성(惰性)을 없애도록 할 것이다.

인간사회(人間社會)의 문화발전(文化發展)의 책임(責任)은 남녀(男女)가 반반(半半) 부담(負擔)해야하고 또한 남녀공동노력(男女共同努力)에서만 완전(完全)한 문화(文化)를 형성(形成)할 수 있는 것이며 또한 이 책임(責任)은 사회(社會)에 나와서 일하는 직업여성(職業女性)에 기대(期待)되는바 크다. 직장(職場)을 경제원천(經濟源泉)으로 생각하되 한걸음 나가서 내 실력(實力)의 실험장(實驗場)이요, 수련장(修練場)이요, 인생도장(人生道場)으로 생각하고 직장(職場)과 나를 혼연(渾然)케 하는데 비로소 우리는 이상적(理想的)인 직장(職場)을 이룰 수 있는 것이다.

남북(南北)을 통일(統一)하기 위한 전선(戰線)에선 수(數) 많은 이땅의 젊은이를 부른다. 이런 절박한 마당에서 여성(女性)은 더욱 만반(萬般)의 준비(準備)를 갖추어서 남자출전시(男子出戰時) 직장(職場)이 대체(代替)되어도 유유히 손색(遜色)이 없을만큼 마음과 두뇌(頭腦)와 집무절차(執務節次)를 신속(迅速)히 하도록 노력(努力)하고 이것이야 말로 나라를 지키는 이 땅의 딸들이 수행(遂行)할 거룩한 직무(職務)인가 싶다. [마음엔 이번 기회(機會)에 전국적(全國的)인 직업여성(職業女性)의 각직장별(各職場別) 내지(乃至) 교육별(敎育別) 연령별(年令別) 봉급(俸給), 또는 임금별(賃金別)로 구분(區分)한 통계표(統計表)를 작성(作成)하려고 공보처(公報處), 부녀국(婦女局), 연감(年鑑), 기타(其他) 출판물(出版物)에서 참고재료(參考材料)를 얻으려고 했으나 확실(確實)한 숫자(數字)는 커녕 추산(推算)조차 얻을 수 없었음을 심히 유감으로 생각한다.] (筆者 調査課勤務)

『협동』 40호, 1953.7, 124-130면.

조경희 ●●●

조경희(趙敬姬, 1918–2005)

- 1918년 경기도 강화 출생
- 1939 이화여자전문학교 문과 졸업
- 1938년 수필 「측간단상」이 『한글』에 당선되어 등단
- 주요 경력—1939년 ≪조선일보≫ 학예부 기자, 1952년 『여성계』 주간, 1956년 ≪평화신문≫ 문화부장, 1965년 한국여기자클럽 회장, 1971년 한국수필가협회 회장, 1974년 ≪한국일보≫ 논설위원, 1979년 한국여성문학인회 회장, 1984년 한국예술문화단체 총연합회 회장, 1988년 제2정무장관, 1995년 한국여성개발원 이사장 역임
  1975년 한국문학상, 1987년 대한민국 문화예술상, 2005년 대한민국 예술원상 수상
- 대표작—수필집 『우화』(1955), 『가깝고 먼 세계』(1963), 『얼굴』(1966), 『음치의 자장가』(1971), 『웃음이 어울리는 시대』(1988), 『낙엽의 침묵』(1994) 등 다수

• **수록 작품**

기회주의자(機會主義者) ‖ 사바사바 ‖ 하숙방

●●●

기회주의자(機會主義者)

　남의인격(人格)과 명예(名譽)를마치자기자신(自己自身)의소유(所有)인냥처들고 내세우고심하면팔어먹고 악용(惡用)하는사람이 많은것을 본다. 그중에는 한때무대(舞臺)에서보는희극배우(喜劇俳優)같애서 우슴을사는존재(存在)도 있지만더러는 불쾌(不快)할정도(程度)를넘는인간(人間)의 부류(部類)도 있다.

　K씨(氏)는 전자(前者)에속(屬)하는 인물(人物)로서내가그를 처음 만나기는 제1차임정요인(第一次臨政要人)이 입국(入國)을하야국내(國內)가 떠들썩하던 당시(當時)어떤정당사무실(政黨事務室)에서였다. 그는 인사(人事)를주고 받고 나서는 내가좋아하는 시인(詩人)과친분(親分)이두텁다하며 자기(自己)도 시인(詩人)이라하였다. 조선천하(朝鮮天下)가다알수있는 시(詩)□가운데서 그의이름은금시초문(今時初聞)이였으나 앞으로 차차(次次)알수있겠지하고 얼골만자세(仔細)히 익켜두었다.

　그뒤에제2차임정요인(第二次臨政要人)이입국(入國)한다는날　나는신문사(新聞社)에있던 관계(關係)로다른 남성동료(男性同僚)들과같이 죽첨정숙사(竹添町宿舍)로달려갔다. 나는 그곳에서 K씨(氏)가자기(自己)와는맞지않는 분위기(雰圍氣)속에 정중(鄭重)하게앉어있는것을보자반갑게인사(人事)를하였다. 그러나 그는 여러사람앞에내가무안할 정도(程度)로비싸게굴었다 나는K씨(氏)가 자신시인(自身詩人)이라고는 하였지만 아모래도시인(詩人)답지 않어서저사람은 무었하는사람이냐하고 동료(同僚)에게물은즉 이번에돌아오는요인(要人) C씨(氏)의 조카라한다 나는 그때야 K씨(氏)가 이나것버티고 앉어있는 사연(事

緣)을알수가있었다. 왁자지껄하고 노대신(老大臣)들이 들어왔다 나는취재(取才)에분망(奔忙)하야엽방으로 웃침으로쏘다니고 있는데돌연(突然) K씨(氏)가 나타나서허터저있는동료(同僚)들을 모이라고한다. 그러자자진(自進)해서백부(伯父)를맞난 감회담(感懷談)을발표(發表)한다. 지당(至當)한일이라고생각했다

그리고나는얼마후에 신제(新製)갈색순모사(色純毛絲)사복(服)을 입은K씨(氏)를종종볼수가있었다 어떤때는신문사편집국(新聞社編輯局)에나타나사원(社員)이나 진배없는 자유(自由)로운태도(態度)로 국장(局長)을기대(期待)리는 모양을 백부(伯父)에대(對)한기사취재(記事取材)이 소홀하다드니 장문(長文)의취소기사(取消記事)의게재(揭載)를요구(要求)한다는 보앗다 그기세(氣勢)가당당(堂堂)하였다 언제인가는백부대리(伯父代理)로 각(各) 정치단체회합(政治團體會合)에 내빈(來賓)으로 출석(出席)하고있는것을 보앗다 한번은 YMCA에서 모(某)청년단체(靑年團體)의회합(會合)이있었을때 취재차참석(取材次參席)한나는 K씨(氏)가민주의원대표임정요인(民主議員代表臨政要人)들과함게내빈석(來賓席)에 자리를같이하고 있는것을보앗다 내빈축사(來賓祝辭)맨나종에 사령자(司令者)가다음에는 C씨(氏)의축사(祝辭)가있겠음니다하자 K씨(氏)가등장(登場)하는데고소(苦笑)를 금(禁)처무하였다이와같이 그의백부(伯父)바람에 축사(祝辭)를하고다니는것까지는좋앗다

K씨(氏)로말하면 후에들은말이지만 지난 일제시대(日帝時代)에는 종로(鐘路)와명동(明洞)뒷골목을 내집삼고친구에게 찻잔이나 얻어먹고다니든초라한 신세 였다한다 그런데 요인백부(要人伯父)를 둔뒤부터는그의생활(生活)은 일변(一變)하였던것이다 옛날에다정(多情)히인사(人事)하던사람도 본체만체한다 그는백부(伯父)의 명성(名聲)이높으면높을수록자기(自己)가백부(伯父)가된듯 □서들었다 내가보기에는희극(喜劇)배우(優)같했다 그가백부(伯父)를내세우고이용(利用)하는 정도(程度)가너무 유치(幼稚)하고 철나지안은어린아이작난(作亂)같애서얼마든지미소(微笑)를띠이고보고있다

M씨(氏)는유달리 남의눈에띠이게자기(自己)의숙부(叔父)를내세우고 이용

(利用)하지는않으나실제(實際)에있어서는 자기(自己) 실속은 꼭차리는인물(人物)이다 그의숙부(叔父)는 국군정부(國軍政府)의 상당(相當)한요직(要職)에있고 그는 어떤출판사(出版社) 부사장(副社長)이다 그를내가처음알기는학교(學校)를나와서 잠시(暫時)교편을잡고있던 여학교직원실(女學校職員室)에서였는데 그때부터 M씨(氏)는어학(語學) 역사(歷史)에있어서조선(朝鮮)의태두(泰斗)로자인(自認)하고자기이외(自己以外)에는 사람이없는줄 안다 한국시대(韓國時代)에자기선조(自己先朝)가벼슬한 이야기와가문(家門)이양반(兩班)으로서 빛나는 전통(傳統)을지니고 있다고메양의이고있어 일인선생(日人先生)에게 양반선생(兩班先生)이라는별명(別名)까지 듯던일이기억(記憶)에 새롭다. 그런데해방후(解放後)에는일제시대(日帝時代)에 요시찰인명록(要視察人名錄)에 오른것을말끝마다자랑하며 자기이외(自己以外)에는애국자(愛國者)가없는줄안다거기에다 항상(恒常)자기숙부(自己叔父)는 자기(自己)보다 일급(一級)높은요시찰인(要視察人)이였다는것을 내처든다 자기(自己)는 가장진보적(進步的)이요 양심적(良心的)인 행동(行動)을하는듯 보이면서실제(實際)로는 봉건적(封建的)이요 인습적(因襲的)이다그는 사가적(史家的)인견지(見地)에서 국제정세(國際情勢)와 역사(歷史)의흐름을알기때문에마땅히 취(取)할바를알고있으나 정계(政界)에혼란(混亂)과탄압(彈壓)의어두운 구름이끼여있을때는 그파문(波紋)이자기사업(自己事業)에 미칠까바 가장군정협력자(軍政協力者)인체하며 야합적(野合的)으로나가고 아첨도불문(不問)한다 일편(一便)진보적(進步的) 일계열(系列)에서낙후(落後)됨을두려워하고있다그러키때문에 항상(恒常)자기류(自己流)의 이론(理論)을발전(發展)시키나 결과(結果)에있어서는자기모순(自己矛盾)에빠지고만다

　　해방후(解放後) 그의숙부(叔父)의지위(地位)를이용(利用)하야여러차례사업(事業)에착수(着手)하였는데 처음에지반(地盤)이스지않어사업(事業)이 위태(危殆)로울때는 자(自)기는양심(良心)있는 인격자(人格者)로겸손(謙遜)한 선비인척하고 협력(協力)과지지(支持)를주위(周圍)에서구(求)하나일단 자리가 잡히고자기자신(自己自身)이유리(有利)해지면 지금까지 M씨(氏)를신뢰(信賴)하고 충성(忠

誠)을 다하던사람을 모함하야 사칭(詐稱)의죄명(罪名)을쓰이여내여쫓는계략(計略)이 능(能)하다M씨(氏)는숙부(叔父)의명성(名聲)이나지위(地位)를이용(利用)하야훌륭히소화(消化)할줄안다 압서말한K씨(氏)와같이자(自)기를 희생(犧牲)시키지않는다 그는우에서말한충성(忠誠)을다한 사람을모라내는경우(境遇)에도 자(自)기는배후(背後)에 점잖게도사리고앉어서선량(善良)한 암재비를용케 부릴줄안다 그러므로처음에는누구던지그가말하는 바와같이 양반(兩班)의가문(家門)에자라난양심(良心)있는 학자(學者)요 재줏덩이로안다 그러나 그를지내본 사람은삼척동자(三尺童子)도 그의바탕을알게 된다 그를K씨(氏)와같이우슴을 사는희극(喜劇)배우(優)로돌리기는 너무나얄밉다. K씨(氏)는나종에그의백부(伯父)가 정치가(政治家)로서의 인기(人氣)가떠러진뒤에는 다시명동(明洞)뒷골목을 휘메드라는말을 도었을때 나는그를동정(同情)해마지않는다 M씨(氏)같을 인물(人物)은 경졸(輕卒)하고도남음이있지만 그가격(格)에맞지않는 출판사부사장(出版社副社長)장자리를아까워하지말고 조선(朝鮮)애서 태두(泰斗)로자인(自認)하는 역사(歷史)와 어학(語學)의넓고깊은 길로되돌아서 면한다

남을내세우고 우려먹고싶은성정(性情)은허욕(虛慾)과 명예욕(名譽慾)이많은 인(人)사일수록유혹(誘惑)받기쉬운일이다

일국(一國)의지도자(指導者)에게그러한성정(性情)이지트면 선열(先烈)의유골(遺骨)이얼마나 울것인가 우리는 거룩한나라를이룩하는자리에서 각자(各自)속에잠재(在)한그들의편모(片貌)를다시한번응시(凝視)해보자 (끝)

≪경향신문≫ 1951.10.28. [여류수필(女流隨筆)]

사바사바

　여자들 모이면 술 없이 정치는 못하는가 하는화제가 떠도는것을 볼수 있었습니다 대부분의 여성은 술이 남성의 격에 미처주는 면도 알고 있었습니다 더욱이 낫서른분들이 처음 만날때에 그부드러운 분위기를 만들어주는것도 알고 있었습니다 그렇기때문에 두서너사람이모였을때 한잔술을 비러서 이야기하게되는 심정도 이해하고 있었습니다 그런데 요는 술을먹지말라는 청교도적인 괴박한 이야기가 아닙니다 필요(必要) 이상하지 말었으면 하는 지극히 간절한 히망이지요 나라일을보는 분들이 술을필요 이상으로 되면 약이 분량이 많으서 독약이되듯이잠시인간이 변모하는결과를 갖어오듯이 국사에 '사바사바'가생기고 국책이 술주정뱅이처럼 비뚜러질우려성이풍부하단 말입니다 그렇기때문에정치에는 이념의공통성과 자기의정견의 일치를볼때 비로소 찬동할수있으메도 불구하고 술자리갸 달라지는데 따라 정처적인 이념이 달러지는 패단도 생기게되는것같드군요

　종래한국에 있어서는 바깥일을 바깥양반이 하는법이라 하여 여성은 국사에나 가사에나 그냥 참어온터인데 그러나 아무리 참을성많은 여성들도 매일밤 통행금지시간을 겨우대어서 만취해 들어오는 남편들에겐 더참을래야 참을수없는 모양이기에 술없는 정치(政治)는 있을수 없을가하고 상당히 절박해서 이야기하고있었습니다

≪경향신문≫ 1951.10.28. [화제(話題)]

하꼬방

　‘하꼬방’들이많은 마을에서는 함께지내기에는 너무나수다한식구가 대개 안에서는잠만잘뿐 노상 마당에서지내는모양인데 하꼬바ㅇ 안에서 사람들이서성거리는 품이며 굴둑에서 제법연기까지 나는것을 보니 아침 저녀ㄱ나 절냉냉한 이마직 저윽이 마음 놓인다

　아마 하꼬바ㅇ이나마 날씬하고 시원하게또 따뜻한 난방(暖房)까지 겨ㅅ드려서 지여보자는것은 수화(樹話)[金畵伯의 號]의건전(健全)한 이상(理想)일것이다

◇　　◇

　‘하꼬바ㅇ’은 우리나라에 예전부터있던 움집흙벽돌집의 변(變)모가아닌가싶다

　그도 8·15이후벗쩌ㄱ 생긴듯 서울에는해방촌(解放村)이라는 새로운마을이 형성되어주어교외(郊外)에서 돌아온저ㄴ제동포와 북(北)에서자유(自由)를 차즈아 내려온 사라ㅁ들이 머물럿고 이제부산(釜山)에 또다시6·25사변(事變)의 산물(産物)하꼬바ㅇ은 어쩌ㄹ수없는 것이며 그러나 ‘하꼬바ㅇ’이나마 제마다 차례에못가는것이이나라우리의 실정(實情)인가싶다

◇　　◇

궤 딱지 같이 빈터 전만 보면 움 돋는 '하꼬바ㅇ' 무ㄴ제는 20세기후반기(世紀後半期) 근대도시(近代都市)에 있어서 미관상(美觀上) 혹이며 정말사는 사람이 더욱 어려우나 주택(住宅)에 대(對)한 근본적(根本的)인 국가대책(國家對策)이 서지 않고는아무도어ㅈ저는수 없는 '하꼬바ㅇ'이다

◇   ◇

어느 시기(時期) 까지 우리의 주택(住宅)으로 인정(認定)받어야 할것이다

≪부산일보≫ 1951.11.6. [가을소묘(素描)]

최정희 ●●●

최정희(崔貞熙, 1906–1990)

- 호는 담인(淡人)
- 1906년 함경남도 단천 출생
- 1928년 숙명여자고등보통학교를 졸업하고 1929년 서울 중앙보육학교 졸업
- 1931년 「정당한 스파이」(『삼천리』 10월호)로 등단
- 주요 경력—1931년 『삼천리』 기자, 1936년 ≪조선일보≫ 출판부 입사, 1942년 경성 방송국 근무, 1950년 공군 종군 작가단 가입, 1969년 한국 여류문학인협회 회장
  1958년 서울특별시문화상, 1964년 제1회 여류문학상, 1972년 대한민국예술원 회원상 본상, 1982년 3·1문화상 수상
- 대표작—소설 「흉가」(1937), 「지맥」(1939), 「인맥」(1940), 「천맥」(1941), 『풍류잡히는 마을』(1949), 「정적일순」(1955), 『인간사』(1964) 등 다수

●**수록 작품**

　여류작가군상(女流作家群像) ‖ 나의 문학생활자서(文學生活自敍)

●●●

여류작가군상(女流作家群像)

편(編)즙하시는분의 말씀은 조선여류작가론(朝鮮女流作家論)을 쓰라는것이였으나 나는 그런것을 쓰기는 싫다. 주저넘은것 같기도하려니와, 또 나는 논자(論字)붙은 글이란 본래붙어 읽기도 덜좋아하는 성미다. 그러므로 여기서 내 선(先)배와 친구들을 조용히 불러 마음에 생각했든바를 더브러 이야기하고저한다.

강경애(姜敬愛)님 관(棺)뚜껑이 가슴우에 무겁지않으심니까. "무었때문에 밋첫오?" 하고 붓으로 써 묻는 무름에 "세상(世上)이 나를 속이고 세상(世上)이 나를 버리니 밋칠 바께 도리가 없었오?" 라고 필담(筆談)으로 대답하셨드라 말씀을 님이 가신뒤에 아는분으로부터 들었습니다. 제가 님을 알기는 님이 그 머얼리 북간도(北間島)에서 아기를 낳고저 서울병원에 오셨든 제1차때였습니다. 저의두손을 님의두손안에 꼭 웅켜잡으시고 "글쓰는 여자(女子)를 비로소 만난것같어" 하시며 애껴주시든 일 잊지못합니다. 님은 그 뒤로도 같은 목적(目的)에서 3차나병원에 오셨습니다 마는 아기는 끝내 못 낳으셨습니다. 소설(小說)쓰는 여자(女子)보다 아기 낳는여자(女子)가 되겠다고 말씀하시는 님의얼굴은 무서울정도(程度)로 처(悽)참한것이였습니다. 귀가 어두어서 제가 하는 말씀을 못 아러드르시고 혼자ㅅ소리같이 "아이를 낳아지 아이를" 하시며 크다란 유리문(門)으로 북악(北岳)을 내다보신일을 기억(記憶)하심니까. 님이 가시였다고 들었을때 고달프시든 님에게 휴식(休息)할 새영토(領土)가 마련되였슴에 나는 숨이 화알 나왔습니다. 온갓것을

다 잊으시고 님이여 편히 쉬소서.

백신애(白信愛)**님** 님을 뵈온일은없습니다. 「꺼랭이」, 「적빈(赤貧)」을 읽은외(外)에 짤막한 수필(隨筆)을 읽은 것뿐입니다. 하오나 육친(肉親)과 같이 따듯한정(情)을 느끼게됨은 등(燈)잔 불이 안개처럼 나를 싸도는 밤인까닭만도 아닙니다. 님이 글을 쓰다가 죽은여자(女子), 님이 글을 다 못쓰고 죽은 여자(女子)인 까닭입니다. 님의 노-트우에 수(數)없이 적어둔 소설제목(小說題目)들이 내눈앞에 말쑹 말쑹하기까닭입니다.

김말봉씨(金末峰氏) 소설(小說)보다 사람이 좋드라고 형(兄)을 뵙고난뒤에 친구에게 말한일이 있습니다. 노여워하시렵니까. "글은 좋은데 인간(人間)이 틀렀드라"는 말을 해석(解釋)하실줄 아시는 형(兄)이시매 다시 더 긴 말씀 느려놓치않습니다.

박화성씨(朴花城氏) 형(兄)은 웨 쓰지않습니까. 「하수도공사(下水道工事)」 이상(以上)의 작품(作品)을 기대(期待)하고있습니다. 그러면서도 글을 안쓰시는 형(兄)이 다행(多幸)한것같기도해서 부러워짐니다. 여자(女子)가 글을 쓴다는 사실(事實)은 비극(悲劇)인까닭입니다. 남편을 섬기고 아이를 낳고 하는 일만해도 해여날수없는데 다른 일도 아니고 천하(天下)에도 귓찮은 글쓰는 일을 하다니 될말씀입니까. 저만보드래도 글을 쓰게되면 집안이 살(殺)풍경입니다. 아이들 얼굴에 경황이없습니다. 글만 쓰기시작하면 아이덜더러 말한마디 못하게 소리를 빽빽 질르게되니 안 그럴수가 있습니까. 아이들은 엄마가 빨래나 바느질이나 밥하는때가 제일(第一)좋다고합니다. 글쓰는 때의 얼굴은 독개비같아서 눈물이 난다고합니다. 이게 비극(悲劇)이 아닐수있습니까. 형(兄)의아기들에겐 이런일이없을것이고 또 집안 구석 구석에 기름이 반질 반질 돌것입니다. 그러면서도 형(兄)의 다시 붓드는 날을 기다리는것은 무슨까닭일까요

모윤숙씨(毛允淑氏) 당신이 찾아왔드라는걸 내가 없어서 안되었오. 진정 미안하고 섭섭하오 그렇게 머얼리를 찾어준 당신인것을 나는 서울가서 그

날 당신을 찾을념도 안한것을 뉘우치오. 혹 찾아갔다가도 당신이 매우 바쁜 것같아서 이얘기도 못하고 그냥 도라와버린 앞섰날의체험(體驗)이 당신을 자조 찾게못되는 원인(原因)이오. 윤숙(允淑)이 좀 조용히 살아주구려. 내가 가면 전(前)에ㅅ처럼 이얘기도하고 간간히 미간을 찚으리면서 하염없이 머언데를 내다보는 그버릇도 좀 내게 뵈여주구려. 언제ㅅ번인가 내가 당신에게 당신을 만나고 집에 도라가면 슬퍼지드라고 한말을 당신은 명심(銘心)하오? 윤숙(允淑)이 우리 시(詩)를 생각하고 시(詩)를 생활(生活)하십시다. 시(詩)에는 아무 잡티도 없잖아요. 시(詩)보다 더 영원(永遠)하것은 없잖아요. 여보 하늘빛이 참 곱구만요. 우리, 둘의손과 손을 꼭옥 잡고 저 하늘을 오오래 처다보십시다. 아무런말도 찚거리지 말고 거저 가만이 처다보기만 하십시다. 눈물이 글성해질때까지. 그눈물은 눈이 앞어서 나는것이라도 좋아요.

노천명씨(盧天命氏)　참 만난지 오래오. 진분홍 감정저고리를 입으라고 주든― 그저고리의색갈같이 고혼 우정(友情)이 그립구려. 천명(天命)의 「남사당」 「들국화」 등(等)의시(詩)가 좋와서 한 서울안에서 날마다 만나다싶이 하면서도 편지지를 잘하든때가 그립구려.

이선희씨(李善熙氏)　삼팔선(三八線)이 가루놓인탓인지 그중의 그리운이가 선희(善熙)요. 선희(善熙)의 「창(窓)」이 좋왔다는것을 나는 읽지못했소. 선희(善熙)! 우리가 서로 맘대로 오고 가고하는 세상(世上)이 속히 와지기를 바랄뿐이오.

장덕조씨(張德祚氏)　살님사리에 얼마나 골몰하오? 아이들이 손을 잡아댕기고 원고지(原稿紙)를 찚고 글을 쓰려면 더야단스레 물어보는말이 많고 한 속에서 그래도 꾸준히 써내는 그성의(誠意)와 열심(熱心)이 대단하오. 하루에 셋기밥과 빨래와 바느질, 집치우는일도 손수 할테지요. 양말도 기워야할테지요. 양말은 웨 그리 잘떠러지는걸까요. 여자(女子)의탄생이 양말깁기위해서 있은것같기도 하구만요.

임옥인씨(林玉仁氏)　우리는 어느때 어디에 있든지 아름다운것만 생각하며 사십시다. 아름다운것처럼 좋고 영원(永遠)한것이 또 어디있겠오. 나는 옥인(玉仁)에게 늘 하든 말을 여기서 또 다시 되푸리하지않을수없습니다. '사랑'을 아는 사람은 아름다울줄 아러야하고 아름다울 줄 아는 사람은 더러운짓 미운짓을 못하는것입니다.

단테는 베아도리체를 사랑하는까닭에 세상(世上)에 적(敵)이없을것같다고 했고 자기(自己)에게 해독(害毒)를 끼친자(者)까지도 용서함을 줄수가있겠느라고 하지않았습니까. 단테의 이런마음은 모래 한 알에까지도 미첫을것이라고 짐작됩니다.

지옥(地獄)의 아픔과 괴롬이 평생(平生) 끝나지 못하는한(限)이 있드래도 자기(自己)가 응당 받아야할과업(課業)이라면 고스라니받아 디리는것이 아름다웁고저하는 사람들의 양식(良識)일것입니다. 우리가 돈을 가지고 자랑을 삼겠습니까. 지위(地位)나 명(名)예를 가지고 자랑을삼겟습니까. 오직 우리들에겐 꾸밈없는 '삶' 이것뿐일것입니다. 이것없이는 아름다울수도 즐거울수도 자랑설러울수도 없을것입니다.

지하련씨(池河蓮氏)　나는 옛날대로 현욱(現郁)이라고 부르고싶소. 지하련(池河蓮)은 정(情)이 가지않는구만요. 다른 까닭에서가 아님니다. 현욱(現郁)이가 내가슴에 꽉들어와 백혓기때문입니다. 현욱(現郁)의 「소시민(小市民)」은 '리알리즘을 닮으랴다가 알뜰한 인생(人生)을 읽었다'고 한 김동리씨(金東里氏)의 평(評)을 읽고 나서 읽었오. 이렇게 훔쩍 한마디로 후려갈길 작품(作品)이 아니라고 나는 생각하였오. 마는 비평(批評)이야 칭잔이든 욕설(辱說)이든 거기 구애될것은 없을것같소. 우리는 비평가(批評家)의비평(批評)에서보다 꽃 한송이 움즉이는데서의배움이 많을것입니다. 비평가(批評家)란 시인(詩人)이 못된 소설가(小說家)보다도 더 떠러진 급(級)에있는 축이아님니까. 이렇게 말하는 내게 현욱(現郁)은 소설가(小說家)를 시인(詩人)만 못하게 취(取)급한다고 불만(不滿)을 품을것이겠지만 소설(小說)이 시(詩)의세계(世界)를 답사(踏査)하고서야 생기는것이라고 알고보면 아무 상관없는것이아님니까.

손소희씨(孫素熙氏**)** 처음 나오신분이니마큼 이러니 저러니 평(評)이 많은 것같습니다. 더욱히 여자(女子)이고보니 그런것같습니다. 조선(朝鮮)의여류 문인(女流文人)은 으례히 그런것이라고 미리부터 아러두십시요. 이것은 내가 소희씨(素熙氏)의 「맥(貊)의결별(決別)」과 「그전(前)날」을 읽고 소희씨(素熙氏)가 내육친(肉親)과같이 가까웁게 생각되는데서 하는말입니다. 여류문인(女流文人)이기때문에 값없는 칭찬이 도라오는가하면 또 여류(女流)이기때문에 호된 욕설(辱說)이 도라옵니다. 또같은 작가(作家)끼리 똑같이 연애(戀愛)를하고도 도라오는 폐해는 여자(女子)만이 입는것이 조선(朝鮮)의현상(現象)입니다. 조선문단(朝鮮文壇)은 글쓰는 여자(女子)를 너무 하잖게 역입니다. 글우에 언제나 '여자(女子)'만 핸드캪을 붙처놓습니다. 그것은 누가 썼는지 나는 모름니다. 적은 휴지쪼각에서 퍽오래전(前)에 [해방후(解放後)인것만은 분명합니다.] 여류문학(女流文學)이란 조선(朝鮮)에선 화(花)병의꼬친 꽃바겐 못된다는 의미(意味)의글을 보았습니다. 여류문학(女流文學)과 여류문인(女流文人)을 깃것 멸시(蔑視)하자는데서 쓴 글인것을 나는 그 적은 휴지쪼각에서 알아내였습니다. 분하다기보다 그 글을 쓴 분의 분수없이 무식(無識)함에 답답해졌습니다. 그분은 꽃의사명(使命)을 도모지모르고 한소리였습니다. 감옥(獄)의 간수(看守)만도 꽃을 모르고 한소리였습니다. 내가 여기서 하필 감옥(獄)의간수(看守)를 불러대는것은 내가 감옥에 있을때의 어느날일이 생각난탓입니다. 그날 나는 집에 편지를 쓰려고 감방(房)에서 여간수실(女看守室)에 나갔습니다. 거기엔 사이댜병에 사구라꽃이 아무렇게나 꼬처서 책상우에 놓여있었습니다. 나는 "아ㅅ"소리를 지를 번했습니다. 꽃이 내게 주는 감동(感動)이 너무 컸기때문입니다. 나는 집에 쓰자든 편지를 중지(中止)하고 천명(天命)에게 편지를 썼습니다. 무슨소리를 썼든지 모르겠으나 그이튼날 내혼자있는 감방(房)에는 하얀 히야씬쓰의 분(盆)이 들어왔습니다. 전(前)날 천명(天命)에게 가는 내 편지를 검렬한 간수(看守)가 소장(所長)에게 말해서 넣어준것입니다. 밤이면 하이얀 히야씬쓰는 멀얼리 아득히 열린 적은창(窓)으로 별들과 친밀(親密)하게 자기(自己)들의 비밀(秘密)을 소근 거렸습니다. 나는 밤마다 그것을 듣고있었습니다. 꽃 한송이 움즉이는데 배움이 있다고 하는 말은 지난날의 이런체험(體驗)을 가진탓입니다. 때에 따라선 한송이의꽃 이 우주(宇宙)의 비밀(秘密)까지 해득(解得)식힐수 있는것입니다. 분투(鬪)하시기바랍니다.

『예술조선』 2호, 1948.2, 10-12면.

나의 문학생활자서(文學生活自敍)

기자(記者)노릇을 하지않었드면 나는 문학(文學)을 하지않고 무용(舞踊)이나 음악(音樂)을 했을지 모르고 또 하마트면 여배우(女俳優)도 될번 했든것이다.

시골있다가 서울 올라와서 모교(母校)[中央保育]교장선생(校長先生)을 찾았드니,

"너 기자(記者) 노릇 좀 해 보래?" 하셨다. 나는

"기자(記者) 노릇을 아무나 어떻게 해요" 하였다.

교장선생(校長先生)은 또,

"아무나 못하는거니 널 더러 하라는거 아니냐"

하셨다.

나는 참 감(敢)히 어찌 그런 훌륭한 일을 받아 감당할수 있으랴 싶은 마음이면서, 그러나 한편으로는 어디 한번 해 보리라는 마음도 없지않으면서 교장선생(校長先生)이 내밀어 주시는 삼천리사(三千里社) 주간(主幹) 김동환(金東煥)으로 된 명함을 들고 관철동(貫鐵洞)에있는 그사(社)를 찾기로했다. 삼천리사(三天里社)를 쉽게 찾은것은 학생(學生)때에 몰래 잘다니든 우미관(優美館)골목을 알고 있기때문이였다.

나는 그날 처음 원고지(原稿紙)라는 네모 반득 반득한 바둑 문이 속에 글자(字) 집어넣는법(法)을 배웠다. 사장(社長)은 원고지(原稿紙)조차 다를줄 모르는 내게 그날 당장 산아제한(産兒制限)에대(對)한 의견서(意見書)를 쓰라는

명령(命令)이였다. 나는 윤성상(尹聖相) 허영숙씨(許英肅氏) 등(等)이 써온 여기에대(對)한 글을 읽어가면서 그와 비슷한것을 원고지(原稿紙) 두장에 벳겨놓았다. 가슴이 두근거리고 땀에 붓대가 몹시 밋그럽든 일을 아직 기억(記憶)하고 있다.

이렇게 하는 내게 또 신문(新聞) 잡지(雜誌)에서는 글을 써 달라고 했다. 나는 또한 겁(怯)나는 마음으로 써 달라는대로 주서대였다. 산아제한(産兒制限)에대(對)한 의견서(意見書)를 쓰든때와 마찬가지로 땀이 나고 가슴이 두군거린것은, 기자(記者)노릇을하면 신문잡지(新聞雜誌)에 쓰라는 글을 써야 되는줄만 알았기때문이였다. 그래도 어떻게 꾸려나갔는지, 생각하면, 그때만 못하지않게 땀이 내솟는다.

세월이 가는사이에 나는 원고지(原稿紙) 무서워하든 버릇도 없어지고 또 기자(記者)로서의 솜씨도 익숙해저서 방문기(訪問記)거나, 무슨 기사(記事)거나, 쉽싸리 만들어낼수가 있었고, 신문잡지(新聞雜誌)에서 청(請)하는 수필(隨筆)[?]소설(小說)[?]을 수월히 써서 줄수도 있었다.

○

그러다가 소위(所謂), 카푸사건(事件)이라고도하고 신건설사건(新建設事件)이라고도하는 건(件)에, 내가 어째서 걸렀든지 걸려서 나는 형무소(刑務所)에 한 8개월간(個月間) 잘있게된 일이있었다. 누구나 형무소(刑務所)라면 세상(世上)의지옥(地獄)으로 알것이로되, 그때의 내게는 형무소(刑務所)가 나의 안식처(安息處)였다. 나는 책을 읽을수있고 혼자 조용히 생각할수있는것이 즐거웠다. 발톱이 얼어서 빠지는 일이 대수롭지않었다.

○

비로소 나는 '문학(文學)'을 깨달았다. 문학(文學)은 나를 위해서 생긴것이고 나는 문학(文學)을 하지않으면 구원(救援)의 길이 없을것 같았다.

○

옥(獄)에서 나와서 처음 쓴것이 「흉가(凶家)」였다. 이것이 물론(勿論) 나의 처녀작(處女作)이다. 전(前)에 쓴것은 최정희(崔貞熙)의 아무것도없는 글이라 찾아 다니며 없새 버렸다. 그러니까 나의문학생활(文學生活)이라고하면 「흉가(凶家)」에서 부터 시작되는 셈이겠다.

「흉가(凶家)」이후(以後)로 겨우 열두서너편(篇)의 단편(短篇)을 써왔다. 언제나 외롭고 슬프고 약(弱)한 ― 밤낮 세상(世上)에 저(負)만 가는 ― 여자(女子)들을 써왔다. 참정권(參政權) 한번 부르짖는일도, 남녀동등(男女同等)을 한번 말해보는일도 못하는 지질이 못난 여자(女子)들을 써왔다. 하지만, 나의 여자(女子)들은 세상(世上)의어느여자(女子)보다 '자랑'이 무엇이며 아름다운 것이 무엇인것을 알고있는 총명한 여자(女子)들이다.

○

이즈막엔 와서, 농촌생활(農村生活)에서 얻은 재료(材料)를 몇편(篇)간 썼다. 어떤이는 내 창작세계(創作世界)가 갑작이 달라졌다고 고마운 걱정을 해주는것이나, 갑작이 달라진 것이 아니다. 해방(解放)이되였다고하는 농민(農民)들에게 아직도 사슬은 대인채로, 굶주리고 헐벗고하는 참상(慘狀)을 그대로 보고있을수가 없어서 쓴것이다. 내가 여기와서 그들과 한가지로 살고있으면서, 내 눈앞에 쓰릿한 비참(悲慘)한 사실(事實)을 목도하면서, 그것들을 보아가는 사이에 내 피가 뛰고 내 붓대가 가만있으려 들지않는것을 내가 어떻게 적지않고 있을것이냐 말이다.

　　나는 사회주의(社會主義)도 아무주의(主義)도 모른다. 그러나 나는 사회
(社會)의정의(正義)가 어떤것인가를 염찰(閻察)하기에는 조금도 게을르지않
겠다.　(一九四八年　一月九日　德沼山家에서)

『백민』 4권2호, 1948.3, 46-47면.

한무숙 ●●●

한무숙(韓戊淑, 1918–1993)

- 호는 향정(香庭)
- 1918년 서울 출생
- 1936년 부산고등여학교 졸업
- 1942년 「燈お持つ女 등불드는 여인」이 『신시대』에 당선되어 등단
  1948년 『역사는 흐른다』가 ≪국제신보≫ 장편소설 모집에 당선
- 주요 경력—1980년 한국여류문학인회 회장, 1990년 한국소설가협회 상임대표 위원 역임
  1957년 자유문학상, 1973년 신사임당상, 1986년 대한민국 문화훈장, 1990년 대한민국 문
  학상, 1991년 대한민국 예술원상 수상
- 대표작—단편 「정의사」(1948), 「내일 없는 사람들」(1949), 「파편」(1951), 「허물어진 환상」
  (1953), 「감정이 있는 심연」(1957), 「우리 사이 모든 것이」(1971), 「생인손」(1981) 등과 장편
  『역사는 흐른다』(1950), 『빛의 계단』(1960), 『석류나무집 이야기』(1964), 『만남』(1986) 등,
  창작집 『월운』(1956) 등 다수
  수필집 『열길 물속은 알아도』(1963), 『이 외로운 만남의 축복』(1981), 『내 마음에 뜬 달』
  (1990) 등

•수록 작품

공백(空白)의 진실(眞實) ‖ 신년(新年)을 맞이하여 ‖ 추야장(秋夜長)

●●●

공백(空白)의 진실(眞實)

영겁(永劫)히 흐르는 시간(時間)을 토막쳐서 해(年)라하고 달(月)이라 일커르고 또 날(日)이라 불으니 이것은 사람의수작이요 시간(時間)의본연(本然)이란 흐르는물같이 쉬임없고 투명(透明)하고 무정(無情)한 따름이리라.

그러나 언제나 연초(年初)는 새롭다. 짧은 하로날에도 아침이면 아침의 새로움과희망(希望)이있고 저녁이면저녁의안식(安息)과 애석(哀惜)과 기원(祈願)이 있거늘 하물며 1년이란 해를 영원(永遠)히 묵혀보내고 새로운 해를 맞이함에 있어서랴……어찌 감개(感慨)가 없으리오. 마치 눈부시도록 희고 깨끗한 종이위에 바야흐로 붓을 대이려는 순간(瞬間)같은 조심(操心)과 흥분(興奮)과 포부(抱負)가 내마음을 긴장(緊張)시킨다.

그러나 해를 거듭할수록 내 포부(抱負)는 고식적(姑息的)이되고 찬란(燦爛)한희망(希望)과 모험(冒險)도 서슴지않던 대담(大膽)한 꿈보다도 되도록 무난(無難)하고 소시민적(小市民的)인 안이(安易)를 바라는마음이 적지않으니 나의 생(生)의기록(記錄)은 해마다 화려(華麗)한빛을잃고 고르기는하나 오종종하고 보잘것없는것이 되어가는것같어 내 스스로 불만(不滿)하고 부끄럽다.

내 나이 아직 많지않은데 벌서 나의 삶이 생채(生彩)를 잃어간다는것은 오직 내자신(自身)의 무위(無爲)의탓인지 또는 차디찬 삶의 현실(現實)인지 모르나 이럼으로서 나의 신년(新年)의새로움에는 회오(悔悟)와 자기(自己)의 불만(不滿)이 내포(內包)되어 있는것이다.

나의수양(修養)과 노력(努力)이 부족(不足)했던까닭이리라.

무능(無能)한자(者)ㄹ수록 헛맹서(盟誓)를 잘 하는법이나 신년(新年)을 맞이하여 스스로 맹서(盟誓)하는바가 적지않다.

지나간 해라고 아주 나의 인생(人生)에서 끊어져 버린것은 아닐것이다.

언제든, 다―적어 버려야할 나의 인생(人生)의 책장이 또 한장 넘겨진 따름이다. 나를 위(爲)해 새로이준비된 깨끗한 책장에 나는 누구앞에서도 얼굴을 붉히지않고읽어들릴만한 진실(眞實)한 내 삶의자최를 기록(記錄)하고져 노력(努力)하련다.

무엇을 기다리며 또 속으며 사는것이 인생(人生)일까 하는데 속고속았으니 어리석은마음에 또 기다려지는것은 아이들의 성장(成長)이라 나의인생(人生)이 저무러가는것은 서글픈일이나 아이들의 나이가 한살식 늘으니 신년(新年)은 역시(亦是) 기쁘다.

곰곰 생각(生覺)하면 우리의 밟어온 자최는 대부분(大部分)이 공백(空白)이다. 반세기(半世紀) 가까운 세월(歲月)을질곡(桎梏)아래서 헛되히 보냈으니 일각천금(一刻千金)인인생(人生)에 어찌가석(可惜)한일이 아니리오. 그옛날 산중(山中)에서 이상한 노인(老人)에게 이상한 술을 얻어먹고 잠이들어 깨어보니 하로밤인줄 알었더니 오랜 세월(歲月)을경과(經過)했드란「맆・봔・링클」의 전설(傳說)이우리에게있어서는실감(實感)을 가지고 온다. 우리도악몽(惡夢)을 꾸었던것이 아닐까? 꿈은허사(虛事)이니 참다운 생(生)을밟고 맞이하는 신년(新年)은 겨우다섯번이렇게 생각(生覺)하면 나역시 얼마든지 자라날수있는 어린아이라 성장(成長)을의미(意味)하는 신년(新年)은나로서도 새로웁고희망(希望)에차고 즐거웁다할수도 있을것이다.

성인(聖人)도 거자불추(去者不追)라 하셨으니 이제 과거(過去)에대(對)한 과도(過度)한감상(感傷)은 버리련다.

다만 앞으로의 생활(生活)이 시간적(時間的)으로는 어찌할수 없는 이미 흘러간 공백(空白)의 수십년(數十年)을실질적(實質的)으로 회복(回復)시킬수 있

도록 참다웁고꾸준하기를 원하며 내일(來日)의 결실(結實)을 위하여 힘을길
르련다.　(筆者, 小說家)

『부인경향』 1권1호, 1950.1, 26-27면. [신춘수필(新春隨筆)]

신년(新年)을 맞이하여

"아침에 깨거든 곧 먹어라"

하고 접시에 실과를 담아서 아이들 머리맡에 놓으며 나는 까닭없이 눈시울이 뜨거워졌다. 어머니 생각이 갑짜기 가슴 아프도록 난 것이다.

나는 이미 추억(追憶)에만 사는 사람이 되었는가? 묵은해를 보내고 새해를 맞이하매 새로움과 희망보다도 지난날의 그리움이 더욱 내 마음을 차지하니 나는 지금도 아희들 처럼 설날이 좋—다. 섯달 금음께서부터 정월 보름까지의 그 분주하고 수상하고 조심스럽고 즐거운 분위기가 좋다.

그 독특(獨特)한 관습과 절차와 행사의 하나 하나에 나의 어린 추억과 그리운 어머니의 모습이 얽히여있는 까닭이리라.

지금 생각하면 무척 허들갑스럽게 정월을 지낸것 같은데 그것은 금음께에 치는 떡 까닭인것 같다. 방아간이 없던 시절이라 떡 한번하려면 야단법석들을 했던것이다.

마루, 방, 마당 할것없이 쌀가루가 허터지고 여름같이 문을 활짝 열은 방은 설설끓고 마당에서는 떡치는 소리가 기운차게 들리고 김이 무럭무럭 나는 암반 머리에서 치며 뒤집으며 웃고 시시덕거려 조용하고 깨끗하게만 살던 집안이 왁자지걸 하였다.

항상 단정한 어머니의 머리쪽과 매무세가 약간이나마 허터지는 것도 이럴때라 대목 때리는 감이 어린 마음에도깊었다.

나는 늘 버려진 음식에 식욕을 잃어 떡은 입에 넣지도 않았으나 역시 떡치는 것이좋왔다. 이웃집에 돌려주는 것은 더욱 좋왔다.

분주한날도 마즈막인 대금음날 밤에는 모든 악귀를 쫓아버린다하여 왼 집앞에 불을 켜놓는데 달도없는 치운 겨울밤에 낮같이 밝도록 구석구석에 불을켜놓는것이 어린 마음에 수상하여 어두움보다도 오히려 무시무시했다.

우리들은 대금음날 일직자면 눈섭센다는 말에 눈을 부비며 잠을 참었다.

그날밤을 지내면 정월 초하루날인데 이날의 조심이야말로 이루 말할 수 가 없었다.

무엇이든 입적을 하기전에 재체기를 했다가는 큰일이 났다. 그럼으로 어 머니께서는 머리맡에 실과접시를 놓와주셨다.

우리가 실과를 입에 넣을때에는 이미 복조리가 홍실에 엮이여 실정에얹 지었다.

이날 아침에는 아버지께서 대문을 열으시고 전날밤에 불만살게 해둔 아궁지에 불을 붙이셨다.

차례를 지내고 세배를 하고 떡국을 먹고하였으나 그때만해도 여인은 초 하루날 출입을 아니했다.

이튿날부터 우리는 윷노리 널뛰기에 넋을 잃었고 어머니는 세배꾼대접 에 앉으실틈이 없으셨다.

톱날에는 버선을 뜨고 쥐날에는 부자되라고 주머니에 지어 주셨다. 조금 날은 대 소변을 아무데나 못보게하고 열나흔날에는 나물복고 오곡밥 지여 아침부터 아홉번을 먹는 시늉을 했다.

대보름날은 초하루 못지않게 지내는데 우리는 첫새벽부터 더위를 팔었 다. 누구든지 만나자 그 이름을 불러 대답을 하면 단결에 "내더―위"하고 더위를 파는 것이다.

저녁이면 달집짛고 달이뜨는동시에 불을 질러 아침에 틀어두었든 집안 식구의 동정을 살렀다.

모든것이 다 황당(荒唐)한 작난같으나 이런 가지가지의 추억까닭에 나는 내나이 길어가는 서글픔도 잃고 설이오는 것이 기다려진다.

떡도 못해먹고 놀지도 못하던 그 쓸쓸하던 전시(戰時)의 정월을 몇번 거듭한후로는 그것이 타성(惰性)이 되어 그다지도 새롭고 즐겁던 정월이 이내 미온적(微溫的)으로 변해버렸으나 그렇게도 우리를 위하고 사러하시든 어머니의 추억을 영원히 살리려 나는 지금도 대금음날밤이면 집안을 밝히고 아이들 머리맡에 실과 접시를 놓아준다.

어느듯 내가 이렇게 어머니의 입장에서게되었으니 새삼스러이 감개가 깊다.

연장자(年長者)가 무조건하고 우위(優位)를 차지했던 옛시대에는더욱이 부녀자로서 다소나마 발언권을 가지게될라면 나이를 먹는 수 밖에 없었을 것이니, '어른'이란 절대적(絶對的)인 명칭도 이런데서 난상싶다.

그러나 무엇이든 묵으면 늙는것이 원측이니 '어른' 노릇도 한토막 히극에 지나지 않는다.

나이 먹는 것은 역시 서글픈일이다.

그러나 유전(流轉)은 숙명(宿命)이요, 물결에 거슬러 가는 수는 없다. 다만 웃녁 물이 맑어야 아랫녁 물도 맑다는 말대로 □ 어린아이들을 위하여 마음과 몸 가다듬어 맑게 즐겁게 흘러가련다.   (끝)

『부인』 5권1호, 1950.1, 23-25면.

추야장(秋夜長)

추야장(秋夜長)에 따르는 위안(慰安)은 물같은 월색(月色)과 풀버레의 우름소리, 등화(燈火)아래 듣는 옛이야기라고 생각해 왔다.

훈— 한 방에서, 할머니 무릎을 비고, 듣던 그 옛얘기를— 담배를 못하시는 할머니는 심심푸리로선지, 알뜰한 주부의 습성(習性)으로 선지언제나, 솜을 펴시면서, 보드러운 음성으로이야기를 계속하셨다.

흥이 겨우면 억양(抑揚)을부쳐 노래도부르시고 얘기가 클라이막스에 달할때는, 솜펴던손을 멈추시고 잠시 말을 끊고, 우리들을 응시하셨다. 이 소박(素朴)한 동작(動作)의 극적효과(劇的效果)는 말할수없도록 큰것이어서, 어린우리들은 등곬을 타고호르는 전율(戰慄)을 금(禁)치못하였던것이다. 그 얘기들은 언제나 주인공(主人公)의 승리(勝利)와 영화(榮華)로 끝이 되였다.

"—그래서, 아들낳구 딸낳구, 부귀영화 다 누리구, 백년장수허다가, 오늘 죽어어저께나갔단다"

이 문구(文句)는 어느얘기끝에도 붙어있어, 할머니는 으례것, 목청을 나추시고우스며 고개를 흔들고 말씀하셨다그래서야 우리는 그 흥미심심한 얘기의 위력(威力)에서 풀려나와, 홍한숨을내뿜는 것이었다.

그 무렵에 방문이 열리고 닫힐때가 있어, 달빛이 가득찬 유현(幽玄)한뜰을 눈을스치고 할머니의이야기소리에 지워졌던 버레소리가 다시금 굴르기 시작했다.

추야장(秋夜長)의 정서(情緒)는 어찌 혼자 월색(月色)만이 갖이는 것이리

오. 달없는 캄캄한 밤, 나무잎을 우수수 떠러트리며 지나가는 바람이 비를
실고 영창을 두들길때, 어느구석에선지, 홀로 우는 버레소리에 안타까움을
안것은 훨신 뒤, 글을익힐줄 알고, 사색(思索)을 버릇삼은 뒤 부터이다.

추야장(秋夜長)이라면 어조(語調)에서부터 영탄(詠嘆)이 서리어있다. 세월
을 거듭해갈수록 추야장(秋夜長)에 들은 그옛얘기들에 어릴때와는 다른 광
선(光線)을 비취려드는 내 자신(自身)의 서글픈 성장이어.

가진 간난(艱難)을 겪은 주인공(主人公)들의, 안태(安泰)하고 다복(多福)한,
한결같이 같은 그결말(結末)이 지금의나에게는한없이 서글프다

얼마나 겨운 슬픔과 괴로움이였기에 그토록 안태(安泰)에대(對)한 희구(希
求)가 컸었던것인가. 나는 거기에 깃드린, 역설(繹說)하고 과대적(誇大的)인
민족정서(民族情緒)닐□ 흐르는 무력(無力)한 민중(民衆)의 원한(怨恨)과 구슬
픈 절망적(絶望的)인 희구(希求)를 뼈아프게느낀다. 가난하고 힘없고 어리석
은 겨례는 그 어린 지능(知能)을 기울려, 그들의 설화(說話)를 가꾸고 길러,
그 소박(素朴)한 작위(作爲)로서 현세(現世)의 쓰라림을 잊고 살어갈 힘을 얻
고 권력(權力)에대(對)한 무력(無力)한 반항(反抗)을 표현(表現)하려든 것이 아
닐가?

상식(常識)으로보아, 이십이 못되여, 춘향(春香)이한태반한 이도령(李道令)
이 뜬마음에 무슨 글공분들 착실히 했을것이며, 또 춘향(春香)이그리운 일
념(一念)에서 심신(心身)을 공부에만기우렸다할지라도 짧은시일(時日)의 면학
(勉學)으로서 장원급제(壯元及第)를 하였다는것도 엉뚱한 일이며, 암행어사
(暗行御史)가 되여, 바로 남원(南原)으로 출도(出道)했다는것도 너무나 드러맞
는 우연(偶然)이기때문에 오히려 부자연(不自然)하다. 도령(道令)과 춘향(春香)
의 재회(再會)가 있었다면, 춘향(春香)이그리움에 천리(千里)길을 무릅쓰고
찾어온 백면(白面)선비 이몽룡(李夢龍)을 옥중(獄中)에서 스최온것도 꿈결인
춘향(春香)이가 모진 옥고(獄苦)에 못워여 낙명(落命)했다고 보는것이 타당(妥
當)하며, 또 거기서 받는 감명(感銘)이 더 큰바 였을것이다.

그리고보면 오늘날 일부(一部) 사람들이 사족(蛇足)이라고 보려드는 춘향전(春香傳)의 결말(結末)은 순전히 민중(民衆)의 비판(批判)이요 요구(要求)요 동정(同情)의 엮음이 아닐수없다. 올바르고 인정이두터운 우리의 선인(先人)들의 춘향(春香)에대(對)한 곡진(曲盡)한동정(同情)과 변도사(卞道史)에 대(對)한 의분(義憤)이 이도령(李道令)의 어사출도(御史出道)가 된것이고, 당시(當時) 노골(露骨)히는 표시(表示)할수 없었던 민족정의(民族正義)의 준열(峻烈)한요구(要求)가 변도사(卞道史)를단죄(斷罪)식히기 된것이리라.

이렇게 해석(解釋)할때 나는 지나간 어린날 추야장(秋夜長)에 할머니에게서 들은 이야기 끝에 붙은 거이 공식적(公式的)인 그문구(文句)의뜻이 어렴풋이 짐작된다.

"오늘 죽어 어저께 나갔단다"

하는, 어린마음에도 기이(奇異)하게 들린 그문구(文句)와 겸염적은듯한 할머니의 표정(表情)이 — 우리의 선인(先人)들은 고달픈 삶의 조고만 도피처(逃避處)인 그세세한 설화(說話)의 그 소박(素朴)한 작위(作爲)에나마 외람을 느껴,

"오늘죽어 어저께 나갔다"

는 역설(逆說)을 부치지 않으면 마음이 아니놓이도록 소심(小心)하고 겸허(謙虛)했던 것이 아닐가?

수삼일전밤에 어린딸이 옛얘기를조르기에 심청전얘기를 하는데 열살난 오래비가

"미신을 타파합시다. 쇠나 나무로 맨든 우상앞에 공양미를 갔다놓는다구 눈이뜨나? 눈이 날려면 안과엘 가지"

라는둥

"사람이 죽어서 꽃이 어떻게 되우?"

하는 바람에 얘기를 계속할수 없어 추야장(秋夜長)의흥이 깨여저버렸다.

요또래의 아희들이 다 이런 생각을 갖었다면? 세대(世代)의전환(轉換)에따라, 진선미(眞善美)로 전환(轉換)된것인가?

이 삭막(索漠)한 피난생활(避亂生活)에는 귀뜨라미조차 몇가지 안되는 웃만 쏠뿐 노래를 잊고 폭삭 가라앉은방에는 달빛비낄길 없는데 바람마저 찾는일없다.

추야장(秋夜長), 추야장(秋夜長)에 잠이루지못하는데 향수(鄕愁)는 버리고 온, 고향(故鄕)에만 향하는 것이 아니요, 우인(右人)의 그소박(素朴)한 작위(作爲)어린 그얘기에 사로잡히던 아득한 그옛날에 작구만 쏠리어 진다.

(一〇. 二二.)

『신천지』 7권1호, 1951.12, 124-125면. [수필(隨筆)]

문학, 여성, 시사(時事)에 대한 실존적 지향(指向)

이재복(한양대학교 한국언어문학과 교수)

1

『한국 여성수필선집 1945-1953』의 작품들이 발표된 '1945년-1953년'은 해방과 한국전쟁이라는 한국 현대사의 화두가 역설적으로 맞물려 있는 시기이다. 희극과 비극이 극명하게 교차하는 이 역동의 시기 동안 우리의 정체성 혼란은 극에 달했다고 해도 과언이 아니다. 이로 인해 이 시기를 식민지시대와 더불어 현대문학사의 암흑기라고 이야기하는 경우도 있다. 사실 우리 현대문학사에서 이 시기는 문학적으로 가장 빈곤하였으며, 문학적인 연구와 정리 작업 또한 제대로 이루어지지 못하였음을 알 수 있다. 특히 시, 소설, 희곡, 평론과 같은 여타 문학 장르에 비해, 수필에 대한 연구와 그것에 대한 선행 작업으로써의 자료 정리는 거의 이루어지지 않았을 뿐만 아니라 간혹 산발적으로 행해진 경우 그 내용이 미미하고 부실한 편이다.

이런 점에서 1945년-1953년에 발표된 수필들을 체계적으로 정리해서 엮은 『한국 여성수필선집 1945-1953』은 그 나름의 의의를 지닌다고 할 수 있다. 이 시기에 발행된 신문과 잡지 등의 매체를 하나하나 꼼꼼히 살펴 확보한 자료들을 체계적으로 분류하고 정리한 이 자료집은 시나 소설, 희곡 등에서 발견할 수 없는 다양한 문학적인 묘미를 선보인다. 시, 소설, 희곡 등과 달리 수필은 기본적으로 세계를 은유나 상징화하지 않고 또 허구화 내지 극화하지 않는다. 또한 수필은 우리의 일상이나 현실에 대해 어떠한 가면을 쓰지도 않고 맨얼굴로 그것을 자유롭게 보여주면서 말한다. 일상이나 현실에 대한 문학적인 가면(은유화, 상징화, 허구화, 극화)은 고도의 전문적인 글쓰기 과정을 거친 자들만이 생산할 수 있는 것이지만, 수필은 이런 과정 없이도 수행할 수 있는, 어떻게 보면 평범한 것 같으면서도 비범한(독특한) 문학 장르라고 할 수 있다.

이러한 수필의 장르적인 특성이 그것을 체계적으로 정리하고 한권의 책으로 엮어내는데 적지 않은 어려움을 제공하는 것이 사실이다. 시, 소설, 희곡 등은 이미 1910년대부터 하나의 근대적인 문학 제도로 정착되어 그것을 통해 전문적인 문사를 배출해 왔지만 수필은 그러한 제도 자체가 존재하지 않았던 것이다. 수필이 하나의 '문학 제도'로서의 등단 절차의 형식을 갖추기 시작한 것으로 평가할 수 있는 것은 1970년대 『수필문학』의 창간이라고 할 수 있다. 1972년 3월에 창간하여 1982년 3월에 종간한 『수필문학』은 박연구, 김승우 등이 주간과 발행을 맡았고, '명작수필선(名作隨筆選)'이라는 고정란을 두어 우리의 기존 명수필들을 재수록하여 수필의 고전화(古典化) 작업에 기여하였을 뿐만 아니라 1973년 6월부터는 매년 장편 에세이를 공모하여 새로운 수필 장르를 출현시키기도 하였다. 1977년 3월에는 '한국수필문학상'을 제정하였으며, 제1회 수상자로 피천득(皮千得)을 선정하였다. 또한 '회원 동정란'을 두어 수필동인들의 근황과 새 회원들을 소개하고 기고 작품과 추천작품을 수시로 모집하여 신인도 발굴하고 일반인들의 참여도 북돋는 등 그간 제도적 정립이 이루어지지 않았던 수필의 장르적 재조명에 기여하였다.

그러나 수필이라는 장르가 새롭게 부각된 것은 1990년대 이후 시인이나 소설가가 대거 에세이를 내면서 글쓰기에서도 에세이화가 진행되고, 한차례 법정 스님의 『무소유』 신드롬이 불면서 부터이다. 제도나 대중화로 인해 수필에 대한 인식이 높아지기 시작한 것은 사실이지만, 그 이전까지는 대부분의 수필을 쓴 사람들이 등단이라는 제도적 절차를 밟지 않았다. 이것은 그동안 문학사적 정리 작업이 시인이나 소설가, 극작가라는 작가의 전문성 위주로 체계화되는 시, 소설, 희곡과는 달리, 수필은 작가와 작품의 연계성에 중점을 두고 정리 작업이 이루어졌다는 것이다.

『한국 여성수필선집 1945-1953』의 경우도 예외가 아니다. 이 자료집은 1945년 해방 이후부터 1953년 전쟁기까지의 여성 수필가 중에서 1953년 이후에도 작품 활동을 지속적으로 한 18인의 수필을 선별하여 실었지만, 이들은 수필의 등단제도를 통해 발표된 작품도 아니거니와, 그러한 제도 자체가 없었거나 모호한 경우가 대부분이다. 여기에서 제시한 기준에 맞게 선별한 여성 수필가 18인은 강신재, 김말봉, 김일순, 김향안, 노천명, 모윤숙, 박기원, 박화성, 손소희, 윤금숙, 이명온, 임옥인, 장덕조, 전숙희, 정충량, 조경희, 최정희, 한무숙 등인데 이들은 대부분 시와 소설로 등단한 당대의 시인, 소설가들이다.

이러한 일련의 상황은 이번 자료집의 목록에 포함된 수필 작품이 1945년-1953년에 발표된 수필 모두를 의미하는 것이 아니라 그 중에서 어떤 기준에 의해 선별된 것이라는 점을 의미한다. 이 자료집의 선별 기준에서 무엇보다도 중요하게 고려된 것은 1945년 이후부터 1953년까지의 '해방'과 '전쟁'이라는 시대적 상황과 그 의미를 잘 부각시키고 있는가, '여성'의 사회적 정체성에 대한 인식을 적극적으로 반영하고 있는가 하는 것 등이다. 수필이라는 장르적 특성은 여성들의 사고를 직접적으로 보여주기에 적합한 양식이라는 것을 앞서 언급한 바 있다. 이 자료집은 이런 점에 입각해서 작품을 선별하였으며, 그 결과 '문학, 여성, 전쟁, 시사(時事)'라는 주제를 통해 여성의 시대적 의미와 정체성에 대한 발견을 모색하고 있는 이 시기의 수필 문학의 한 모습을 찾아내게 되었다. 하지만 네 주제 중에서 전쟁은 이 자료집에 포함시키지 않았다. 그것은 『한국 여성수필선집 1945-1953』과 『한국전쟁기 여성문학 자료집』에 '전쟁 수필'을 중복 게재해야 하는 문제에 봉착하게 되었기 때문이다. 고심 끝에 두 자료집에 '전쟁 수필'을 '중복 게재' 하지 않고 우리가 선별한 '여성 전쟁 수필'은 『한국전쟁기 여성문학 자료집』의 '전쟁 수필' 부분에만 게재하기로 결정하였다. 다만 전쟁을 직접적으로 서술하고 있지는 않으나 전후의 혼란

상황을 서술하면서 인간존재의 가치 회복을 주제로 하는 수필은 『한국 여성 문학 자료집 4권』의 '시사' 부분에 포함시켜 선보이기로 결정하였다.

2

   '문학, 여성, 시사'라는 주제 중에서 먼저 이 시기의 수필이 '문학'에 대한 사색을 드러내는 것은 아무래도 이 자료집에 실린 18명 작가 중 대부분이 시 인이거나 소설가 등 전문적인 문사들이기 때문이다. 이 18명 중에는 우리 현대 문학사에 익히 이름을 올린 이들이 대부분이고 그렇지 않더라도 직간접적으로 당시의 문학판과 관계된 사람들이다. 이들은 당대 최고의 엘리트들이었으며, 이러한 자신들의 위상과 자의식을 드러낼 수 있는 것으로 당시 문학만한 것이 없었다고 할 수 있다. 미술이나 음악 등의 예술 양식이나 다른 문화 양식들과 비교해서 문학은 '문사'라는 뿌리 깊은 지적 전통을 가지고 있었으며, 비교적 손쉽게 창작하고 향유할 수 있는 형식과 환경을 가지고 있었던 것이다.
   이러한 이유로 당시 많은 엘리트 여성들이 문학에 대한 관심을 표명했을 뿐만 아니라 실제 창작과 향유의 주체로 부상하였다고 할 수 있다. 문학에 대 한 사색을 드러내고 있는 수필은 주로 '문학작품에 대한 감상', '동료 작가와 의 관계나 우정', '문단 생활 회고', '자신의 문학적 소신' 등의 내용을 포함 하고 있다. 문학작품에 대한 감상을 드러내고 있는 대표적인 수필로는 강신 재의 「당선소감 : 어린날의 감동(感動)」(『문예』 4호, 1949.11), 「거울처럼」(『부 인경향』 1권3호, 1950.3), 노천명의 「최정희론」(『주간 서울』 1949.12), 손소희 의 「풍류 잡히는 마을 : 최정희씨 단편집을 읽고」(≪서울신문≫, 1949.8.19) 등이 있다. 이중 강신재의 「거울처럼」은 자신이 소설을 통해 표현하려고 한 것이 독자들에게 제대로 전달되는지에 대한 불안함과 작품을 통해 남을 이해 시킨다는 것이 얼마나 어려운 것인지를, 그리고 모든 사람들이 공감을 하지 는 못하더라도 적어도 같은 입장에서 문학작품을 감상 비평할 수 있는 사람들이 있기에 창작을 할 수 있으며, 그것은 문학의식의 기원, 문학에 대한 열정의 원천이 된다는 점에 대해 말하고 있다. 자신의 글쓰기에 대한 불안의 이유가 어디에 있는지를 섬세한 감각과 강한 자의식을 가지고 추적한 글이다. 이런 불안과 자의식은 작가라면 누구나 한번쯤 경험하는 바이지만 그것을 '거울'이라는 모티프를 통해 흥미롭게 제시하고 있다는 점에서 의의가 있다.

동료 작가와의 관계나 우정을 드러내고 있는 대표적인 수필로는 김일순의 「문단의 여성군(女星群)」(『협동』 36호, 1952.9), 노천명의 「인간 월탄(月灘)」(『문예』 2호, 1949.9), 모윤숙의 「하나의 고충(苦衷)－김남조 동지(同志)에게」(『문예』 17호, 1953.9), 최정희의 「여류작가군상」(『예술조선』 제2호, 1948.2) 등을 들 수 있다. 이중 흥미로운 글은 김일순과 최정희의 수필이다. 이미 제목을 통해서도 알 수 있듯이 이 글들은 당시 문단의 여성 작가들의 면모와 그들의 삶 그리고 그들의 글쓰기 전반에 대한 촌평으로 되어 있다. 하지만 김일순의 글이 대상에 대한 평가의 성격이 강하다면 최정희의 글은 대상에 대한 평가보다는 인간적인 친분과 애정에서 오는 소회의 성격이 강하다고 할 수 있다. 이것은 김일순의 글이 소설가로서보다는 기자로서의 감각을 더 살려 여류작가군상을 기술하고 있기 때문이다. 그의 글 중에서 특히 재미있는 것은 모윤숙과 노천명을 대비시켜 비교하고 있는 대목이다.

女流詩人 毛와 盧 兩氏의 差異表를 하나 만들어본다.

	(모)	(노)
몸집	뭉퉁몽탁	낄죽짤막
얼골	和色이 등등	病色이 浸透
말소리	바이올린 D선	바이올린 F선
話術	우랑척척	국수가루매만지듯
服裝	洋裝을 즐김	긴 치마를 즐김
外出時	自家用車	간혹 남의 찦차

다분히 가십적인 저널성이 엿보이는 이 대비는 당대의 라이벌인 두 여성시인의 면모를 헤아리는데 좋은 참고 자료가 될 수 있을 것이다. 사실 동료 작가와의 관계와 우정을 드러낸 글들은 또 달리 보면 '문단 생활 회고'라는 주제와도 연결된다고 볼 수 있다. 문단 생활 회고와 관련하여 그것을 드러내고 있는 글로는 김말봉의 「자유예술인의 전결(傳結)」(『신태양』 2권6호, 1953.1), 손소희의 「작가일기」(『문예』 1권1호, 1949.8)와 「나의 문학자서전 : 초조한 날들」(『해방공론』, 1949.10)을 들 수 있다. 김말봉의 글은 1952년 9월 22일 유네스코 대회에 참석했던 이야기를 서술하고 있다. 필자는 문학부문에서 발언을 하게 되었는데, 그곳에서 한국이 현재 전쟁 중이며 민주화를 위해 싸우고 있으며, 우리의 아들들이 전장에서 쓰러지고 있고 문화시설이 파괴되고 있는 현실을 토로하여 그곳에 참석한 사람들에게 충격을 준 일을 회고하고 있다. 문단 생활을 회고하는 김말봉의 글은 전쟁 이후의 피폐한 문학 혹은 문화 환경을 알 수 있는 중요한 발언이라고 할 수 있다.

자신의 문학적 소신을 드러내고 있는 대표적인 수필로는 손소희의 「좋은 글을 쓰고 지고」(≪연합신문≫, 1950.1.18), 윤금숙의 「신인(新人)의 변(辯) : 별을 따라서」(『부인경향』 1권3호, 1950.3), 임옥인의 「노―트에서」(『민족문화』 창간호, 1949.9), 최정희의 「나의 문학생활자서」(『백민』 13호, 1948.3) 등을 들 수 있다. 이 중 최정희의 글은 자신이 문학을 하게 된 계기와 문학관을 표명하고 있다는 점에서 주목할 만하다. 그는 자신이 문학을 하게 된 계기가 모교교장의 추천으로 기자 노릇을 하면서라고 밝힌 뒤, 그때 원고지 사용법을 배우면서 다양한 원고를 쓰게 되었다고 말한다. 이어서 그녀는 '카푸事件' 즉 '新建設事件'에 연루되어 8개월간 형무소에 가 책을 읽게 되었고,

'文學은 나를 위해서 생긴 것이고 나는 文學을 하지 않으면
救援의 길이 없을 것 같았다.'

'열두서너篇의 短篇을 써왔다. 언제나 외롭고 슬프고 弱한―밤낮

‘世上에서 저(負)만 가는--女子들을 써왔다. 參政權 한번 부르짓는일도,
男女同等을 한번 말해보는 일도 못하는 지질이 못난 女子들을 써왔다.
하지만, 나의女子들은 世上의어느女子보다 「자랑」이 무엇이며 아름다운
것이 무엇인 것을 알고있는 총명한 女子들이다.’

‘解放이되였다고하는 農民들에게 아직도 사슬은 대인채로, 굶주리고
헐벗고하는 慘狀을 그대로 보고 있을 수가 없어서 쓴 것이다.…… 나는
社會主義도 아무主義도 모른다. 그러나 나는 社會의正義가 어떤 것인가를
闡察하기에는 조금도 게을르지않겠다.’

등과 같은 고백을 통해 자신의 글쓰기의 정체성에 대해 깊이 고민하고 있다.
이러한 자신의 문학적 소신에 대한 고백은 그것이 수필이라는 점에서 구체
성과 함께 진정성을 획득하고 있다고 할 수 있다.

‘문학, 여성, 시사’라는 주제 중에서 문학에 이어 이 시기의 수필이 ‘여성’
에 대한 사색을 드러낸다는 것은 한국 여성문학을 정리하고 체계화한다는
이 연구의 목적과도 부합한다는 점에서 의미가 있다. 여성에 대한 사색을 드
러내고 있는 수필은 주로 ‘여성의 사회적 정체성’, ‘여성적 내면화의 발현’,
‘여성작가의 현실’, ‘변화하는 여성상’ 등의 내용을 포함하고 있다. 하지만
이 내용들은 다른 어떤 주제보다도 서로 긴밀하게 연결되어 있다. 따라서 이
러한 내용을 분리하는 것보다 연계하여 텍스트에 접근하는 것이 ‘여성’이라
는 주제가 내포하는 바를 설명하는 데 있어 더욱 효과적이라 할 수 있다. 18
명의 여성 작가들 모두 ‘여성’을 주제로 하여 주목할 만한 글을 남겼지만 그
중에서도 김말봉, 모윤숙, 정충량의 글은 여러모로 시사하는 바가 크다.

그러나 이들이 강조하고 있는 방향은 조금씩 차이가 있다. 먼저 김말봉의 경
우는 여성의 정조, 공창제, 인신매매 등 주로 여성의 성의 차원에서 자신의 생
각을 개진하고 있다. 이에 해당하는 김말봉의 대표적인 글로는 「희망원(希望園)
의 사명」(『부인』 1권3호, 1946.10), 「새 시대의 남녀 정조관」(『부인』 3권5호,

1948.12), 「여성 : 공창폐지 그 후 1년」(1~3)(≪연합신문≫, 1949.2.22-24) 등
이 있다. 먼저 「희망원(希望園)의 사명」을 보자. 이 글의 내용을 정리하면 다음
과 같다.

인신매매의 철폐포고령(공창폐지)이 난 후 '팔리운 여인'들의 현실은 힘들었
다. 머물 곳이 없어 방황하던 그들을 단체들이 데려가 이재민 수용소에 두고 노
동법에 의거하여 일을 주었지만 이 계획은 실패로 돌아갔다. 바뀐 환경에 그들
이 적응하지 못한 때문이다. 그들은 이삼일만에 뿔뿔이 제갈 길로 가버렸다. 그
리하여 그들은 다시 사창으로 가게 된다. 이리하여 폐지되었던 유곽이 용도를
달리 하여 존재하게 되어 사회 식자계급은 분노와 책임감을 갖게 되었다. 일본
이나 북한에도 없고 서양에도 없는 유곽은 여성들을 성병의 위험 속에 둔다. 이
러한 유곽에서 여성들을 구제하기 위해서는 여성들의 직업을 늘려 여성들의 경
제적 조건이 넉넉해지면 된다. 그 해결 방법으로 우선 유곽에서 나오는 여성들
을 <희망원>으로 데려온다. 그들에게 정신적인 위안을 준 뒤 직업 교육을 시키
면서 그들의 문맹률을 퇴치한 후 적당한 배우자를 정하여 결혼하게 한다. 사회
기부금으로 이러한 일을 할 수 있다면 희망원 설치에 정진할 수 있도록 노력해
야 할 것이다.

이 글이 겨냥하고 있는 것은 단순히 문학의 차원이 아닌 사회 전반에 걸
쳐 있는 문제이다. 김말봉이 '팔리운 여인들'에 주목한 것은 '사회식자계급으
로서의 분노와 책임감'도 작용했겠지만 그것 못지않게 중요하게 작용한 것은
같은 여성으로서의 동류의식과 정체성 때문이라고 할 수 있다. 공창제도가
폐지[「여성 : 공창폐지 그 후 1년」(1~3)의 글에서도 공창제도 폐지 이후의
문제를 다루고 있다. 이 글에서 그는 공창폐지 이후 수습을 위해서는 여자들
이 일할 수 있는 직장이 마련되어야 하고, 국가와 정치인들은 여성들의 실업
대책에 방법을 만들어야 하며, 사창문제에 대해서는 일부 여성의 문제로 치
부하지 말고 국가적 문제로 다루어야 한다고 주장한다]되었음에도 불구하고
인신매매 여성들이 다시 사창으로 가게 되는 현상에 분노하면서 '희망원'을

통한 재활을 제시하지만, 그것은 임시방편일 뿐이라는 것을 그 역시 잘 알고 있다. 이는 그가 궁극적으로 추구하고자 하는 여성해방이 제도적인 차원보다는 의식적 차원에서의 변화가 전제되어야 한다는 것을 의미한다. 「새 시대의 남녀 정조관」에서 그는 이런 점에 착안해서 이 시대의 잘못된 남녀의 정조관이 상대적으로 바뀌어야 진정한 여성 해방이 올 수 있다는 견해를 피력한다. 이 글에서 그는 남자들은 결혼 전에는 자기의 약혼녀를 자랑하다가 약혼이 깨지면 자기의 약혼녀를 함부로 말하면서 흉보고 다니기 일쑤고, 여자의 정조는 철칙으로 여기면서 남자의 정조는 가볍게 생각하고, 몇 번을 결혼한 남자가 재혼을 할 때도 상대를 고를 때는 순결한 여자가 아니면 안 된다는 생각을 갖고 있다고 비판한다.

김말봉의 이러한 생각은 모윤숙에게도 나타난다. 모윤숙은 「공창폐지령은 무엇을 말하나」(≪가정신문≫, 1946.5.28)에서 공창폐지령이 여성의 정조 수준을 인간적인 우월한 단계로 올리는 암시라 하면서, 이러한 통쾌함에 머물지 말고 침착하게 교양과 인격을 쌓아 그것을 토대로 여성다운 자존심을 획득하자고 말한다. 여성다운 자존심에 대한 그의 강조는 「총선거는 여성을 부른다」(1, 2)(≪부인신보≫, 1947.8.23~24)에서 정치적인 차원으로 그 의미가 확대된다. 이 글에서 그는 남조선에 총선이 열리며, 23세 이상의 모든 사람에게 투표권이 주어짐에 따라 여성에게도 그 권리가 주어진다고 서술하고 있다. 이것은 그가 여성의 정치참여 및 자유를 위한 투쟁을 강조한 것이라고 할 수 있다. 당대의 인텔리 여성으로서 남성중심의 가부장적인 사회 권력에 의해 억압받고 있는 무지한 여성을 계몽하려는 의도는 김말봉이나 노천명 등 여느 인텔리 여성과 다를 바 없지만, 그의 정치성은 이후 한국전쟁을 거치며 반공 이데올로기에 의해 권력화 되고 그 순수성은 변질되기에 이른다.

여성이라는 주제와 관련하여 주목할 만한 글로 정충량의 「주방과 독서」(≪서울신문≫, 1949.10.2)를 들 수 있다. 이 글에서 그는 여성의 '독서'를 강조한다. 그에 의하면 현대여성은 '주방구조개혁에 따라 어느 정도 독서시간을 짜낼 수도 있'으며 지금 '여성 문맹이 9할이며 나머지 1할의 여성도 일

때문에 독서를 못한다'는 것이다. 그는 '여성의 정치 참여, 교양 쌓기, 문화 혜택, 사회 접촉에 앞서 독서가 필요하다'고 강조한다. 그러기 위해서는 주방 개선이 급선무이며, 여성의 실력 발휘가 가정이나 사회에서 요망되므로 '독서는 여성의 생명이 되어야 하고 주방은 간편해야 될 것'이라고 말한다. 또한 그는 '여성의 산만한 노동을 일정한 장소에 집중시키고 일을 과학적으로 경영함으로써 여성은 독서에 더 큰 여유를 가질 수 있고 독서함으로써 우리 여성도 인류의 문화를 남성과 같이 즐길 수 있는 수준에까지 도달할 수 있다'고 말한다. 이 글에서 정충량이 강조하고 있는 독서란 기실 문맹으로부터의 벗어남 곧 이성적인 계몽을 의미한다고 볼 수 있다. 하지만 그의 사유는 여전히 가정 혹은 가부장적인 가족 구조 내에 머물러 있다는 점에서 한계를 노정하고 있다.

'문학, 여성, 시사'라는 주제 중에 '시사'는 여러 차원에서 '여성'과 연관되어 있다. 이것은 당대의 사회와 현실을 살아내고 또 이로부터 일정한 전망을 획득하는 주체가 바로 여성이기 때문이다. 가령 위에서 여성과 관련하여 제시한 김말봉, 모윤숙, 정충량의 글들은 정도의 차이는 있지만 모두 시사적인 의미를 지니고 있다고 볼 수 있다. 다만 글의 무게중심이 여성의 정체성 구현에 있는지, 아니면 당대 사회현실에 대한 문제제기와 비판의식에 놓여 있는지에 따라 여성과 시사의 선후 구분이 가능할 것이다. 그러나 이것 역시 구분하기가 쉬운 것은 아니다. 가령 김말봉의 「새 시대의 남녀 정조관」(『부인』 3권5호, 1948.12), 「공창 폐지와 그 후의 대책」(『민성』 5권10호, 1949.10), 「새 술은 새 부대에」(『부인경향』 1권1호, 1950.1), 노천명의 「인테리여성의 오늘의 사명」(『부인』 1권1호, 1946.4), 모윤숙의 「공창폐지령은 무엇을 말하나」(≪가정신문≫, 1946.5.28), 「5월과 여성대회」(상, 하)(≪부인신보≫, 1947.5.17~18), 「조선은 어디로 가나」(1, 2)(≪부인신보≫, 1947.7.4/5), 「총선거는 여성을 부른다」(1, 2)(≪부인신보≫, 1947.8.23~24), 「여성에게 외친다」(≪경향신문≫, 1952.1.1), 「생활개선」(≪경향신문≫, 1952.9.23), 윤금숙의 「진통(陣痛)」(『부인』 4권1호, 1949.1), 이명온의 「나의 여기자 생활 회고」(『문화세계』 1권4호, 1953.11), 장덕조의 「전락하는 모성애」(상, 하)(≪국도신문≫, 1950.3.14/17) 등 많은 작품이 이러한 경향을 보이고 있다. 어쩌면 이것은 해방과 전쟁이라는 상황 속에서 여성 혹은 여성성의 모색이 곧 시대정신의 일단을 보여줄 수 있다는 사실을 의미하는 것인지도 모른다.

그러나 여성과의 관련성을 언급하지 않으면서도 '시사'를 드러내는 글 또한 많이 존재한다. 시사에 대한 사색을 드러내고 있는 수필은 주로 '해방과 그 이후의 갈등', '사회혼란과 생활고', '사회제도와 관습 등에 대한 변화 제안', '이념 갈등의 문제들', '전후 사회의 혼란과 인간존재의 가치 회복' 등의 내용을 포함한다. 이러한 내용을 포함하는 대표적인 글로 김향안의 「물싸움」(상, 중, 하)(≪경향신문≫, 1951.6.3/5/7), 모윤숙의 「조선은 어디로 가나」(1, 2)(≪부인신보≫1947.7.4/5), 손소희의 「오열의 거리」(『신세대』 창간호, 1946.3), 「새해와 묵은 해의 경계선에서」(『부인』 4권1호, 1949.1), 임옥인의 「풍진세상(風塵世上)」(≪여성신문≫, 1947.4.30), 장덕조의 「장마 개이는 날」(『대조』 3권3호, 1948.8.1), 전숙희의 「가두소감」(『문예』 1권1호(창간호), 1949.8), 「지향(指向)」(≪경향신문≫, 1951.10.14), 「고모라의 성」(1, 2)(≪연합신문≫, 1953.2.13~14), 조경희의 「기회주의자」(≪광명일보≫, 1947.5.20), 「화제 : 사바사바」(≪경향신문≫, 1951.10.14), 「하꼬방」(≪부산일보≫, 1951.11.6) 등을 들 수 있다.

이 작품들은 대부분 당대 사회 현실에 근거하며, 이 현실에 발을 딛고 사는 필자는 해방과 전쟁으로 인해 급격하게 들이닥친 여러 변화와 이것이 야기하는 현상에 대해 다양한 태도를 보인다. 하지만 그 중에서도 이들이 주목한 것은 궁핍과 세태 변화에 따른 가치관의 혼란과 방향성의 상실이다. 장덕조의 「장마 개이는 날」은 해방 후의 궁핍한 현실에 주목한다. 적산가옥에서 쫓겨난 조선 사람을 수용하려는 가옥 공사로 밭을 부쳐먹지 못하게 된 여인들이 울상이다. 장마 속에서 공사에 쓸 돌을 깨러 아이들을 업고 나온 여인들을 통해 해방 때의 기쁨을 잊고 더 어렵게 사는 정직하고 선량한 사람들을 발견한다. 이들을 보면서 필자는 '조선에 아즉도 가난한 우리 여인들이 있고 그 여인들의 가슴 속에 '삶'에 대한 노력이 있는 동안 우리는 결코 실망할 것도 슬퍼할 것도 없는 것'이라고 말한다. 그러나 전숙희의 「가두소감」은 단순히 궁핍만을 다루지는 않는다. 쌀 배급 타는 날에 식모의 새치기 덕을 보지만 정작 자신은 새치기 충동을 느끼면서도 새치기를 못해 기차시간을 놓친다. 필자는 '약빠르고 대담해야만 제대로 살 수 있는 세상이라는데 문제가 있다.'고 보고 '출세를 하는데도 돈을 버는데도 심지어 학교입학을 하는데 까지도 이 '새치기'는 얼마든지 필요한 처세술'이 된 것에 대해 개탄한다. 이렇게 '새치기의 재주를 부리려고 애쓰는 바람에 우리들의 질서와 통일은 점점 혼란해 가고 있는 것이'라는 결론을 내리고 악습이 빨리 없어지기를 간절히 바란다. 이러한 전숙희의 세태 비판은 「지향(指向)」에서 거리마다 음식점과 캬바레가 넘치고 '지침'을 잃은 채 살아가는 사람들을 통해서, 「고모라의 성」에서과 부산 시위원사무실에 방문했다가 뇌물과 개인비밀보호(체신부) 관련 질문에 대답하며 혼란'을 보이는 수험생의 모습을 통해 제시되고 있다. 하지만 필자는 책을 읽고 있는 여학생에게서 이러한 세태를 넘어서는 지향으로서의 아름다운 세계를 발견한다. 필자는 '많은 女學生들이 肉體의 安逸을 爲해 타락과 윤락의 길을 걷고 있는 동안 이 女學生이 뽀오야케 이러나는 먼지를 마셔가며 오고가는 사람들 틈에서 책을 읽고 있는 것은 오로지 그에게 빛나는 「指向」이 있기 때문'이라고 생각하는 것이다.

3

『한국 여성수필선집 1945-1953』은 해방기와 전쟁기 여성의 모습을 개인적 측면과 사회적 측면에서 다양하게 보여주고 있다. 여기에 수록된 18명의 여성작가들의 작품 89편은 주로 '문학, 여성, 시사'라는 주제를 드러내고 있으며, 이 각각의 혹은 통합된 주제들 속에서 우리는 해방과 전쟁이라는 불안과 혼돈의 시기를 견디고 그것을 통해 보다 견고한 세계를 열어가는 여성의 힘과 의지를 발견할 수 있었다. 이것은 내면화된 여성의 힘이 시대의 격변을 극복하는 한 부분이 되고 있고, 불안과 혼돈의 시간 속에서도 그것이 사회적 정체성을 형성하려는 여성의 의지를 추동하고 있음을 말해준다. 특히 수필의 장르적 특성이 직접적이고 고백적이며 글쓰기에서 특정한 문학적 형식에 구애 받지 않는다는 점에서 여기에서 발견한 내면화된 여성의 힘이 더욱 진정성을 갖는다고 할 수 있다.

『한국 여성수필선집 1945-1953』이 보여주고 있는 이러한 사실들은 비록 양적으로는 부족한 점이 있지만 한국의 여성문학과 문학사 전반에 관련된 중요한 시사점을 제공한다고 할 수 있다. 먼저 생각해볼 수 있는 것은 첫째, 이 시기의 여성 수필은 여성의 내면적·외면적 모습을 다양하게 보여주고 있다는 점이다. 여성의 양면을 동시에 보여준다는 것은 여성의 삶 혹은 여성의 정체성을 평면적인 차원을 넘어 입체적으로 조명하고 있다는 것을 의미한다. 이것은 진실한 여성의 삶과 여성으로서의 정체성 확립에 한발 다가설 수 있는 방법임에 틀림없다. 둘째, 해방기에서 전쟁기까지의 여성 수필은 각자 자신만의 독특한 담론을 지니고 있다. 이것은 이 시기의 여성 작가들이 자신만의 담론 혹은 담론구조가 있다는 것을 의미한다. 예를 들어 김말봉은 여성해방을, 모윤숙은 정치적인 입지에서의 여성의 역할을 담론화하고 있다. 이와 달리 박기원, 박화성, 손소희, 임옥인 등의 글은 감상적인 여성성을 담론화하고 있다. 이들 여성 작가들이 보여주는 이러한 차이는 당시의 여성들의 사고를 유형화하는 데 중요한 근거가 될 수 있다. 또한 이렇게 각 시기별로 축적된 담론들은 우리 여성 문학의 큰 흐름(여성 문학사)을 파악할 수 있는 토대가 된다는 점에서도 중요성을 갖는다. 셋째, 이 시기의 여성 작가와 작품을 오늘날의 여성 작가의 수나 그 작품과 비교하여 양적, 질적, 형식, 내용의 차원에서 서로 고찰할 수 있다. 이를 통해 양적·질적으로 팽창하고 다양화되었다고 논의되는 오늘날의 여성 문학이 과연 여성의 정체성에 대해서도 그러한 모색을 시도하고 있는지를 심도 있게 살펴볼 수 있을 것이다.

이런 점에서 『한국 여성수필선집 1945-1953』은 정체성에 대한 불안에서 늘 헤어나지 못하고 있는 현대 여성 수필, 나아가 현대 여성 문학에 일정한 논리적인 근거와 그 원리를 제공할 수 있을 것이다. 또한 다른 문학 장르에 비해 수필만이 가지는 형식과 내용의 자유로움과 개방성으로 인해 우리는 시나 소설, 희곡에서 미처 발견하지 못한 여성문학의 정체성을 여기에서 발견할 수 있을 것이다. 실제로 위에서 언급한 이러한 점들은 이미 이 선집이 여성문학의 정체성과 관련하여 여러 가지 가능성을 제공하고 있다는 것을 말해준다. 이 작업의 의미가 단순한 자료 모으기가 아니라 그동안 흩어져 있거나 드러나지 않아 발견할 수 없었던 여성 혹은 여성의 정체성을 새롭게 발견하는 계기를 제공하는 데 있다면 그것은 우리가 흘린 땀이 헛되지 않았다는 것을 말해주는 중요한 한 사건이라고 할 수 있을 것이다.

편자 소개

구명숙　숙명여자대학교 한국어문학부 교수
김종회　경희대학교 국어국문학과 교수
이덕화　평택대학교 국어국문학과 교수
이재복　한양대학교 한국언어문학과 교수
김진희　숙명여자대학교 한국어문화연구소 책임연구원
송경란　숙명여자대학교 한국어문화연구소 책임연구원

한국 여성문학 자료집 ❹
한국여성수필선집 1945-1953

초판 인쇄 2012년 2월 20일
초판 발행 2012년 2월 29일

편　자 구명숙 김종회 이덕화 이재복 김진희 송경란 편
펴낸이 이대현
편　집 이태곤 이소희 박선주 전희성 임애정

펴낸곳 도서출판 역락
주　소 서울시 서초구 반포 4동 577-25 문창빌딩 2층
전　화 02-3409-2058, 02-3409-2060
팩　스 02-3409-2059
등　록 1999년 4월 19일 제303-2002-000014호
e-mail youkrack@hanmail.net

정 가 29,000원
ISBN 978-89-5556-978-0 94810
　　　978-89-5556-901-8(전5권)

*잘못된 책은 바꿔 드립니다.